除我之外，全员主角

从温 著

四川文艺出版社

第六章
祸害遗千年
193

第七章
人心不古
243

第八章
莫欺少年穷
291

平行世界番外
那一天，我突然成了团宠
329

第一章
不宜出行
001

第二章
生亦何欢，死亦何苦
035

第三章
麒麟子
067

第四章
白梧秘境
099

第五章
传承
145

第一章 不宜出行

(一)

天狩一百二十八年，正月十八，晨。
宜坑蒙拐骗。
不宜出行。
下签。

宋南时临出门前照例抽了个签试试手气，随身抽签系统毫不客气地给她弹出个黑签。
宋南时沉吟片刻。

这是宋南时来到修真界的第十七年，眼前抽出黑签的系统就是她的"金手指"。来到修真界之前，她是一个坚定的唯物主义战士。来了之后，她睁开眼就看到一群飞天遁地的修士互相把对方打得头破血流。

从前二十几年的唯物主义世界观当场破碎，宋南时伸出手，还没看清眼前明显属于婴儿的手臂上有几个小肉圈，一双大手就把她抱了起来。
"以后，你就是我无量宗弟子。"
然后她就成了一个专职坑蒙拐骗的职业神棍——一个卦师。

等宋南时能跑能跳了，这才发现自己有一个和上辈子某本古早龙傲天[①]小说男主角同名的师兄、一个和某本追妻火葬场[②]小说女主角同名的师姐。过了两年，她那没见过几次的师尊又给她领回来一个和某本经典甜宠文女主角同款的

---

① 龙傲天：作品中主角开局各种奇遇，一路平推，一帆风顺地战胜敌人，反派智力基本为零。一般以"龙傲天"一词代指此类作品主角。
② 追妻火葬场：指文学作品里男主角一开始对女主角爱搭不理，后来发现自己爱上了女主角，为了讨好女主角，又费尽心思追求女主角。这种行为与之前高冷傲娇的形象形成鲜明对比，被称为"追妻火葬场"。

第一章 不宜出行

师妹。

于是，三个不知道为什么就硬凑到一个世界的主角环绕在她身边，整个师门成功达成"除她之外，全员主角"的成就。

而她的定位，则是那本男频龙傲天小说里前期默默无闻没有戏份，后期突然黑化，和反派里应外合算计龙傲天的路人甲。

知道这一切之后，她整个人都不好了。自闭了三天，她给自己定下了人生的终极目标——在全是主角的世界里当一个寿终正寝的路人甲。

可能是感动于她这平淡无奇又艰难无比的愿望，她的"金手指"姗姗来迟。

宋南时看着眼前的黑签，她愿把这"金手指"称为"神棍系统"。因为这玩意除了能让她更好地当个神棍，毫无用处。

每日一次，宋南时可以用这神棍系统抽签，签文大半是预测今日运势，小半不知所云。

签文的正确率是百分之五十。

最开始，她战战兢兢，每日严格按照签文的提示行事，生怕一不留神就倒了大霉。但是现在，她已经对抽到的签文有了独特的判断技巧。她坚信，如果抽的是上签，那这个签必然是在正确的那百分之五十里，而如果抽出的是下签——

封建迷信要不得！

宋南时又看了一眼那乌漆墨黑的下签，淡定又熟练地念了一句"封建糟粕"，手里捏着瘪瘪的储物袋，抬脚就出了门。她今天的任务，是把手上新炼的一瓶养颜丹卖去毓秀阁，把下个月的生活费给赚到手。

下了兰泽峰，走过玄通崖，宋南时慢悠悠地晃到了十八涧的一条小溪旁，然后突然顿住脚步。

"江寂，你竟然敢把老夫丢在这里，老夫'哔'——你这个'哔'——"

遍地鹅卵石的岸边，一个白发白须、仙风道骨的老头气急败坏地破口大骂，苍老的声音分外暴躁，一张嘴全是消音词。

宋南时顿时神情古怪。她随手拿出了今天从神棍系统里抽出的签，看了一眼，又看了一眼。

下签，不宜出行。

百分之五十的正确率，灵了。

"欸，这位道友，劳烦借过。"

一个穿着门派弟子服的修士急匆匆地从宋南时身旁跑过，径直穿过了那老

003

头的身体，着急忙慌地渡过小溪。老头又开始骂那修士不讲公德。

宋南时顿了顿，视线下移，在遍地的鹅卵石里看到了一块白色玉佩。那格外暴躁的老头双脚悬空浮在玉佩之上三寸处，左摇右晃。

……这该不会就是她的龙傲天大师兄那只有他自己能看到的随身玉佩老爷爷吧？

许是宋南时的视线过于专注，随身玉佩老爷爷骂着骂着突然一顿，猛然转过了头。

他犀利的目光对上宋南时发蒙的眼神。他看着宋南时，宋南时看着他，四目相对。

随身玉佩老爷爷脸上浮现出疑惑的神情，冷不丁道："这女娃子该不会能看见我吧？"

宋南时不动声色。没等她动作，老头又哈哈大笑："怎么可能！江寂那小子阴差阳错签了血契才能看见我，这黄毛小丫头哪能？老夫想什么呢！"

江寂是她龙傲天大师兄的名字。

好的，破案了，这老头就是她龙傲天大师兄的随身老爷爷。

宋南时上次见大师兄还是在四年前，然后他就开启了下山游历模式。前几天宋南时听说大师兄回来了，但那时她忙着做她的养颜丹，没来得及凑这个热闹。现在看来，大师兄已经把随身老爷爷给游历出来了。

所以大师兄的"金手指"为什么会出现在这儿，而且她还能看见？

而此时，老爷爷似乎已经笃定没人看得见他，当着宋南时的面做着鬼脸，手舞足蹈地作怪。宋南时面无表情地看着他作妖。

老头发了会儿疯，猛然凑到她脸前，收起那副怪样，摸着下巴认真打量着她。

宋南时屏住呼吸，然后她就听见那老头冷不丁道："这女娃子怎么瓜兮兮的，憨脑壳！"

宋南时："……"

她抬头瞪了老头一眼。老头被瞪得猛然往后飘了一步，拍着胸口惊魂未定，失声道："这瓜娃子真能看得见老夫？"

抬眼再看，面前略有些苍白的女孩又垂下眸子，仿佛刚才的一切都只是巧合一般。

老头："错觉！肯定是我的错觉，哈哈哈！"他开始围着宋南时转来转去，上下打量。

老头沉吟："这女娃子的根骨……"宋南时一顿，再次屏住呼吸。

老头一脸嫌弃："我就没见过这么差的。"

宋南时："……"

她抬脚就走，走到那块玉佩旁，脚尖仿佛无意般扫过。玉佩就地打了几个滚，宋南时目不斜视地越过。背后，老头"哎哟哎哟"地叫唤着，怒斥宋南时这个"瓜兮兮"的女娃子没有公德心。她懒得理这贱嗖嗖的小老头，装作什么都没发现，径直过桥。

属于主角的热闹，可不是什么人都能凑的，何况她这种炮灰[①]角色。
还是想办法多搞几个灵石来得实在。

身后，老头半是抱怨半是做戏，夸张地"哎哟"了一会儿，见她真走了，当场急了："欸！这女娃子，怎么走了？你走了老夫怎么办！地上这么大一块玉佩你没看到吗？"

宋南时不为所动。老头喋喋不休，眼看着宋南时头也不回地过了桥，他沉默了一会儿，半是忧愁半是苦闷道："江寂那小子也不知道能不能找到老夫，老夫难不成还要再等一千年？"

宋南时脚步一顿。背后，老头已经开始骂骂咧咧，怒斥江寂和人打架把他弄丢了。宋南时闭了闭眼，在心里冷静地告诉自己，少管闲事，特别是和主角有关的闲事。

老头依旧在骂骂咧咧。片刻之后，"咚咚咚"的脚步声传来，又急又重，透着不满。老头还没来得及回头，一只纤细苍白的手就捏起了玉佩。

老头哑声，回过头，就看见方才已经离开了的"瓜兮兮"的女娃子正皱着眉头，苦大仇深地盯着手里的玉佩。她一点也没有白捡了块玉佩的高兴，还隐隐透露些嫌弃。

老头见状，吹胡子瞪眼道："怎么？捡到老夫还委屈你了！想当年老夫纵横修真界……"

宋南时拿着玉佩，看着老头那横挑鼻子竖挑眼的模样，真心实意地觉得多

[①] 炮灰：泛指文学作品中被人攻击或抛弃的人、事、物。

管闲事的自己属实有病。她眯了眯眼,自言自语般道:"这玉佩看起来有些年头了,一定很值钱吧。"

老头的声音戛然而止。他不可置信:"你要卖了老夫?你懂不懂这块玉佩的价值!你你你……"

宋南时:"起码也值二十灵石吧。"

老头顿时提高了嗓门:"你胡说!老夫难道就值二十灵石?!"

啧,难伺候。

宋南时起身,拿着那玉佩,一副当场就要卖钱的模样。老头身不由己地飘在她身后,杀猪似的号起来:"救命啊!拐卖人口!"

宋南时被他吵得耳朵疼,恨不得再把玉佩扔回去。就在这时,背后传来一个声音:

"道友请留步。"

宋南时一顿。那老头当即就振奋起来,连忙道:"江寂!救我救我!这女娃子要拿我卖二十灵石!"

宋南时转过头,就见一个眉目凌厉的黑衣青年站在自己身后,正是她那几年没见过面的大师兄。老头还在号,青年却理都没理他。看到宋南时的脸,青年怔了片刻,试探着问道:

"道友可是无量宗弟子?"

宋南时:"……"是,还是你师妹呢。

他明显是没认出自己来。不过这也实属正常。

他们这一门,上到师尊下到师妹,关系都不怎么亲密,相当于顶着同门头衔的陌生人。

比如宋南时,她十七年来见了师尊不到十七次。而她拜师时,大师兄还背负着灭门之仇,十七年里有十年都在闭关,剩下几年不是在打架就是在打架的路上,哪有工夫关注自己多了个师妹还是少了个师妹。等她稍微大一些,大师兄就开启了游历模式。

他们上次见面时宋南时才十三岁,是个瘦巴巴没长开的小丫头。四年前的宋南时和四年后的宋南时不能说是一模一样,只能说是判若两人。

宋南时没工夫和他玩"你猜我猜"的游戏,直接道:"我是宋南时。"

江寂一愣。片刻之后,他迟疑道:"是……三师妹?"

宋南时颔首:"大师兄。"

两个人互相叫了称呼,默默对视片刻,都陷入了难言的沉默。说句毫不夸张的话，十七年里，他们说过的话加在一起可能都没有十七句。

江寂看着宋南时。宋南时看着江寂。旁边的老头看不懂气氛，声嘶力竭地嘶吼着"拐卖人口"，让两个都能听见他在喊但强行假装听不见的人很尴尬。

到此时，宋南时才对今天签文上那句"不宜出行"有了深刻的认知。眼看着江寂不着痕迹地看着她手里的玉佩，一旁的老头号得又实在烦人，宋南时决定主动结束闹剧。

她语气真诚："大师兄，吃了没？"

江寂被问得蒙了一下。他"啊"了一声，茫然道："吃……吃了。"

宋南时满意地点头，循循善诱："我也吃了，正准备下山呢。"

她开了话头，老头又在一旁大喊"救命"，江寂终于想起了自己要干什么，硬着头皮寒暄道："师妹下山是要做什么？"

宋南时一边想这话题转得可真生硬，一边听着老头絮絮叨叨地告状。她顺手抛了抛手里的玉佩，抛得老头不由自主地上下颠簸。

宋南时云淡风轻："卖个东西。"

老头："……"他怒吼，"你还不信我？她要二十灵石把我卖了！她狼子野心！"

宋南时本来没想卖了他，这时候真想了。

江寂一时沉默。他和别人斗法时不慎丢了玉佩，找了两天终于找到这里，谁知道被人先捡了。如果是普通玉佩也就罢了，但是……

她都说要卖玉佩了，这个时候再说玉佩是自己的难免尴尬，江寂只能硬着头皮道："师妹，你这玉佩我很是喜欢，师妹能否割爱，把玉佩卖给我？"

宋南时又抛了抛玉佩，笑眯眯地问道："哦？师兄准备出多少灵石？"

江寂想起了老头说的"二十灵石"。他斟酌片刻，试探道："六十灵石？"

宋南时不顾老头不可置信地说"我就值六十灵石"，道："成交。"她干脆利落地把玉佩扔到他怀里。

江寂没承想这么顺利，手忙脚乱地取灵石。钱货两清，他这才松了口气。

这时，宋南时才道："哦，其实我下山不是卖玉佩的，这玉佩是我捡来的。"

江寂一愣。确实，刚刚她说要卖东西，又没说是要卖玉佩。

"那你……"

宋南时笑眯眯地从储物袋里取出一瓶养颜丹，真诚道："我其实是要去卖这养颜丹的。师兄豪爽，肯花六十灵石买了这玉佩，但我自觉这玉佩还不值这个

价钱，这瓶丹药，就送给师兄吧。"

老头："……"他无能狂怒，"我还不值六十灵石？！"

宋南时一时间神清气爽。

老头冷哼道："好啊！这丹师，我倒要看看她能炼出什么好丹药！"

江寂皱眉："丹师？但我见过师妹画符啊。她不是符师吗？这丹药许是她从别处得来的？"

宋南时："……"知道咱俩不熟，但你不至于连我是干什么的都不知道吧。

老头催江寂问问，江寂只能硬着头皮询问："三师妹会炼丹？"宋南时谦虚："略通。"

江寂茫然："那画符？"宋南时："也会'亿'点点。"

江寂沉默了，然后他试探道："那三师妹还懂其他什么吗？"

宋南时羞涩一笑："炼器医术、术法天象，都学了一点点，所以……"

两个人同时屏住呼吸。

宋南时："所以我是一个卦师。"

两个人："……"

老头茫然："这年头，卦师的门槛都这么高了吗？"

宋南时："……"

普通卦师大概是不会这些的，但穷卦师会。谁让坑蒙拐骗赚不到几个钱呢。生活不易，多才多艺。

她只能露出一个穷鬼的微笑："不会炼丹的符师不是好卦师。"两人目瞪口呆。

宋南时："无事的话，师妹就先告辞了。"她抬脚欲走，抬到一半，突然顿住。江寂眼睁睁看着她谨慎地把脚放下，随即飞快地从腰间拿出一个龟壳，娴熟地起卦。

两人两脸蒙。

片刻后，卦成。

女孩看了一眼，露出一个放松的表情，道："今日走路宜先迈左脚。"她自信地抬起左脚，走了出去。

江寂："……"

老头："……"

008

（二）

　　江寂和老头沉默地看着宋南时的背影。良久，老头转过头。
　　"你们无量宗的卦师……"他顿了顿，"都是这样的吗？"
　　江寂："……"
　　他冷哼一声，转身就走。老头立刻兴奋地说："你急了你急了！"
　　江寂不理他。老头跟在他身后，转着圈问道："你师尊是剑修，你也是剑修，怎么你三师妹是个丹师？"
　　江寂纠正："卦师。"老头改口沓舌："好的，卦师。所以你三师妹怎么没学剑？"
　　江寂不答。老头一再追问，他也不理会。
　　记忆中，"三师妹"只是一个称呼，是一个存在感薄弱的影子。
　　他对三师妹印象最深的时候，是大约十年前，三师妹突然就不学剑了。
　　他是大师兄，便找到她问了一句"为什么"。
　　幼小的女孩将剑随手放在一边，儿戏一般拿着黄纸鬼画符，一会儿又拿起医书看两眼。
　　她说："不想，所以不学。"他皱眉："你这个年纪，真的清楚自己想要什么吗？"
　　女孩似笑非笑地看了他一眼。她道："你清楚你自己想要什么吗？"
　　"你不清楚，但我约莫是比你清楚一点的。"

　　"江寂！江寂！"
　　江寂回过神来。老头狐疑地看着他："你想什么呢？"
　　江寂摇头："没什么，你刚刚说什么？"老头："说你那个三师妹。"江寂："嗯。"
　　老头突然就严肃起来。"江寂，"他道，"我有点儿怀疑那女娃子是不是能看得到我。"
　　……

　　"阿嚏！"
　　宋南时揉了揉鼻子，怀疑有人在背后骂她。
　　诸事不宜。因为今天运气实在太差，她有心想为自己的运势起一卦，但刚抬手，她又顿住了，想了想，转身去了玄通峰。
　　玄通峰是无量宗唯一一个出卦师的地方，当初宋南时确定了自己要当卦师之后，就直接蹭了玄通峰的课。虽然她是兰泽峰弟子，但一身卦师的本事多半

来自玄通峰。玄通峰在无量宗最西南的角落，只在峰顶有一个独栋的小院落，还被人设置了不允许御剑和使用一切飞行法器的阵法。等宋南时靠着两条腿哼哧哼哧地爬上去，还没来得及推门，一个阴阳怪气的声音就从里面传了出来。

"哟，兰泽峰亲传弟子大驾光临我小小玄通峰，小老儿还真是惶恐。"

宋南时："？"她今天是跟老头犯冲吗？怎么碰见的老头一个个都阴阳怪气的？

她直接推开门："师老头，你吃错药了啊？"

一个干瘪瘦小的老头转过身，可能是因为他过于瘦小，面容看上去有两分阴鸷刻薄。他继续阴阳怪气地嘲讽道："不归剑尊昨日回宗，你这个亲传弟子居然还有空来小老儿这一亩三分地？"

宋南时大惊："什么？我师尊回来了？！"

师老头："……你不知道你师尊今天回来？"宋南时茫然："我该知道吗？"

两个人站在门口面面相觑。

师老头突然想起了什么："等等，所以你一连五六天都没踏出兰泽峰，不是为了准备迎接你师尊？"

宋南时："……我闭门炼丹啊，我不炼丹下个月哪儿有钱。"

师老头："……"他怒道，"穷得你！"

宋南时不说话，眯着眼睛上下打量他。师老头警惕地问："怎么？"

宋南时只盯着他，半晌，盯得他快炸毛，她这才慢悠悠道："师老头，我说，你该不会吃醋了吧？"师老头顿时恼羞成怒，大声道："我吃醋？我吃他殷不归的醋？你胡说！"

哦，那就是确实吃醋了。宋南时笑眯眯地不说话。

师老头名为"师我"，按辈分，掌门还得叫他一声"师伯"，年岁估计比掌门和殷不归加起来还大，却是个脾气怪异的小老头。宋南时认识他这么多年，觉得说他睚眦必报都能算是在夸他。

他独居玄通峰，不喜出门，也不喜与人来往。宋南时能认识他，用师老头的话说，全靠她脸皮厚。宋南时表示完全赞同。

当初她一睁眼就变成了个生活不能自理的奶娃娃，被师尊带回无量宗之后，从半岁到三岁，她一直被放在宗门的孤幼堂和宗门收留的山下孤儿一起抚养，都快忘了自己还有个师尊。直到某一天，她被连人带小包袱一起丢在了孤幼堂门口，管事的道："你师尊来接你了。"

宋南时：哦，我还有个师尊。

她那目下无尘的师尊出现在她面前，看了她一眼，颔首道："是时候习剑了。"

第一章·不宜出行

然后她就被无缝转手给了内门习剑的启蒙教习。

宋南时习剑的天赋，可以用两个字形容——极差。

她在启蒙的时候，隔壁峰师叔的第一个徒弟也在启蒙。到她启蒙的第四年，隔壁师叔第四个徒弟都启蒙完了。给她启蒙的教习教她教得怀疑人生，一度对自己的执教能力产生了莫大的怀疑。宋南时只能安慰他，说不定是她自己的问题呢。教习看着眼前留了四年的留级生，当场就哭了。

他发愁自己该怎么向不归剑尊交代，宋南时却觉得他不用愁，毕竟谁家正儿八经当师尊的也不可能留着徒弟启蒙四年都没觉得有什么不妥。她觉得该愁的是自己，毕竟不归剑尊就只会剑，她当他徒弟，就代表这辈子只能和剑死磕，那估计就只能磕到死了。

可她也不能直接说"我不当你徒弟了"。不说不归剑尊好歹救了她，还养了这么多年，这年头，就因为学不会所以叛出师门，那叫欺师灭祖，会被人戳脊梁骨的。退一万步说，就算她顺利退出师门了，谁又会收她？谁敢和不归剑尊对着干？

她托着下巴，用两个时辰去想自己该怎么办，然后用两个月堵到了她神出鬼没的师尊。

她直接道："我不学剑了。"不归剑尊看了她一眼，淡淡道："我没有其他能教你的。"

宋南时："没关系，我自己去学，只要您让我学其他的就行。"

不归剑尊看了她半晌，点头："可以。"

从此以后宋南时就以"师尊允许我自由学习"为由，开始满无量宗蹭课。炼丹学一点，画符学一点，炼器学一点，医术学一点。离开了剑，她居然觉得其他的无论什么，她都还挺行！

但她又总觉得无论学什么都缺了点儿东西。直到某一天，她爬上了无量宗最后一座她没去过的山峰，玄通峰。玄通峰上只住着一个小老头，小老头会算卦。

据说这小老头曾经有十三个徒弟，后来全出于各种原因死得一干二净，于是就有人说，卦师窥探天机为天地所不喜，所以才降下杀机。从此以后，无量宗就老头一个卦师。

宋南时当时就觉得这群修士挺封建迷信的。她"噔噔噔"爬上山峰，对坐在山头上发呆的师老头说："您教我算卦好不好？"师老头："好个头！"

……

011

宋南时忍不住"啧啧"了两声,她现在算是明白她的"金手指"为什么是神棍系统了,这就是要让她把坑蒙拐骗进行到底啊!

师老头:"你啧个头。"

宋南时眼看着他恼羞成怒马上就要赶自己下山,当下就正了正神色,一本正经道:"我来找您其实是有正事。"师老头看她一眼:"你?正事?"宋南时谦虚道:"是这样的,在下不才,刚刚赚了一笔小钱。"

师老头:"哦,然后呢?"宋南时装腔作势:"所以想请您帮忙算一下在下今日的运势如何?特别是……财运。"

师老头大惊:"你还有财运这玩意?"宋南时:"……"她不服气,"我今天可是赚了整整六十灵石!"师老头怜悯:"哦,那就等着今天破财吧,五弊三缺,命里缺财,你这辈子就算白日飞升了也发不了财,死了这条心吧!"

宋南时:"……"

五弊三缺,命里缺财。

师老头曾经说过,他们搞神神道道这一行的想知道天机,不付出点儿代价是不行的。五弊三缺,有点儿名堂的卦师总得占一样。鳏寡孤独残,宋南时曾经以为自己占的是"孤"。

直到后来,无论她赚了多少钱,都会以各种各样的奇葩原因破财,最终回到身无分文的状态。师老头看了她好半响,一言难尽地说她可能是命里缺财。

宋南时不认命,听着师老头一口一个"命里缺财",她冷哼一声,斥道:"封建迷信!"师老头:"哈哈哈!"宋南时觉得自己今天就不该来找这迷信的小老头,甩着袖子就要走。

师老头:"站住。"宋南时脚步一顿:"怎么?"

师老头不情不愿道:"你师尊毕竟回来了,你不知道也就算了,既然知道了,面子功夫总得做一做,回去之后准备些薄礼孝敬孝敬你师尊,免得落人口实,说你不孝不悌、不敬师长。"宋南时摆摆手:"我一定做个孝顺徒弟,您老人家放心吧。"

她冲他竖了个大拇指。

师老头看着她的大拇指,突然开始阴阳怪气:"小老头我有什么不放心的,你可是兰泽峰亲传弟子,有一个剑尊师尊,别人求都求不来呢,呵呵!"

宋南时:啊这……

让做个孝顺徒弟的是你,看我孝顺别人又不乐意的也是你。老头心,海底针,难搞。

012

第一章·不宜出行

宋南时摇着头离开。回到自己的洞府，宋南时琢磨了半天，她有什么"薄礼"能送给她那个没见过几次面的师尊。她环视了一圈自己的洞府，破锅、破碗、破炉。

啊这……算了，礼物不在贵重，在心意。

她当场就端出了自己破破烂烂的炼丹炉，决定发挥特长，用炼炉丹凑合凑合……不是，聊表心意。而对于像不归剑尊这样的剑修来说，用得最多的丹药肯定是伤药。宋南时想了想，又翻了翻自己还剩下的药材，心里有了主意。

回春丹，内伤外伤都有点儿用，口服外敷都可以，堪称伤药中的万金油。最重要的是，它还便宜。

开炼。

点火、温炉，宋南时不紧不慢地把药材依次放入。炼丹炉在阵法的驱动下如往常一样渐渐泛起幽蓝色的光，然后……

"嘭！"它炸了。

宋南时灰头土脸、面无表情地看着连退休都退得轰轰烈烈的炉子。机智如她，如此危急时刻，还没忘算一笔账。一个炉子大概要七十灵石，她今天赚了六十灵石，倒赔十个灵石。

师老头的话又在她耳边响起：那就等着今天破财吧！

天哪！

宋南时面无表情地站在原地，突然想起了什么，转头钻进杂物堆里，扒出了一样东西。

另一边，江寂和老头争执不下。老头自称姓柳，江寂叫他柳先生，因为感激他当初在自己濒死之际阴差阳错救了自己一命，所以江寂在面对柳先生时，通常很好说话。

但也只是通常。此刻，江寂黑着脸道："你的意思是，让我花言巧语接近三师妹，验证她是不是看得见你？"柳老头帮他精准概括："这叫'美男计'。"

江寂甩袖："胡闹！"柳老头苦口婆心："难道你就不想知道？"江寂觉得他无理取闹："我不想！而且这根本就不可能！"

柳老头也觉得不可能。但他被困了一千年，哪怕觉得不可能，他也想试一试。眼看着江寂对自己提出的精妙的"美男计"万分抗拒，他只能退而求其次，不情不愿道："那让我再看她一眼可以吧，我再观察观察，说不定是我看错了呢？"

013

江寂闭了闭眼，不情不愿："只此一次，下不为例。"柳老头觉得江寂小气，江寂觉得他乱来。两人都不是很情愿地往宋南时的洞府走去，不多时就到了。

两人一边拌嘴一边漫不经心地看过去，然后齐齐顿住。

洞府外，宋南时盘腿坐在门槛上，专心致志地看着一个阵法。繁复的纹路，幽蓝色的火焰，是一个炼丹用的驱动阵法。但是阵法上没有炼丹炉，而是……

江寂茫然："师妹为何要放一口铁锅在阵法上？"

一口大铁锅，食堂后厨里用的那种，做一顿饭至少能喂饱几个壮汉的铁锅。

柳老头沉默片刻，困惑地问道："你们修真界，都流行这么做饭吗？"他看不懂，但是大为震撼。江寂觉得大概不是的，但他也很茫然。

此时，宋南时也抬起了头。她打招呼："哟，师兄。"江寂茫然："三师妹，你这是……"

宋南时很淡定："如你所见，炼丹。"江寂："……"最不可能的答案出现了。他沉默片刻，声音里带了几分怀疑人生的困惑："现在炼丹，都流行用……铁锅吗？"

宋南时："……很遗憾，不是的。大家都挺爱用炼丹炉。"江寂莫名松了口气。

太好了，这个修真界还是很正常的！

随即他就更困惑了。"那你的炼丹炉呢？"他问。

"你问这个啊？"宋南时淡定地起身，去了室内。江寂更困惑了。

不多时，宋南时回来了。她手里端着一个……只剩下半截的炼丹炉。

"炸了。"她平淡道。江寂沉默良久，突然问道："师妹，那你能告诉我，你用这个炸了的炼丹炉做了什么吗？"

"哦。"宋南时微微倾斜，露出了炼丹炉里的汤汤水水，香气扑鼻。

"师兄，你要吃饭吗？"她问。

（三）

江寂十分坚定地拒绝了宋南时的留饭邀请，拉着跃跃欲试的柳老头，头也不回地离开了。

宋南时一边照看着大铁锅里的丹药，一边啧啧摇头。这大铁锅其实也不是什么普通的锅，她的炼丹炉是五六年前自己找材料请人炼的，炼到最后还剩下一点边角料，她回去之后就用这边角料试手，自己炼了口大铁锅。没想到最后在这里派上了用场。

此时的宋南时还没意识到一件事。炼丹炉的制作十分严格，不管是材料，还是制式。两者缺一，就都是废丹炉。用一个废丹炉炼出丹药，在任何丹师眼里，都是惊世骇俗的事。可宋南时什么都不知道，她只知道自己解决了一次破产危机。

于是，两个时辰之后，修真界有史以来第一锅用铁锅炼成的丹药出锅了。宋南时用一个被她重复利用过的玉瓶把这意义非凡的丹药给装起来，还特意在瓶身上绑了个大红蝴蝶结，看起来分外喜庆。

然后她揣着丹药就去了峰顶。不归剑尊不是那种会对徒弟嘘寒问暖的师尊，宋南时也不是个学剑的，没事不会想起来去找师尊，所以她这么多年来见师尊的次数屈指可数。

……这也就导致不归剑尊身边新收的剑童可能都不知道他家剑尊还有她这么个徒弟。

宋南时被拦在洞府外，和一个绷着脸的小剑童大眼瞪小眼。小剑童铁面无私："今日剑尊不见外人，这位仙子请改日再来吧！"

宋南时试图讲道理："我不是外人，我就是兰泽峰上的人。"小剑童一脸他不好骗的表情，冷声道："仙子，想这么混进去的人没有一百也有八十了！"他对这场面很熟悉的样子，估计没少帮着不归剑尊处理出门在外遇到的各种桃花。

宋南时："但我真不是外人啊，不归剑尊是我师尊，我听闻师尊游历归来特意来拜见。看，这是我精心为师尊准备的礼物！"宋南时举起手里一个灵石能买八个的小玉瓶，在小剑童面前晃了晃。

小剑童一脸震惊，看了看那玉瓶又看了看她，不知道是在震惊居然有人拿这玩意给不归剑尊当礼物，还是在震惊她居然想装成剑尊的徒弟混进去。

良久，小剑童表情复杂道："我承认你确实聪明，想装成剑尊的徒弟混进去的，你还是第一个。"

宋南时："……我就不能真是剑尊的徒弟吗？"小剑童一针见血："可你连剑修都不是！"

宋南时："……"好问题，我要怎么证明我师尊是我师尊。

宋南时看着小剑童，沉默。小剑童也沉默。

此时小剑童已经伸手摸着腰间的剑，一副随时为剑尊尽忠的模样。就在宋南时觉得此行怕是要无功而返的时候，二人身后传来一个略带犹豫的声音。

"三师妹？"

两人同时转头。

一个女修站在他们身后,着一身红衣,明艳动人。小剑童惊喜:"诸袖师姐!"
红衣女修微微颔首,一副稳重的模样,看向宋南时的目光中却有藏不住的好奇。

宋南时心中微微叹息,面上却无甚异样地冲她点了点头,道:"二师姐。"
诸袖笑了出来,眉眼霎时间灵动,彻底颠覆了方才稳重的姿态。她眉飞色舞道:"我方才远远看着就知道是你,走近了反而差点儿认不出来,真没想到……"

话说到一半,她突然顿住,仿佛是意识到自己失态了一般,又矜持道:"一别两年,师妹变化很大。"宋南时:"……"行了,我都看见了,别装了。

这少女是宋南时的二师姐,某本追妻火葬场小说里被当作替身的女主角。之后,她会因为机缘巧合,觉悟自己未来的遭遇。她现在还是未觉悟状态,那本追妻火葬场小说里的男主角就是宋南时的师尊。

所有的同门里,宋南时和这位二师姐最熟悉。熟悉程度体现为她和别的同门只见过十七八次面,但和这位二师姐见过二十七八次面。

原著里,这个师姐因为长得像师尊年少早亡的白月光[①]而被师尊收为弟子。她自己不知道,只是感念师尊养育之恩,唯师尊马首是瞻,名义上是弟子,但时时侍奉师尊左右,说是仆从也不为过。哦,她还有一个年少时仰慕白月光不得,转头就来求娶她的未婚夫。

总之,这姑娘身边的人,只要是个男的,几乎都是人间渣滓。宋南时没给她算过卦,但她觉得这姑娘肯定是这辈子都命犯烂桃花。幸好原著里没有什么抽灵根、挖金丹,把她当作容器的内容,否则宋南时会建议二师姐转去法制频道。

原著里,白月光归来后诸袖失去了一切,然后就是一朝大彻大悟,自此全员走向"火葬场"。宋南时又看了一眼诸袖,她听着剑童说话,一对眼珠却骨碌碌地转,不知道在想什么。

外界都说不归剑尊的二弟子端庄守礼、老成持重。但宋南时经过那二十七八次的观察,对此她只能说:嗯,装得好。

为什么要装出个端庄持重的样子呢?大概是因为师尊那个白月光原本就是这样的性格吧。诸袖不知道白月光的存在,但她敏锐地察觉到,不管是师尊还是未婚夫,都更喜欢她这个样子。

[①] 白月光:指可望而不可即的人或事物,一直在自己心上却不在身旁。

第一章・不宜出行

此时，诸袖已经证明了宋南时的身份，那剑童离开之前还不可置信地看了宋南时一眼，似乎不相信不归剑尊还有这么个徒弟。宋南时："……"不归剑尊有我这么个徒弟还真是抱歉了啊。

诸袖等剑童走后便歉然道："抱歉师妹，这小剑童是师尊刚收的，还不知道兰泽峰的情况。"宋南时很好说话："无事。"然后就没话了，两个人大眼瞪小眼。

诸袖不由得头疼。这个师妹自小就这样，明明孑然一身，但别人对她好她不见得多感动，别人对她坏她也不生气，只活在自己的世界里，旁的一切都和她无关。可能也正是因为如此，她和所有人的关系都淡淡的。

她只能道："师妹是来找师尊吗？我带你进去。"宋南时："多谢师姐。"

然后又是一路无言。宋南时看了诸袖一眼，心里大概明白她在想什么。

其实她对这个师姐印象不错。她是整个师门里唯一一个担起"师长"责任的人，宋南时受她的照顾比受那个师尊的照顾还多。若是换成上辈子的话，她可能就多个朋友了。

只可惜，她一个炮灰路人甲，掺和进主角们乱七八糟的事里，这辈子能不能寿终正寝估计都得打个问号。

心里这么想着，走了一会儿，她却突然道："二师姐，你知道隔壁三九峰的洛师弟吗？"她一种有大八卦要讲的语气。诸袖瞬间眼睛一亮，也顾不得什么端庄持重，连忙点头："知道知道，他小时候我还教过他呢。"宋南时扔雷："他上个月和一个妖族姑娘私奔了，他师尊气得在无量宗门口大骂了他三天三夜。"

诸袖倒吸了一口气，语气中却有压抑不住的兴奋："还有这种事？"话音刚落，她意识到自己的语气不对，转而沉痛道："还有这种事！"

宋南时心里想笑，面上却一本正经道："对，听说他师尊都气得起不来床了，很过分对吧？"这句询问仿佛打开了什么开关，诸袖顿时滔滔不绝："那是自然，把自家师尊气成这样，这位洛师弟……"宋南时看着眉飞色舞的诸袖，挑眉。这就是自己那二十七八次观察出来的结果：她这位二师姐，不但一点都不端庄持重，反而活泼跳脱，热爱八卦。

还真是和她的长相毫不相干的性格。

诸袖就这么一口气八卦到了师尊洞府门口，意犹未尽。宋南时提醒："到了。"她一顿，立刻义正词严道："这件事，实在让人太过气愤！"宋南时赞同地点头："我懂。"诸袖不着痕迹地松了口气。

她又看了一眼洞府，道："师尊就在里面，我就不陪师妹进去了。"说着就要离开。

017

"师姐。"宋南时突然叫住她。

诸袖回头,就听她问道:"师姐身上的伤怎么样?"

诸袖惊讶:"师妹看出我受伤了?"宋南时点头:"我略通医术。"诸袖恍然:"小伤而已。幸亏这次受伤的是我,要是师尊的话,那可怎么办!"

她一副认为自己这次伤得很值的模样,笑着冲她摆了摆手。宋南时看着她的背影,开始考虑哪里的火葬场比较适合自己那个人渣师尊。

"何人在门外?"洞府内传来清冷的声音。

宋南时叹了口气。算了,找火葬场的事还是交给女主角来,她一个路人甲,掺和什么呢。

她提高声音道:"弟子宋南时。"

里面沉默片刻,宋南时不知道这位师尊是不是忘了她是谁。

"进来。"清冷的声音道。

洞府内,宋南时恭敬地站在下首。

半晌没人说话。宋南时站得腿都麻了,一边不着痕迹地抖腿,一边抬眼看向上首。

俊美的仙君正捏着宋南时献上的玉瓶,不知道在想什么。

……总不会是嫌弃吧?宋南时继续抖腿。

不归剑尊突然看了过来,宋南时正抖着的腿一顿,不紧不慢地站好。

不归剑尊:"……你费心了。"他随手把玉瓶放在茶案上。宋南时:"弟子应该的。"不只费心,还废了一个炼丹炉呢。

不归剑尊看她一眼:"你师姐领你进来的?"宋南时:"嗯,师姐似乎还受伤了。"不归剑尊:"不必担心你师姐,这点伤于她而言没什么大碍。"

宋南时:"……"拳头硬了。我倒也不是担心师姐,就是想问问你火葬场挑好了没?

她真诚道:"师尊,我认识一家新开的火葬场,活人首次预约火葬业务打八折。"不归剑尊:"?"宋南时:"没什么。"不归剑尊看她一眼,没什么表情道:"你还有何要事?"没有的话就退下。

后半句还没说完,宋南时瞬间举手:"我有。"

不归剑尊:"……说。"

宋南时当即从储物戒里掏出了一个小本子。

"师尊这次外出足有两年。"她道。不归剑尊不明所以:"是。"

宋南时双手将小本子奉上，腼腆道："这是师尊外出这两年，弟子用于公事的花销和……咳，弟子两年来应得的月俸。"

不归剑尊："……"月俸？

宋南时抬头，幽幽道："师尊，您已经两年没给弟子发月俸了。"

老板，你已经欠两年工资了。

（四）

不归剑尊大约是第一次经历被人上门讨薪这种事，面无表情的脸上有一瞬间的茫然。宋南时镇定地望过去。良久，他回过神来，看着眼前这个自己并不熟悉的徒弟和被她捧到面前的账本，沉默。

他冷静地问道："之前我大多不在兰泽峰，那时你的月俸是谁在管？"宋南时："是二师姐。"不归剑尊："那这次……"

宋南时抢答："这次师尊出门的时候带走了二师姐。"顿了顿，她隐晦地提醒道："师尊走得似乎很急。"

不归剑尊："……"这次离开之前，诸袖似乎是说过兰泽峰还有事务没安排好。但是这次，是事关"她"，他不想多耽搁。

偏偏宋南时像是生怕他想不起来似的，好心提醒道："师尊想起来了吗？弟子可以细说。"不归剑尊："……我记性还没那么差。"

宋南时顿时喜笑颜开，不着痕迹地把手里的账本往不归剑尊面前推了推，隐晦道："那师尊……这月俸……"一副生怕他会赖薪的模样。

不归剑尊闭了闭眼。自从有了执掌一峰的资格后，他的修为越发精进，情绪也很少再有波动。哪怕是听到那个人的消息，他也是惊讶大过喜悦。偏偏这次……

不归剑尊睁开眼，视线落在眼前这个徒弟身上。"本尊还不至于苛待弟子。"他冷声道。

"本尊"都出来了，看来是真的被气到了。宋南时笑眯眯道："弟子明白。"

不归剑尊转过身，眼不见为净。他冷声道："你回去吧，明日我让你二师姐把你的月俸送过去。"

宋南时讨薪成功，麻利地行了个礼，转身就走。

在无量宗，亲传弟子的月俸是每月八十个上品灵石，这相当于是死工资。但都是亲传弟子了，师尊给的资源和灵石数不胜数，谁会真的靠这八十个灵石过活呢？

但宋南时会。她大概是整个无量宗混得最惨的亲传弟子了。但她能混到如

019

今这步田地,全是自己作的。

不归剑尊身为书中男主角,不是什么小气的人,做不来苛待弟子的事情。但同样的,身为高傲的男主角,他前期除了白月光,眼里没有任何人;后期除了女主角,眼里没有任何人。

他们这群徒弟也属于"任何人"。你主动开口要的,他从不吝啬;你不开口,他也不会考虑你需要什么。主角们各有各的底气,从来没主动开过口。

宋南时这个炮灰穷鬼没什么底气,但本着"主角的事掺和得越少炮灰死得越晚"的原则,她也没找师尊要过月俸之外的东西。用师老头的话说,她嫌自己的日子好过。

当天晚上,宋南时怀抱着一觉醒来就能瞬间入账将近两千灵石的美好愿景,美滋滋地睡了个好觉。一觉醒来,照例打开神棍系统先抽一签。抽签之前,她洗了八遍手,还特意和晨练的弟子抢了个风景好的位置,然后用尽此生的虔诚,祝自己能抽出个"一夜暴富"的上上签。

一个黑签蹦了出来。宋南时定睛看去。

今日,晨。
宜脚踏实地。
不宜一夜暴富。
下签。

宋南时:"……"

"不宜一夜暴富"这几个字特地用了黑体并加粗。她怀疑自己被这个神棍系统嘲讽了。

宋南时直接黑着脸关掉了抽签界面,冷声道:"封建迷信!"转身气势汹汹地离开。

旁边晨练的弟子被她这一番操作弄得一脸茫然。有人犹犹豫豫地问道:"我记得这位师妹不就是个卦师吗?怎么还说封建迷信什么的?"

宋南时在无量宗还挺有名的。毕竟身为兰泽峰弟子,不去学剑,反而跟着玄通峰那个死了十三个弟子的老头当了卦师,任谁都觉得她脑子有病。

另一个人了然道:"这是后悔当了卦师吧。"那人摇头,其他人也跟着摇头。这位宋师妹,可怜啊。

可怜的宋南时刚回到洞府,就看到二师姐正在等她。她顿觉二师姐是如此让人如沐春风。她近两千的灵石来了。

诸袖见她回来，愧疚道："师妹，怪我两年前没做好安排。"宋南时心说你替臭男人找什么借口，当即就道："不是师姐的错，我……"话没说完，就听诸袖道："……所以我在师妹原本的月俸里又添了些许，凑成三千灵石，算是师姐的赔礼。"

宋南时："……"她没说完的话当场就咽下去了。再抬头看去，就见师姐周身散发着富婆的光芒。富婆诚恳道："还望师妹不要推辞。"

宋南时也很诚恳："师姐的一番好意，我怎么会辜负呢。"于是，交易达成。

富婆很满意，宋南时更满意。气氛一时间其乐融融。

富婆觉得今天的师妹似乎好说话了许多。机会难得，她决定趁此时机点明自己真正的来意。

宋南时还在回味灵石的手感，就听见师姐压低声音道："实不相瞒，师姐此次前来，其实还有一事想让师妹解惑。"宋南时当场打包票："师姐尽管说，师妹知无不言！"

诸袖便一口气道："所以三九峰私奔的那个弟子最后找回来了吗？"宋南时："……"

抬起头，对上师姐一双充满渴望的眼睛。左眼写着"八"，右眼写着"卦"。

宋南时沉默片刻，面不改色道："没找回来，但那位师叔打听到一件不得了的事。"

师姐："什么？"宋南时："那位妖族姑娘所在的族群是一妻多夫制！"

师姐兴奋："竟然如此?!"宋南时看过去。师姐顿时换了语气，谴责道："竟然如此！"

宋南时脸上出现一抹不易察觉的笑："不仅如此，那个妖族姑娘在此之前已经有了一位夫郎，是正室。"师姐倒吸一口冷气："那位师弟……"宋南时沉痛道："去当妾室。"

师姐一时震惊。

宋南时见她回不过神来，索性先做自己的事。等诸袖反应过来时，就见自己这个师妹手里拿着一支黑色的玉签，正用刻刀刻着什么。她眼力好，看到了一个"离"字，还有一个由粗细一致但长短不一的线条组成的图形。

师姐好奇："这是？"宋南时解释："这是八卦之中的离卦。"师姐抓住重点："八卦？"

宋南时："……不是你想的八卦。"师姐也反应过来，讪讪地笑起来："那这个图案……"

宋南时摸了摸那由长短不一的线条组成的方形图案，道："这些线条叫爻，

021

第一章・不宜出行

这些爻组成的图形，就是离卦的卦图。"她又道，"是我们卦师的自保手段。"

师姐兴致勃勃："那师妹能给我演示一下吗？我还从未对战过卦师。"宋南时笑了笑，突然道："离为火。"话音落下，黑玉签上暗光一闪，一簇火焰出现在了宋南时掌心。

她轻轻抚摸黑玉签上的爻图，那火焰便随之越来越大。诸袖眼眸中出现一抹惊叹之色，但也只是惊叹，毕竟卦师战斗力不强是公认的事实。从前宋南时参加宗门比武的时候，都没人愿意和她对打，生怕把她打死了。

宋南时习以为常。

卦师有六十四卦，这六十四卦，便是在八卦的基础上衍生而来的。这八卦又被称为八宫。

乾坎艮震巽离坤兑。

天水山雷风火地泽。

有资质的卦师能贯通其中一卦为自己所用，作为自保的手段，而没资质的卦师，就只能替人算算命。宋南时算是有资质的，或者用师老头的话说，是天生走了狗屎运的。她从学卦的第一天，就发现离卦和自己极为亲和。

离为火，所以她现在能随时玩火。

卦师这点儿手段大概是入不了剑修的眼的，宋南时便收起了离火。

这一刻，一丝火星溅落在了诸袖的法衣上。片刻之后，那价值千金的法衣竟像是纸糊的一般，一丝灼烧的痕迹清晰可见。

两个人都没有发现。诸袖只隐隐察觉有点儿不妥，想了想，又觉得可能是自己伤势未愈产生的错觉。于是她便当着宋南时的面，掏出了一个宋南时极为眼熟的药瓶。怎么能不眼熟呢？这是她以一个灵石八个的价格从二手市场上批发的！

这不是昨天自己送给那个人渣师尊的吗？

宋南时眼睁睁看着师姐拿着自己炼的药，倒出两颗吃了下去。

她沉默片刻，冷静地道："师姐，这个丹药是……"师姐便露出了笑容，道："是回春丹，师尊看我受伤了给我的，药效很好呢。"宋南时："……"谢谢你夸我。

此时此刻，宋南时终于对这个师尊有多人渣有了更加深刻的认知。

抬头，师姐脸上挂着分外满足的微笑，仿佛有这一瓶丹药，她受的伤就值得了。宋南时知道此刻的师姐对师尊估计没什么爱慕之情，她只是唯他马首是瞻，想要报答他。

但这并不妨碍宋南时觉得师尊坏！这么坏还当什么男主角，送进火葬场不好吗？！

她真诚道："师姐，我知道山下有一家新开的火葬场，活人首次预约打八折。"师姐："啊？"宋南时："……没什么。"

她冷静地端出了炼丹炉，决定吃顿饭冷静冷静。掀开盖子，饭香扑鼻，她镇定地给自己盛了一碗。

刚吃了两口，她听见师姐震惊的声音："师妹，你这是……"

宋南时："吃饭。"师姐："你用炼丹炉……"宋南时："做饭。"师姐："那你用做饭的锅……"宋南时："炼丹。"

师姐："……"

宋南时半晌没听见声音。

良久。

"嘭！"一声巨响传来。

宋南时立刻转过头，只见诸袖白眼一翻，倒在了地上。

宋南时大惊。怎么回事？！哪怕你看不惯我用炼丹炉做饭，也不至于气晕吧！

还是说……宋南时的视线落在了掉落在师姐身边的药瓶上。

医疗事故。

宋南时眼前一黑。

当天，无量宗的许多人都看到小卦师宋南时抱着昏迷的自家师姐，疯狂往医堂跑。

医堂内。

宋南时坐在诊室外，看着一个年轻医修从容地走了进去。片刻之后，年轻医修的脸色越来越沉重："师尊、师叔，劳烦你们过来一下。"随即两个中年医修走了进去，一番诊治。

中年医修们沉吟。

"师伯……"

"师叔祖……"

中年医修们呼叫外援。

几个老年医修走了进来，又是一番诊治。老年医修们开始挠头，面面相觑。

片刻之后，一群医修围绕着诸袖，都开始挠头。

宋南时的心越来越沉。

专家会诊。完了，她该不会把女主角害死了吧？

就在宋南时惴惴不安时，一个医修走了出来，一脸沉痛道："我们有一个好消息，一个坏消息，你……"

"坏消息。"宋南时抢答。

医修："坏消息是，你师姐的昏迷我们查不出病因，无能为力。"

宋南时虚弱地说："那好消息……"

医修腼腆一笑："我们经过商议，一致决定，用你师姐的名字来命名这个病！"

宋南时："……"这算不算好消息，她不知道。

但她觉得，她刚到手的三千灵石可能不够赔的。

（五）

宋南时坐在病床前，冷静地听着诊室的医修们火热地商讨药方。

"……病人旧伤未愈，而且身有暗疾，虽不知这毫无预兆的昏迷和暗疾有没有关系，但我觉得应当添一味地丹。"

地丹一百灵石一枚。三千减一百。

另一位医修补充道："病人昏迷之前吃过回春丹调理身体，这回春丹药效极强，以防万一，老朽觉得应当再加一株安山草化解药性。"

安山草八十灵石一株。三千减一百八。

医修们火热地讨论。宋南时默默地做四位数以内的减法。

减二百二十。

减二百五。

减三百……

她的表情越来越沉重。旁边的一个小医修见她的反应，心下不忍，安慰道："这位仙子尽管放心吧，我等穷尽毕生所学也会把仙子的师姐救回来的！"

宋南时："……我替我师姐谢谢你们。"小医修谦虚："不必，应尽职责。"

他又道："对了，师叔和师叔祖他们开的这些药……价格可能昂贵了些……"

宋南时："……"

她凄然道："开！尽管开！只要能把师姐救回来，我砸锅卖铁也心甘情愿！"

小医修看着面前的女修那凄然中带着坚定的表情，肃然起敬。他感动道：

第一章·不宜出行

"仙子和令师姐的同门情谊，感人至深！"说着，他大手一挥，豪气道："给这位仙子上一碗安神汤！我请客！"

宋南时："……"你们医修请客的方式这么独特吗？

片刻之后，宋南时坐在自己的小板凳上，手里捧着一碗热腾腾的安神汤，一边听着满屋子的医修争得脸红脖子粗，一边慢吞吞地喝着。

旁边插不上话的小医修热情地问道："仙子觉得这安神汤怎么样？喝完了我再给您续一碗！"宋南时："……不必，谢谢。"

安神汤怎么样她不知道，但她觉得这一屋子的医修不是很靠谱的样子。

她现在是真的有点儿担心自己这个二师姐会不会被这群医修给治没了。

她看了一眼诸袖。二师姐双目紧闭地躺在病床上，脸色惨白。

算了……

宋南时突然闭上了眼睛，体内微薄的灵力缓缓流转，眼眶微微发热。片刻之后，她重新睁开了眼睛，古井无波的眼眸中此刻竟似有光华在流转。

她的视线就这么定定地落在了诸袖身上，然后一愣。

诸袖突然昏迷，最初的慌乱过后，宋南时就知道自己这个师姐绝对不可能真的出什么事。

因为她是"主角"。

宋南时在学卦之前，觉得自己现在所看到的既然是真实的世界而不仅仅是一本书，那么主角也就只是这真实世界中的一个人而已。学卦之后她就不这么觉得了。冥冥之中，她能够察觉到自己的这群同门和别人不同。这种不同，来源于虚无缥缈的"天道眷顾"。

她曾经将自己这不甚明晰的感受隐晦地和师老头说过，师老头无所觉。从那之后她就没和别人提过这件事了。可能是因为自己是从其他地方来的，能看到别人看不到的，察觉到别人察觉不到的。

但她笃定，自己的感受没有错。这群人，和别人是不同的。

但此刻，她突然不这么确定了。卦师张开天目，可以窥探到一个人的命火。命火越旺盛，生命力越蓬勃，而命火若是衰落下去……

宋南时突然起身，冷静道："几位前辈可否查看一下师姐现在的情况？我觉得她不太好。"嘈杂的讨论声顿时停下，几个医修对视了一眼，其中一个头发花白的医修起身走了过来。

摸脉，诊治。宋南时紧紧地盯着他。

片刻之后，医修的表情放松了下来，温和道："你师姐没事，状态很稳定。小姑娘，别太担心了，我们会尽快找到你师姐昏迷的原因的。"其他人纷纷松了口气，觉得这小丫头估计是太过担心师姐了。

宋南时的脸色却更难看了。没事？那为什么……

宋南时看向诸袖。天目之下，诸袖周身血一般浓烈的命火正在一点点暗淡下去。

缓慢，却让人心惊。

宋南时只在将死之人身上看到过这种缓慢暗淡的命火。

主角会就这么死去吗？还是在剧情都没开始之前。

宋南时沉着脸伸出手，触向诸袖眉心。命火从眉心而起遍及全身，她想看看她眉心的命火根基还稳不稳。可还没等她的手伸过去，一团灰色的东西突然从诸袖眉心命火最浓烈的地方冲了出来。

宋南时几乎下意识地伸手抓去。触感像是空无一物，宋南时不确定自己有没有抓到什么，但在那一刻，她隐隐听到了一声猫头鹰似的尖叫。下一刻，眼前红光一闪，诸袖周身的命火猛然高涨起来。

宋南时被闪得闭上了天目，等她再睁开眼时，就见诸袖周身的命火不仅一点都不暗淡了，反而隐隐泛着一层紫色。

嗯？紫色？宋南时下意识地凑近了些。

然后就近距离对上了诸袖猛然睁开的双眼。

宋南时："……"

她看着诸袖，诸袖看着她。

诸袖仿佛回不过神一般，眼神有些茫然。宋南时不动声色地直起了身，关切地问道："师姐，你没事吧？"

诸袖眼睛缓缓聚焦，然后她说的第一句话就把宋南时吓蒙了。

诸袖："你是……师妹？我还活着？"

宋南时："……"完了，她都意识到自己危在旦夕了，那我岂不是要赔到倾家荡产？

宋南时起身，温柔道："师姐说什么傻话呢。"说完，她赶紧叫医修们过来。已经注意到病人苏醒的医修们七手八脚地围上来。

宋南时退隐到人后，松了口气。希望师姐等下就把这茬儿忘掉。

026

第一章·不宜出行

不过……

宋南时抬起手，看了看自己的手心。

方才自己抓到的那灰色的东西是什么？消失了？

宋南时沉吟片刻，解下腰间的龟甲。这是她第一次给主角占卜。

片刻之后，卦成。

复卦，峰回路转，向死而生。

向死而生？

宋南时突然抬起头，看向了人群中的二师姐。她意识到一件事。

二师姐觉悟了。剧情要开始了。

一刻钟后。

医修们确定师姐无事。老医修很可惜："我们都把药方商量出来了。"

宋南时心中有种不妙的预感："那敢问这个药方的价格……"

老医修捏着胡子："一千灵石，很实惠了。"

宋南时："……"幸好师姐醒得及时！

她再看向师姐，心里也没有什么面对已觉悟之人的复杂情绪了，只有满满的感激。

师姐，好人哪！

诸袖正沉浸在自己的思绪里，被她看得发愣："师妹？"然后她就见自己这个师妹冲她展露温柔的笑容："师姐，你还好吗？"诸袖莫名有些受宠若惊："还……还好。"

宋南时温柔地说："那我们就走吧。"赶紧离开这个可怕的地方！

诸袖迷迷瞪瞪地就被忽悠走了。走出没多远，她终于反应过来自己经历了什么。她记得自己应当是死了，可是现在……

诸袖不动声色道："师妹，我刚醒，还有些迷糊，今天是什么日子来着？"

宋南时很体贴地当了个推动剧情的工具人："现在是天狩一百二十八年正月十九。"她看了看天色，补充道，"巳时。"诸袖："……"倒也不用这么具体。

但是，天狩一百二十八年……她想起来了，这是一切都还没开始的时候。她还没一条道走到黑，大师兄没为了复仇不知所终，小师妹也没去妖族，而自己这个三师妹……

诸袖一顿。

因为她突然发觉，自己好像想不起来在自己死之前，三师妹怎么样了。

是因为和三师妹关系太过冷淡，所以才不曾留意三师妹如何吗？诸袖不由得有些茫然。茫然之中，她隐约觉得自己身上的法衣有些不对劲。顺着感觉看过去，就看见自己衣摆上的一个不大不小的破洞，似乎是被火烧的。

一旁，宋南时问道："师姐，怎么了？"诸袖下意识道："衣服……"于是宋南时也看到了。她沉默片刻，冷静道："这应当是刚刚我为师姐演示离火的时候，被离火烧的。"

诸袖："……"道理她都懂，但她觉得离谱。这件衣服，是师……是不归剑尊送给她的，哪怕是金丹剑修全力砍上一剑也不见得能留下痕迹。一个卦师的离火能烧出一个破洞？如今卦师都这么厉害了吗？还是，其实是她这个师妹不简单？

诸袖不动声色地看了过去，然后就看到宋南时一脸沉痛地从储物戒取出灵石来。

诸袖："……师妹这是何意？"宋南时沉沉地说："师姐，你的法衣多少钱一件？"

诸袖："这法衣也算不上坏了，修修补补还是能用的。"宋南时："修补要多少钱？"诸袖："约莫一千灵……"话没说完，就见师妹沉痛地拿出一千灵石，放在了她手上。

诸袖连忙道："师妹不必如此，这件衣服……"她顿了顿，仿佛突然放下了什么一般，轻声道："这件衣服我不要了。"她从前很宝贵这件衣服，不是因为它多珍贵，而是因为这是师尊送的。

但是现在……

她直接拔出剑斩下那截被灼烧的衣摆，轻快道："一件衣服而已，这件不合我意，换一件就是了。"说出这句话时，她只觉得天高云阔，一身轻松。

衣服她不要了，人她也不要了。

宋南时："不是因为这个。"她破坏气氛，惨笑道："一夜暴富，我不配！"

她看出来了，她今天到手三千灵石，两千灵石是师尊的欠款，一千灵石是从师姐那儿白拿的。但老天爷约莫是看不惯她白拿，于是她好不容易躲开了开药方那一千灵石，如今又得赔师姐的法衣，一副势必要她把白拿的还回去的模样。她大概明白了那句"宜脚踏实地"是什么意思。白拿，她不配！

但是宋南时还是有点儿不得劲，于是她走之前特意说："师姐，据说山下开了一家新火葬场，火葬、埋人一条龙，活人首次预约打八折！"师姐："啊？"宋南时："没关系，你记住就行。"她神清气爽地走了。

诸袖茫然地回了自己的洞府，师尊正在等她。仙君目下无尘："怎么去这么久？"

诸袖："……"这一刻，三师妹的话突然浮现在心头。

诸袖沉默片刻，真诚道："师尊，山下新开了一家火葬场，您要去试试吗？"

不归剑尊："？"

怎么试？火葬场怎么试？

（六）

"所以，最后你还是把那一千灵石还给你师姐了？"师老头兴致勃勃地问她。

宋南时面无表情："嗯。"师老头："哈哈哈！"

宋南时："……"她就知道，这老头子绝对不会放过任何看她乐子的机会。

她就这么面无表情地看着这老头子笑，等他笑够了，才心平气和道："你上个月欠了我三十个灵石还没还，加上上上个月的买酒钱，总共是五十个灵石。"

师老头的笑戛然而止。宋南时体贴道："我就不收您利息了。"

老头子顿时恼羞成怒："小老儿我说不还了吗？下个月我连利息一块还你！"这次换宋南时笑了："我就等着您这句话呢！"

师老头冷哼一声："你来找我，就是想提醒小老儿还钱？"宋南时咳了一声，想到自己接下来有求于人，决定收敛一点。于是她真诚道："哪能呢，没有要紧事哪敢来烦扰您。"

师老头阴阳怪气："哟，还真有事呢，那说来让老头子乐呵乐呵……"宋南时抬头看他一眼，比了个"五"的手势。老头子一顿，想到自己欠的灵石，不情不愿地改口："行行行！说吧说吧！"

宋南时沉吟片刻，将自己占卜出来的那个"向死而生"的卦象隐瞒了下来，只说自己开了天目之后从诸袖身上看到的异常，特别是那突然从诸袖命火中蹿出来的灰色雾气。

谁知道师老头还没听她说完，脸色当即就变了。他气急败坏，劈头盖脸就骂她："你是傻吗？不知道是什么东西也敢伸手抓？！"

平常这老头喜怒不定归喜怒不定，但宋南时还从没见他发过这么大的火，一时间直接被他骂蒙了。

老头根本不给她反应的机会，当即起身就张开了自己的天目。宋南时一惊："您……"师老头黑着脸："你给我站好别动！"他皱着眉头用天目将宋南时周身认真探查了一遍，特别是她身上的命火。

宋南时张了张嘴，一时间说不出话来。师老头是卦师不假，但他早年修为受损，轻易不会张开天目增加自己的负担。可是现在……

此时，师老头见她的命火没有任何问题，周身也没有异常，这才松了口气。天目刺痛。

师老头不着痕迹地按了按自己的眉心，睁开眼时又凶神恶煞地骂道："你明知道那东西对别人的命火有影响，还敢伸手碰！你是觉得自己比别人命大吗？！"

他骂得这么凶，满以为按照宋南时的性格，怕是当场就要阴阳怪气地撑回来，谁知道一抬头，却见这丫头正表情复杂地看着他，不知道在想什么。师老头一挑眉："怎么，你还不服气？我告诉你！你最开始就不应该张开天目帮你那师姐看什么命火！一个卦师，张开天目探查别人有多危险你自己不知……"

"您眼睛疼不疼？"宋南时突然打断了他。师老头一愣，随即不满道："别给我打岔！你给我记住了，以后别为了不相干的人张开天目！"

宋南时看了他半晌，难得乖巧地点了点头，小声道："我以后不会了。"

她突然这么乖，也不顶嘴了，师老头反而愣了，一时间只觉得连骂都骂不下去了。

别扭半晌，他只能硬撅撅地道："你知道就行！"

宋南时连连点头。

师老头想大骂她一场的心都被她突如其来的乖巧给噎回去了，一时间不上不下地，十分难受。她还道："您继续，我听着。"老头："……"还继续什么啊！

他只能憋着气道："你看到的那灰影叫影鬼，心术不正的修士折腾出来当自己耳目和爪牙的，魑魅魍魉的玩意！"宋南时若有所思："影鬼……"

师老头面色严肃起来："这玩意能神不知鬼不觉地偷别人的寿命为自己所用，你师姐被这玩意找上，八成是在外面得罪了什么人，所以仇家才用这阴损的法子害她。这次是你运气好，可能那炼制影鬼的人手艺不精，轻易就能被你破了，可若是碰见个精于此道的，你伸手去抓影鬼的那一刻，就得想想下辈子投胎到哪儿了！"

宋南时若有所思。自己开天目时，师姐周身的命火暗淡其实是影鬼在偷她的寿命？但是原著里有影鬼害人这一桥段吗？宋南时记不太清了。

师老头见宋南时一直没说话，放轻声音道："不用担心，你身上没有影鬼的痕迹，它要么是跑了，要么真的是炼制它的人手艺不精。但这次是你运气好，再有下次，你就等着我给你收尸吧！"说着，他揉了揉额头，眉宇之间浮现出一抹疲惫之色，他没好气道："没事了就走吧！浪费我时间！"

宋南时看出他的疲惫，突然道："所以我不是不相干的人，对不对？"别为了不相干的人张开天目。你这么说着的时候，可是在毫不犹豫地为我张开天目。

她看着师老头一时间反应不过来的神情，突然笑了，调侃道："师老头，担心我就直说啊，嘴硬就不帅了。"师老头反应过来，顿时暴跳如雷："谁担心你！你现在就给我滚！"

他跳起来就要打宋南时，宋南时被追得抱头鼠窜。

就这样，她还有胆子在被赶出门前大声道："师老头，您就放心吧，以后我给您养老！"

师老头："养个头！你再作死不一定谁比谁活得长呢！"

宋南时哈哈大笑。

另一边，刚下了玄通峰，被师老头断定为"身上没有影鬼的痕迹"的宋南时便觉得周身有些冷。她没开天目，因此也看不到，一缕灰色的雾气小心翼翼地从她头发间钻了出来。

这里的"小心翼翼"不是夸张，只要能看得见这灰雾的人，都能从它那没鼻子没眼的躯壳上看出它的战战兢兢。此时的它比宋南时最初看到时小了一圈不止，萎靡不振，整团雾显得弱小、可怜又无助。

它凝神屏气，好半晌才从宋南时发间爬到了她肩膀上，生怕惊动了她。这时，宋南时喃喃自语："我怎么觉得有些冷？"

影鬼："！"它顿时僵在原地，一动都不敢动。

太可怕了，实在是太可怕了！

它是拥有自主能力的影鬼，和那些自我意识都没有的影鬼不可同日而语。

自它出生以来，接手的任务从无败绩。

所以最开始，主人让它对付一个小丫头时，它甚至觉得主人大材小用。而事实上，那小丫头也确实不堪一击。

但谁知道……影鬼的视线落在了宋南时身上。

谁知道，这无量宗藏龙卧虎，居然还有这号人物不为人知。它从没想过有人能仅凭天目就看破它的伪装，就像它从没想过，这平淡无奇的女修一巴掌就拍掉了它半条命一样。

它拼了老命才留下半条命来。要是对方是个元婴大佬也就罢了，可这丫头分明连筑基期都不到。

不行！它必须得逃出去，得让主人知道，这无量宗区区炼气期的人就有如此能耐，藏龙卧虎，恐怖如斯！

影鬼凝神屏气地往下爬。它想好了，等它脱离这人，就找一只鸟儿附身，

一路飞回主人身边！正好，宋南时过桥时，有一群野鸟在溪面觅食。影鬼大喜过望，顿时加快速度。

正在这时，它一时不慎，碰到了宋南时的一缕头发。发丝飘飘荡荡，蹭到了宋南时的脖颈。

影鬼霎时间睁大了眼睛！

不！

下一刻，它耳边传来魔鬼的喃喃自语："脖子有点儿痒，这月份还有蚊子吗？"

一只大手挥来。这一刻，它被人一巴掌拍去半条命的恐怖记忆涌上心头。

历史重演。

"啪！"

它连躲都没来得及躲，被一巴掌拍了个正着，软绵绵地滑了下去。

此时的它犹在挣扎：没关系，下面就是野鸟，只要附身其中一只……

它拼尽全力发动了附身能力。

……然后它掉进了河里。

河底正栖息着一只乌龟。影鬼的附身能力无比精准地落在了乌龟身上。

这时的影鬼还没发现不对，一见附身成功，当即大喜过望，赶紧挥舞"翅膀"。

哇哦，起飞！然后一只乌龟就在水里疯狂地刨起来。

影鬼："？"

它看着眼前的乌龟爪子，一瞬间心态崩了。宋南时是故意的！宋南时绝对是故意的！

不！它不认输！哪怕成了乌龟，它爬也能……

"咕噜咕噜咕噜……"

糟糕！它不知道乌龟在水下怎么呼吸！

宋南时走在桥上，听见桥下的动静，下意识看了过去，然后就看见一只乌龟……溺水了？

宋南时大奇："乌龟也会溺水？"她当即趴在栏杆上兴致勃勃地看起来。

乌龟浮上来了，喘口气，又沉了下去，如此反复。宋南时看得有趣。

可惜没一会儿，一股水流冲了过来，那有意思的乌龟顺着水流就被冲走了。

宋南时意犹未尽。然而等她抬起头，就看到江寂和那玉佩柳老头正站在桥的另一边，目瞪口呆地看着她。

宋南时友好地打招呼："大师兄，你也来看乌龟啊？"

第一章·不宜出行

目击者一号江寂："……"
目击者二号柳老头："……"

两个人一个自己能开天目，另一个被开了天目，都目睹了案发全过程。
柳老头扭头就冲江寂说："我就说！她就是故意的！"江寂："……"他也说不出自己的师妹是无意为之的话了。怎么就那么巧？
于是两个人一齐表情复杂地看着她。
这师妹，不简单！

宋南时："？"什么故意的？看了场乌龟的乐子还能是故意的？

溪流下游。
影鬼拼了老命，终于在水流稍缓的时候爬上了岸。它一刻不停地拼命爬，它要赶紧去找主人，这个地方太可怕了！它要……
下一刻，它直接被人捏起来，一张剑眉星目的脸出现在它面前。来人穿粗布衣裳，头发随意束在身后，却难掩一身的冷淡气质。
"影鬼。"他道。

第二章

生亦何欢,死亦何苦

（七）

窄窄的木桥上。

两拨人分立桥的两头，面面相觑。

宋南时觉得今天的主角团属实是有点儿诡异，主角团觉得三师妹也挺吓人。沉默良久，宋南时觉得这气氛属实难以承受，强撑起礼貌的微笑，开口告辞。谁知道两个人仿佛就等着她这句话一样，顿时连连点头，看她的眼神充满惊恐。

宋南时："……"不就是看了场乌龟的乐子吗？你们两个是什么极端的动物保护人士吗？

她莫名其妙地转身离开。两个人这才松了口气，面面相觑。

半晌，柳老头表情复杂地开口道："你这个师妹，有点儿东西在身上的。"

还没走远的宋南时："……"我不就是看了场乌龟的乐子吗？至于这么说？

今天实在是多灾多难，被迫当了回女主角觉悟之后剧情里的NPC[①]就不说了，看场乌龟的乐子还能碰见俩极端的动物保护人士。

可怕的一天。

她回去之后就直接打坐修炼，闭门不出。一睁眼到了第二天，她几乎是迫不及待地打开神棍系统开始抽签。

今日，晨。

财星高照，求财得财。

上签。

宋南时："！"财星高照！上签！

她狂喜！今天这签文，没问题了！

---

① NPC：非玩家角色。指游戏中不受真人玩家操纵的游戏角色。

036

第二章·生亦何欢，死亦何苦

她二话不说，收拾了一下自己的行头就要出门。

"三师妹，你在吗？"诸袖的声音。

宋南时："……"觉悟的女主角第二天就来找她，她开始怀疑这签文的准确性。不行，今天她一定要把这钱给赚喽！

于是，等诸袖寻过来的时候，看到的就是一个穿好了一身行头的宋南时。

诸袖一顿，视线落在宋南时举着的布幡上。

问卜算卦，童叟无欺，如若不准，假一赔十。

——宋半仙。

诸袖："……"

此时，宋半仙手里拿着布幡，腰间挂着龟甲，背后还背着几桶竹签，只要再戴副墨镜，出去就能完美COS[①]算命先生。

诸袖沉默了半晌，茫然道："师妹，你这是……"宋半仙微笑："这是职业装。"

说着，她还体贴地递上一张名片，道："这是我的名片，师姐要是有需要的话可以来找我，新人算卦，给你打九五折。"

诸袖沉默地接过名片。

情缘命数、问吉卜凶、风水命理。宋半仙，您的贴心小帮手。

通讯符请联系×××。

地址：无量宗下仙缘镇二麻子桥桥北。

诸袖："……"她恍然忘记了自己今天来找三师妹的真正目的，满脑子都是二麻子桥。

这时宋南时开口问道："师姐一大早过来找我，有什么要紧事吗？"

诸袖反应过来，对了，她还有正事。

她正色道："我确实有事想请师妹帮忙。"来自女主角的请求让宋南时暗暗提高了警惕。

然后她就听见诸袖严肃道："师妹昨天给我介绍了一个火葬场。"

宋南时愣了一下，点头。诸袖便虚心问道："这个火葬场规模有多大？"

[①] COS：全称cosplay（角色扮演），简称COS。一般指利用服装、饰品、道具以及化妆来扮演动漫或游戏中的角色。

第一次有人用"规模"来形容火葬场，宋南时觉得怪怪的，迟疑道："这个……一次性烧七八个人总是没问题的吧。"

　　谁知她刚说完就见诸袖摇了摇头道："太小。"宋南时："？"

　　火葬场要那么大做什么？承包全镇的入土业务吗？

　　她正准备说什么，就见师姐云淡风轻道："我准备投资火葬场，扩大火葬业务。"

　　宋南时：啊？

　　师姐冲她羞涩一笑："师妹，就拜托你帮我引荐一下火葬场老板了。"

　　宋南时沉默片刻，恍然大悟。火葬场，追妻火葬场的火葬场。

　　但是她很确定，二师姐在原著里是追妻火葬场女主角，而不是火葬场老板。

　　宋南时虚心请教："师姐为什么要投资火葬场？"师姐冲她一笑，露出了大白牙："提前做个准备，说不定什么时候就能用到了呢，这叫未雨绸缪。"

　　宋南时："……"懂了。

　　原著里有没有精神火葬场宋南时不知道，但现在师姐已经准备好了物理火葬场。

　　追妻火葬场小说女主角变火葬场老板？

　　她欣然同意，积极地说："那事不宜迟，我们现在就走！"

　　两个满脑子可怕念头的女修风风火火就下了山。路上，宋南时自觉地发挥一个NPC的作用，和师姐聊起无量宗上上下下的事情，帮她熟悉新生活，然后就聊到了隔壁宗那个和妖族姑娘跑了的师弟。

　　一直很平静的师姐顿时兴奋，眼眸中爆发出宋南时格外熟悉的光芒："我知道我知道！这个师弟他……"

　　话没说完，她一顿，咳了一声，又恢复正经的表情："我的意思是说，这件事，我也略有所知。"宋南时："……"明白了，原来大彻大悟也改变不了一个人八卦的性格。

　　这么想着，宋南时却不自觉地笑了出来，觉得这样挺好的。

　　师姐大概是已参透了人生，知晓这个师弟的结局但又不好对人说，表情分外憋闷。

　　宋南时体贴道："也不知道这师弟最后会怎么样？"诸袖顿时像是找到了突破点一样，当即道："他被那姑娘的正室打了一顿，又跑回了无量宗，他师尊嫌弃他打不过妖还跑回来，把他的腿打断了！"

　　宋南时看过去。诸袖咳了一声，装模作样道："当然，这只是我的猜测。"

　　宋南时点头："当然，这只是师姐的猜测。"她开始盘算着到时候炼几瓶续骨丹卖给那倒霉师弟能挣多少钱。

两个人一路走到了火葬场。火葬场现在的老板万万没想到居然还有人会投资火葬场，怀疑地看着她们，然后师姐就说出了自己的投资金额。火葬场老板当场表示自己要退位让贤，从此以后师姐是老板，他是打工仔。

宋南时："……"忌妒。

但那老板着实上道，趁着师姐不注意，塞给宋南时一袋灵石，说是谢谢她引荐。宋南时想到今天的卦象，装模作样地推辞几番，欣然收下。

跑这么一趟，两个人都十分满意。

出了火葬场，师姐回了无量宗考量她的火葬大业，宋南时去仙缘镇准备摆摊。

刚进仙缘镇，她就发现今天街上分外热闹。宋南时算是熟面孔，没等她问便有人热情道："宋半仙来得巧，今天街上有人卖新鲜的妖兽，品阶都不错，都快被抢疯了！"说着他匆匆离开，显然也要抢那品阶不错的妖兽。

无量宗脚下很少有妖兽肆虐，因此卖妖兽的也稀少，这确实难得。宋南时捏了捏刚到手的灵石，决定也去凑一下热闹。她找到人群最密集的地方，拼死拼活地挤到了前排。

卖妖兽的是两个人，一男一女，看长相是一对兄妹。两个人脸上都带着热情的笑，那些妖兽也确实很新鲜。宋南时很满意，就看了一眼价格。

然后……打扰了。她默默地又退了出去。

刚从人群中挤出来，一个冷漠的声音就从她身后传来。

"让一下，你踩到我东西了。"

宋南时回头，然后就被晃了一下眼。一个剑眉星目的青年坐在她身后，着一身粗布衣裳，头发随意束在身后。明明是相当朴素的打扮，但他那一张脸硬生生把衣服都衬得昂贵起来，随意束起的头发也变成了洒脱不拘。

他面前也有一个小摊子，不过摊子上都是些寻常的野兽皮毛之类的，和卖妖兽的那对兄妹相邻，客流量形成了鲜明的对比。

宋南时踩到了对方摊子上狼皮的一角，她连忙抬起脚："对不住。"

青年倒也好说话："无事。"

宋南时往后退了两步，不着痕迹地欣赏了一下这青年的长相，看看差不多到该出摊的时间了，就准备离开，然后她就看见一只小乌龟在青年衣袖里左看看，右看看，探头探脑地爬了出来。青年没低头看，却仿佛知道发生了什么一样，伸手又把那乌龟按了回去。

咦？这乌龟……

宋南时大喜，这不就是昨天她看见的那只溺水的乌龟嘛！

卦师万事都讲求个缘分，宋南时顿时觉得自己和这乌龟有缘。

正好她算卦的龟甲也该换了。

她当即问道："兄弟，你衣袖里的乌龟多少钱？"

乌龟一僵。青年看她一眼，声音冷淡："不卖。"

宋南时劝道："价钱好商量。"她这么说着的时候，乌龟不着痕迹地往青年衣袖深处爬。

青年察觉到了，眼眸中不由得闪过一抹疑惑。自从他抓到这只影鬼，它就无时无刻不想逃跑，哪怕被他封进了乌龟身体里也不忘爬出来。

而现在……

他沉吟片刻，若有所思地将乌龟从衣袖里拿了出来。乌龟肉眼可见地一抖。

它怕这个筑基期都没到的丫头？有意思。

他问道："你要这个？"

宋南时满意地点头："就是这个。"

乌龟顿时挣扎起来，拼命要往青年身上爬。青年两只手捏住它，问道："你要它做什么？"和这影鬼有关系？

然后他就见面前的小姑娘指了指自己的布幡，腼腆道："我是个卦师。"青年点头，现在卦师不多见了。小姑娘："我的龟甲该换了，我觉得你手里的乌龟就很合适，和我有缘。"

青年："……"

乌龟："……"

乌龟奋力挣扎起来，青年却笑了出来。他看着宋南时，道："这东西也不值什么钱，送你了。"

他将挣扎的乌龟送到宋南时手上，然后紧紧盯着她。影鬼脱离了他的掌控，势必会跑出乌龟的身体。但是被这小姑娘抓住的那一刻，它却更加萎靡了。

有意思。青年若有所思。

宋南时不知道眼前的人在想什么，但白拿人东西，她也挺不好意思，便道："那我给你算一卦吧。"

青年一顿："你要给我算卦？"宋南时想了想，道："兄弟，一卦只要十个灵石，但是兄弟你豪爽大方，我决定给你打八五折。"

她道："来一卦？"

青年："……"他面色如常，"那你试试吧。"

宋南时当着他的面起卦。然而也不知道是她的龟甲真该换了还是怎么样，她一连算了三次都是废卦。

她不信邪，又来了一次。第四次，她算出个"命不久矣"的死卦。

宋南时："……"

她放下龟甲，一言难尽地看着他。青年："如何？"

宋南时："这个卦，你得先付钱，我才能告诉你。"

青年有点儿怀疑这人是在坑他。他掏出了九个灵石。

宋南时很有职业道德："八五折，八个半灵石。"说着她就抽出了把匕首，把其中一个灵石砍成两半，一半还给了他。

青年："……"他一言难尽地接过灵石，"你说吧。"

宋南时语重心长："这个卦，不好说，但是总之啊，接下来的日子你想吃点儿什么就吃点儿什么吧。"

青年："……"总觉得不是什么好话。

（八）

宋南时觉得自己似乎被那个命不久矣的青年当成了骗子。但她扳着手指算了算，发现这人居然是她近半个月来第一个开张的客户，顿时决定原谅他。况且她说了如此大实话，这青年居然也没站起来揍她，宋南时当时就感动得一塌糊涂。

这兄弟，好人。

她坐在二麻子桥边自己的摊位旁，和斜对面那青年的摊子隔了三四个摊位。宋南时侧头怜悯地打量着青年。

可惜好人不长命，造化弄人。

青年坐在摊位旁，闭着眼睛假寐，两条大长腿一条伸直，另一条屈起，对周围的一切无动于衷。换句话说，他摊位前没什么人，所以他才能这么摸鱼。

宋南时又看了看自己的摊位。一只寒鸦和她对上视线，拍拍翅膀嫌弃地飞走了。

宋南时："……"

放眼望去，一整条街上，再也找不出第三个和他们一样冷清的摊位了。她狠狠地共情了。

按理说，在修真的世界里，算命这种事情应该挺吃得开，宋南时靠着算命养活自己总不至于穷成这样。但可惜的是，这年头大家都听不得真话。偏偏宋南时被师老头教导的时候就立过誓，跟着他入此门，无论算出什么，都不可说谎。

她十二岁的时候第一次摆摊算卦，碰见的第一个顾客让她帮忙算算自己的老婆有没有出轨。她起卦算了算，发现他老婆倒是好好的，但他自己出轨了不说，他的那个情人还给他戴了绿帽子。毕竟是自己的第一个顾客，宋南时积极地把这个附加信息告诉了他。

由于没控制住音量，当时半条街的人都看了过来。

那人显然也是个听不得真话的，脸上一阵红，一阵白，站起来就要打她，还没给她钱。

从此以后宋南时一战成名。这个成名的结果就是，镇上的人都知道她算得准，但没几个敢来找她算的。

从那以后，宋南时就自修了一门"说话的艺术"。

所以，这青年，绝对是好人哪！

不知道是这个青年开了个好头，还是她今天抽的签真的起作用了，她出摊半个月没开张，今天一天倒是又接了两个单子。

一个是个遮遮掩掩的小哥。他坐下就道："我做生意失败了两次。"宋南时点头："嗯。"

小哥："所以我想找半仙您算一算，我现在手里的这个生意还会不会再失败？我的出路又在哪里？"

宋南时当着他的面起卦。破财的卦，还是一破到底。

宋南时沉默片刻，在小哥殷切的目光中，从自己的储物戒中抽出了一张名片，道："你可以考虑一下这个。"

小哥看了一眼。

富婆重金求子，通讯符×××。

小哥："……"他沉默半晌，大彻大悟道，"我明白了。"

他捏着名片走了。

到下午，又来了个小姐姐。小姐姐一坐下就道："算姻缘。"

宋南时最喜欢算姻缘的，当场就起卦，然后她又沉默了。这小姐姐身上的红线都快乱成麻了。

她想了想，试探道："您是合欢宗的？"小姐姐娇笑道："你这小卦师有点儿本事。"

宋南时："……"红线乱成这样，这合欢宗的小姐姐高低也得是个门派骨干。

这时，小姐姐已经道："我有一个大师兄，一个小师弟。大师兄一夜七次，一次半个时辰；小师弟一夜一次，一次一夜。奴家不知道该选哪一个，还请大师解惑。"

宋南时："……"实不相瞒，这个频率，这个时长，如果不是修士的话，她会建议他们看看男科。

她看了眼小姐姐的脸色，运用"说话的艺术"："小孩才做选择，大人当然是全都要了！"

小姐姐心花怒放，满意地离开。

一天里，这三个卦算得宋南时心力交瘁，到了收摊的时间，她迫不及待地收拾东西，然后一抬头，就看见那青年正盯着她看，神情颇为一言难尽，也不知道看多久了。

他也正在收摊，宋南时一看，好家伙，一个都没卖出去。

明白了，这还是个穷鬼。命不久矣了还这么穷，可怜。

摸了摸衣袖里那只不知为何蔫巴巴的乌龟，宋南时决定发挥一下临终关怀精神。

她走过去，问："兄弟尊姓大名？"青年看了她一眼，声音低沉："云止风。"

宋南时道："我叫宋南时。云兄弟，你我一见如故，我再免费送你一卦，帮你算算你的财运如何？"

云止风无可无不可："随你。"

宋南时再次起卦。然后，她的龟甲裂了。

宋南时："……"

她面无表情地看着手里的龟甲。是算财运又不是算国运，你裂什么裂？还是说这龟甲真的用太久了？

宋南时抬头看了一眼云止风的粗布衣裳，觉得还是后者的可能性大一点。

云止风倒也不失望，只道："你的龟甲多少钱？我赔。"

宋南时大气地挥手："不用，我回去就把那小乌龟的龟壳扒了，龟肉还能炖个汤呢。"

宋南时衣袖里，小乌龟狠狠一抖。

云止风似乎是轻笑了一声，等她看过去的时候，他就又恢复了面无表情的模样。

他随意地挥了挥手，道："就此别过。"

宋南时目送他离开，这才转身回去。她要回去扒龟甲了。

影鬼："……"

毕竟事关自己吃饭的家伙，宋南时还是很上心的，回去之后净了手就把那小乌龟拿了出来。小乌龟一动不动，她提起它的腿晃了晃，这乌龟就像死了一样。

宋南时若有所思。她道："既然这乌龟死了，那不如……"小乌龟一惊，当场又挣扎起来。

宋南时："……"一只乌龟，心眼子还挺多。但是死龟的龟甲和活龟的龟甲有什么区别吗？

她挽起袖子就要扒龟甲。乌龟大惊，趁宋南时松开它一点的时候挣扎开，一扭头扎进了宋南时洞府的杂物堆里。宋南时立刻追了过去。

乌龟是怎么也打不过人类的，宋南时刚挪开一小半的东西就发现了它。她伸手就要把背对着她的乌龟抓回去，谁知这乌龟却主动转身，抬起两只爪子往她身前递了递。

宋南时定睛一看。咦？一个灵石？电光石火间，她想起自己在两年前丢了一个灵石，算卦也没找到。别问她为什么连一个灵石都记得，在她这里，每一个灵石都有自己的名字。

她连龟带灵石一起拿了回来，扫一眼就知道怎么回事了。那杂物堆里放着一个罗盘，大概是这玩意影响了她卜卦时的卦象。

手掌上，那乌龟殷勤地把灵石往她的方向推了推。宋南时看着乌龟的动作，若有所思。她试探着问道："你的意思是，我不杀你，你能帮我找灵石？"乌龟大喜过望，点了点头。

宋南时啧啧称奇。稀奇，无量宗这纯修士的地界，居然也有妖兽生出灵智吗？

她想了想，问："难不成你身上还有什么寻宝鼠的血脉？"只有寻宝鼠才擅长找宝物。

乌龟僵了一下，屈辱地点了点头。

宋南时大为震撼。妖族的这血脉可真够乱的，乌龟和寻宝鼠有一腿也就罢了，子嗣居然还流落到了修士的地盘上。可是它要是真的有寻宝鼠的血脉的话……

宋南时若有所思。乌龟战战兢兢地看着她。

第二章·生亦何欢，死亦何苦

半晌，宋南时突然两只手捧起了它，深情道："龟龟。"乌龟一抖。

宋南时："你既然主动请缨，那我肯定是愿意让你帮我找宝物的。"乌龟大喜。

宋南时继续说："但是找宝物的话，就要放你出去。"乌龟连连点头。

宋南时伸手抚摸着龟壳，怜惜道："但你这么小，要是跑丢了可怎么办？"

乌龟只恨自己不能张嘴说话，骗她说自己跑不丢。然而还没等它暗示宋南时什么，便见眼前这个可怕的女人笑道："所以，我有一个两全的办法。"

半个时辰之后。

乌龟脖子上套着一个特制的龟用牵引绳，慢吞吞地在兰泽峰脚下的草地上爬着。

宋南时一点也不嫌弃它慢，激情满满地打气道："我们先定个小目标，比如今天先找它二十个灵石！"

乌龟："……"早知道，它就该烂在主人手里。

宋南时对着一只乌龟碎碎念，过往的同门弟子一时间都大为震撼。

卦师都是这个做派吗？

有相熟的弟子好奇地问她在干什么。宋南时："遛龟。"

那人："……"见过遛猫遛狗的，遛龟的平生第一次见。所以，这几天宗门有传言说剑尊三弟子后悔学卦以致疯疯癫癫，其实不是捕风捉影吧。那人怜悯地看了她一眼。

另一边，江寂也正沉默地看着这一幕。

柳老头抱着手臂在他身边道："你看，我就说你这师妹不简单。"江寂不说话，只走过去，道："师妹。"

宋南时抬起头："大师兄。"

江寂点头，冷静道："师尊让我告诉你，两日之后宗门的灵兽阁会开启，师妹可以进去选一只灵兽增强实力。"

灵兽阁，每十年开启一次，让无量宗的弟子们挑选心仪的灵兽坐骑。上一次宋南时没选上，听到这消息她顿时惊喜道："好，我会好好准备的。"

说完，却见江寂还没走。

她抬头看去，就见江寂欲言又止地看着她，问道："师妹，你这是在干什么？"宋南时正想说遛龟，转头一看，龟龟已经发现了一个灵石。

宋南时大喜，美滋滋道："好！今天的目标完成了二十分之一。"

045

几乎是肉眼可见的，乌龟的背影都萧瑟起来。江寂和柳老头眼睁睁地看着，一时间大为震撼。她这是在……操纵影鬼找灵石？

　　柳老头沉默良久，再次说道："你这个师妹，有点儿东西在身上的。"

　　宋南时："？"她这次没笑话乌龟溺水啊，就遛个龟。你们这两个极端的动物保护人士怎么回事？

（九）

　　尽管觉得这龙傲天二人组看起来怪怪的，但灵兽阁开启确实是件大好事，特别是对还没到筑基期的弟子来说。

　　筑基以下无法御剑，实力也低微，简直是一个要位移没位移、要攻击力没攻击力的废物。所以一只有用的灵兽对他们来说至关重要，不管是能代步的坐骑，还是能打能抗的灵兽。

　　在修真界，家境稍微富裕点的修真世家都会在家中下一代刚出生时就准备好合适的灵兽，孩童和灵兽一起长大，默契无间，这就是他们在实力低微时的保命利器。而无量宗开设的灵兽阁，则让御兽峰的弟子们在修行的过程中培育出灵兽，送到灵兽阁供那些没有家族支撑的弟子挑选。

　　所以，进灵兽阁里挑灵兽自然没有适合一说，主要看眼缘。确切地说，看你合不合灵兽的眼缘。再直白点儿，是灵兽看你顺不顺眼。

　　你以为你进灵兽阁是挑灵兽的？不，你是给灵兽挑饭票的。御兽峰的弟子一手培育出来灵兽，他们一个两个都像是"男妈妈""女妈妈"，在一旁虎视眈眈地看着你。看中哪个就带走哪个？你想得美！

　　上次灵兽阁开启时宋南时才七岁，因为好奇凑过热闹，亲眼看见一个御兽峰的"男妈妈"前脚才凶神恶煞地威胁完一个师兄要对他家"宝贝"好，后脚那师兄一走，他一个五大三粗的汉子就哭成了泪人。

　　那架势，不像是送灵兽，倒像是嫁女儿。宋南时感到无比震撼。

　　从那以后，宋南时就对御兽峰有了一个比较直观的印象——一峰"妈妈"。

　　时隔十年，终于轮到了自己，宋南时心里既有对灵兽的期待，又有一种马上就要面对"岳父"或"岳母"的紧张。啊，马上就要娶老婆……挑灵兽了，紧张。

　　因为这份紧张，宋南时这两天也不出摊了，疯狂压榨起了龟龟，牵着它差点儿把整个兰泽峰爬了个遍。

　　龟龟累成了一只动都不想动的死龟，宋南时苦口婆心地劝它："这可是事关我的终身大事啊，你现在帮我攒老婆本，我以后帮你娶个美娇龟！"

"美娇龟"三个字一出来，动都动不了的龟龟一激灵，当场就爬起来，试图用自己的勤奋消除对方这可怕的想法。宋南时在背后看得直摇头。

啧，男人。果然，不管是男人还是男龟，都过不了这个坎。

最后一天，她去镇上买了些灵兽爱吃的点心，回来的时候又路过了云止风的摊子。云止风仍旧坐在摊位旁假寐，不过这次他的摊子前居然有了顾客！

那顾客问："这是木狼的獠牙吗？"云止风眼睛都没睁："嗯。"

顾客："多少钱？"云止风："三十灵石。"

顾客试图讲价："二十五行吗？五十灵石我两个都要了。"

云止风："不行。"

顾客正等着和他唇枪舌剑地讲价，被他一句话堵了回去。

顾客使出常用的讲价手段，威胁他："不行我就走了啊，这个价我真没少给你，你看隔壁那家……"

按照常理，店家这个时候就该让两分利了，然后就见云止风睁开了眼，十分困惑道："你想走，为何还要问我？"

顾客："……"直接被他气走了。

云止风看都没看一眼，闭上眼睛继续假寐。

宋南时看得大为震撼。别人都是把顾客当上帝，不跪着挣钱就是有骨气了，这兄台倒好，不但想站着把钱挣了，还想当顾客的上帝。

她忍不住走了过去，道："云兄弟，你这样是挣不到钱的。"

云止风睁开了眼，似乎也不惊讶她的到来，只道："我知道。"

正准备传授生意经的宋南时："……"这就没法说了。

云止风："你的乌龟怎么样？"

宋南时一听见他提乌龟就想起来了，连忙道："哦对了，我想问问，你手里还有其他乌龟吗？"顿了顿，补充道，"最好是母的。"

云止风微微直起身："你那只乌龟呢？已经扒壳了？"这就有意思了……

然后他就听见宋南时道："没，养出感情了。"

云止风沉默片刻，道："那你又要买乌龟……"

宋南时腼腆道："我家那只乌龟也老大不小了，该有个家室了。"云止风："……"

他的表情难得空白了一瞬。

宋南时还在一旁补充道："没有母的，公的也行！"

云止风沉默良久，然后他冷静道："两天之后来找我，公的母的都免费送

你，你那乌龟喜欢哪个，就和哪个成家吧。"

宋南时大喜。好人啊！她美滋滋道："那就谢过兄弟了！"云止风冷静地点头。

他又看了看宋南时手中的灵兽点心，问："要去灵兽阁？"

宋南时喜滋滋地点头。

云止风若有所思："灵兽阁……我知道了。"说着他就又闭上了眼睛，搞得宋南时莫名其妙。

见他没有说话的意思了，宋南时转身离开。

真是个怪人。明明看起来实力不错，偏偏天天待这里卖普通的野兽皮毛，还卖不出去。

算了，怪不怪的，关她什么事呢。

……

转眼就到了灵兽阁开启的那天，宋南时照例每日一抽。然而今天的抽签系统不知道怎么了，居然转悠了半天却什么都没蹦出来。以前她也遇到过两三次这种情况，她怀疑系统出故障了。但是急着去灵兽阁，她也没空深究，赶忙跑去和江寂会合。

到了约定的会合地点，宋南时脚步一顿。一个少女正站在江寂身边，雪白的脸，无所适从的样子。见到宋南时，少女顿时一副"得救了"的表情，连忙道："小师姐。"

宋南时暗暗叹了口气，走过去："师妹。"

少女立刻走了过来，紧紧跟在她身边，无所适从的感觉这才淡了些。

宋南时随即看了江寂一眼。正好江寂也看过来，两个人一对视，脸上都是苦笑。

这个师妹啊……

柳老头替他们说出了心里话："你这个师妹也十五岁了吧，怎么这么怕人？"

宋南时心说：怎么不是呢？

郁椒椒，按墙亲[①]的甜宠文女主角。在整个师门里，这个主角算是存在感最低的一个了。

---

① 按墙亲：形容剧情里有霸道的男主角将女主角逼至墙角亲吻的言情作品。

因为这个甜宠文女主角，她重度社恐①。

宋南时对这本书还有点儿印象，只记得这书的女主角性格软、脾气软，这些特征可以算是娇软女主角标配了。但现实里接触才发现，什么娇软，这分明是社恐。

郁椒椒一个月出门两次，一次领月俸，一次采购物资，让她去人多的地方和杀了她一样。

宋南时曾经亲眼看到她在群体社交中社恐得就差挖个坑把自己埋起来，宋南时于心不忍，就把她叫了出去，从此以后宋南时在这女主角心里就是前无古人的大好人。

她不仅社恐，而且性格还过于依赖他人。就像现在这样，她和江寂不熟，和宋南时还算熟，所以宋南时一来，她下意识地就跟在宋南时身边。

宋南时以前还奇怪过，这么社恐的人是怎么谈恋爱的。后来一想，哦，那本书的男主角是妖族太子，刚出场是原形，社恐恐人，又不恐动物。她觉得，但凡那妖族太子最开始是人形，任他长得再帅，这恋爱也谈不起来。

从某种意义上说，不是人的男主角，恐人的女主角，也算绝配。

也是她大意了，郁椒椒只比她小两岁，也该是挑灵兽的时候了。不过她觉得女主角这次肯定挑不成，不然她有了契约灵兽，哪还有化成原形的男主角什么事！

就是不知道出了什么意外。

此时，一个社恐的人夹在几人中间，宋南时和江寂面面相觑，都不知道该说什么。郁椒椒对这沉默的气氛适应良好，几乎是扯着宋南时的衣袖跟在她身边，和江寂离得远远的。

宋南时叹了口气，开口问道："师妹，你准备灵兽爱吃的点心了吗？"

郁椒椒愣了愣才反应过来，茫然道："啊？还要准备这个吗？"宋南时心说果然没准备，看着她那茫然的神情，一时间良心上过不去，肉痛地把自己买的点心分给小姑娘一半。

女主角看她的目光顿时让她觉得自己是世界第一大好人。

宋南时："……"怪不得那么好拐。

终于到了灵兽阁，江寂松了口气，几乎是迫不及待地把她们送了进去。

---

① 社恐：社交恐惧症。是恐惧症的一种，表现为不敢与人沟通交流，见到人会胆怯、害怕。

049

宋南时理解他的感受，叹了口气："走吧。"

灵兽阁内。

宋南时她们来得算晚的，进去的时候一群"男妈妈""女妈妈"严厉地盯着她们，似乎在谴责她们不上心。宋南时一阵心虚，连忙拉着人站好。

又过了大约一刻钟，人终于到齐，为首的一个"男妈妈"不情不愿地吩咐人把灵兽都带进来。

宋南时翘首以盼，然后她就看到一个熟悉的人影从人群后闪过。

宋南时一愣。那不是云止风吗？

她拨开人群往前走了两步，引起一阵阵不满，可她再看过去时，哪里还有什么人影。

看错了？宋南时若有所思。

而这时，灵兽已经被带过来了。

算了，灵兽最重要！

灵兽被带进来之后就在人群中四散开来，这里看看，那里嗅嗅，怡然自得地挑选自己的饭票。争取灵兽的心的机会这就来了！

宋南时当即转头就准备教师妹："师妹，你就这样，把点心喂给……"

话还没说完，她僵住。

抬眼望去，只见她那个社恐师妹身边迅速围了一大群灵兽，有些灵兽甚至撒娇地蹭着她的裙摆，和其他人身前那些一脸傲气挑选饭票的灵兽截然相反。师妹甚至连点心都没拿出来。

师妹转过头，茫然地问："师姐，怎么了？"

宋南时："……"她冷静道，"对不起，打扰了。"她们大概不在同一个世界。

宋南时木然地转过头，将手里的点心递给路过的灵兽。那灵兽居高临下地嗅了嗅，一脸嫌弃地跑开了。

一旁，师妹软软的声音道："别蹭我的腿，好痒啊。"

宋南时："……"她冷静地把点心塞进了自己嘴里。

（十）

宋南时鼓着腮帮子，面无表情地嚼着点心。

第二章 · 生亦何欢，死亦何苦

抬眼，就看到一个正拼尽全力讨灵兽欢心的小哥不知道什么时候停了下来，正一脸震惊地看着她。

宋南时："？"她莫名其妙。

那小哥欲言又止，最终表情复杂地问："这个……它好吃吗？"

宋南时下意识地回味了一下，然后评价："还行，不甜不腻，没什么味道，但是口感挺糙，考验牙齿，建议牙口不好的小伙伴不要入手。"

说完，她猛然反应过来自己吃了什么。她缓慢地垂下头，看向手心里那块被自己咬了一口的兽粮，一排牙印清晰可见。

宋南时："……"

她沉默片刻，冷静地抬起头，就见小哥的脸上表情更加复杂了。他欲言又止："……没想到道友居然如此有心，给灵兽的兽粮都先亲自尝尝。"

"但是，"他顿了顿，神情复杂地劝道，"道友，挑个灵兽而已，这次不成还有下次，咱们大可不必如此拼命。"

宋南时："……"她百口莫辩，手里攥着被咬了一口的兽粮，灰溜溜地走开了。

离得远一些，她下意识地回头看了一眼，只见那位口口声声说"大可不必如此拼命"的小哥左看看，右看看，背着人偷偷咬了一口兽粮点心。

小哥顿时一脸惊奇，挑他当饭票的灵兽则是满脸震惊。

小哥满以为替灵兽尝了兽粮之后自己就算成功了，一脸殷勤地把他咬过的兽粮又递了过去："我替你尝过了，乖乖，好吃的！"

灵兽仿佛看傻子一样看了他一眼，嫌弃地把这个连灵兽口粮都要抢的人类甩开了。

宋南时："……"她咳了一声，默默地离得更远了一些。

吃了口兽粮，宋南时自己想开了。她想，她和甜宠文女主角的情况高低有别不假，但是女主角可是连妖族太子都能摸两把的猛人，和她这个路人不可同日而语。

但和其他路人比，她总不能差太多吧。挑东西还看眼缘呢，别说灵兽挑饭票了。

这么想着，宋南时很快看准了一小群聚集在一起的灵兽。

进场之后，有些灵兽很有目的性地迅速找到了自己的目标，正在和选定的饭票互动，或者正在几个饭票之间犹豫不决。但有那么一小批灵兽大概是有选

051

择困难，踌躇着，犹豫不决，始终没有凑上来。

山不来就我，我便去就山！宋南时抬脚走了过去。

那些灵兽周围已经围着不少虎视眈眈的竞争对手，宋南时在外围看了一圈，心里有了盘算。她朝人最少的地方挤了过去，自动降低竞争压力。

然而还没等她站好，就听见旁边传来一声冷笑。宋南时转头，看到一个衣着华丽的姑娘一脸贵气地看着她。只不过她比宋南时还矮上一头，别人做这个动作是居高临下，轮到她，宋南时只能被迫低头看着她那满头的金银珠宝。

活像个移动的珠宝架，难免透露出一股暴发户气质。宋南时却很羡慕。

有钱。

她心平气和地打招呼："赵姑娘。"

赵妍，龙傲天小说里那个把主角龙傲天[①]退婚了的猛人。

她爹和龙傲天的爹是生死之交，只不过这生死之交可能掺了点儿水分，龙傲天的爹一朝身死，她爹迫不及待地就把婚给退了，然后转头把自己的闺女送进了无量宗，想拜不归剑尊为师。谁知道家破人亡的龙傲天比她还早进了无量宗，还成了不归剑尊第一个弟子。

就很尴尬。

赵妍也觉得很尴尬，所以看龙傲天不顺眼，看龙傲天身边的同门也不顺眼，比如宋南时。

宋南时没什么感觉，只觉得主角们的生活都挺多姿多彩的。

至于这赵姑娘，宋南时总结出了一个词：忌妒。

就像现在。

赵妍高贵冷艳，一张嘴净是酸言酸语："被不归剑尊收为弟子，你居然还能混到来灵兽阁蹭灵兽。"

"啊？"宋南时茫然，"难道赵姑娘不是来蹭灵兽的？"

赵妍沉默半晌，冷声问："你不知道我是御兽峰的？"宋南时恍然，然后更羡慕了。

御兽峰的，灵兽多得数都数不过来。

看宋南时的反应，赵妍明白她是真不知道，高贵冷艳的脸上出现一丝裂痕。

宋南时冲她露出一个尴尬而不失礼貌的微笑。

赵妍："……"她闭了闭眼，再睁开时，宋南时已经不再看她，转头去喂灵兽了。

[①] 此处及后文单独出现的、表述相似的"龙傲天"一词，均指文中的角色"江寂"。

这个人似乎一直都是这样，要家世没家世，要钱没钱，却似乎所有事情都入不了她的眼。

但她一个一穷二白的孤女，哪里来的底气？

视线里，宋南时正乐此不疲地把兽粮递到灵兽跟前，被一只两只灵兽嫌弃也不在意，美滋滋地去找下一只。

赵妍忍不住道："喂，你这种兽粮，御兽峰的灵兽是不吃的。"

宋南时一顿，这才从自己的世界中走出来，看了看手里的兽粮，苦恼道："这就麻烦了啊。"

她说着"麻烦"，赵妍却也没在她脸上看出多少觉得麻烦的神情。

这世界上怎么会有这样的人？

赵妍不知道自己是不是中了邪，下意识地拿出一袋兽粮，鬼使神差道："你试试这个。"

宋南时眼前一亮，大喜："多谢了。"

赵妍看她一副给袋兽粮就能收买的模样，忍不住道："你们兰泽峰这么穷吗？你这么缺钱？"宋南时毫不犹豫："缺，相当缺。"她看着对方，露出一个腼腆的笑，"所以你要是有多余的灵石给我，我也是不介意的。"

赵妍："……"她转头就走。

她只觉得自己刚刚眼瞎了，什么对一切毫不在意，这人可太在意灵石了！她这辈子就没见过这么厚颜无耻的！

赵妍气冲冲地走到外围，碰到了因为灵兽们过于热情而躲出来的郁椒椒。

又是一个兰泽峰的。

她抬着下巴，冷笑道："你和你那个师姐一样吗？要不要我也给你一袋兽粮？"

郁椒椒茫然地转头："啊？"

看赵妍一副气势汹汹的样子，她社恐发作，结结巴巴道："不……不必了……"

赵妍挑眉："你看不上我的兽粮？"郁椒椒百口莫辩："不是……"

还没等她说完，一群热情的灵兽立刻追了上来，把刚有喘息空闲的郁椒椒团团围住。

郁椒椒苦恼地抬头："你看。"

赵妍："……"

她内心崩溃了！

第二章·生亦何欢，死亦何苦

053

另一边。

宋南时拿着赵妍给的兽粮,不由得感叹,这个退婚的猛人,是个好人!

果然,这个世界上还是好人多。

拿到了御兽峰内部兽粮,她一时间信心大增,迫不及待地拿出兽粮勾引灵兽们。

这勾引卓有成效,方才看都不看她一眼的灵兽们此时纷纷围了上来,争抢她手里的兽粮。

宋南时一脸"姨母笑",美滋滋地打量着凑过来的灵兽们。

啊,这只是雪豹,攻击性很强;那只是脱兔,送信速度一流;旁边的是木狼,听力绝伦……

穷人乍富,宋南时简直要挑花眼,恍然间生出一种类似"自己究竟要上清华还是要上北大"的纠结。

然后她视线一转,看到了一个挤在兽群中吃得最凶的身影。

灰色的,有蹄类,难道是匹马?

这时,那有蹄类生物正好一抬头。它叫了起来。

"啊——呃!啊——呃!啊啊啊——呃!"

宋南时:"……"

哦,是驴。

她面无表情地移开了视线。

首先,排除这头驴。

这时,她手中的兽粮还剩一半,宋南时觉得差不多了,于是她便柔声道:"小可爱们,你们谁愿意当我的灵兽?"

话音刚落,方才还其乐融融的室内霎时间变得安静,正冲她撒娇的灵兽们齐齐一僵。

下一刻。

一群被吸引来的灵兽轰然散去。

……就像来时一样突然。

宋南时:"……"

她的视线缓缓下移,落在了唯一一只还没跑的灵兽身上——是那头驴。

宋南时的心态顿时就不一样了，看向那头驴的神情充满怜爱。它和它们不一样，它们图的都是她的兽粮，只有它图的是她这个人。

此时，驴子还在埋头苦吃。

宋南时张口："你……"

下一刻，驴子猛然抬起头，这才意识到发生了什么。

宋南时："……愿意当我的灵兽吗？"

驴："……"

它猛地低下头吃了最后一口兽粮点心，转身撒开蹄子就跑。

宋南时："……"她面无表情地站起来，看着驴子的背影。

她现在十分想说自己大师兄的那句台词。

三十年河东，三十年河西，莫欺少年穷。

然而她刚在心里把这句话说完，抬眼却见那驴子不知为何突然转头又朝她奔了过来，叫声凄厉，一往无前。不只驴子，刚刚跑开的灵兽都齐齐奔了过来。

宋南时大惊，龙傲天的名言还能起这作用？

然而还没等她想出个所以然，就听见郁椒椒声嘶力竭的声音："师姐快跑！"

一股厉风迎面拍来，宋南时寒毛直竖，还没看清是什么，当即转身就跑。

"嗷！"

她听见赵妍焦急的声音："不好！师叔降服的凶兽发了狂，跑到灵兽阁了！"

宋南时：天哪！

她当即又提高了速度。

四下一片混乱，所有人都跟没头苍蝇似的乱跑。但不知道是不是她的错觉，她只觉得那凶兽似乎一直追在她身后，还有那头驴。宋南时在前面玩命地跑，驴子跟在她身后玩命地跑，凶兽仿佛就认准他们两个追。

但是人连驴都跑不过，别说凶兽了。她没跑多久速度就降了下来，正好挡在驴子的逃跑路线上。驴子见状大惊，来不及转弯，直接一低头把那碍事的人类顶在了背上。

还以为要没命的宋南时："……"

她在驴背上喘口气，心下感动，回头看了一眼那形似剑齿虎的凶兽，一阵心惊。

转过头，她动情道："驴兄，我……"

然而话还没说完，就见驴子突然叫了一声，转头咬住她的衣服把她甩在了身前，随即行云流水地跳到了她身上。

瞬间背了头驴的宋南时："……"

第二章·生亦何欢，死亦何苦

驴子叫了一声，声音带着催促。这一瞬间，宋南时懂了。

我背你，累了，换你背我。

她斟酌片刻，背着驴子狂奔起来。驴累了换她，她累了换驴，他们就是永动机！

双赢！

另一旁，焦急不已的郁椒椒和赵妍："……"

追着凶兽正准备救人的云止风："……"

（十一）

状若猛虎的凶兽在偌大的灵兽阁横冲直撞，瘦弱的少女驮着一头驴，面不改色地在凶兽的追赶下夺命狂奔。或许是这一人一驴的组合太过耀眼，凶兽从头到尾只盯着他们追，旁人连个眼神都欠奉。于是，所有有幸目睹这一幕的修士都觉得，自己此生大概都看不到比这更离谱的场景了。

有人震惊之下喃喃道："这姑娘……不当个体修可惜了啊。"

社恐的郁椒椒听见了，心中莫名生起一种诡异的骄傲，忍不住小声道："师姐小时候……和体修们学过两手的。"

一旁的赵妍："……"

她闭了闭眼，冷声道："现在是说这个的时候吗？！"

眼看着这一对师姐妹没一个靠谱的，赵妍忍不住站了出来，厉声道："宋南时，你是个傻子吗？还不快把那驴丢下分头跑！"

一听要丢驴，宋南时还没什么反应，她背上的驴瞬间就勒紧了她的脖子，发出了杀驴般的惨叫。宋南时差点儿喘不过气来，忍不住道："驴兄，冷静，冷静！"

眼看着宋南时连头驴都搞不定，赵妍恨铁不成钢，又道："不丢驴，那把我给你的那袋兽粮丢出来，吸引凶兽注意！"

宋南时听后眼前一亮，觉得这是个好办法，当即空出手掏出了还剩半袋的兽粮，扬手往空中一撒——

然后，只见那驴子也眼前一亮，几乎是条件反射一般，张嘴把那兽粮接住了大半。剩下的一小半混合着驴子张嘴时喷出的口水，劈头盖脸地撒在了身后凶兽的脸上。

宋南时："……"

赵妍："……"

凶兽闭了闭眼，此时此刻，竟沉默了。

但宋南时丝毫没觉得高兴，她微微转头，问身后的驴子："驴兄，你这么想和我同年同月同日死吗？"

驴子羞愧地低下头。

下一刻，身后凶兽的吼叫更加暴怒了。

赵妍闭了闭眼睛，转过头，冷静地看向一旁的郁椒椒："你这个师姐……"

她顿了顿："她是不是傻？"

郁椒椒："……"她羞愧地低下了头。

赵妍急得打转，郁椒椒也不知所措，此时灵兽阁这么多人，竟没有一个能阻止凶兽的。

而正在这时，一个人影突然悄无声息地从众人身旁掠过，不知不觉就出现在了凶兽身后。

……

宋南时一边夺命狂奔，一边想着她那个"永动机计划"值不值得自己和一头驴同年同月同日死。驴子不敢吭气，异常安静。

她欲言又止："驴兄……"

"宋南时。"

一个声音突然出现在她耳中。宋南时也不知道为什么，瞬间认出了声音的主人。

云止风大兄弟！

她下意识地想要回头。

"宋南时，躲开。"那声音又道。

宋南时几乎是下意识地往前冲了半米。

下一刻，一道剑光狠狠地斩落在了她和那凶兽之间，在她和凶兽间划开了一道分割线。宋南时趁此机会回头，就见着一身粗布衣裳的身影背对着她站在凶兽面前，手中一把锋利的长剑有着和他那身落魄打扮毫不相配的名贵。

宋南时震惊，真没看出来，这兄弟居然深藏不露！

而这个念头刚刚闪过，就听见那绝非常人的兄弟冷声道："愣着做什么！跑！"

宋南时闻言，毫不犹豫背着驴就跑。开玩笑，人家再深藏不露，保命还是最重要的。

她一边跑，一边回头看。此时凶兽已经反应过来了，气势汹汹地冲向了云止风。云止风同样气势十足，抬起长剑应敌，一副"生死看淡，不服就干"的架势。

一人一兽打在一起，打得怎么样宋南时看不出来，但单凭气势，宋南时觉得云止风没输！

这时，被接二连三阻挡了几轮的凶兽暴怒，伸出巴掌就拍向了云止风。

云止风抬起剑阻挡。

然后气势十足的云止风就被凶兽使出全力的一巴掌毫不留情地拍飞了。

宋南时："……"这是什么中看不中用的男人！

她当机立断，抬手把背后的驴兄往前一扔，助跑起跳，稳稳地落在了驴子身上。

行云流水，一气呵成。驴兄还在发愣，不明白怎么突然就变成被人骑了。

宋南时："驴兄，转头。"

驴子大惊。好不容易跑这么远，转什么头！

宋南时直接扳过它的脖子强行转弯："转头，救人！"

说着，她一巴掌拍在驴屁股上，等驴子恼羞成怒跑起来的时候，她一双眼睛紧紧盯在倒在地上的云止风身上。

十米，三米，一米。

宋南时猛然弯下了身，一用力将云止风拉了上来，横放在自己身前。凶兽一看宋南时非但不跑还来抢人，当时就怒了，嘶吼着冲了过来。

宋南时突然抬手，两指之间不知何时夹着一支黑色玉签。玉签之上，古朴的"离"字清晰可见。

"离为火。"宋南时抬手将玉签抛了出去。

玉签落地，转瞬化为一个火圈，将凶兽围在中间。

宋南时也不看凶兽能不能被困住，猛抬驴脖子，驴子一个急刹车强行转弯。

她冷声道："愣着干什么！还不快跑！"

被困的凶兽："嗷！"

驴兄"嗷"的一声，驮着两个人撒丫子就跑。

"永动机计划"，完美。

第二章·生亦何欢，死亦何苦

这时，云止风横躺在宋南时怀里睁开了眼睛，他动了动，想起来。宋南时直接按住了他："你老实点。"

云止风："……"

宋南时便问："你打不过那凶兽？"云止风："现在，打不过。"

宋南时心说现在打不过，难道以前能？但她也没多问，只道："打不过，你冲上来做什么？"云止风没回答，只问："既然跑了，又回来干吗？"

宋南时："我怕你死了我赔不起钱。"云止风："孤家寡人，无须你赔。"

两人一坐一躺，默默对视了一眼，同时移开视线。于是就只剩下了驴兄驮着两个人夺命狂奔的凄厉嘶吼声。

宋南时心想，这同年同月同日死的怕是又多一个了。

这时，那被困的凶兽约莫是冲了出来，气急败坏的嘶吼声响彻天地。宋南时见状叹了口气，道："我们还是商量商量，等下驴兄跑不动的时候谁来背驴吧。"

云止风："……"他冷静道，"你现在把我放下去。"

宋南时："放下去你就死了！"云止风："我想死。"

宋南时："……"她苦口婆心地正想再劝劝，就听见半空中突然传来一个饱含怒意的声音："孽畜！还不住手！"

追在他们身后的凶兽一僵。

宋南时见状大喜，驴子也大喜，大喜之下没刹住车，它一个趔趄，两人一驴一起倒在了地上。宋南时顾不得疼，回头看，就见一只浑身被烧得焦黑的巨虎被一个仙风道骨的修士按在了地上。

她立即回过头，惊喜道："云止风！咱们没事了……"

话没说完，她一愣，她身后空空荡荡，只有一头发癫的驴。

云止风呢？

她茫然地起身，这时郁椒椒和赵妍一起围了上来。

郁椒椒："师姐……"

赵妍气急败坏："你是傻子吗？"

宋南时挠头："你们看到刚刚和我一起逃命的人了吗？"

两人一愣："啊？他没和你在一起吗？"

宋南时不说话了。

半响，她突然问道："赵师姐，咱们无量宗，有没有一个叫云止风的剑修？"

赵妍因为没当成剑修，所以最关注剑修的事，无量宗没有她不认识的剑修。

她却摇头："云止风？没听说过。"

宋南时更沉默了。用剑，但赵妍不认识，那就有两种可能。

第一，他不是剑修。

第二，他不是无量宗的剑修。

但是……

宋南时想起他用剑时的模样。这样的气度，这样的剑，她几乎只在自己师尊身上看到过，他怎么可能不是剑修？那就只有一种可能，他不是无量宗的人，也不是无量宗的剑修。

那么问题就来了，既然不是无量宗的人，云止风是怎么混进无量宗的灵兽阁的？混进灵兽阁，他又想干什么？

她忍不住叹了口气，挠头。这年头，身为路人甲都不能有安生日子了吗？

而这时，另一边，那凶兽的主人看着凶兽一身焦黑的皮毛，也在发愣。身旁，有弟子激动地和他说刚刚的惊险一幕，什么剑修从天而降和凶兽过招，什么卦师离火困凶兽。

讲得很精彩，他却更迷茫了。

一个粗布衣裳的剑修能和凶兽过几招才被打败？一个卦师用离火困住了凶兽？

他下意识地问："那两个人，什么修为？"

弟子："卦师好像还没到筑基期，那剑修不知道，但看穿着，不像有钱人的样子。"

凶兽的主人沉默了。他收服的这头凶兽实力堪比元婴，而同等修为之下，元婴修士也不一定能胜它。得知凶兽出逃往灵兽阁跑时，他急火攻心，差点儿以为会看到血流成河的惨状。

可是……一个炼气期的卦师，一个穷剑修，在凶兽爪子下跑了一圈又一圈，还没死？

那弟子补充道："哦，还有一头驴。"

凶兽主人："……"更离谱了。

而这时，眼见着灵兽阁今天是开不成了，宋南时若有所思，视线不由自主地就落在了驴兄身上。她觉得，有总比没有好。何况，马能代步，驴也能代步啊，马和驴又有什么区别。

于是她释然了。

然后驴子就听见她突然道："驴兄，你当我的灵兽怎么样？"

驴子一顿，默默扭开了头。

宋南时见状，先动之以情："你看，咱们生死患难。"

060

驴子一动。

宋南时再晓之以理："而且，世人大多爱皮相，我相信驴兄肯定被嫌弃过不如天马威武。但是驴兄，我不嫌弃你啊！"

驴子犹豫。

此时，一旁走过来一个弟子，小心翼翼道："这位师姐，我家师尊的凶兽险些伤到了你，师尊本该致歉的，但现在急着把凶兽弄回去，只能先用些身外之物聊表歉意，还望师姐不要推辞。"

宋南时一顿："哦？身外之物？"那弟子："五千灵石。"

宋南时："！"她顿时温柔起来，道，"师叔自然是想忙多久就忙多久，我这个做晚辈的，哪能劳动师叔道什么歉。"

她话说完，就觉得腿上痒痒的。转头一看，方才还很矜持的驴兄此刻柔柔弱弱地倒在了她腿旁，撒娇地蹭着她的腿，又抬头，谄媚地叫了一声。

宋南时："……"

她第一反应：天哪！真实。

第二反应：行吧，像我。

一旁的赵妍不忍直视地转过了头。

她对郁椒椒说："这一人一驴绝配，活该是主仆。"那见钱眼开的嘴脸，一模一样。

（十二）

兰泽峰，宋南时洞府内。

一只苍白而纤瘦的手提起一袋沉重的灵石，缓缓地放在桌子上。三双眼睛不由自主地随着那灵石缓缓移动着。

"嘭！"沉闷而厚重的响声。

但这响声听进在场的三双耳朵里，却宛如最美妙的音乐。

宋南时收回手，端正地坐在石桌主位上，看向自己左右两侧，开口道："驴兄，龟兄。"

没有任何人回应她。

驴子站在她左边，龟龟趴在她右手边，它们眼睁睁地看着那一袋沉重的灵石在桌子上堆成小山，一时间眼睛都直了。

宋南时微微一笑，又拿出了两枚储物戒，放在那灵石山的最高处。

然后她开口："这两枚储物戒里共有四千六百灵石，加上桌子上的这四百灵石，总共五千灵石，是御兽峰那凶兽的主人给我们的赔偿。"

一驴一龟这才齐刷刷看了过来，眼神灼热，连一心要逃跑的龟龟眼神中都充满了热切。

宋南时看得分外满意，她要的就是这效果！明明五千灵石塞进两枚储物戒里正好，她为什么非要另提着四百灵石堆满一桌子？要的就是震撼人心！

而现在，这一驴一龟显然是被震撼了。

宋南时不着痕迹地看了它们一眼，唇角的笑容更深了。

她很了解自己的情况，如果她是一个刚开始创业的老板的话，那这一龟一驴就相当于是她唯二的员工。

第一个员工龟龟，像是大学刚毕业和她签了三方协议被骗进公司的，身在曹营心在汉，逮着机会就想跳槽。

第二个员工驴兄，则像个职场老油条，能力不足进不了大企业，眼看着她这小公司有了注资，一心想出工不出力地混一段时间再跑路。

她这刚开张的小公司眼看着就要破产，但宋南时能让它破产吗？当然不能！好不容易支起了摊子，她必须把这个饼给画圆……不是，她必须把人心凝聚起来！

于是她当即摆出了副"老板要和员工推心置腹"的模样，诚恳道："毫无疑问，这五千灵石，是我们共同努力的结果，我自然也不能独占！"

这话一出口，一龟一驴顿时惊了。不能独占，那她的意思是……

宋南时在这一龟一驴热切的目光中严肃地点了点头，道："没错，咱们公司……咱们主仆的理念就是一分耕耘一分收获，咱们要的就是有付出就有回报！"

"所以，"她把身前的灵石往前一推，口中吐出两个字，"分红！"

龟龟："！"
驴兄："！！"

别说刚踏入社会的龟龟没见过这阵仗，连老油条驴兄都没见过这阵仗。

它们看宋南时的目光顿时就不一样了。

宋南时唇角的笑容加深，先看向了龟龟。

"龟龟。"她真诚道，"你是第一个来我身边的，咱们主仆俩相互扶持，这才度过了最开始的那段艰难岁月。"

第二章 生亦何欢，死亦何苦

龟龟想起最开始满山爬着找灵石的情形，一双绿豆大的眼睛顿时就湿润了。

宋南时："当然，我知道你在这一过程中有很多委屈，也难免有些情绪。"

龟龟想起自己消极怠工，不由得心虚。

宋南时大手一挥："但这都没关系！我相信往后的日子你一定会再接再厉！咱们一起升职加薪，走向人生巅峰！"

龟龟被她这一番话说得热血沸腾，一时间也忘了自己是想要逃跑的，顿时连连点头。

宋南时很满意，但语气却分外遗憾地道："可惜，这次你没有去灵兽阁。"

龟龟："……"对啊，它没有去。

宋南时："但是也不要气馁，你没有功劳也有苦劳，所以我决定……"

她把手伸进自己的储物戒，掏了掏，又掏了掏。

龟龟绿豆大的眼睛期待地看着她。

……然后就看到她掏出了两块兽粮点心，放在了它面前。

龟龟："……"

宋南时笑容和善："御兽峰特供点心，这是鼓励奖。"

一旁的驴兄发出毫不留情的嘲笑声。

宋南时假装没看见龟龟幽怨的目光，又看向驴兄。

驴兄当即扬起了脖子，到它了！

宋南时温和地笑了笑，道："驴兄，咱们患难与共，这灵石，自然是有你一份的。"

驴兄的目光顿时就炽热起来。

然后宋南时就开始分灵石，只见她先把灵石最上方两枚占大头的储物戒拿走了。

驴兄一顿，随即安慰自己：很正常，她毕竟是主人，而且当时确实是她出力多，这剩下的还有……

然后她又把剩下的四百灵石分出了一半。

驴兄一顿。没事，这不还有一半嘛。

随即它就看着她把那一半又分出了一半。

驴兄："……"

一半又一半，一半又一半。

最后，宋南时满面笑容地把巴掌大的一小堆灵石推到了它面前，真诚道："驴兄，这是你应得的。"

驴兄："……"

063

此时此刻，哪怕是没经历过现代的招聘套路，驴兄也恍然明白了"招聘时月薪八千，入职后减半"是什么感受。

然而宋南时显然更懂画饼。在驴兄复杂的目光之中，她把那堆灵石给驴兄看了看，转头又收了回去。

驴兄："！"

对上驴兄不可思议的眼神，宋南时问："你有储物戒放这些东西吗？"

驴兄一顿。它没有。

宋南时便语重心长道："所以，我先帮你放着。你放心，这些钱还是你的，以后你的日常花销什么的就从里面扣，剩下的钱，我攒起来帮你娶头如花美驴。"

驴兄："……"似乎也没什么不对，但又总感觉有点儿不对。

还没等它的驴脑子想出个所以然来，就见一个小童找了过来，道："宋师姐，剑尊要见您。"

宋南时也不管自己那师尊这时候找她什么事，趁机脱身："我先办正事。"

宋南时走了，驴兄还在冥思苦想。

然后它猛然反应了过来。

不对！它找的不是供它吃喝的终身饭票吗？怎么自己成了打工人！

……

仙缘镇。

云止风盘腿坐在简陋的房间内，灵力运行几个周天，缓缓睁开了眼睛。胸口还有些闷痛，但已然好了很多。

他走到桌前给自己倒了杯茶，眸色冷峻。

他冲动了。

可是时至今日，他还是不明白这一切都是怎么发生的。

三个月前，他是中州云家的麒麟子，是未来的家主。三个月后，他藏身千里之外的仙缘镇，躲避着云家的追杀。

何其荒诞。

最开始，他只不过是寻常地出了趟家门，寻常地带队出了次任务。任务半途，他被自己带的人从背后偷袭，那时他只觉得自己被叛徒背叛了。

而等他九死一生摆脱了困境，还没来得及回家收拾叛徒，却得到了一个更让人惊愕的消息。云家对外宣称，麒麟子闭关修炼时被歹人偷袭，走火入魔而亡，如今云家重金悬赏那偷袭他的歹人。

而云家给出的歹人的音容体貌，赫然就是他。"他"死了。

第二章 生亦何欢，死亦何苦

外人不熟悉麒麟子相貌，自然也无从得知真相。现在的他，成了偷袭云家麒麟子的凶手，一个被整个云家追杀的穷途末路之人。

那一刻，他突然明白了一件事，不是他带的队伍里出了叛徒，而是整个云家背叛了他。

云止风一口饮尽冷茶，又闭上了眼睛。

可是他却连弄清楚云家意图的机会都没有，随之而来的，就是云家一轮又一轮的追杀。而且更麻烦的还不是追杀，是他的麒麟血玉还留在云家。

云家先祖身负麒麟血脉而生，之后一代又一代，麒麟血脉越发淡薄，每一个传承了麒麟血脉的人，都是云家的麒麟子。

云止风是历代麒麟子中最特殊的一个。他不仅有麒麟血脉，而且降生时身负麒麟血玉。麒麟血玉，是传说中云家先祖降生之时，与他伴生的神器。

当年，伴着麒麟血玉而生的云止风让整个云家欣喜若狂，所有人都觉得他会再现先祖的辉煌。

而现在……

云止风脸色更加冷冽了。

麒麟血玉是他的半身，是他力量的一半，那场偷袭让他的修为几乎废了大半，没了麒麟血玉，他连养伤都缓慢至极。

他得拿回麒麟血玉。

可是两个月前，他好不容易打探到云家的消息，却得知麒麟血玉在从本家运往别院的过程中，居然意外丢失了。他只能硬生生靠着自己和麒麟血玉之间的感应一点一点找，他得在云家之前找到它。

整整两个月，他从中州一路找到了无量宗。

在仙缘镇待了段日子，他借着灵兽阁开放混进无量宗，却在御兽峰感受到了麒麟血玉的气息。他顺着气息找过去，看到了那头凶兽。

云止风怀疑那凶兽把麒麟血玉吞了。然而还没等他试探凶兽，凶兽突然之间暴走，一路闯入了灵兽阁。

但是……

他和那凶兽交手的时候，却并没有再从那凶兽身上感受到任何麒麟血玉的气息。不仅如此，整个无量宗仿佛都没了那气息。

他有种预感，麒麟血玉不在凶兽身上。可是他的感受不可能有错，当时，他确实感受到了麒麟血玉的气息。

云止风又回忆了一下当时的情景。

065

他顺着气息找过去，一眼就看到了那头凶兽，除此之外……

云止风顿了顿。除此之外，还有一头在不远处低头吃草的驴。

就是被宋南时背着狂奔的那头驴。云止风当时下意识忽略了它。毕竟一头凶兽和一头驴，谁会觉得驴能吞下他的麒麟血玉，不怕爆体而亡吗？

但是现在……

云止风耳边又响起了那头驴的嘶吼声。

云止风："……"难道要让他相信，他的麒麟血玉进了一头驴的肚子？

他觉得自己需要冷静冷静。

今天他被迫动用了灵力，云家那群人肯定会顺势找来，不管是不是驴吞的玉，他得先躲过云家的追杀。

他下楼去了集市，想买一匹脚程快的坐骑。他不能再动用灵力了。

卖坐骑的人很热情。

云止风看中了一匹天马。

买卖人更热情了，道："这匹天马，只要一千五百灵石。"

从没缺过灵石的麒麟子淡淡地点了点头，手伸向储物戒。

然后他一顿。

片刻之后，他放下手，冷静道："有便宜些的吗？"

买卖人笑容一僵："那您是想要什么价位的？"

云止风："五十个灵石以内的。"

买卖人："……"一千五百到五十。没钱？没钱充什么大尾巴狼啊！

买卖人臭着脸领他去了另一个方向。然后，麒麟子就看到了……一头驴。

云止风："……"

买卖人："五十个灵石以内的，只有驴。"

这一刻，麒麟子眼前霍然出现了宋南时背着驴跑的情景。

他转头就走。

生亦何欢，死亦何苦。还是让云家追杀吧。

第三章　麒麟子

（十三）

半个时辰之后。

云止风面无表情地坐在驴背上。他腰背挺得笔直，气质凛然，一举一动皆赏心悦目，令人见之忘俗。

公子如剑，气势如虹。

然后他就被不满的驴子甩了甩。

"啊啊啊——呃！"驴子发出抗议的叫声。

云止风下意识地紧了紧缰绳。

"小兄弟、小兄弟，"一旁的买卖人见状连忙道，"你腰背别绷得这么紧，手也松点劲，不然你难受驴也难受。哪怕是不心疼自己，一头驴这么贵，你也心疼心疼驴。"

买卖人对他不专业的姿势非常不满。

云止风："……"他默默地松了松腰背。

"欸，这就对了！"买卖人冲他竖了个大拇指，万分赞赏。

云止风默默地闭了闭眼，深吸了口气。

再睁开，他冷静道："钱货两清，驴，我骑走了。"买卖人笑眯眯："要得要得。"

云止风拽着缰绳就要离开。

然而还没起步，他又突然回头，一双漆黑的眼睛定定地看向买卖人。

买卖人脸上的笑容一僵，险些以为他要变卦，结结巴巴道："怎……怎么了？"

云止风开口："你这头驴……"

买卖人打起精神。

云止风："它会骑人吗？"

买卖人："……"此时此刻，他遇到了自己职业生涯中最离谱的问题。

问他"这驴能骑吗"很常见。问他"这驴骑人吗"……

买卖人沉默半晌，谨慎道："正常情况下，驴是给人骑的，它是不骑人的。"

话音刚落，就见眼前这脑子似乎有些不正常的哥们儿真心实意地松了口气。

第三章·麒麟子

他语气都轻松了几分："驾！"

等待已久的小毛驴顿时撒开蹄子，欢快地往城门外跑。

买卖人神情复杂地回到了自己的摊位。

旁边的人问他："做成了买卖怎么还不开心？"买卖人沉默半晌，突然感叹道："如今修真界压力也不小啊，好好儿一个帅小伙，居然硬生生地修炼疯了！"

修炼疯了的云止风很顺利地离开了仙缘镇。但他并不准备走远，而是一转头，骑着驴进了深山。那些人在他的灵力暴露后顺势追来已经是既定的事实，一味躲避只会陷入前三个月的循环。这次，追杀要躲，但是他要让他们待在自己眼皮子底下。

而正好，云止风前脚刚离开仙缘镇不久，后脚一群轻装简骑的人就顺着灵力的波动追进了仙缘镇。

……

无量宗。

宋南时觉得自己这日子真是越过越有意思了。从前一年到头都见不到自己那师尊几次，这次师尊回来才短短几天，居然就见了他两次。

而且……

宋南时不着痕迹地四下看了看，这次居然没有看到几乎时时刻刻侍奉在师尊身边的二师姐。她觉得，二师姐的火葬场约莫是开得差不多了。

她正乱七八糟地想着，就听见上首的不归剑尊冷不丁问道："你在想什么？"

宋南时脱口而出："想二师姐。"

不归剑尊："……"

方才还目下无尘的仙尊手指微微动了动。

诸袖。

从前，无论他在哪儿，她几乎都侍奉在他身边。可是这几日，他几乎没见过她的身影。

诸袖在这里侍奉的时候，他没觉得有什么特殊之处。可她离开的这几日，他却恍然觉得小童端来的茶不再合口味，别人研的墨似乎也不称心。这些都不算什么，与之相比，更让他难以忍受的是习惯。他已习惯了她在这里，在他一眼就能看到的地方；习惯他一开口，便有个声音叫他"师尊"。

不归剑尊恍惚片刻。

他突然问道："你可知这几日你二师姐在忙什么？"

069

宋南时想了想，然后她认真道："在创业。"

不归剑尊："？"

宋南时见状就说得具体了点："投资火葬场。"

不归剑尊："……"他沉默良久，冷静问道，"火葬是佛修或者笃信佛教之人才用的，无量宗的山脚下，已经有这么多佛教信徒了吗？"

宋南时腼腆地笑了笑，道："也许师姐是想开个全修真界连锁的火葬场呢。"

不归剑尊："……"他觉得自己这个徒弟越说越离谱了，索性不再问诸袖的事，而是直接问出了叫她过来的原因。

他问："你在灵兽阁挑选灵兽时，遇到了意外？"

宋南时闻言顿时积极地说："是，御兽峰的师叔养的凶兽失控了，我虽然没事，但师叔过意不去，还给了我五千灵石呢。"说完，她暗示性极强地看了一眼自家师尊。

不归剑尊："……你去找你师姐领钱。"

宋南时笑眯眯地道了声"是"。

不归剑尊冷着脸，又问道："你用离火困住了那凶兽？"

宋南时想了想，道："算不上困住吧，就是把它的皮毛烧黑了。"她腼腆道，"您也知道，卦师的手段，也就那样。"

不归剑尊不说话，意味不明地看了她一眼。随即他又问："和你一起御敌的那少年叫什么？可是无量宗的？"

宋南时一顿。

随即她面不改色道："我也正找这人呢，路见不平拔刀相助，好人啊！"

不归剑尊："也就是说，你并不认识他？"宋南时斩钉截铁："不认识。"

不归剑尊表情淡淡的，也不知道是信了还是没信。

他质问道："那你觉得，那剑修是个什么样的人？"

什么样的人？宋南时回想了一下，然后斩钉截铁道："弱！"

不归剑尊一顿："弱？"

宋南时神色认真："还穷。"又弱又爱玩，还是个穷鬼。

不归剑尊："……"一时间，他竟然分不清自己这个徒弟是装傻充愣，还是真傻。

他看了她片刻，平静道："你自小就有主见，有些事情，你应该有分寸。"

宋南时笑着应了声"是"。

从不归剑尊的洞府出来，宋南时揣着手想了一会儿。不归剑尊明显是对云止风的身份有了疑惑。不仅是他，宋南时也有疑惑。

若是往常，其他人爱搞什么搞什么，关她何事？但是现在……

宋南时哀叹一声，人情债难还啊！还是先去看看云止风死了没有。

宋南时转头牵过了自己的驴，道："驴兄，咱们下山。"说着她熟练地骑上了驴。

驴兄却一动不动。

宋南时疑惑："驴兄？"

驴兄回头看了她一眼，矜持地叫了一声。它现在的定位既然是打工人，那当然是不能白干活的。

宋南时明白了它的意思，顿了顿，道："你的意思是……"

驴兄点了点头。

宋南时沉默了半晌。她冷静道："我明白了。"

于是，当天，无量宗许多人都看到了兰泽峰的那个小卦师骑着驴一路狂奔。

其实这没什么，坐骑奇特而已。但是接下来就有什么了。

驴骑到一半，有人亲眼看到那一人一驴默契地停了下来，交谈了什么。

随即……他们眼睁睁地看着那小卦师下了驴之后，一把将驴扛起来。

一路狂奔。

众人："？！"

人群之外。

江寂和柳老头沉默地看着这一幕。

良久无言。

半晌，柳老头突然转过头，欲言又止："……江寂。"江寂："嗯，我看到了。"

柳老头看着宋南时的背影，一语双关："你这师妹，有点儿东西在身上。"

江寂看了一眼挂在宋南时身上的驴。是，有点儿东西在身上。

……

到了仙缘镇，驴兄半天没理宋南时。它的本意是，既然自己是打工人，那么让它背没关系，但得给钱。可是宋南时这个铁公鸡，她宁愿和它轮流互背，也不肯出一分钱。

驴兄突然觉得自己前途渺茫。

宋南时并没有理会驴兄的别扭。她一到仙缘镇就直奔自己摆摊的地方，抬眼一看，她斜对面的云止风果然没出摊。但除了他出摊的地方，她也不知道那兄弟会在哪儿。

宋南时正想问问旁边有没有认识这兄弟的，就听不远处一个卖坐骑的买卖

人正在和人说着什么。宋南时耳朵尖，一下就听见了关键。

他道："……那兄弟居然问我，这驴骑人吗？"

宋南时："……"好熟悉的台词。好的，她知道这兄弟是谁了。还能买驴，看来没死。

知道他没事，宋南时就想先回去，过几日来找人。谁知刚转头，就见一队打扮低调但人手一件上品法器的人，鬼鬼祟祟地走进了集市。

宋南时想了想，转身又坐了下来，默默地看着那群伪装都不走心的人。

他们分散在集市各处，鬼鬼祟祟地打听什么，转眼间就打听到了卖坐骑的那里。其中一人问卖坐骑的这两日坐骑都卖给了谁。

买卖人不想惹事，说了这几天卖出去的坐骑，说到最后，又道："对，今天也卖出去一个。"那人很严肃："哦？今天卖出了什么？"

买卖人："一头驴。"

那人："……"

麒麟子买头驴跑路的概率有多少？那人觉得，他可以先排除这个买驴的了。

宋南时在一旁看得津津有味，看着他们来，又看着他们走。她觉得云兄弟可能有大麻烦了。这群人来的时间这么巧，打听的问题又这么有针对性，宋南时不怀疑他们和云止风有关都难。

这兄弟到底在外面得罪了什么人？所以云兄弟买驴，是要跑路吗？但跑路为什么不买个脚程快的坐骑？是另有考量，还是……单纯没钱？

宋南时："……"她觉得自己发现真相了。

接下来的几天里，出于对云兄弟小命的关心，宋南时积极出摊。她几乎每天都能看到那群人鬼鬼祟祟地在仙缘镇窜来窜去，但是那群人什么都没打听到。

宋南时觉得这有可能归功于云兄弟平日里那"你爱买不买，老子不伺候"的工作态度。笑死，根本没人买过他的东西，没人认得他。

到了第三天，见这群人还没走，宋南时决定帮那大兄弟一把。她回去找了执法堂的人告状，说自己这几天摆摊时在仙缘镇发现了可疑人员，估计要在仙缘镇搞诈骗。

仙缘镇在无量宗管辖的范围，执法堂怎么可能看着他们搞诈骗。执法堂的人当天就气势汹汹地去了仙缘镇。第二天，宋南时就见到了这群人灰溜溜离开的身影。

她还是没急着找人，慢悠悠地又等了两天，这才骑着自己的小毛驴慢吞吞地下了山。谁知道这一次，没等宋南时找人，那人就直接先出来了。

只不过出来的方式有点儿刺激。

072

仙缘镇外的山林里，宋南时站在山林外，听到了里面的对话声。

一个陌生男声："云家那群蠢货，居然没发现你还在这里？"

然后是云兄弟的声音："你不是云家人，你是谁？"

宋南时听到这里就知道自己这是误入杀人灭口现场了，她心中一时间十分挣扎，不知道该转头就跑好，还是给这兄弟收个尸好。然后，她就听见了那想灭口的人猖狂地自报家门。

"哼！我来自整个修真界第一的杀手组织！"

最大的杀手组织？宋南时转身就要跑。

那人："江湖人称'死了么'。"

宋南时一个踉跄。

（十四）

事实证明，"修真界第一杀手组织"这个名头不虚。

宋南时刚弄出一点声音，那个"死了么"骑手……杀手就转头看了过来。

"你主动出来，还是让我出手？！"杀手威胁道。

宋南时没办法，牵着驴走了出来。抬头一看，她大失所望。

这杀手居然没穿某种颜色的衣服！

许是宋南时眼眸中的失望之情太过强烈，这杀手险些被她弄得不自信了。他这辈子刺杀过的目标无数，手上血债累累，见到他的人，恐惧有之，痛恨有之，但是这人……

他还没反应过来，就见那女修莫名其妙地问道："你们的工作服怎么是这个颜色的？"

杀手："？"什么工作服？什么颜色？

宋南时看他一眼，更失望了："看来不是。那你们有没有一个喜欢穿黄色衣服的竞争对手？"

杀手额头青筋直跳。这女人在说什么鬼话？！他料定这女修是在要花招，冷笑道："我劝你不要白费工夫，乖乖受死，黄泉路上还能早些投胎……"

但此时的宋南时已经对这个顶着"死了么"的名头，却连件像样的工作服都不穿的杀手失望至极了。她抬头，视线落在了那杀手对面的云止风身上。

云止风面无表情，丝毫看不出生命受到威胁的紧张感，活脱脱一副生死看淡的酷哥模样。嗯，是挺酷的，如果没有死按着一头想跑的驴不放的话。

宋南时旁若无人地走了过去。

073

被无视了的杀手："？"请尊重我的职业！谢谢！

宋南时径直走到云止风身旁，看了一眼，夸赞道："驴不错。"云止风："……谢谢。"

然后两个人就这么当着杀手的面寒暄起来。

宋南时："你仇家？"云止风："不认识，大概是谁悬赏杀我。"

宋南时："哦？那杀了你现在有多少赏金？"云止风："不知道。"

宋南时："那你知道那什么第一杀手组织为什么叫'饿了么'吗？"

见宋南时张口侮辱他的组织，杀手忍无可忍地张口反驳："我们组织江湖人称'死了么'！"

宋南时抬头看了他一眼，然后她非常礼貌地道歉："不好意思，说顺嘴了。"

云止风："……"他一言难尽地看了宋南时一眼，不理会气得面色铁青的杀手，淡淡道，"第一杀手组织，原名'三更死'，因为杀手交付任务的时候雇主都会问一句'死了么'，时间一长民间就叫他们'死了么'。那个杀手组织的老板为了提高知名度，顺势给自己的组织改了名。"

宋南时："……"还挺有商业头脑。

云止风顿了顿，意有所指地提醒道："此人在'死了么'杀手榜上排名第四十二。"第四十二，听起来很不起眼的排名，但是"死了么"能上杀手榜的足有三百人。

宋南时还是个炼气期的。

可宋南时仿佛没听懂云止风在提醒她什么一般，若有所思地打量了那位四十二兄一番，评价道："看着就是一副三千血债起步的长相。"

那杀手直接被旁若无人的两人气笑了，凶恶的神情此时看起来三千血债都不止了。

他冷笑道："死到临头了，我看你们还怎么笑出来！"说着，他直接从腰间抽出一条长鞭。长鞭一抖，原本看起来软塌塌的鞭子顿时竖起无数尖刺。被这鞭子打上一下，皮开肉绽是免不了的。

宋南时的手一直放在背后，手中缓缓浮现出一支黑色玉签。她面上却还笑着，漫不经心地问道："所以你们真的没有一个叫某团的竞争对手？"

四十二兄冷笑："真好奇，你死后问我鞭下其他的亡魂也不迟。"

宋南时便知道这次怕是拖不下去了。

她握着黑签就要动手。一只大手却突然从身后抓住了她的手。

"宋南时。"云止风道，"你现在走，我还能送你出去。"

宋南时没有回头，只突然道："五十灵石。"

云止风一顿，想到现在一穷二白的自己，面不改色道："我把这头驴给你。"

第三章·麒麟子

两个人说着旁人听不懂的话，那杀手越发不满："喂！你们……"

他话未完，宋南时突然发难，一支黑签猛然抛出："离为火！"

黑签在半空中猛然化为离火，灵蛇一般凝成一束，顺着杀手的长鞭往上爬。

长鞭末尾迅速焦黑。

那杀手没料到区区离火居然能伤到他的法器，当即大惊。但他显然也是身经百战的，当机立断伸手弄断了自己的半截长鞭，那离火也随之而断。

可还没等他松口气，雪白的剑光迎面而至。

杀手一惊，还没来得及抬起长鞭，云止风那张面无表情的脸就已经近在咫尺。

"嘭！"

他猛然被击飞了出去。

好不容易在半空中稳住身形，他心中已是警惕至极，等着应付云止风的剑招。可是出乎意料的是，一圈火蛇突然拔地而起，打了他一个措手不及。

等他用法咒压下火势，剑光又纠缠上来。

剑光加火势，杀手左支右绌，躲闪不及。

而战圈之外，临时充当了法师的宋南时微微一笑。别急啊，早着呢。

战场之上，一边要警惕云止风，一边还要应付不知道会从何处冒出来的离火，杀手灵力和体力都消耗得飞快。他迅速明白过来，这两个人想把他拖死。

他顿时眼神犀利，突然停了下来，连云止风的剑都不去管了，双手结印，指尖散发出不祥的红光。

而正在此时，他背后突然传来一阵高昂的驴叫。

"啊啊啊——呃！"

下一刻，一只强劲有力的驴蹄猛然踹在了他脑袋上。

杀手被踹得一蒙，手上结的印都顿住了。

宋南时竖起大拇指："驴兄好样的！"

物理手段打断施法。

这时，云止风已经趁机一剑制住了他，眼见着这人还不死心想再结印挣扎，云止风想了想，干脆利落地在他脑袋上又打了一下。这一下很有驴兄的风范。

杀手白眼一翻，缓缓地闭上了眼。

宋南时见状迅速跑了过来，看了地上的人一眼，见还有气，当即道："你带上人先走，找个没人的地方。"

云止风下意识地问："做什么？"

宋南时诧异地看了他一眼，理所当然道："当然是杀人分尸，毁尸灭迹。"

云止风："……"他震惊地看了宋南时一眼。

然后他就若有所思起来:"我还有瓶化尸粉……"
宋南时:"……"
这下轮到她震惊了。我开玩笑的啊大兄弟!你在做什么?!
在空荡荡的储物戒里装模作样地掏化尸粉的云止风眼眸中闪过一丝笑意。

不过鉴于这里是从无量宗去往仙缘镇的必经之地,两个人还是找了个人少且荒凉的地方商量怎么处理这个人。
云止风微微蹙起眉头,正经道:"这人手上都是血债,但我暂时不能动他。云……有人去'死了么'下了我的必杀令,那无论是接令的人还是他的行踪都是有迹可循的,'死了么'的杀手都有命灯,命灯一灭就有人能找到这里,他死在这儿,就相当于告诉别人我就在这儿。"
若是往常,他解决麻烦之后离开便是。但是现在……
云止风看了一眼宋南时的驴。他还是怀疑他的麒麟血玉丢失和那驴有关。
宋南时一边听一边"嗯嗯嗯",手上动作不停。
云止风一抬头,就见宋南时正对着那杀手上下其手,甚至还试图去解他的腰带。
云止风蒙了:"你在干什么?"
宋南时皱着眉,十分不满:"堂堂第四十二名,出门居然不带一个灵石,这合理吗?"
云止风:"……"他难得有了一种名为"无语"的情绪。
他深吸一口气,冷静道:"储物戒也是需要用灵力控制的,储物戒里多一点东西就要多分一丝心神控制,杀手刺杀是搏命,分毫不容疏忽,带的东西自然能少就少。"
宋南时勉强接受了这个解释。
云止风又看了她一眼。他发现自己有些看不懂这个姑娘了。
他问道:"你不问问我是谁,又为何有人要追杀我吗?"
宋南时斩钉截铁:"不问。"
云止风:"为何?"宋南时:"麻烦。"
她身边有太多的主角,没人比她更懂麻烦缠身对她这种路人来说意味着什么。
他救她一次,她还他一次,这叫债务两清。主动掺和麻烦,这叫愚蠢。
云止风看着宋南时,若有所思。

最终,云止风封了那杀手的灵脉,又封了他的声脉,让他不能动手也不能说话。他身上没有重伤,命灯就不会有异样,封了灵脉之后他也跑不了,"死了

第三章·麒麟子

么"那边就只会以为他是出任务未归。只要骗过这段敏感时期，再想对他做什么，就不必顾虑了。

云止风思索着要不要找个深山老林的山洞把他封进去。

宋南时看着那杀手，却突然想起了什么。

她忙道："你等等！"

她说完，转头就用通讯符联系了自己的二师姐诸袖。

那边很快接通："师妹？"

宋南时单刀直入："二师姐，你的火葬场最近不是缺人手吗？我这里有个人。"

诸袖："嗯？什么样的人？"宋南时："退役杀手，专业对口，从前管杀，现在管埋。"

若是她给其他人介绍个退役杀手，怕是早就被撑了。但二师姐却顿时兴奋起来了。

"哦？师妹详细说说。"

宋南时："他现在灵力被封了，但身强体壮，埋个人应该不成问题。师姐只需要每天管他三顿饭，给他一张床就行。免工资、免休假，最好一天工作十二个时辰，一个月工作三十天，全年无休。"

二师姐的声音顿时温柔起来："这样的好员工，当然是有多少我要多少。"

宋南时很满意，诸袖也很满意。两个人说好了交人的时间，心满意足地断了通讯符。

再抬眼，就见云止风正表情复杂地看着她。

他欲言又止，半晌，问道："你们无量宗，是不是也做些黑白通吃的生意？"

宋南时："……"她假装自己没听到。

云止风也没追究，见事情已经解决了，想了想，把自己的驴牵给了她："刚刚说好的，这驴是你的了。"

宋南时一点没客气，顺口问道："你这驴多少钱买的？"云止风："五十灵石。"

宋南时一顿，用看冤大头的目光看着他。

云止风觉得不对劲："怎么了？"

宋南时："这头驴只是普通脚力，没开灵智，不是灵兽。"

云止风觉得不妙："那价格……"宋南时："五十个灵石我能给你牵回来四头。"

077

云止风："……"他目光迷茫。

宋南时叹了口气，拍了拍他的肩膀，语重心长道："这世上有一种东西，叫作砍价。"

（十五）

宋南时话音落下，前半辈子从来没缺过钱，不知砍价为何物的麒麟子陷入了无边无际的沉默。

惨，太惨了，惨得宋南时那冷得像铁一般的心此刻竟也忍不住微微怜悯。她叹了口气，语重心长道："没关系，花钱买个教训。"

话音刚落，云止风突然转头看向她，道："仙缘镇集市上大多数东西其实都是虚标价格，买东西需要砍价？"

宋南时一边腹诽这到底是哪里来的不食人间烟火的大少爷，一边点头道："对，不只仙缘镇，这世上大多数商家都是这样的。"

云止风冷静地点头："那砍价的话，需要砍多少？"

宋南时想了想，给他举例。

"比如，卖你驴子的人说一头驴子五十灵石。"

云止风点头。

宋南时："那你先问他五个灵石卖不卖。"

云止风："……"他缓缓睁大了眼睛。

宋南时见他一脸不可置信，摆手道："砍价砍价，肯定是有来有往慢慢还嘛，你不一次性砍到底，怎么给人抬价的空间。"

云止风若有所思。

片刻之后，他的视线落在了她身上，突然道："你我第一次见面，你给我算卦要价十个灵石。"

宋南时："……"她心中突然有种不好的预感。

云止风神情平静："也就是说，我当时应该问你，一个灵石算不算？"

宋南时："……"她提醒，"我给你打了八五折！"

云止风面无表情点头："嗯，你多赚了我七个半灵石。"

宋南时："……你算术挺好。"

云止风："多谢。"

宋南时开始盘算自己的布幡上要不要添上一句"概不还价"。她算卦这么多年，碰见的算卦砍价的还真不多，毕竟谁都担心砍了价格之后算出来的结果会不会也砍上一下。

宋南时从不担心自己算卦被人砍价，但教会了云止风之后，她觉得自己大概需要担心了。

见她满脸不爽地碎碎念，云止风脸上闪过一丝不易察觉的笑意。

怕夜长梦多，他们并没有在这里耽搁太久，三个人骑着两头驴就去了二师姐的火葬场。那位四十二兄被绑在驴背上，就这么堂而皇之地被带着招摇过市。

宋南时是仙缘镇的宋半仙，熟面孔，眼见着她直接绑了一个人，难免有人好奇，问她："宋半仙这是做什么？"

宋南时实话实说："送这位兄台去火葬场。"

那人一听，看向四十二兄的神情顿时充满怜悯。虽然这人脸上蒙着块黑布看不清长相，但看身板应该挺年轻的。这么年轻就死了，可惜了。

因为去的是火葬场，那人还以为这位四十二兄信的是佛教，十分有礼貌地双手合十，冲着四十二兄的方向念了句"阿弥陀佛"。

一传二，二传三，两个人就这么在一路的"阿弥陀佛"中平安无事地带了个杀手穿越闹市。

第一次经历这么嚣张的"杀人越货"的云止风："……"

果然还是他见识少了。他真心实意道："你胆色不小。"

宋南时挑眉："我说的可都是实话。"

她说，带人去火葬场。

于是一整个镇子上的人也亲眼看着她带了个人去火葬场。至于带的是活人还是死人，是带去烧的还是去当员工的，那就看他们自己怎么想了。

过了闹市区，云止风稍微放松了警惕，不由自主地运转起了灵力修复伤口。从三个月前开始，无事之时就运转灵力修复伤口几乎成了他下意识的动作。

但是这一次，没一会儿云止风就停止了灵力运转，看着前方宋南时的背影，若有所思。

他的灵力运转速度变快了。虽然变化很细微，但对自己的身体有极强把控力的云止风仍旧敏锐地察觉到了。

是他的伤势开始好转了，还是说……不，不管是他的伤势还是运转的功法，都和往日没什么变化。唯一有变化的，是这次他的身边多了个宋南时。

……和那头驴。

他又想起了自己那个猜测，他的麒麟血玉在那头驴身上。

麒麟血玉在身侧时，他的修炼和伤势恢复都会更加迅速。如今他修炼时的变化似乎正印证了那个猜测，但是……

麒麟血玉真的在一头驴身上？云止风的神情一言难尽起来。

或许，得跟在宋南时这对主仆身边多试探一下了。

云止风若有所思。

半个时辰之后，他们到了火葬场门口，得到消息的师姐早早地就在这里等候。

但二师姐还没来得及对师妹支持自己的火葬场事业表示感谢，一抬眼就看到了正从驴背上下来的云止风。

她一惊。云止风？

二师姐霍然提高了警惕，一把将师妹拉到了自己身后。

宋南时茫然："师姐？"

云止风也抬起头，一脸莫名其妙。

二师姐绷紧了脸。上辈子她在师尊的白月光回来之后就离开了无量宗，和同门甚至整个修真界的接触都大大减少，但她仍旧认得这个云止风。

前途无量的云家麒麟子，一朝毫无预兆地被云家抛弃，沉寂多年。就在整个修真界都快把这个人给忘了之时，他以屠戮云家满门的方式回到了修真界。

邪修，魔头。

上辈子她第一次见到云止风时，他满身血气，和自己的大师兄江寂打得昏天黑地。整个修真界都不知道为何这两个人会对上，但从那之后他们似乎就成了死敌。直到她身死，这两个人都没有分出胜负。

如今毫无预兆地看到上辈子的魔头出现在她面前，她怎能不心惊。

可是她那个傻师妹却丝毫不知道她为何警惕，见她不说话，居然径直从她身后走了出来，用熟络的语气对那魔头道："你还愣着干什么？还不赶紧把人卸下来。"

她眼中的大魔头面无表情地应了一声，老老实实地开始卸人。

诸袖："……"是我眼花了？

在她怀疑人生之际，自己的师妹还在表达不满："轻点儿啊大少爷，现在他可不是什么敌人，而是能十二个时辰创收的劳动力！"

云止风："我知道了。"他轻手轻脚。

诸袖："……"她觉得这个世界出了什么问题。

她开始茫然地回忆自己的上辈子，三师妹和这魔头有没有什么交集。但她自觉悟之后就试过了很多次，她知道自己关于这个三师妹的记忆出了问题。她上辈子的一切记忆都很清晰，但是只要事关三师妹，就仿佛蒙了一层阴影。

她只隐隐约约有种直觉，自己的三师妹和这魔头关系匪浅。

关系匪浅？没有血缘关系的两个人，在何种情况下才能用一句"关系匪浅"

来形容？

这一刻，诸袖的八卦本性上线，平生看过的话本一齐涌入心头。什么生死仇敌，什么此生挚爱，什么因爱生恨……

诸袖若有所思。

这时，魔头已经把人给卸了下来，三师妹期待地问她："师姐，你看这个人怎么样？"

魔头在一旁探究地看着她。

诸袖一惊，看也没看，直接道："我收了！"

诸袖顿了顿，又补充道："介绍费，给师妹一百灵石。"

宋南时眼睛一亮。

云止风抱剑的手微微一动，他下意识地看向宋南时。

宋南时正好看过来。

顿了顿，宋南时谨慎道："对半？"云止风矜持地颔首："可。"

诸袖："？"什么对半？总不会是在说介绍费吧？哈哈哈怎么可能，这个大魔头会缺这点儿钱？

然后她就看到，当她把灵石递给三师妹时，宋南时顺手分了一半给那个魔头。

魔头理所当然地接了过去。

诸袖："……"好的，他缺。

诸袖神情恍惚地完成了接手新员工和安排岗位等一系列工作。

眼看着师妹美滋滋地带着人要离开了，诸袖连忙拉住她，压低声音问："师妹，你知不知道他是谁？"

宋南时："知道啊。"

诸袖不知道师妹的这句"知道啊"，到底是知道多少。但她不敢打草惊蛇，沉默片刻，只含糊问道："那你们是什么关系？"

宋南时斟酌了一下，然后她谨慎道："正义伙伴？"毕竟才刚刚一起对付了杀手。

诸袖："……"听不懂，但应该不是什么生死仇敌的"关系匪浅"。

她稍稍放心了一些，决定以后多关注一下这个师妹，免得让这个魔头蛊惑了她。

她目送两人肩并着肩走到门口，动作一致地骑上了两头几乎一模一样的驴。

夕阳西下，驴的身影拉得很长很长。这一刻，诸袖脑海中闪过一个词。

情侣驴。

诸袖："……"她疯了。

另一边，宋南时白赚了灵石，心情很好，看云止风都觉得顺眼了些。她心里还有盘算，既然有第一个追杀他的，那应该还有第二个追杀他的，届时再把人送进火葬场当一天工作十二个时辰的劳工……

宋南时觉得自己似乎找到了一条可循环的致富路。但致富的前提，是需要云止风在。宋南时觉得她得和云止风搞好关系。

她摸了摸自己的储物戒，十分客气地说："云兄，前段时间的凶兽一事，御兽峰的师叔给了我一些灵石作为补偿，我想着云兄既然也有出力，这灵石自然是有云兄一份的，云兄意下如何？"

她说着，但手都没动一下。以云止风死要面子的性格，必然会拒绝，届时她就能达到既保住灵石又和他搞好关系的目的。

谁知云止风看了她一眼，开口道："对半。"

宋南时："……"他成长了。

宋南时面无表情："师叔给了我五十灵石，我分你二十五个。"

云止风也面无表情："哦，没想到无量宗居然这么小气。"

宋南时："……"他真的成长了。

（十六）

"……那你最后分他灵石了吗？"师老头手里捧着瓜，兴致勃勃地问。

宋南时看着师老头那毫不掩饰的一副看戏的嘴脸，觉得自己真的是受虐狂。明知道这老头子绝对不会放过任何一个看她乐子的机会，她一回到无量宗还是巴巴地跑来给他看这个乐子。

她面无表情："给了，三百。"

师老头大奇："还真给了啊！按你的性格，我还以为你一毛都不会给呢。难不成你还是那种在意面子的人？"

宋南时嗤笑："面子哪有灵石重要。"

师老头："那你……"

宋南时面无表情："因为他学会了砍价。"而且举一反三，在她身上实现了逆向砍价。

师老头怜悯地看了她一眼，说起话来却是毫不掩饰的幸灾乐祸："没关系，咱们就当是花钱买个教训，哈哈哈！"

宋南时："……"

两个时辰前，这句话还是她说给那大少爷听的，没想到这回旋镖扎得如此之快。

第三章·麒麟子

而此时师老头已然绷不住笑意了，哈哈大笑，道："我说什么来着？你这个命格是守不住财的！你还非要挣扎个什么劲？"

宋南时听到这话就不服气了，反驳他："没了那三百灵石，其他的可还都在我手里呢！"

她挺起了胸膛。

师老头嗤笑一声："那只能说明你在未来会破个大财，你这小傻子还有心情骄傲呢。"

宋南时伸手就把他手边的瓜抢了。

师老头不满："尊师重道！你这小丫头知不知道什么叫尊师重道！"

宋南时随口反驳："等你什么时候成了我师尊再说吧！"

师老头顿时就不说话了。他自从死了十三个徒弟之后就没再收过徒了，哪怕是教了宋南时从小到大一身本事，也没提过收徒的事。

但其实在很早之前，掌门见不归剑尊的徒弟成日里跟着师老头学卦，不归剑尊那个冷淡性子也不怎么管徒弟，就动了让宋南时改拜师老头为师的念头。

一是觉得不归剑尊这个徒弟有和没有也没什么区别，二也是怕玄通峰卦师这一脉彻底断绝了。而且其他人可能不敢或不能让不归剑尊的弟子改拜师门，但师老头没这个顾虑。他辈分高，不归剑尊也得叫他一声"师叔"，他开口要个徒弟，没人会说什么。

掌门去问了不归剑尊，不归剑尊无可无不可。他再去问师老头，谁知道这老头一口拒绝了。

宋南时这个差点儿改投师门的当事人是最后一个知道这事的。

她大概知道师老头一直不肯收徒的原因。没人比卦师更信命数，师老头一连死了十三个徒弟，个个都是惨死，他打心眼里觉得自己就是孤寡命格，宁愿玄通峰就剩他一个人，也不肯再收徒弟。当年若不是宋南时死缠烂打，他一身卦师的本事也不肯传承下去，就打算让它这么断绝。

宋南时知道，但不妨碍她仗着年纪小和他闹。一连半个月，她就这么天天蹲在这老头洞府门口，他一出来就幽幽地看着他，也不说话。师老头被看得之后那半年看见她就绕路走，直到现在，她提起这件事他还头皮发麻。

见师老头偃旗息鼓，宋南时这才满意了。

她道："有正事问你。"师老头满脸不自在："有事就赶紧问！"

宋南时从储物戒中拿出纸笔，当着师老头的面画了一个图案："你认不认得这个是什么？"

白纸上，是一个由复杂的云纹组成的图案。

师老头一看就皱起了眉头："你这是从哪儿看来的？"

083

宋南时是从前几天那些混进仙缘镇找云止风的黑衣人身上看到的。那些黑衣人身上都有一个令牌一样的东西，但藏得很好，轻易不露出来。他们被黑袍包裹的衣服上，偶尔也会有和令牌上一样的图案。宋南时记性很好，只偶然间见过一次，就将那图案记了下来。

她随口道："是从一个找我算卦不给钱的人身上看到的。这是什么？"

师老头看了她一眼，也不知道信没信她的借口。

他只道："这是中州云家的家徽。"

云家？

宋南时一顿。

云止风。

师老头已经把画了图案的纸推了回去，慢条斯理道："我不管你是不是真的碰见算命不给钱的人了，但是小老头提醒你一句，别惹事，特别是别惹这种不知道耕耘了几千年的大家族。否则啊，小老头怕是想给你收尸都难。"

宋南时回过神来，她摆手道："晓得了，我还准备给您老人家养老呢！"

她挥了挥手就要离开。

出师老头的院子时，她却突然一顿：天哪！她忘了把云止风的那头驴带回来了！

宋南时臭着脸回到了自己的洞府。

谁知道二师姐诸袖正在她洞府门口等着她，一副十分着急的模样。

宋南时惊讶，这不是才见过吗？怎么又找来了？

她问："二师姐？怎么了？"

诸袖有苦说不出。自从自己这师妹和那魔头一起离开之后，"情侣驴"这三个字就仿佛和她过不去一样，时时刻刻都在她脑海中打转。再加上两个人那肩并肩离开的背影，诸袖觉得自己发现真相了。

关系匪浅。

两个没有血缘关系的陌生人，不是生死仇敌，那还有什么情况能关系匪浅？

除非……自己这三师妹是那魔头的此生挚爱！

这个念头刚闪过，诸袖第一感觉是离谱，第二感觉是果真如此！

她越想越觉得应该就是这样。再回想两个人相处时，那不知为何分外默契的模样，似乎都在印证着她的猜测。

于是诸袖心里越来越凉。

一个魔头，还是在未来会和大师兄敌对的魔头，那将来宋南时夹在爱人和师兄之间岂不是……

好痛苦！

诸袖因为自己的猜测把自己折磨得坐立难安，再想到宋南时时，顿时就感觉她像极了市面上那种虐恋话本的女主角的模样。

师妹！那个魔头不值得啊！

她当即就想阻止师妹踏入火海。

幸亏宋南时不知道自己这个二师姐在想什么。她要是知道的话，只会说一句话："不愧是追妻火葬场小说的女主角，这思路，绝了。"

诸袖斟酌着，看着眼前这个即将踏入虐恋情深剧情的师妹，缓缓道："师妹，其实我想问一下，你觉得那个云止风，是个什么样的人？"

然而刚问完，她就觉得不对。坏了，这么问，师妹不会觉得自己对那魔头有什么想法吧？

而宋南时的心也确实一沉。

她想，坏了，二师姐这富婆该不会是想招揽云止风当自己的创业员工吧。

她觉得这很不妙。

这对师姐妹对视一眼，哪怕想得完全不同，心境竟也再次完美重合。

宋南时看着眼前的富婆师姐，整个人仿佛忌妒成了一颗柠檬。但她毕竟还是有原则、有底线的人，云止风有那个能力让富婆招揽，她不能挡人财路。她只能满身酸气地帮师姐完成员工考察。

"云止风，是个好人。"她不情不愿道。

"他心地善良，乐于助人。"毕竟当初还救过她。"不畏艰险，迎难而上。"哪怕是八秒就战败也打出了山崩地裂的架势。

"虽然他也有不完美的地方，"比如居然坑她钱这件事。"但我相信他未来一定会改正！我也会尽我所能帮助他改正的！"老娘一定能把砸在他手里的钱给要回来！

她一气呵成地评价完，自觉也没什么遗漏的了。于是她酸酸地想，云止风啊，运道好，被富婆招揽成了第一批创业员工，属实是能少走二百年弯路了。

诸袖越听越心凉，在师妹眼中，那魔头居然是好人。但是她既然说魔头有不完美的地方，显然是已经发现了魔头性格中邪恶的一面。可哪怕如此，她也愿意帮魔头改正。

天哪！她好爱他！

诸袖抬头，看着眼前如花似玉的师妹，被触动得险些落泪。她抬手就抱住

第三章·麒麟子

了自己的师妹，感动道："师妹，你放心！师姐一定会帮你的！"

重来一次，她一定要帮这个师妹！

突然被抱住的宋南时："……"

嗯？什么意思，师姐要帮她？意思是以后也招她当员工吗？

而这时，师姐已经松开了她，毅然决然地转身离去。她要做好计划！

宋南时在她背后莫名其妙地挠了挠头。什么意思啊？要不要招她当员工啊？五险一金和薪资待遇也没说啊！

这一刻，追妻火葬场文女主角的脑回路和社畜的脑回路差了十万八千里。

这一夜，宋南时久违地感受到了社畜求职时的艰辛和坎坷，一夜辗转反侧。

到了第二天，她蔫蔫地起床，很没精神。

但是生活还要继续，她收拾了一下东西就准备进山。她今天要补充些灵草，下个月做丹药的材料快没了。

炼丹的锅，带上。做饭的炼丹炉，也带上。

她带着满满当当的东西下了山。刚出无量宗，她就看到了师姐正站在山下，而正和她说话的那个人……

"云止风？"宋南时疑惑。

师姐身后的云止风冲她点了点头，道："我等的人来了。"

宋南时"嗒嗒嗒"跑过去："你在等我？你怎么知道我今天要出门？"

云止风含糊道："昨天转移那个人的时候，你对附近的山林很熟悉，你说你每个月的这一天都会进山采药。"

宋南时了然："但我采我的药，你等我干吗？"

云止风面色淡然："我今日也要进山捕猎，一起。"

宋南时斟酌了片刻，视线落在云止风的驴身上。

三百灵石已经赔出去了，但这头驴必须要回来！而且昨天刚有个杀手来捉他，今天不知道还有没有，要是有的话今天就又能赚一笔。

她欣然同意："可。"

云止风眉目柔和了下来，不着痕迹地看了一眼宋南时的驴。很好，这次他就要验证一下，是不是只要和这头驴在一起，他的伤恢复的速度就会变快。

两个人各怀鬼胎，相视一笑，转身离去。

诸袖留在原地，看着两个人的背影，心凉了半截。什么要去打猎所以一起，去打猎有必要提前一个时辰就在这里等师妹吗？

她觉得自己发现真相了。这个魔头，他一定爱惨了师妹！

他甚至买了头和师妹的驴一模一样的驴！好令人动容！

（十七）

社畜和未来的魔头可能这辈子也搞不清一个追妻火葬场文女主角的脑补能力究竟有多出色。

云止风满脑子都是麒麟血玉，视线频频落在宋南时的驴身上。宋南时也不遑多让，有一搭没一搭地盯着对方的驴看，思忖着该怎么让云止风想起来这驴是他许诺要给她的。

两个虐恋情深故事的主人公就这么各怀鬼胎，满心都是对方的驴，一路上气氛居然分外融洽。

宋南时："你这驴……"

云止风："这头驴……"

他们异口同声，话音落下，齐齐顿住。

四目相对。

宋南时最先反应过来，先发制人，张嘴就对对方的驴来了一顿"商业吹捧"，用词之直白，言语之夸张，听得云止风一愣一愣。他这辈子也没想到有人能这么真情实感地吹捧一头驴。

给他整不会了。

他不想被宋南时抢占先机，硬着头皮想吹捧回去。但奈何麒麟子到底是才过了三个月逃亡生活的人，被生活毒打得还不如宋南时彻底，哪怕是学会了砍价这一特殊技能，麒麟子的矜持和骄傲还是在身上的。

他对着那张驴脸左看右看，愣是说不出一句合适的话来。

麒麟子咬了咬牙，硬着头皮想开口，就见驴兄突然转头看了他一眼，张嘴就是一顿不满的嚎叫。

"啊啊啊——呃！"

云止风："……"他缓缓地直起了身，违心的话再也说不出口。他觉得，做人，多少还是要有底线的。

这一局，他败得心服口服，彻彻底底。

宋南时见状，冷笑一声。和我斗，你还嫩了点儿！

斗赢了的宋南时昂首挺胸，一扫被他坑了三百灵石的颓然。微妙的气氛在

两人之间弥漫，一时间谁也没说话。

然而这世间读不懂气氛的人就是这么多。

一个和他们同行了一段路的修士见宋南时吹捧了一路的驴，心说这驴有什么好吹捧的，下意识地转头看了过来。

然后就被宋南时的长相惊艳了。宋南时穷归穷，但她要是肯靠脸吃饭，也是饿不着她的。

这兄台一见惊艳，身为男人的那点儿虚荣心当即就上来了。他看了一眼美人身边那个穷得只能骑驴的小白脸，昂首挺胸地骑着自己的天马走了过去。

他用一分炫耀九分油腻的语气道："仙子，驴有什么好看的，你看看我这天马……"

话还没说完，两双眼睛齐刷刷看了过去。

云止风面无表情。

宋南时冷笑："你没事吧？"

连驴兄都很不满自己被人贬低，张嘴对着对方的天马就是一顿嚎叫。

修士和天马："……"

一人一马灰溜溜地走开。

宋南时这才收回视线，冷笑道："我这辈子最讨厌当着我的面炫富的人。"

云止风闻言顿时一言难尽地看了过来，欲言又止："……你觉得，他这是在对你炫富？"

宋南时："那不然呢？"

云止风："……"他明白宋南时靠脸吃不了饭的原因了。

一波三折地到了深山，宋南时熟练地开始准备东西，云止风则一边寻找四周适合打猎的地点，一边留意着那头驴的动向。他现在要尽量避免动用灵力，在他能够屏蔽云家对他灵力的追踪之前，他动用一次灵力，就是在为云家指明一次方向。

也正是因为这样，他平日里摆摊得来的猎物都是依靠长年累月练习的剑术和剑修本身的强悍实力得来的。他还有伤在身，对付普通的猎物或者低阶灵兽还行，看到高阶的灵兽只能绕道。

他这般思量着，漫不经心地往宋南时的方向看了一眼。

然后就是一顿。

"你在干什么？"他声音中充满了困惑。

只见宋南时的身前摆了一个炼丹炉、一口大铁锅，甚至还有若干锅碗瓢盆。

第三章·麒麟子

她不像是来采药的,活像是来野炊的。他说话的时候,她正把那只寄居了影鬼的乌龟往外掏,一副要煲龟汤的模样。

宋南时抬头看了他一眼,理所当然地说:"我有一味丹药,需要新鲜的药材才能炼制,所以我把炼丹的家伙也带来了,就地炼丹。"

云止风的困惑不减,看着那半截炼丹炉:"可是这破损的炼丹炉应该也炼不了丹啊。"

宋南时轻飘飘地看了他一眼:"谁说我用这个炼丹了?"

云止风:"那你……"

宋南时把那口大铁锅往前一放:"这个。"

云止风:"……"我虽然不是丹师,但我也知道这很离谱。

他喃喃道:"那你的炼丹炉该不会……"宋南时露齿一笑:"做饭用的。"

云止风:"……"太离谱了。

他一言难尽地看着她。这姑娘知道制式不合格的炼丹炉炼不出丹吗?

还是说……别人不能,但她能?

云止风若有所思。

此时,宋南时已经不管炼丹炉的事了,放出了龟龟牵好绳就道:"龟龟,走,咱们去找灵草!找灵石这么在行,找灵草你一定也能行!"

影鬼生无可恋地趴在地上。

云止风见影鬼在她手上还没死,好奇道:"用它找灵草?"

宋南时:"它说自己有寻宝鼠的血脉!"

云止风:"……"这只影鬼为了活着也挺不容易的。寻宝鼠,属实是拿捏住宋南时的命脉了。

宋南时牵着影鬼找灵草,走了不远,影鬼见四周一片空旷,顿时就起了逃跑的心思。

云止风看得分明,心中一惊,刚想提醒宋南时小心,就见宋南时伸手就拍了一下突然不动的影鬼,语气不满:"偷什么懒!你小心没有工资。"

云止风眼睁睁地看着影鬼的本体就这么给一巴掌拍了回去。

云止风:"……"他抬起头,眼神复杂地看着宋南时的背影。

这个姑娘,有点儿东西在身上。

但是既然宋南时走了,那么……

云止风的视线不由自主地落在了被拴在一旁悠闲吃草的驴兄身上。

他知道,他的机会,来了。

089

另一边。

宋南时觉得这龟龟果然能干，不愧有寻宝鼠的血脉。用它来找灵草，比以往要轻松多了。才一刻钟，她就找到了几样关键的灵草，眼看着龟龟四只小短腿扑腾得直喘气，宋南时终究还是决定发扬一下人道主义精神，找了个背风的地方让龟龟休息一会儿。

因为昨天晚上辗转反侧没有睡好，她也闭上了眼睛假寐。

龟龟一见她闭眼了，一对绿豆大的眼珠滴溜溜地转，寻找着新的逃跑机会。如果说它以前逃跑是为了主人的话，现在逃跑纯粹是为了自己。

这个宋南时，她压榨起龟来根本不是人！

它不着痕迹地爬着，眼看着就要爬出宋南时一伸手能捉到的范围，一声人类的耳朵几乎听不到的轰鸣声猛然闯入影鬼的耳朵。影鬼被这声音震得整只龟都失去了行动能力。

林间群鸟惊飞。

但是因为这声音不是人类甚至不是修士能听到的，在人类看来，这林间只是不知道为什么突然惊起一群飞鸟。

龟龟来不及想这是什么，它只能庆幸，这声音宋南时应当听不到。可它刚这么想时，宋南时却霍然睁开了眼睛。

她随手将爬到一旁的龟龟拿起来，看着远方，皱眉道："这是什么声音？"

龟龟一惊，她听得到！

与此同时，正和驴斗智斗勇的云止风也抬起了眼。

……

大山西侧。

池述安被一掌打回了原形，重重地摔倒在地上。追杀他的最后一个妖比他先一步落败，已然没了生机。可他丝毫没有感到庆幸，他能感觉到身体内的妖力正在迅速流失，他连变回人形都不能。这样下去，他迟早会死在山林里。

他咬了咬牙，保持神识清明。

他是妖族太子，七日之前带领族人巡视西方妖族的领地，谁知半路被一伙身份不明的妖伏击了。那群妖实力极强，他身边的族人一个个倒下，他被一路追杀到了人族的领地上。

且战且退到今日，他终于杀死了最后一个伏击者，但谁知……

池述安看了一眼自己的原形。

他要尽快离开这里，他不能给任何人可乘之机！

第三章 · 麒麟子

他用尽了最后一丝妖力，看也没看那伏击者的尸体，头也不回地转身奔跑。黑色的影子在林间如闪电般穿梭着。

他也不知道自己跑了多久，他心中只有一个信念，现在仍不知道伏击他的是哪个妖，那么每一个妖都有可能是伏击他的敌人，如今，他最好是去求助人族。

人族与妖族很少往来，和妖族勾结的可能性小，那么他哪怕是以利诱之，也好过寻找一个不知是敌是友的妖帮忙。

只要通过人族联系到自己的部曲……

他嗅到了人族的气息。他毫不犹豫，直奔那气息而去。

然后……

"嘭！"

他猛地撞到了什么，白眼一翻，昏死过去。昏过去之前，他听到一个诧异的女声。

"守株待兔？"

……

守株待兔？

宋南时翻身坐起，目瞪口呆地看着这只突然从林间奔来，然后就和眼瞎了一样毫不犹豫地在她身旁的树上把自己撞晕过去的生物。

一只黑色的……兔子。

她一把提起兔子的耳朵，摸了摸自己的下巴，若有所思。在这里躺着都能有兔子一头撞晕，那是不是代表着她要时来运转了？

看着这只预示自己时来运转的兔子，宋南时心中顿时闪过了兔子做法大全，什么麻辣兔头、红烧兔肉之类的。

宋南时当即起身，兴冲冲地回去，她要找云止风炫耀炫耀！

一只手抓着兔子，另一只手抓着龟龟，宋南时一口气奔到了他们扎营的地点，得意扬扬道："云止风，你看我捉到了什么……"

话没说完，她猛然顿住，神情震惊。

面前，向来冷淡寡言的麒麟子正一条大长腿蹬在树上借力，两只手用力地去掰驴嘴，和驴搏斗。他满头大汗，一张英俊的面孔杀意凛然。

驴挣扎，叫得和被宰一样。

宋南时突然跑过来，一人一驴齐齐看向她。

驴顿时委屈地大叫。

091

宋南时看了一眼驴，再看向云止风，面无表情。

"你在干什么？"她试图保持冷静。

云止风："……"他看了一眼自己此时的所作所为，又看了一眼她，缓缓地放下了手。

他艰涩地说："我说我是有苦衷的，你信吗？"

宋南时红唇一张："呵。"

（十八）

云止风抱着剑站在一旁，面无表情地看着那头驴冲着宋南时谄媚地撒娇。而宋南时表现得就像是个凡间被美色蒙蔽的昏庸帝王，看着那蠢驴顶着一张驴脸撒娇还能满脸心疼。

云止风多看了两眼都觉得伤眼，面无表情地移开视线。他深吸了一口气，抬手揉了揉自己的眉心。时至今日，他仍旧想不通自己是怎么走到这一步的。

他，云止风，前半辈子是一心修炼心无旁骛的云家麒麟子，一朝被家族背叛，在庞大的云家的追杀之下逃亡了整整三个月。这三个月中，他怀疑过家族，怀疑过自己，伤势最重之时一度连身体带心境一起崩塌。

云止风十分清楚，相比于受重伤的身体，他最岌岌可危的是心境。身体的伤他尚且能去找麒麟血玉治疗，可心境上，他又该如何说服自己接受一个他为之奉献了前半生的家族背叛了自己。

心病难医。

云止风眼睁睁地看着自己的心境一点点崩塌，他十分清楚，再这么下去，最后的结局只会是他拉着整个云家一起坠入深渊。

然后……

云止风面无表情地看了一眼宋南时。

那头驴最先察觉了他的目光，百忙之中不忘从自己主人的胳膊底下向他投来挑衅的目光。

云止风："……"看一张驴脸做出这种表情，伤眼。

他挪开了视线，心如止水。

然后他就遇到了宋南时。

从此以后，没钱、被坑、学砍价。麒麟子在人生的岔路口上直接走偏，一骑绝尘。

他很想问问宋南时有没有什么天生破财的命格，否则为什么他靠近了她之后会这么穷。

他现在甚至要和一头驴斗智斗勇。心境倒是不崩塌了，没钱直接崩溃了。

这时候宋南时已经安慰好了那头蠢驴看了过来，欲言又止。她神情复杂："云止风，你要是有什么困难可以和我说。"

她心里有个猜测。她之前生活在一个信息爆炸的时代，没少看那些因为生活不如意而心理变态的人虐待动物的新闻。她觉得，云止风这是穷疯了，开始虐待动物发泄心中的不满了。

于是她看云止风时就像在看一个正在进化中的变态，一边感叹知人知面不知心，一边感慨修真界的生物多样性。

前有大师兄江寂和柳老头扬起极端动物保护主义的大旗，后又有云止风虐待动物。若是有一天云止风和江寂碰上，那必然是水火不容的宿敌。

云止风不知道宋南时在想什么，但他觉得这姑娘无论是语气还是眼神都十分不妙。他有必要拯救一下自己岌岌可危的形象。

云止风深吸了一口气，冷声道："我说过，这么做是有原因的。"

宋南时神情依旧复杂："你不要告诉我你这么掰驴嘴只是为了看看驴兄牙口怎么样，小孩子都不会信这样的借口。"

正准备说自己想看看驴子的牙口的云止风："……"

他面无表情地改了个说辞："这头蠢驴胡乱吃东西，不知道吞了什么，我只是想让它赶紧吐出来。"

驴兄闻言霍然睁大了驴眼。你这个浓眉大眼的居然凭空污驴清白！

宋南时也不信："你觉得这个理由和我刚刚说的理由有什么本质区别？"

云止风已经不想在驴这件事上和宋南时纠缠了，一时脑抽去掰驴嘴已经是他这辈子做过最蠢的事情，再掰扯为什么掰驴嘴只会让他觉得自己更蠢了。他宁愿当个莫名其妙的变态，也不想当蠢货。

于是麒麟子便十分高冷地道："云某问心无愧，信不信在你。"说完，他抱着剑转身就走。

宋南时连忙道："你去哪儿？"云止风冷声道："打猎！"

宋南时自动理解成了他缺钱。

云止风大步流星，连背影都是一股"老子问心无愧"的气势。

宋南时不由得疑惑，难不成自己是真的误会云止风了？

她若有所思。

沉思之际，她的视线又落在了那只"守株待兔"抓到的兔子身上。

黑色的兔子，可真稀奇。

宋南时提起兔子耳朵看了看，惊奇地发现这兔子的皮毛居然还不是一般的黑色，而是那种……

传说中五彩斑斓的黑。

宋南时感叹，还真是"世界之大，无奇不有"。有黑得这么花里胡哨的皮毛，这兔子一定很值钱吧。

宋南时若有所思。

昏迷中的妖族太子莫名觉得有些冷，一个激灵地打了个寒战。

……

云止风离开之后很有目的性地直接往山林的另一边赶去。这个方向，就是自己方才听到妖啸的方位。

妖啸是妖族战斗时的一种攻击手段，一般只针对妖族。因为人类的耳朵听不到妖啸的声音，哪怕是修士也一样。

但云止风不同，他的祖上有麒麟血脉，他自己正是觉醒了麒麟血脉的麒麟子。

有妖啸，便代表了有妖族在这个山林之中战斗，而且战斗的双方都是妖族。

这就十分奇怪了，无量宗的地界上有妖族出没本就不同寻常，何况是两个妖直接在无量宗的地盘上打架。

云止风心中一时之间闪过了无数猜测，可是匆匆忙忙赶到妖啸传来的地方，却只看到地上躺着一具已经化为原形的妖族尸体。

只有一具。

云止风的嘴唇抿了起来。

两个妖战斗，一个死了，那么另一个要么同归于尽，要么逃了。按照时间推算，他甚至可能就在这片山林之中。

这片山林里……

宋南时！

云止风脸色大变，毫不犹豫地转身，以比来时更快的速度奔回营地。

等云止风以最快的速度奔回来时，见到的却全然不是什么血流成河的惨状，宋南时非但安然无恙，甚至在磨刀。

云止风蒙了一下，这才问道："你磨刀做什么？"

宋南时转头，先是惊讶："你居然这么快就回来了？"

第三章·麒麟子

她说着,眼神就不由得有些嫌弃,一副"没想到你打猎也这么没用"的神情。

云止风:"……"他就不该急着回来救她。

可能是看云止风神情不对,宋南时咳了一声,若无其事地给他看那黑兔:"这是我抓到的。"她笑眯眯地说出残忍的话,"把皮毛留下,剩下的来个'一兔八吃'!"

云止风却一点都没有什么"一兔八吃"的心思,他只觉得这兔子来得太巧了。

他当即上前,随手拿过宋南时手中的匕首,挑开黑兔的长毛看了看。没有妖力,除了皮毛好看些,似乎就是只普通兔子。

他想得很妥帖,甚至仔细探查了一番,看它是不是有什么隐匿妖力的法器。

没有。

云止风不由得松了口气。看来只是巧合。

然而他却不知道,妖族皇室狐兔一族,天生就能隐匿妖气。

变成了狐兔原形的妖族太子池述安也正是在这个时候醒来的。

他一睁开眼,就看到了一个神情冷漠的男人正拿着一把匕首在他身上比画来比画去,一双冷漠的眼睛里满是审视。

池述安一惊。

然而还没等他想到以现在毫无妖力化为原形的身体该怎么逃,一个女子的声音便响起,正是他昏迷之前听到的那个。

"云止风,你在干什么?"那女子语气古怪。

这一瞬间,池述安心中闪过无数想法。

他听族中长者说过,人族女子,大多天性善良,连花花草草都不舍得摧残,哪怕是修士也一样。那位长者原形是猫,是妖族中十分弱小的种族,和狐兔这种虽然体形小但有上古血脉的不一样。

这样的种族,在妖族中只有被看不起的份儿。谁知他一朝化成原形去了人族,转瞬之间就成了一个门派大半女子的心头宝。

人族女子,善良!

池述安看了看那冷漠的男子,又看了看长相十分"善良"的宋南时,心中有了决断。

这时,宋南时见云止风一副要杀兔的模样,瞬间觉得他虐杀动物的嫌疑更重了。

云止风却没工夫和她掰扯这个,他只觉得这片山林已经不安全了。他得让宋南时赶快离开,回头他再来独自勘察一番。

于是他直接道:"今天就先到这里吧,回去吧。"

095

宋南时无可无不可。她来这里也是为了寻找那几样珍稀的草药，如今基本找到了。虽说那需要现场炼制的丹药所需的草药还没影子，但她也算满载而归了。

于是她道："行。"

话音刚落，那不知何时醒来的黑兔突然一跃，整只兔从云止风手中挣脱，直接蹦到了宋南时肩膀上。宋南时一看，当即就觉得自己和这兔子真是天生有缘分——吃与被吃的缘分。

她顿时怜爱道："可怜的小兔子，真可爱。跟我回家吧，我一定会好好待你的。"

一兔八吃！

池述安顿时松了口气。这样，没问题了。

而云止风见状，忍不住摇了摇头。这蠢兔子，这辈子到头了。

池述安的安心，只持续到了宋南时回到自己的洞府。

进了洞府，池述安就见这个一路上都很温柔善良的人族女子脸上带着温柔善良的笑，动作轻柔地将他绑在了案台上，然后……

拿出了那把他熟悉的匕首。

温柔善良的人族女子喃喃自语："是先做麻辣兔头呢，还是做红烧兔肉呢？"

池述安浑身的毛都乍了！温柔善良？这叫温柔善良？那妖族的女子个个都很温柔善良！难道他堂堂妖族太子，没死在伏击者手中，如今竟要死在人族的案台上了吗？

幸而，宋南时是个很注重仪式感的卦师。

吃饭的顺序和做饭的顺序都是有讲究的，宋南时决定先起一卦，看看先吃哪个部位好。

然后她就发现，自己算不出来。

宋南时："？"她顿时困惑地看向了兔子。自己的算卦功力下降到这种程度了吗？一只兔子先吃哪里都算不出来？

一个卦师算不出卦，只有两个可能，要么是算卦对象的修为远超自己，要么就是天命不允许。但这两种可能放在兔子身上，哪个都显得很离谱。

一只兔子……

等等！一只兔子？

宋南时的眼神瞬间迷茫起来了。

她似乎……好像……仿佛记得，郁椒椒是女主角的那本甜宠文里，男主角是妖族太子。书里说妖族皇室是什么种族来着？

犼兔。

兔。

宋南时：刺激。

她面无表情地看向兔子。也就是说，这是男主角，她不仅不能杀，还得好好养着。

书里说女主角怎么养男主角来着？哦，犼兔一族吃的是灵石。

宋南时："……"

她当即就撕了一张通讯符。

"是椒椒吗？我是师姐……"

她觉得，这甜甜的恋爱，真是活该让女主角拥有。

第三章·麒麟子

第四章 白梧秘境

（十九）

宋南时挂了通讯符之后，觉得老天这是在玩她。前十七年，她是一个平淡无奇的路人甲。但就在这短短一个月里，她见主角们比以往一两年都勤。

前脚捡了龙傲天的玉佩老爷爷，后脚成了追妻火葬场小说女主角的背景板，这次就更过分了，直接把她当成了甜宠文男女主角的媒婆用。

宋南时很理解这三本书的剧情眼看着都要一起展开的紧迫感。但她觉得，也不能逮着她一个NPC往死里用。

可是男女主角没有直接相遇，而是经了她这个媒婆的手牵线，她又觉得很合理。毕竟以小师妹那平均一个月出两次洞府、一年出两次宗门的重度社恐性格，男女主角得是积了八百辈子的缘分才能在如此艰难的条件下相遇啊。

宋南时神情莫测地看了一眼黑兔男主角。那位妖族太子现在还被她绑在案台上，两只耳朵高高竖起，一双黑漆漆的兔眼里满是警惕。他神情无比凶狠，宋南时毫不怀疑，她现在要是敢轻举妄动，这位妖族太子就能现场给她表演一下什么叫作"兔子急了也咬人"。

不过没有关系，她已经通知了女主角，马上就能甩掉这块烫手山芋。

当然，哪怕她再怎么急迫，也不能直接就对女主角说"你未来老公马上就要被我活剥了，你赶紧过来领人"。不说女主角怎么想，这里可还有一个能听得懂人话的男主角呢。

郁椒椒重度社恐，好糊弄，可这位男主角据说是从他父皇十八个皇子里杀出重围的太子，那心眼子没有一千估计也有八百了。她以一个相对合理的理由对自己的师妹发出了邀请，还不能让这个男主角怀疑自己看破了他的身份。

宋南时回想了一下自己方才的表现和说辞。

很好，很完美，滴水不漏。她可真是个小天才。

眼看着摆脱这个棘手的男主角在即，宋南时看男主角的神情就不由得缓和了一些。想到方才的误会，宋南时觉得自己有必要在男主角被女主角接走之前和他缓和一下关系。

第四章·白梧秘境

于是她就带着慈爱的微笑走向了案台。当然，是她自己以为的慈爱。
放在池述安眼里，就是这个可怕的人族女子带着看食材的神情走向了他！
她手里甚至还拿着菜刀！

池述安神情狠厉，决定这女子如果真的把他当食材，他拼死也要咬下她一块肉来！

她慢慢走近，池述安心神紧绷。

然后他就见这可怕的女子轻手轻脚地解开了他身上的绳子，还笑眯眯道："别害怕啊小兔子，我怎么会吃了你呢？"

她轻柔地把他提起来，然后下意识地脱口而出："真肥。"

池述安："……"这人族女子果然还是想吃了他吧！

一不小心说出了心里话的宋南时轻咳了一声，若无其事地将这兔子放在一旁，想着等会儿小师妹来了，她该怎样以一个合理的理由把男主角交给对方。

刚这么想着，她身上的通讯符就开始发烫，宋南时拿起来一看，正是郁椒椒的通讯符。

宋南时顿时喜上眉梢。她心情很好地接通了通讯符："椒椒啊……"

话没说完，就听见那头郁椒椒欲哭无泪道："师姐，我明天再找你吧，今天去不了了，赵师姐她要拉我去镇上。"

宋南时："……"

赵师姐，赵妍。

不是，怎么回事啊？！你们一个是甜宠文女主角，另一个是退了龙傲天婚的反派，什么时候关系好到能一起逛街了？

还没等她说话，就听通讯符那头，赵妍嚣张道："我是怕你在洞府里待得长蘑菇！本小姐乐意找你玩你还不高兴？这是谁？你师姐吗？那让她一起去，要不然我们去她那里也行……"

宋南时闻言迅速道："谢谢！不必！再见！"开玩笑，真让赵妍来了，以她那性格，保不齐这男主角就真成一锅兔肉了。

挂了通讯符，宋南时眉头紧锁。她看了一眼被她放在一旁的兔子。为了避免夜长梦多，她现在也不是不可以直接把兔子给小师妹送过去，但那样的话，哪怕小师妹不会怀疑，这个八百个心眼子的男主角也未必不会起疑。

也就是说……这兔子还得在她这里待上一天。

宋南时："……"

她顿时面无表情。

但是这个时候,池述安看着她的神情变化,却连警惕的心思都提不起来了,他能感觉到自己的身体越来越虚弱。他自己都能感觉到了,宋南时自然也能看到。

于是她便纠结起来。男主角这个情况,按理说最起码得先给他点儿吃的让他恢复精力。

但是男主角吃灵石。

宋南时:"……"

她起身,从厨房里拿了根胡萝卜放在兔子面前,面无表情道:"吃。"

吃个头的灵石!在原著里女主角发现男主角之后的一段时间内也不知道这男主角是吃灵石的,没见女主角把男主角养死了。

池述安:"……"这魔鬼究竟是想让他吃胡萝卜,还是准备拿这根胡萝卜把他给炖了?

最终,宋南时快刀斩乱麻地把那兔子和胡萝卜一起关进了笼子里,免得师妹未来的男朋友跑了。眼不见心不烦,她走出洞府透气。

一出门,就见驴兄满地撒欢。

宋南时顿时就觉得自己开了个养殖场,一会儿来乌龟,一会儿来驴,一会儿又来兔子,她当年或许就该拜师御兽峰才合理。

她上前:"驴兄,别玩了。"

驴兄屁颠屁颠地跑了过来,想拉宋南时一起玩。

然而才刚靠近,驴兄突然顿住,面上流露出一抹痛苦的神情。

宋南时还没反应过来,它便疯狂地咳嗽起来,驴头乱甩。

宋南时一惊:"驴兄,你怎么了?"

她走过去想查看情况,刚走了两步,就见驴兄猛然吐出了一个什么东西,正好砸在了宋南时脚边。吐完,它一脸"舒服了"的表情,没等宋南时看看它究竟什么情况,立刻又撒欢地往外跑。

宋南时皱了皱眉,没来得及查看驴兄的情况,先看了一眼驴兄吐出来的东西。

是一块红色的……石头?

宋南时拿出一块手帕,将那东西包着拿起来,对着太阳光看了看。很漂亮的颜色,像是玉,但又比玉坚硬混浊很多,更像是一块漂亮的石头。只不过它虽然是被驴兄吐出来的,可表面却异常干净,没有一丝污秽。

宋南时看着看着,顿时想起还在山林里时,云止风说他是因为驴兄胡乱吞了东西才掰驴嘴想让它吐出来的。而今它还真吐出来一块石头,难不成……云

第四章·白梧秘境

止风说的是真的，他不是什么虐待动物狂？宋南时想到自己误会他了，顿时心虚起来。

左看看，右看看，她随手把这石头丢进了储物戒。

算了，找个机会和云止风道歉吧。

……

云止风在送走了宋南时之后，独自又去了趟深山。

这次依旧是一无所获，他并没有找到那"第二个妖"。云止风不知道这算不算好消息。

从山林回来，他无处可去，索性回到了镇上，继续摆摊。最开始，他摆摊并不是为了卖东西，纯粹是为了方便打探消息。

但现在……能卖出一点是一点吧。

他提着猎物来到自己的摊位，身形一顿。他的斜对面是宋南时算命的摊子，今天她没有来，那摊子自然空着，然而在宋南时的摊子左侧，原本卖糖人的摊子却已经搬走了，现在搬过来的……

云止风的视线落在那飘扬的布幡上。

乐天知命故不忧。

这也是一个算卦的摊子。

和宋南时那花里胡哨的布幡相比，这布幡朴素很多。

摊子后坐着的是一个青年，一张脸不说多么出色，却常常挂着笑，让人一见便生出好感。似乎是一个比宋南时靠谱很多的卦师。

可云止风却觉得不舒服。他想起宋南时，她很喜欢那糖人摊子上的糖人，每次算完一天的卦，哪怕肉疼，也总会买一个糖人吃。她甚至乐意给那糖人师傅免费算命。对她这个爱财如命的人来说，这已经是极喜爱一个人的表现了。

如今那糖人师傅搬走了，搬过来的还是个和她抢生意的，也不知道她会不会生气。

……我想她会不会生气做什么？

云止风摇了摇头，抬起眼，却对上那青年含笑的眼睛。

"在下决明子。"他道，"兄台，要来算一卦吗？"

……

宋南时把那黑兔子关在笼子里一夜，自己打坐了一夜。

到了第二天，双方都没精打采，也不知道是谁折磨了谁。

宋南时眼睛下面挂着黑眼圈，她看了一眼黑兔子。很好，没死。

她又扔给黑兔子一根胡萝卜，无视兔子幽怨的眼神，扳着手指算郁椒椒什么时候来。她算是明白了，没钱果然不配拥有甜甜的恋爱。

这兔子和小师妹，天生一对。

好不容易，社恐女主角郁椒椒终于上门了，她满脸愧疚，期期艾艾地准备和自己的师姐道歉，就见宋南时险些喜极而泣，直接拉着她就来到了笼子前，道："师妹，你看这是什么！"

郁椒椒视线落下。宋南时在一旁莫名激动。

来了来了，男女主角这世纪初遇，让狗粮来得更猛烈……

"麻辣兔头！"然后她就听见郁椒椒脱口而出。

宋南时："……"她惊恐地望向郁椒椒！

女主角！你知道自己在说什么吗?!

池述安也惊恐地看向郁椒椒。这一刻，他什么都明白了！为什么这魔鬼要多留他一夜？原来她要和别人一起把他做成麻辣兔头！

可能是气氛太过沉闷，郁椒椒顿时结结巴巴道："我……我说错话了？"

说完，她解释道："是昨天……昨天赵师姐带我去吃麻辣兔头，我一见这兔子一不小心就……"

宋南时黑着脸："以后少和赵妍玩，她就会教坏小孩！"

郁椒椒乖乖地应了声"是"。

宋南时定了定神，说出了自己昨天准备的台词。她温和道："师妹，上次灵兽阁开启，我见你很喜欢小动物，但因为意外，到最后也没选上一只。你看这只兔子怎么样？这是我昨天在山林里抓回来的，送给你当宠物。"

话音刚落，郁椒椒顿时惊讶地抬头。

她没看兔子，那常年不敢和人对视的眼却看向了宋南时。

她惊喜又不知所措："你说……送给我？这……这还是第一次有人送我礼物。"

宋南时面上的笑容一僵，有那么一瞬间，突然觉得自己很卑劣。

她这么高兴……

沉默片刻，宋南时轻声道："抱起来看看吧，它会带给你好运的。"

郁椒椒受宠若惊地把兔子抱起来。一直很警惕的黑兔被她抱在了怀里，神情一变，莫名觉得很放松。她身上……有一股很让人安心的气息。

宋南时上前摸了摸她的头，意有所指："以后，他就是你的了。"

郁椒椒连连点头。

宋南时笑了出来，从储物戒掏出一本书，道："还有这个，你也看看。"

郁椒椒低头一看。

《一兔八吃》。

郁椒椒："……"她结结巴巴，"所……所以，还是要做麻辣兔头吗？"

池述安："……"这女子果然是个魔鬼！

宋南时也低头，一看，沉默了。她冷静道："拿错了。"

再掏掏，又是一本书——《如何训练你的宠物》。

宋南时意有所指："当然，要是宠物不听话了，第一本还是能用上的。"

池述安身上一冷。

（二十）

送走了这对有可能会谈上一场史上最费钱恋爱的男女主角，宋南时把剩下的萝卜一锅炖了。

主角们爱得惊天动地也好，虐恋得刻骨铭心也罢，对她这样的路人甲来说，日子还是要过的，饭也还是要吃的，穷鬼还是得继续赚钱的。

宋南时拿上自己吃饭的家伙，准备在给男女主角们做NPC之余抓紧时间回归本职工作。

摆摊算卦。

出门之前她照例打开神棍系统抽了个签，一看签文就觉得有些不妙。

祸福相依，是个中签。

宋南时踌躇片刻，一时之间有些拿不准这签文是适用于"好签都是正确的"还是"坏签都是封建迷信"。

但很快她就不纠结了，因为她看到了签文上显示的日期。

二月十五。

宋南时沉默片刻，表情扭曲起来。

在她之前生活的地方，学生们有一个谈之色变的东西，叫"考试"。而已经工作的人，有一个一说就咬牙切齿的词语，叫"绩效"。

宋南时以为自己来到这里最大的好处就是远离考试和绩效了。但她太天真了，无量宗明文规定，金丹之下的弟子，每月月中参加理论考核。

月考。

宋南时很不理解修真界还考什么理论，后来有人解释，无量宗刚建宗时重

视实战而忽视理论教育，短期内出了一大批实力拔尖的弟子，但后来这批弟子纷纷心境出问题，所以无量宗才痛定思痛。

但也有小道消息，说真实原因是那段时间无量宗出了几个字都认不全的文盲，和其他宗门比试时念招式名都念了别字，被狠狠嘲笑了几十年。

宋南时："……"所以到了他们这辈就得考试呗！

其实你不考也是可以的，前提是每月给宗门做十五件无偿任务。要么参加考试，要么拼绩效。拼绩效相当于给别人白打工，宋南时选择参加考试。

宋南时怀着沉重的心情去了执法堂，报名参加晚上的宗门考核。这时候执法堂已经来了不少人，每个人的表情都很沉痛，不像是报名考试的，活像是参加葬礼的。给他们登记的师叔看得很不满："怎么了？一个个和死了爹娘一样！都给我笑一笑！"

众人惨笑出声。

这位师叔："……"

他面无表情地坐了回去。

宋南时挤在悲痛的人群中，好不容易报完了名，一挤出来就看到了人群外表情同样不好看的龙傲天大师兄。宋南时觉得有些亲切，没想到龙傲天也有为考试发愁的一天。

他身旁的柳老头拍着胸口十分自信地大包大揽："你不用担心，区区金丹以下的理论考核，还能难得住你小老儿？"

宋南时看向柳老头的目光就像在看学习机。

但江寂的道德感很高，他反驳道："修炼之事，不会就是不会，哪怕你替我把题做了出来，我也还是不会。"

柳老头很不满地嘀嘀咕咕，人太多，宋南时也听不清。她又看了一眼，转身离开。

这时候她从那个小老头口中听到了一个词：白梧秘境。

宋南时脚步不由得一顿，然后就听到了更多。

"……白梧秘境的消息两天之后就会放出来了，五十年一遇的机会，你必须好好准备！"

宋南时了然。懂了，是"金手指"老爷爷在给龙傲天送机缘。她记得原著里江寂经历的这秘境那秘境着实不少，也不知道这是哪一个机缘。

但这机缘又不给她赚钱，她不是很感兴趣，抬脚准备离开，然后就听到"金手指"老爷爷激情的声音："哪怕你不在乎那成片的灵草、满山洞的灵石、数不清的法器，但是你还不在乎自己的实力吗?！"

宋南时霍然停下了脚步。

成片的灵草、满山洞的灵石、数不清的法器……这些都不在乎，龙傲天，你到底还是不是个人？

宋南时整个人仿佛忌妒成了一个"柠檬精"，表情扭曲。但是为了不让他们发现，她终究是怀着酸溜溜的心情，狠心离开。

她离开之后，柳老头若有所觉地看了一眼身后，道："我好像看到你三师妹了。"

江寂觉得很正常："今天要考核，可能也是来报名的吧。"

柳老头便不再多想，继续给他科普白梧秘境的好处。

另一边，宋南时骑着驴兄晃晃悠悠地往仙缘镇走，满脑子都是白梧秘境。

白梧，多么美妙的两个字。白，是散发着白光的灵石的白；梧，木字旁，象征着数不清的灵草。

宋南时觉得，这可能就是恋爱的感觉吧。

只可惜，这是龙傲天得机缘的地方，还不知道谁会成为炮灰呢。宋南时有些纠结自己要不要为了心爱的"美人"舍生忘死。

这大概，就是"爱情"的患得患失吧。

宋南时唉声叹气，准备回去之后找人打听打听白梧秘境。

驴兄完全没感觉到自己的主人正因为什么"爱情"患得患失，它只觉得宋南时一会儿唉声叹气，一会儿嘿嘿直笑，多半是有病。

一人一驴心思各异地来到了仙缘镇，刚到，宋南时就觉得有些不对劲。

她眯着眼睛，看着自己摊位旁的摊位。她旁边，曾经是个卖糖人的大叔，和蔼可亲。如今，一个青年正坐在那里，挂着一块她很眼熟的布幡。

卦师。

无量宗没有其他卦师，这人指定是从外面来的。在自己的地盘上碰见抢生意的了。

云止风不知何时走到她身旁，平静道："那人自称决明子，也是个卦师。"

宋南时一顿，语气古怪地说："决明子？"云止风："怎么了吗？"

宋南时："……"

没什么，只不过决明子是味药，清热解毒，还治便秘。也不知道这家伙的爹妈是怀着怎样的心情给他取了个有这种药效的名字。但这都不是最重要的，

最重要的是，宋南时之前有一个决明子枕头。所以而今一听到这个名字，她就想到了枕头。

但她很自信，拍着胸口道："我宋半仙在这里经营多年，怎么样也不会被一个'枕头'抢了生意，你就放心吧！"

说着，她神色如常地摆好了自己的摊位，翻出了备用的旧龟甲。

云止风："……"他看着宋南时自信的神情，欲言又止。

虽然不知道这人为什么叫决明子，但是在他眼里，这个笑眯眯的和善青年，不是个好对付的角色。

云止风审视地看了决明子片刻，转身回到了自己的摊位，神情冷漠。

这时，宋南时已经摆出架势，准备开张了。她不着痕迹地看了一眼枕头兄。

枕头兄大概是正好回头，和她对视。他笑眯眯地冲她点了点头。

宋南时眯了眯眼。

一整个下午，宋南时都暗暗地和枕头兄较劲，然后她就发现，这位枕头兄的算卦功力比不比得上她她不知道，但这仁兄一定是把"说话的艺术"这门功课学得炉火纯青。

比如，宋南时正好就碰见了同门的一位也要参加今晚考核的仁兄。这兄弟要算一下今晚他能考过的概率。

宋南时："……"别人是临时抱佛脚，你是连佛脚都懒得抱，直接临时搞玄学。

她已经几乎能确定这位同门的命运了。但是出于职业道德，她还是尽职尽责地算了算，然后就发现这兄弟能考过的概率约等于零。

啊这……

宋南时觉得，要是把这话说出来，彼此都有些难办。但是没关系，她毕竟学习了"说话的艺术"。

宋南时斟酌片刻，和蔼地问道："师弟，这次考的是典籍理解，你喜欢这门课吗？"

这师弟不喜欢也不能明说啊，只能支支吾吾地说"喜欢"。

宋南时便露出一个欣慰的笑容，她道："那恭喜你，下个月，你还有机会继续学这门课！"

这位师弟："……"这师弟也是个高情商的，瞬间就悟了。也就是说，他下个月要补考。

师弟在她的摊位前沉默良久，放下了灵石，脚步沉重地离开。

108

第四章·白梧秘境

……然后他就不死心地坐在了那位枕头兄的摊位前。

宋南时气结。

反正结果算来算去都是这样,她倒要看看这枕头兄能不能算出一朵花来。

事实证明,枕头兄没算出一朵花,他说出了一朵花。接下来的时间里,他向宋南时展示了"说话的艺术"进阶版。只见他看了一眼卦象,笑了笑,张嘴就是一壶心灵鸡汤,说得这师弟恍然大悟、涕泗横流,还没等他说完,就已经为自己失去的光阴痛哭起来了。

到这里宋南时已经极为震撼,然而对方还没完,只见他安慰了这师弟一番之后……就顺势卖起了课。

宋南时:"……嗯?"你干的是算卦,还是传销?

宋南时震惊地看着这师弟被说得给了卦钱、买了课,最后还激动地说要给他做锦旗。

宋南时想报告仙盟。

等这师弟走了之后,枕头兄一转头,看到的就是嘴巴还没合上的宋南时。

枕头兄微微一笑,冲她点头道:"在下决明子,来自苍梧派。"

宋南时顿时矜持地合上下巴,点头道:"宋南时,无量宗。"

枕头兄看她一眼,道:"无量宗果然人杰地灵。"

宋南时还没搞清楚这话是什么意思,云止风就已经拦在了她身侧,冷淡道:"这是自然。"

枕头兄笑了笑,也没在意,起身收拾东西离开了。他走的时候,身上掉出来一张纸,宋南时还没来得及叫他,他就没了影。

宋南时俯身想捡,云止风先她一步捡起来,眉头紧皱。宋南时刚想看,就觉得自己袖子里有动静,低头一看,龟龟不知道什么时候爬了出来,正暗暗地朝着方才枕头兄离开的方向爬。

她随手把龟龟抓起来。

再去看云止风手里的东西,宋南时发现这是一个类似宣传海报的东西,上面写着苍梧派新发现一个秘境,但因为宗门人少,招募修士开荒。

秘境的名字,叫"黑梧秘境"。宋南时瞬间就想到了白梧秘境。

这是什么蹭热点的秘境!

但还没等她皱眉,就看见了招募修士的报酬:每日一千五百灵石,修士在秘境得到的东西苍梧派分文不取。

宋南时:"!"

她喃喃道:"云止风,我又恋爱了……"

正沉思的云止风:"!"他惊愕地看向她。

白梧,黑梧,这哪里是谁蹭谁的热点,这分明是红玫瑰和白玫瑰,是天堂!还没等她从这天堂中醒来,就听云止风语气古怪地说:"又?恋爱?"

宋南时便烦恼道:"我不是天底下唯一一个为两个人动心的女人吧?"

云止风:"……"他缓缓地合上了手里那张纸,震惊地看着宋南时。

他觉得,自己还是小瞧了宋南时。她,真的有点儿东西在身上。

(二十一)

最开始,宋南时听到"白梧秘境"这个名字的时候,虽然心动,但也只剩心动了,毕竟男频古早修仙文里的死亡率众所周知。宋南时上辈子有人做了统计,发现某大热男频修仙文里男主角身边的人的死亡率,直逼某部作品里被称为"死神"的小学生。

宋南时觉得,非要让她冒这个险也不是不可以,但得加钱。

然后她转头就碰见加钱的了。秘境开荒,一天一千五百灵石!秘境所得苍梧派分文不取!这是什么慈善家、活菩萨啊!

她又充满干劲了。钱不钱的无所谓,主要是想锻炼一下自己,顺便为秘境开荒事业做出积极贡献,造福修真界大众。

在金钱的腐蚀和冲击下,宋南时好歹还保留了一点点理智,上辈子的经验告诉她,无缘无故的高薪工作找上门,你得先问问自己配不配。

资本家不是慈善家,给你钱图的就是你为他赚更多钱,你要是没有这个能力还走狗屎运拿到了高报酬,那估计就要担心自己是不是被骗了。

宋南时还不想被骗,她若有所思。

这时,云止风已经从震惊之中回过神来,欲言又止:"宋南时,你……"

宋南时开口就道:"我先回宗门了,咱们改日再见。"说着,她骑上驴兄转头就走,还顺走了他手里的那张"海报"。

云止风看着宋南时的背影,神情复杂。

他的耳边又响起了她的那句话。

"我不是天底下唯一一个为两个人动心的女人吧?"

这难道就是传说中的……"脚踏两只船"?她这么着急,这是要去找自己喜欢的那两个人吗?

云止风第一反应就是不可能,宋南时不是这样的人。说她不是这样的人,不是因为他对宋南时的品德有多么高的期待，而是因为她穷得够彻底。

他觉得，以宋南时的性格，让她花费时间去谈情说爱，她会觉得耽误了她赚钱。

海王①不是谁都能当的，除了要有金钱成本，还要有时间成本。

宋南时正好两样都不占。

让她耗费时间和金钱去"脚踏两只船"，除非那两个人都是灵石做的。

这么想着，云止风的面色不由自主地缓和了下来。但是意识到自己在想什么，他的面色又是一冷。他尚且自身难保，有什么资格去评判他人？他在云家这么多年，尚且人心隔肚皮，和宋南时认识不到一个月，倒是敢去揣度别人了？

他冷着脸坐回了摊位，闭上眼睛。

不知过了多久，他察觉有人站在他摊位前，尚未睁开眼睛，就听到一个慵懒的声音道："小哥，你知道宋小卦师在哪儿吗？"云止风睁开眼睛，看到了一个慵懒妩媚的女修。

是那个曾经在宋南时卦摊前问过卦的合欢宗女修。

云止风神情冷淡："她回去了。"

合欢宗女修顿时忧愁起来。她道："这可如何是好？我那日问小卦师大师兄和小师弟该要哪一个，小卦师建议我两个都要。而今东窗事发，大师兄和小师弟打起来，我来的时候都快打死人了，我还等着小卦师给我拿个主意呢，人命关天啊！"

云止风："……"

合欢宗距离无量宗两千多里，有时间跑这么远让卦师帮她拿个主意，云止风觉得，她现在回去给她大师兄和小师弟收尸也不晚。

看着眼前的女修，云止风突然觉得宋南时"脚踏两只船"也没那么让人震惊了。

最起码她不会搞出人命，因为她赔不起那个钱。

……

宋南时赶回去，准备先把这个月的考试通过了，再查查那个什么苍梧派开发的黑梧秘境到底是不是诈骗。

路上，她正好碰见了赵妍师姐。想到赵师姐那如同"万事通"的消息门路，她当即就拉住了人，笑眯眯道："赵师姐，这么巧。"

---

① 海王：指有很多暧昧对象的花心的人。具有讽刺、调侃的意味，情感色彩多为贬义。

第四章·白梧秘境

赵师姐上下打量她一番，高贵冷艳但阴阳怪气："师妹居然还认得我呢？"

宋南时睁大眼睛："无量宗还有人不认识师姐？"

赵妍："……"这姓宋的还真是能屈能伸。

想到了两个人毕竟还有在灵兽阁的那点儿交情，赵妍臭着脸道："行了，你这个大忙人无事不登三宝殿，有什么事就直说吧。"

宋南时笑眯眯地说："还是赵师姐懂我。"

随即她就毫不客气地问："赵师姐有没有听说过白梧秘境？"

先问问龙傲天的正版机缘秘境。

赵妍闻言就看了她一眼，语气惊叹地说："你可以啊！白梧秘境的消息我也是今日才听我父亲说起，你消息够灵通的。"

宋南时谦虚道："哪里哪里，也就知道个名字，还得听师姐细说。"

赵妍便道："白梧秘境是万剑山地盘上的秘境，五十年一开。秘境的难度不高，但这么多年一直很热门，因为传说几千年前有位大能把自己的本命功法藏进了白梧秘境，等待继承人现世。虽说这么多年也没听说过那个什么继承人出现，但这白梧秘境因为这个传说，确实挺热门。"

宋南时了然。这估计就是龙傲天这次的机缘了。

她想了想，又问："那师姐知道苍梧派吗？"

赵妍闻言眉头一皱："苍梧派？小门派吧，没听说过！"

宋南时沉吟。

一个承诺每天给招募的修士一千多灵石的门派，赵妍这个"万事通"却连名号都没听说过。她的心顿时凉了半截。

她又问："那你听说过黑梧秘境吗？"

赵妍这次直接嗤笑，毫不客气道："这是什么假冒白梧秘境的不正经秘境！"

宋南时："……"虽然她也觉得白梧黑梧挺投机取巧，但是……她委婉道，"说不定也是正经秘境呢？"

赵妍面无表情："我听说过有人贪小便宜去了假冒的秘境，结果被人骗了做二百年苦役，老惨了。"

宋南时："……"很好，赵师姐也觉得这是诈骗。

自己心中的红玫瑰很有可能是个骗人的不正经秘境，宋南时十分消沉。她消沉地和赵师姐一起去了执法堂考试，一进考场，正好碰见了龙傲天大师兄。这对前未婚夫和前未婚妻彼此看了片刻，冷哼一声，同时移开了视线。

宋南时屏住呼吸，灰溜溜地从两人身侧挤了过去，找了个位子坐下。龙傲天冷着脸坐在了第一排。赵妍直接坐在了他斜对角的最后一排。宋南时好巧不巧，正好坐在了两人那条对角线的中间。

第四章·白梧秘境

她觉得自己就是缺心眼！

但是幸好，考试开始得很快，执法堂的师叔们亲自将考题用灵力写在了空中，随即弟子们手中就出现了几张白纸，然后师叔们就在考场虎视眈眈地盯着他们答题。

就很有压迫感。

据说考试之所以设在执法堂，就是为了发现舞弊的弟子之后方便用刑。

今天考的是对典籍的理解，实际上也就是考察弟子们对典籍的熟悉程度，没什么专业性的东西，考的都是些修真界通用的常识典籍，只要不往偏了理解，基本上都能通过考试。

宋南时本着"不管会不会，编完就是胜利"的原则，答得很顺。

答到最后一题，压轴题，宋南时停下了笔。那是一段极其晦涩的文字，她连见都没见过。

她看了一下作者——柳无言。没听说过。

宋南时皱了皱眉，正准备发挥自己的特长"无中生有"编它二百字，就听见一道骄傲的声音："这题我会啊！"

宋南时："？"

在这考场上敢说话的，就只剩下跟着江寂进来的柳老头了。

柳老头，柳无言，宋南时心中出现了一个猜测。果然，下一刻，柳老头就道："《万功无法》这就是我写的啊！"

宋南时不动声色。

此时柳老头已经非常得意，哈哈大笑，道："让原作者理解自己的典籍，这还不是手到擒来？我看看这题问什么，问作者当时的心境？心境啊，我想想……"

宋南时心中突然有一种不妙的预感。

下一刻，只听柳老头道："你就写，当时原作者被道侣甩了，愤而落笔，终成佳作。哦对了，我记得当时还吃得有点儿撑，写这段的时候想的是赶紧写完去消消食。"

宋南时："……"她面无表情地撕了两张废纸，团起来塞进自己的耳朵里。

她觉得，江寂要是真的按照原作者理解的写，这道题八成是废了。

时至今日，她终于明白了为什么有的原作者做自己作品的阅读理解能得零分。

修真界的考试和现代的考试不一样，考完之后现场就公布答案，让觉得自己下个月要补考的考生有个心理准备。

宋南时看完答案，无视耳边的柳老头"我这个原作者怎么可能会写错，都是你们这群瓜娃子瞎搞"的怒吼，淡定地回了自己的洞府。

113

回去之后,她在洞府的杂物堆里翻了起来,翻出了一本落满了灰的《万宗录》。

《万宗录》,相当于修真界版本的《招生考试之友》,里面记载了修真界所有被仙盟认证过的正经门派。大到无量宗这样的大宗,小到几个人的小派,只要去仙盟考核,仙盟觉得你有成为一个宗门的资格,都会被写在《万宗录》里。

而且它还会随时更新,是修真路上挑选靠谱宗门的不二之选。

宋南时半岁就被抱进了无量宗,自然用不到这个,这本是某年宋南时倒卖《万宗录》时砸在手里卖不出去的,如今倒是派上了用场。

宋南时快速翻阅着,一直翻到了最后,才在倒数第八页上找到了苍梧派。建派时间是五十年前,还是个萌新。

但是那张"宣传海报"上的宗门徽章和《万宗录》上的一样,这是被仙盟认证的宗门。宋南时觉得这苍梧派是个诈骗组织的可能性降低了些许。

宋南时思考了片刻,又去了趟藏书阁,查看近百年来开放的秘境,然后她就发现,秘境名字蹭热点这种事,那个什么假冒白梧秘境的黑梧秘境不是唯一一个。因为宋南时还看到了绿梧秘境、紫梧秘境、蓝梧秘境……

合在一起能组成一道七色彩虹。

宋南时:"……"好的,人家不叫假冒,叫蹭热点增加知名度。

她悟了。

宋南时心里有了考量,回去之后,翻到了《万宗录》上苍梧派的通讯符联系方式,直接撕了张通讯符。通讯符被接得很快,对面是一个小哥热情的声音:"您好这位修士,这里是苍梧派。"

宋南时开门见山,直入主题:"请问你们门派是不是开发了个黑梧秘境但人手不足,正在招人?"

对方更热情了些:"对的对的,请问您……"宋南时不给他问话的机会,把握主动权:"那请问这个秘境和仙盟报备了吗?能查到具体信息吗?秘境的等级是多少?修士的安全有保证吗?"

对面估计是直接被问蒙了,沉默片刻之后,问:"您手边有苍梧派的招工页吗?"

宋南时看了一眼那"宣传海报",道:"有。"

对方:"那您请看。"

宋南时困惑地看过去,顿时被震惊了。"海报"上原本的图画消失,宋南时方才提到的那些,没有遗漏地显示在了那张纸上。

这居然是个能双向联系的卷轴!

第四章 白梧秘境

宋南时顿时倒吸了一口冷气，卷轴当"海报"发，这得多大手笔啊！

顿时，对面小哥那低调的声音也低调不起来了："黑梧秘境危险性不高，筑基以下的修士也能进，您的安全不用担心。"

宋南时顿时充满了不解："一个危险性不高的秘境，值得你们一天一千五百灵石雇用修士？"还用这么高规格的"海报"。

小哥冷静道："您想知道真正的原因吗？"

宋南时面色一肃："你说。"

这时候，宋南时想，这个小门派已经证明了自己确实有钱，能发得起工资，那么这个真正的原因只要不太过分……

然后她就听见小哥说出了朴实的理由："因为我们掌门是个富二代。"

宋南时："……"

小哥继续："不经营好自己的门派他就要回去继承家业，所以，他高兴砸钱。"

宋南时："……"这个理由，还真是朴实且充满力量。

宋南时被深深地折服了。她问出了最后的问题："包吃住吗？报销往返路费吗？能提价吗？"

"还有，"宋南时腼腆地说，"这张通讯符的钱给报销吗？"

小哥："……"

宋南时似乎听到了对方咬牙的声音："好！"

宋南时心满意足地挂了通讯符。

这晚，她做了一个发财的梦。

……

当天晚上。

一个浑身气息淡到几乎虚无的人出现在了无量宗宋南时的洞府外。没精打采地趴在宋南时枕边的乌龟猛然惊醒，小心翼翼地从洞府中爬了出来。

一只修长的手抓住了它，轻笑道："这小姑娘还真是好本事，你居然也差点儿回不来了。"

龟龟急切地伸手扒拉着。那人漫不经心："不着急，让我看看。"说着，他伸出手，做出要从乌龟身上扯出什么东西的姿态来。

龟龟一脸痛苦，疯狂挣扎起来，对方无动于衷。

半响，对方停住了手，龟龟瑟瑟发抖。那人却若有所思，问道："那小丫头做了什么？现在我居然拉不出你了。"

说着，他又看向了乌龟，沉默片刻，道："如此，你便暂时留在她身边。"

乌龟看向他的目光盈满了恐惧。

115

那人放下了乌龟，身影一闪，转瞬消失在了原地。

下一刻，他出现在了一座二层小竹楼里。

一个娃娃脸的修士走进来，没有抬头，恭敬道："如您所料，她果然联系了我们，我们按您说的回答了。"

那人轻笑一声，一副一切尽在掌握中的模样，不紧不慢道："那她还问了什么？"

修士沉默片刻，面色古怪："她问，能不能加钱。"

那人表情扭曲："……给她加！"

修士神情纠结："她从一天一千五百灵石，提价到了两千灵石。"

那人冷笑："这点儿钱我还是出得起的！"

修士继续道："她还要我们用卷轴传送一些秘境外的场景，证明我们是真的在招人。"

那人继续冷笑："不过是雇用几个临时工演戏罢了，明天我亲自安排！"

"但是……"那修士说出了最关键的问题，"尊者，我们账上只剩下一万个灵石了。"

那人沉默片刻："怎么会花得这么多？"

修士苦笑："您总共带了三十万灵石，但这几十年来苍梧派没有收入渠道，您又多处布局……"

那人面色难看："好了！别说了！成大事者不拘小节，该花就要花！"

修士无法，只能退了出去。

只剩自己一个人之后，那人闭目坐了半晌，伸手掐算起来。

掐算的结果还是和往常一样，宋南时这人的命数在自己眼中一片虚无。

变数。

这个人是他的计划中唯一的变数，那么，就不能让这个人掺和到自己的计划之中。

不能让她进白梧秘境！

他数次掐算，也只从她身上找到两个弱点。

爱财、谨慎怕死。

如今看来，她爱财是真的爱财。想到自己账上的钱，他表情又扭曲起来。

这哪里是爱财，她分明是个劫匪！

……

116

第四章·白梧秘境

第二天，宋南时醒过来的时候，就发现龟龟似乎不大有精神的样子。她拨了拨它的脑袋，发现龟龟蔫蔫的，连手都挥不动了。

宋南时大惊："生病了？"龟龟有气无力地看了她一眼。

宋南时沉思片刻，道："既然如此的话……"

龟龟目光灼灼地看着她。

宋南时决定："那就给你放半天的假！"

龟龟："……"它面无表情地趴在枕头上。

宋南时还在自我感动："我可真是个好主人！"

安慰完龟龟，宋南时决定去找一趟云止风。

昨晚她想了很久，觉得她一个卦师战斗力还是有点儿弱，那个黑梧秘境哪怕算不上危险，但还是多点儿保障好。而且宋南时觉得云止风一定会答应的，毕竟她认识的人里，也没谁比他更缺钱了。

毕竟是有求于人，宋南时为了表示自己的诚意，决定准备个小礼物。她在自己的储物戒里翻一翻，一眼就看到了那块被驴兄吐出来的红色石头。颜色很好看，当个礼物似乎是个不错的选择。

宋南时刚想拿出来，但想了想，又觉得良心有点儿痛。好歹是请人帮忙，送块不值钱的石头就太过分了。宋南时难得良心发现，把石头放了回去，翻出了自己都舍不得喝的灵茶。

破费至此，她是多么好的一个队友啊！

拿着礼物，宋南时自信地下山。

完全不知道自己错过了什么的云止风接过了宋南时的灵茶，又听完宋南时的想法，皱眉："你想去黑梧秘境？"

宋南时点头。

云止风想到了昨天那个自称来自苍梧派的决明子，皱眉。黑梧秘境这个不知所谓的秘境，他正是从对方口中知道的。

他问："白梧秘境开放在即，你放着正经秘境不去，为何要去这个蹭热点的秘境？"

宋南时自然不能说是因为男主角身边的人死亡率太高。于是她想了想，道："那边承诺开荒一天给两千灵石。"

区区一句话，简短而有力，被生活毒打过的麒麟子也不由得沉默了。

他沉默半晌，冷静地问道："这个秘境，可信吗？"宋南时给他看了昨天那边发来的仙盟证明："可信！"

117

麒麟子更沉默了。

宋南时直接道："干不干！博一博，单车变摩托！"

麒麟子闭了闭眼。

片刻之后，他睁开眼，冷静道："可。"

宋南时兴奋地说："那我们现在就走吧！"

云止风不解："现在？可是上面不是说半个月之后才开放秘境吗？和白梧秘境一起开启。"

宋南时像看傻子一样看着他："半个月后开放秘境，再赶过去，来得及吗？"

云止风正想说怎么来不及，突然就沉默了下来。他想起来了，他们现在一个能御剑的都没有。

宋南时还在说："我算过了，现在走，骑着驴，半个月的时间正好能到。"

云止风现在就听不得"骑着驴"这三个字，反驳："我们可以租一匹天马。"

宋南时面无表情："哦，你出钱。"

云止风："……"他妥协了。

牵扯到赚钱，宋南时行动力极强，当即拉着云止风去了镇上的书铺，找了一张因印刷破损而打折的地图。价格很便宜，但字迹有些模糊不清，不过好处是，据说这是三天前印刷出来的，最新的秘境上面都有。

两个人对着地图使劲看。

宋南时皱眉，指了指地图上南方的位置，道："这个秘境的位置上有个'梧'字，不知道是黑梧还是白梧。但是这里……"她指了指北方的一个位置，"万剑山在这里，所以万剑山旁边的应该是白梧，只不过印刷的时候漏掉了白梧秘境，那么南方这个只有一个'梧'字的秘境，应该就是黑梧。"

云止风面无表情："我们为什么不买一张完整的地图？"

宋南时像看傻子一样看他："大少爷，秘境地图这种几乎一个月更新一次的东西，你知道有多贵吗？"

云止风不知道，所以他闭了嘴。

宋南时："知道黑梧秘境在哪里不就行了，我们只要按照地图上的路线往南走就行！"

宋南时十分自信地离开了书铺。

两个人就这么按照地图的方位，当天启程往南出发。

他们走后，书铺的伙计找来了，焦急道："掌柜，印刷厂那边传来消息，说有一张因破损而打折的地图出问题了。"

第四章·白梧秘境

掌柜不在意："打折的地图哪张不是有问题的。"伙计焦急地说："不是啊，印刷厂实验新的印刷法器，谁知道法器失灵，那张地图南北方向印反了啊！也就是说，地图上显示的南方，其实在北方啊！"

掌柜一惊。

两个人连忙翻找。

然后掌柜愣愣地说："坏了，卖出去了！"

此时，完全不知道拿了方向相反的地图的宋南时正屁颠屁颠地往南走。

无量宗。

二师姐和小师妹从宋南时的洞府出来，二师姐拿了张字条，道："三师妹说她去了秘境。"

小师妹失落："我来晚了。"

二师姐安慰她："没关系，这个时候开的秘境，多半是白梧秘境，我们也去不就行了。"

社恐的小师妹纠结了片刻，点头。

江寂的洞府里。

柳老头正不厌其烦地和江寂讲自己年轻时闯白梧秘境的经历。

一转眼十几天过去。

苍梧派里，某个神秘人为了让自己造的牵绊住那个"变数"的秘境更逼真，不让对方往白梧秘境跑，泡在秘境十几天，几乎花干净了最后的家底。他觉得，这一次大概是万无一失了。

然后，娃娃脸修士就惊慌失措地跑了过来。

"尊者！不好了！影鬼找机会透露了方位，宋南时出发了！"

神秘人很淡定："现在出发，不正好嘛。"

娃娃脸修士："不是！"他崩溃道，"他们一路往南走了！现在都快到白梧秘境了！"

十几天没出秘境的神秘人："……"

他表情狰狞："他们怎么会去白梧秘境？！"

娃娃脸修士一脸难以言喻："影鬼说，因为没钱，买错了地图。"

神秘人咬牙切齿："……你最开始怎么不关注他们？！"

娃娃脸修士欲哭无泪："我以为他们会走传送阵或者坐天马的，谁知道他们因为没钱，提前十几天就骑着驴上路了，现在离白梧秘境只剩几十里了。"

119

没钱！没钱！他恨！他恨这个"变数"为什么是个穷鬼！

而且现在……

神秘人转过头，看着自己掏空了家底弄出来的假秘境，一口血喷了出来。

娃娃脸修士大惊："尊者！尊者你振作一些啊！"

神秘人闭上了眼。

马上……马上他就也是个穷鬼了。

（二十二）

宋南时二人从仙缘镇出发，两头小毛驴驮着两个人一路往南。为了赶时间，他们没有走宽阔的大道，而是挑了地图上画的一条小路抄近道。

但是宋南时觉得赶时间的大概只有她一个人，云止风这个大少爷纯粹是想避开人。就是不知道他避开人的原因是躲他的仇家，还是单纯地不想让别人看见他骑毛驴。

宋南时暗暗地觉得是后者。啧，穷讲究的大少爷。

最开始的几天他们确实没碰见几个人，漫山遍野只有他们二人二驴。

驴兄这辈子第一次走那么远的路，情绪十分不好，经常走到一半撂挑子，看向宋南时的一双驴眼暗示的意味非常明显。每当这个时候，宋南时就十分羡慕云止风那头因为没有开启灵智反而显得十分听话的普通驴。

但是没办法，为了安抚撂挑子的驴兄，宋南时左看看，右看看，见没有人，便十分熟练跳下驴背，双脚落地，扎了个结实的马步，沉声道："来！"

话音落下，驴兄还没有反应，云止风便深吸了一口气，面无表情地移开视线。

驴兄的身影随即在他眼角化作一道残影，它带着欢快的叫声，"嘭"的一声稳稳地落在了宋南时背上。

云止风："……"他闭了闭眼。

果然，看了这么多次，他还是觉得不忍直视。

这天生一对的主仆似乎没一个察觉这样有什么不对，欢快的背影一骑绝尘。

这样的事情一路上发生得多了，云止风已经从最开始的一言难尽进化成如今的眼不见为净了。

爱怎么样怎么样吧，只要他的驴不……

这个念头还没细想，云止风低下头，便看见自己的驴一双眼睛渴望地看向了那对主仆的背影，随即欲言又止地看向了他。

云止风："……"他冷声道，"你想都别想。"

第四章·白梧秘境

也不知道这没开灵智的驴到底听懂了什么，它若无其事地用蹄子刨了刨，佯装什么事都没发生。

云止风面无表情地揉了揉额头。还没到那个黑梧秘境，他已经想回去了。

但是他偏偏又不能走。已经答应了别人是一回事，更重要的是，云止风觉得自己在这对主仆身旁时，对麒麟血玉的感应似乎更强烈了。他不动声色地运转了半周灵力，身上的新伤和旧伤润物细无声地被修复着。

这时，宋南时已经迅速地遛了有情绪的驴兄一圈，骑在驴背上又"嗒嗒嗒"跑了回来。

但还没等云止风问她能继续走了吗，便见宋南时看了一眼他的驴，若无其事道："话说云兄，我刚想起来，你这头驴是不是已经抵给我了？"

云止风怎么可能看不出她打的什么主意。他要是现在乖乖地把自己的驴给她，下一次驮着一头驴满山转的八成就要换个人了。

云止风冷笑一声，面无表情道："欠你的钱从黑梧秘境给的工资里抵。"说着一拉缰绳，十分高贵冷艳地从她身边走了过去。

宋南时看着他的背影，摸了摸鼻子。果然，这大少爷被生活毒打多了也不好坑了。

之后又过了几天，两个人碰见的人慢慢变得多起来。有的是一些走商的凡人商人，而少部分则一看也是修士。

宋南时看了一眼就收回了视线。确认过眼神，也是不会御剑又穷得坐不起天马的人。

宋南时倒是试着和他们搭过一次话，想问问他们是去哪儿的，但是修士搭话一般都是先自报家门，等宋南时自报家门说自己是无量宗的弟子时，这些修士往往都是惊呼一声："无量宗的弟子居然也骑驴吗！"

宋南时："……"

然后就没有然后了，话题到这里就结束了。宋南时第一次觉得在外面骑驴会给他们无量宗丢人。

两个人从此便在路上保持住了高贵冷艳的姿态，谁也不搭理。

又过了几天，能碰见的人越来越多了，甚至连这条偏僻的小路上都偶尔能看到歇脚的客栈、茶馆之类的地方了。

宋南时隐隐觉得不对："一条小路上会有这么多人吗？而且你发现没有，有不少修士都和我们一起走好长一段路了，他们该不会也是去黑梧秘境吧？"

但云止风却觉得很正常："毕竟是秘境开荒，不可能只雇用两三个修士，寻常秘境开荒，没有几十个修士也是出不了秘境的。"

宋南时隐隐觉得有道理，但仔细咂摸了一下又觉得有些不对劲，偏偏又说不出来有什么不对劲。但她已经确定这些和他们同行的修士也是黑梧秘境雇用的修士了，因为她偶然一次听几个人闲聊的时候提到了秘境，还隐隐听到一个"梧"字。

只是不知道为什么，等她走过去想细听，或是想和自己未来的工友搭话的时候，这些人往往都会立刻停止交流，一脸警惕地瞪着她，仿佛她居心不良一般。

宋南时："……"大家一起赚点钱，有必要敌意这么大吗？

她灰溜溜地离开，只觉得人心不古，现在的修士都挺不好说话的。

但是她看向那密密麻麻几十个修士时，心中对苍梧派的主人生起了一股敬意。

好家伙，这些要全是去黑梧秘境的，那苍梧派一天得发多少工资？原来这就是富二代的实力吗？长见识了。

就这样，离地图上的"黑梧秘境"越来越近，身边和他们一起赶路的人就越来越多，多到最后宋南时数了数，发现光这一条路上已经百人不止了。苍梧派再怎么有钱，能一两千灵石一天地供应起数百人吗？

到了这个时候，连云止风都觉得有些不对劲了。一个小秘境开荒，需要这么多人吗？

两个人对视一眼，都从对方眼中看到了凝重。

他们难得默契地异口同声。

宋南时："我们是不是碰见了诈骗组织？"

云止风："这苍梧派所图怕是不小。"

两个人从自己的见闻和生活经验方面给出了南辕北辙的猜测，话音落下，都一脸困惑地看向彼此，心想：你在说什么蠢话？

宋南时这时候满脑子都是传销组织，一心觉得苍梧派拉这么多人来指定是要把他们全都骗走的。出身大家族的云止风比她想得深一些，满脑子的阴谋论。但不管想法差别多大，此刻，他们一致觉得，这苍梧派很不对劲。

于是两个聪明的脑袋愣是没想到是地图错了，他们走错方向了。

云止风是因为前半辈子的生活经历，他从不缺钱，所以也从没碰见过地图出错这种低级错误。宋南时则纯粹没想到自己能倒霉到这种地步。

两个人就这么一脸凝重地凑在一起，越想越觉得这事情变糟糕了。不管是诈骗组织还是所图不小，两个人现在一致确定，这苍梧派是骗子组织无疑了。

宋南时不由得咬牙切齿。果然，这天下就没有白吃的午餐！

但是如今抱怨已经无用了，最重要的是，知道了这苍梧派不对劲，他们现在该怎么办。

两个人对视一眼，然后再次异口同声。

宋南时："告发他们！"

云止风："跟上去，救人！"

说完，两个人又一言难尽地看向彼此。

云止风满脸困惑："你说什么？"宋南时："……就是报告仙盟。这个不重要，你知不知道自己刚刚在说什么？跟上去，就我们两个人？"

云止风却很冷静，他拿出地图，道："我们现在离黑梧秘境不过二十几里了，寻常宗门，二十几里相当于就在他们的管辖范围之内，不管苍梧派所图不小还是你说的什么诈骗组织，现在逃跑都太过显眼，很容易被发现，到时候反而暴露了我们。而在这二十几里的路程内把所有人都劝返和我们一起跑也不切实际，还不如佯装不知混进去，到时候摸清楚情况再一举杀出去！"

云止风眸中闪过一丝狠辣。

宋南时看着他，面无表情："你以前是不是经常做这样的事？"

云止风淡淡道："我曾经佯装被害者混进了一个邪宗，单枪匹马从地牢里杀了出来。"

宋南时伸手鼓掌："那你好棒哦。"

"但你有没有想过，"宋南时语气平平道，"你现在连御兽峰的凶兽都打不过呢。"

云止风："……"

他运筹帷幄的表情僵在了脸上。他忘了。

宋南时闭了闭眼，道："不过你说得不错，就剩二十几里了，说不定我们就在苍梧派的监视范围之内了，现在再跑打草惊蛇。"

"走一步看一步吧。"她道。

于是，他们又随着大部队启程。

两个人心情都很沉重。他们心情沉重地走过这二十几里，心情沉重地进入了地图上标注的"黑梧秘境"的范围。宋南时似乎看到了一个石牌，上面写了什么梧秘境，但是第一个字似乎不是"黑"。

但是她已经没心思纠结这个了，她分外紧张。就在这时，云止风突然伸手握了一下她的手，又很快松开。宋南时以为他这是在安慰她，谁知道他松手之后，她手上多了一块玉牌。

宋南时不动声色地摸了一下，在上面摸出了一个"剑"字，她瞬间想到，有些剑修会把剑意封进玉牌里。宋南时手一紧，心中涌起一抹感动。

这时候，两个人正好随着大部队走过那块石碑，进入了"苍梧派"的地盘。握着这块玉牌，宋南时心中涌起一股破釜沉舟的豪气。

大不了和他们拼了！

两个人一脸悲壮地走了进去。

刚进去，宋南时就倒吸了一口冷气。她以为他们这一路上零散聚集的人已经够多了，谁知道已经到这里的人更多，放眼望去，数以千计。

这……他们真的能跑出去吗？

而且更让她震惊的是，她一眼就在人群之中看到了自己的同门。

大师兄、二师姐，还有小师妹。这苍梧派到底是什么来头，三个主角也能弄过来？

宋南时这次是真的震惊了。

这时，主角们也看到了宋南时，纷纷跑了过来。

宋南时还在震惊之中，云止风却觉得不对了。他看了看周围，看到了很多眼熟的大门派弟子服。他觉得要是真有那么一个门派能把那么多大门派精英弟子都坑过来，那修真界八成离毁灭不远了。

他扯了扯宋南时的衣袖："宋南时，我觉得……"

但他还没说完，就见宋南时已经急切地对围过来的同门压低声音道："你们怎么也来了？这黑梧秘境不对劲！"

"黑梧秘境"四个字一出，三个主角都蒙了。

江寂："黑梧？"

诸袖："秘境？"

郁椒椒："这……"

宋南时神情严肃："对，你们听我说……"

她话还没说完，只听二师姐茫然道："可是师妹，这里是白梧秘境啊。"

宋南时："……"她眼神茫然了一下。

白梧秘境？

二师姐小心翼翼地说："你是要去黑梧秘境吗？那有没有一种可能……"

她顿了顿，轻声道："其实是你们走错了？"

宋南时："……"

第四章·白梧秘境

云止风心情沉重地闭上了眼睛。

一旁，反应过来的柳老头疯狂大笑起来："哈哈哈！"

一刻钟之后。

神情麻木的宋南时被一群人拽到了一个安静的地方，耳边似乎还回荡着某个死老头猖狂的大笑声。

云止风手里拿着他们打折买的秘境地图，冷着脸和江寂贡献出的自己的地图比较着。

三个主角大气都不敢喘，柳老头都被江寂收进了玉佩里。众人面面相觑，然后又看向了他们两个。云止风迅速对照完地图，闭了闭眼，又睁开，平静道："我们买的地图出错了，这地图其他地方没问题，但所有地名南北方向都印反了，我们以为在南方的黑梧秘境，它其实是在北方。"

宋南时语气平平道："所以我们最开始其实就应该往北走？"

云止风："是。"

宋南时："所以苍梧派其实也不是什么诈骗组织，这里人这么多纯粹是因为这些人在等白梧秘境开放？"

云止风："是。"

宋南时："所以我们的猜测全是瞎脑补？"

云止风："……是。"

"哈哈。"宋南时笑了两声。

二师姐担忧："这……师妹？你没事吧？"

宋南时："两千灵石。"

其他人都不知道什么两千灵石，只有云止风知道这是什么意思，他也想起了那离他们远去的两千灵石。他欲言又止："你……想开一点。"

宋南时惨笑一声："这里有休息的地方吗？我想睡一会儿，看看自己是不是在做梦。"

众人面面相觑，不由得担忧起了宋南时的精神状态。

云止风叹了口气："带她去吧。"

于是，精神状态似乎不太稳定的宋南时被带去休息，云止风和这群主角相对而坐，然后谁也不知道该说什么。云止风就只见过诸袖，可诸袖因为忌惮他"魔头"的身份，也不敢说什么。

面面相觑。

就这么枯坐了半个时辰，云止风站起身，淡淡道："我去看一看她。"

他说着，径直离开。

125

江寂想说这时候还是不要打扰宋南时为好，被诸袖拉了一下。

江寂不解地看了过去。诸袖神神秘秘地冲他做了个口型。

这个人喜欢师妹。

江寂的眼睛霍然睁大。

同样把眼睛睁得很大的还有郁椒椒怀里的兔子。他震惊地想：怎么会有人喜欢这个魔鬼？

而这时，诸袖已经按捺不住自己的八卦之心，暗戳戳地跟了上去。

云止风去了宋南时休息的房间，想敲门进去告诉她别太难过，但是想到宋南时平时对金钱的看重，又觉得自己似乎没资格说这样的话。他叹了口气，在门边站了一会儿。

这一幕就这么落在了诸袖眼里。

俊美的青年站在少女的房门口，不敢敲门。

诸袖：他好爱她！

被这种爱情打动的诸袖终于鼓起了勇气，在云止风想离开时，站了出来，道："等她想出来时，你去安慰安慰她，她一定会开心的。"说完她还是觉得"魔头"可怕，立刻就跑了。

云止风："？"啥玩意？

他安慰她，她会开心？想让宋南时开心……意思是让他给她送钱吗？

云止风第一反应是：我怎么可能当这个冤大头？

他拔腿就走。但是刚踏出第一步，他想起了宋南时方才悲痛欲绝的模样。

云止风："……"啧！

而此时，"悲痛欲绝"的宋南时正趴在桌案上，一脸严肃地写写画画。她觉得，事已至此，现在再去黑梧秘境也来不及了，这么多时间都浪费了，她不能就这么认命！今天，她必须得在这个秘境里，把自己付出的金钱和时间成本统统给捞回来！

宋南时抬起头，眼神坚定。

于是，半个时辰后，等云止风再来找宋南时时，就听见秘境外这唯一一家客栈的小二说，宋南时刚刚出去了。

出去了？想到宋南时现在的精神状态，云止风不由得有些担心。他抿了抿唇，跟了出去。

客栈外人山人海，到处都是等待秘境开启的修士。

第四章·白梧秘境

云止风靠着自己和麒麟血玉的微弱感应，艰难地在人群中穿梭着。

他嘴唇紧抿。他很不喜欢喧哗嘈杂的人群，很不喜欢。他更厌恶在人群中挤来挤去。但宋南时毕竟是他被家族背叛以来唯一一个不因为他的身份而帮他的人。

她的那位师姐说，让他安慰她。他不由得捏了捏手里装着灵石的荷包，心想：就这么一次。

终于，他找到了宋南时。

她正蹲在地上，和一个面生的修士说着什么。云止风走近，听到了她的声音。

宋南时眉飞色舞，口若悬河："我炼制的丹药，比市场价低一成！质量只好不坏。要不是我带多了，我怎么会在进入秘境前夕卖丹药这么重要的东西？我告诉你，走过路过不要错过！"

云止风："……"

悲痛欲绝。需要安慰。

呵。

这时候，宋南时也发现了他，她奇怪地问："云止风？你来找我吗？"

"嗯。"云止风面无表情，"我来找你要刚刚给你的那块储存剑意的玉牌。"

他觉得，需要安慰的，可能是他。

宋南时："……"噫，真是好小气一男的。

另一边。

神秘人怒气冲冲地走出苍梧派，冷声道："都别拦我！我要亲自去白梧秘境会会他们！呵，真是好本事！将本尊耍得团团转！我不信他们是无意的！"

娃娃脸修士跟在他身后，为难地说："可是尊者，咱们现在……"

他吞吞吐吐道："也开不起传送阵啊。"

神秘人一僵。

娃娃脸修士继续说："想开启传送阵要一千灵石，咱们现在一个子都没有了，要不然您御剑飞行去？三天应该能到，但明天秘境就开启了，您应该能在外面等他们出来。"

神秘人闭了闭眼睛。他冷声道："去把我那几块镇纸卖了。"

娃娃脸修士心里一凉。完了，还没交手，这就已经开始卖家产了。他似乎已经看到了尊者把整个宗门卖得一穷二白的未来。

127

典当铺。

"镇纸三块，灵石一千零二十。"

掌柜笑眯眯地说："欢迎下次光临。"

（二十三）

诸袖找了云止风之后就开始后悔。上辈子，云家满门被灭后，她亲自参与过关于云家惨案的调查。那如屠宰场一般尸横遍野的景象，是她平生所见最惨烈的。

后来，虽然有传言说云家之事并非云止风所为，但云止风本人却从没否认过这件事。

甚至有人亲自问到云止风面前，云止风只问："你也想和云家一样吗？"

这几乎就是默认。

诸袖一时热血上头，想要自己的师妹能得偿所愿，但她又不由得问自己，这个魔头真的适合三师妹吗？

诸袖忧心忡忡。在这种忧心之中，她看到云止风手里拿着一个荷包，挤入喧嚣的人群之中。

片刻之后。

云止风面无表情地走了出来，手里原本的东西没了，却多了块玉牌。

然后就是三师妹，她手里拿着云止风带过去的荷包。

诸袖愣了愣，看了看云止风的玉牌，又看了看三师妹的荷包，恍然大悟。懂了，这是交换了定情信物。诸袖的脸色不由得复杂起来：他们果然是真心相爱。

她心中带着一股莫名的感慨与敬意，默默地看着这对感情之路注定会走得艰辛的有情人一前一后，渐行渐远。

她的心中唯有感动与祝福。她想：可能这就是爱吧。

身后，江寂见她傻站着，皱眉道："你看什么呢，是三师妹他们？找他们有事吗？怎么不叫住他们？"

诸袖回头看了一眼这个会一直单身到她死的大师兄，叹了口气："你不会懂的。"

这种事，和一个性格比剑还直的男人有什么好说的。

诸袖叹着气走远。

江寂皱眉不解。他身后，因为性子太直被道侣甩过两回的柳老头挠头："啥玩意啊？"

第四章·白梧秘境

另一边。

宋南时数着荷包里的灵石，笑眯眯道："虽然玉牌还给云止风了，但是云止风肯用灵石去抵他许给我的那头驴……所以我还是错怪他了，他果然不是什么小气的男人。这云止风，有情有义啊！"

她竖起了大拇指。

她袖子里的龟龟翻了个白眼。它倒要看看这对虚情假意的同伴还能怎么互坑。

但是留给宋南时得意的时间也没有很久，很快，大师兄江寂在入夜之前把他们全都叫到了自己的房间，说是要商讨进入秘境之后的事情。

秘境明天开启。

无量宗同门四人齐齐坐在了江寂的房间里，附带了一个格格不入的云止风。

除开宋南时他们刚过来时那次相对无言半个时辰的枯坐，这可以说是云止风和主角们的第一次正式见面。

诸袖很紧张。上辈子，谁都知道云止风和江寂不和，但没有任何人知道他们是怎么起的矛盾，仿佛这两个人天生就是生死仇敌。诸袖是真怕他们刚一见面就相看两相厌，留三师妹夹在中间为难。

但是出乎意料地，两个当事人却十分平和，江寂甚至还冲云止风友好地点了点头，云止风微微颔首算作回礼。诸袖不由自主地松了口气。

危机解除，她看向在场的所有同门，不由得想，这似乎是第一次，他们师兄妹所有人聚得这么齐。不过她好像忘记了什么。她仔细想了想，也没想起自己忘记什么了，明明所有同门都到了。

算了，想不起来就不想了，大概也不是什么重要的事。

与此同时。

无量宗兰泽峰，不归剑尊闭关半月后出门，看到的就是一座空荡荡的山峰。

"诸袖。"他道。

没人叫一声"师尊"。

往常那个无论他闭关多久总会在外面守着他，让他一出来就能一眼看到的少女，不见了。

白梧秘境。

江寂开口了。

"白梧秘境明天午时开启，开启时间为两个时辰，两个时辰后秘境关闭，任何人都不能再进入秘境。而进入秘境的人，需要在秘境里待满半个月，届时才

129

能出来。"

江寂作为大师兄，除了很少和自己的三个师妹接触这一点，其他方面都很靠谱。更别提他身后还有一个几乎是"修真界万事通"的柳老头。

这一番解释，他主要是说给宋南时和云止风这两个原本想去黑梧秘境却走错了路的人听的。毕竟是有可能赚钱的事，宋南时听得很认真，面色严肃地点了点头，示意自己明白了。

江寂便继续道："但是白梧秘境有一点和其他秘境不同。"他缓缓道，"进入白梧秘境的所有人，都会随机出现在秘境的各个角落，没有一个固定落点。而这就意味着，哪怕你事先和别人组了队，进入秘境之后，你们也可能会出现在不同的地点，能不能碰见全靠缘分，能碰见谁则全靠运气。"

宋南时听了这话，第一反应却是松了口气。

虽然很对不起大师兄，但是宋南时很清楚地知道，这个秘境里，江寂是要有机缘的，机缘也代表着危险。宋南时没有什么跟在主角身后捡机缘的志气，她唯一的愿望是平平安安地在修真界寿终正寝，顺便想办法破了自己这破财的命格。

那么对于她这么一个胸无大志的人来说，跟随机缘而来的危险，就成了纯粹的麻烦。她很讨厌麻烦。

宋南时出了会儿神。

回过神来，她便看见郁椒椒抱着黑兔子男主角，也偷偷松了口气。两个人对上视线。

郁椒椒冲她不好意思地笑了笑。宋南时了然：不用组队，社恐人士的福音秘境。她也露出一个心照不宣的微笑。

笑完，她便见云止风看了她一眼，然后他道："秘境里，通讯符之类的传信工具也一律被禁用。"

江寂这才想起来，道："对，通讯符也禁用，也就是说在秘境里，你组没组队都是没用的。"

说完他就看向了云止风，笑道："云兄对白梧秘境很了解。"

云止风面容平静："略知一二。"

宋南时了然。也就是说，进了这秘境之后就是单打独斗了。但是想了想，她又觉得不对。

她若有所思，道："可是我今日出门时，看到许多人都在和陌生人攀谈，说什么进了秘境之后互相照应之类的。既然组队无用，他们岂不是多此一举。"

谁知江寂闻言却顿了顿，面色古怪道："其实，也不算是多此一举。"

宋南时疑惑地看了过去。

130

第四章·白梧秘境

江寂委婉地解释："这个秘境，大概有上千人，虽说进去之后都会被随机投放，但是总有那么一两个人能正好投放在一处，而若是和你投放在一起的人正好是你在外面认识或者打过招呼的人，或者在路上能碰见自己在秘境外认识的人，那就能免于争端，尽快结盟。"

说完，他看向宋南时："所以，你懂我的意思吧？"

宋南时若有所思："所以说，他们在外面这么积极地广交好友，其实……"她顿了顿，道，"在碰运气？"

江寂欣慰地点头："就是这样。"

宋南时："……"

她不由得看向了主角们："那你们碰过运气吗？"

主角三人对视一眼。

江寂微笑："这个……就不需要了吧。"

诸袖也笑道："三师妹真可爱。"

郁椒椒："这这这，还是不了吧！"

宋南时："……"行，你们是主角，你们清高！

她期待的目光不由得落在了云止风身上。

云止风莫名其妙："你看我做什么？"他一副完全不想去碰运气的模样。

行，你也清高。

宋南时不由得沉思。她最开始以为自己去的是黑梧秘境，所以拽云止风过来，就是想增加自己的实力。但既然白梧秘境如此特殊的话……

宋南时想了想自己身为卦师的战斗力，觉得自己还是有必要碰一碰运气的。

明天秘境就要开了，既然现在决定碰运气，那就要抓紧时间。宋南时想了想，觉得去外面一个个找人攀谈，效率还是有点儿低。她决定既然要碰运气，那就要使用高效率的碰运气手段。

这么想着，她当场从自己的储物戒里掏出一张纸，递给了大师兄，问："师兄，你复制的法术学得怎么样？"

江寂丈二和尚摸不着头脑："略知一二。"

宋南时微笑："那就麻烦师兄帮我把这个……"她算了算，道，"复制一千份。"

江寂："……"

他看了一眼宋南时递过来的纸张上写的什么，然后沉默了。

他艰涩地说："师妹，你……"

柳老头不知道什么时候冒出头来，看了一眼，也道："好家伙。"

宋南时无视了柳老头，微笑着说："就是这样。"

131

江寂深吸了一口气,伸手掐了个法诀。

宋南时面前的桌子上顿时出现了厚厚一沓纸张,几乎将她淹没。

宋南时大喜,这是什么无限制复印机!

宋南时当即就把所有复印件收进了储物戒里,匆匆给大师兄道了声谢,揣着一千张复印件跑了。她走了之后,众人才反应过来。

诸袖茫然:"师妹这是在做什么?"

云止风则默不作声,直接把宋南时忘在桌子上的那张原件拿起来,先撞进他眼睛里的是大大的"简历"两个字。云止风顿了顿,这才继续往下看。

姓名:宋南时。

年龄:十七岁。

修为:练气七层。

主业:卦师。

副业:丹师、医师、炼器师、符师等。

师门:无量宗。

师尊:不归剑尊。

我们的口号是:最便宜的价格,最高品质的服务。

云止风:"……"他面无表情地放下了手里的那张"简历",缓缓地捂住了额头。

此时此刻,他心中闪过一句话:宋南时,不愧是你。

这时候,其他人也看到了这份特殊的"简历"。

一阵沉默之后。诸袖艰涩地开口:"刚刚,三师妹是不是要了一千份?"

"这秘境来的人满打满算也就一千来人。"

"她这是,打算到所有人身上碰运气吗?"

这个时候,宋南时已经以她从前投了三百多份简历的经验兢兢业业地开始投简历了。

与此同时,某人花费了一千灵石开了传送阵,紧赶慢赶,终于在秘境开启之前赶到了白梧秘境。他又用身上最后二十个灵石,在客栈租了一间简陋的房间。此时的他,没想到一间房的价格居然也能成为人生不可承受之重。

最终,他带着空荡荡的储物戒,决心要一雪前耻。而就在此时,门外响起了脚步声,他警惕地看了过去。那脚步声渐行渐近,最终,在他房门口停了下来。

第四章 · 白梧秘境

他心中闪过无数猜测，面上却始终不动声色。然后……他看到一张纸，被放到了门外。

他依旧不动声色，等那声音远离。良久，他才打开门，全副武装地拿起了那张纸，然后他看着上面大大的"简历"两个字，顿住了。

他知道，白梧秘境外面碰运气找临时搭档是常事。但是，怎么会有人……怎么会有人……

他抬头看去，只见一整个走廊，每一个房间门口都规规矩矩地摆放着一张一模一样的纸。

怎么会有人如此离谱！

第二天。

宋南时是打着哈欠和其他人见面的。秘境午时才开放，但早早的已经有人在秘境外等着了，宋南时他们闲来无事，也是其中一员。

云止风见她一个哈欠接着一个哈欠，忍不住问："你昨晚到底发了多久？"

宋南时含含糊糊地说："我记不清了。"

云止风深吸了一口气，压低声音："宋南时，你不用担心进去之后没有人组队，其实哪怕是在秘境里，我也有办法……"

然而话还没说完，一个声音就突然打断了他们："这是……宋仙子和云兄弟？好巧。"

两个人同时回头。

一个长相平平但十分面善的青年看着他们微笑。

宋南时想了想，恍然大悟："你是仙缘镇那个决明子！"是枕头兄！

决明子笑眯眯地说："正是在下。"

云止风见状不由得皱了皱眉："听闻苍梧派正在开发黑梧秘境，若在下所猜不错，你应当是苍梧派弟子，居然也有工夫来白梧秘境吗？"

宋南时先是惊讶，但随即想到了自己捡的那张黑梧秘境的"海报"就是从这仁兄身上掉出来的，那"海报"崭新得没有一丁点儿翻看的痕迹，不像是自己用的。所以，这枕头兄来仙缘镇就是发"海报"的吧。

宋南时不由得有些羡慕，道："听说你们掌门是个富二代，你们苍梧派的弟子居然也得来白梧秘境赚钱吗？"

"富二代"三个字一出口，决明子脸上的笑险些就挂不住了，僵笑道："两位说笑了。"

他生怕他们再说什么，连忙道："对了，昨夜在下也收到了宋仙子的那个……'简历'，在下觉得，和宋仙子组队应该是个不错的选择。"

133

宋南时摆摆手："咱们不一定能被投放在一起，还是得看缘分。"

决明子微笑，真诚道："在下觉得，你我应当很有缘分。"

宋南时还没说什么，云止风便嗤笑一声。他开口："宋南时，走了，吃饭。"

宋南时回头应了一声，乖乖地跟着云止风。决明子在他们身后，微微眯了眯眼。

无量宗的四人和云止风一起吃完了饭，很快就到了秘境开启的时间。其间，决明子一直很有分寸，没有凑过来，仿佛最开始只不过是熟人见面随意搭话罢了。江寂将能交代的都交代完，众人排队进入秘境。好巧不巧，云止风排在宋南时前面两个人的位置，决明子正好排在宋南时后面。

云止风进秘境之前回了一下头，道："宋南时，快点。"

宋南时嘴上说着"好的"，等云止风进去之后，决明子趁机想和她搭话说些什么的时候，却见她飞快地拿出龟甲原地起了个卦。

决明子："……"这是什么独属于卦师的进秘境仪式吗？他为什么不知道？

然后，卦成，正好排到了宋南时，他就见宋南时嘴里念叨着："进秘境宜先迈右脚，进秘境宜先迈右脚。"

她谨慎地抬起右脚，一脚踏了进去。

决明子："……"这是什么类型的神经病？

他也迅速跟了进去，但诡异的是，他抬脚之前居然不由自主地想了想，他要不要起个卦算一算先迈哪只脚。

不！他们卦师没有这种传统！

决明子面无表情地走了进去。

……然后他就觉得，还不如先起个卦。

进去之后，他一眼就看到了正在左顾右盼似乎对什么都非常好奇的宋南时。

决明子当即露出了一个微笑，上前道："宋仙子，我们果然有缘，那不如在秘境同行可好？"

宋南时转头，露出惊讶的神情。决明子的笑容不由自主地扩大："宋仙子不必……"

"云止风！"宋南时惊呼。

决明子："？"

他莫名其妙地转过头，就看到云止风站在他身后，面无表情地看着他，道：

第四章·白梧秘境

"是啊，挺巧。"

一刻钟之后，三人小队正式成立。

不过决明子看着那两人骑着的几乎一模一样的两头驴，又看了一眼只有两条腿的自己，莫名觉得自己被排挤了。

宋南时的驴是签了主仆契约才能带进来的，云止风的驴没有神识，可以放进储物戒。

决明子欲言又止："云兄，宋仙子，你们……"

云止风直接开口道："我的驴不过是凡驴，带不了两个人。"

宋南时也为难："驴兄脾气不好，带两个人是要发脾气的。"

决明子："……"谁要骑驴！

他艰难地开口："我的意思是，我们不能漫无目的地走，总得有个前进方向，听说这秘境里有个大能留下机缘，不如我们……"

宋南时也觉得是该有个方向，于是她没等决明子说完便道："那你等等，我先算一卦。"

她停下驴，就开始起卦。云止风神情如常地停下来等她。

决明子这才见识到这个卦师有多爱算卦。不过，既然她是个变数，那她的卦象总该有不凡之处，说不定能带他找到想要的东西呢？

想到这里，决明子心平气和地等待着。

很快，宋南时有了卦象，她认认真真地看了一眼，道："往西。"

云止风什么都没说，掉转方向就往西走。

两个人都没有要理会决明子的意思，决明子只好跟上。但是不知道这秘境究竟将他们投放到了哪里，他们一路往西，除了山石草木，居然连个活物都看不到。

也不知道走了几个时辰，决明子只觉得自己的双腿越发沉重了。而就在此时，宋南时看了他一眼，突然下了驴，道："决明子兄，不如这头驴让给你骑吧。"

此时，如果是云止风，他累死都不会骑上这头驴。可决明子不是云止风，他看了宋南时一眼，感激道："多谢宋仙子。"

他骑上了驴。

云止风不着痕迹地拉着缰绳，离他远了一点。宋南时同样如此。

两个人对视一眼。宋南时微笑，云止风面无表情地移开视线。

决明子一无所知地坐在驴背上，舒服了好一阵。然后，那头驴便突然停了下来。

下一刻，驴兄脾气暴躁地叫了一声，直接将决明子甩下了背，它甩得还十分有技巧，决明子在空中翻滚一圈，稳稳地站好。还没等他反应过来，驴兄已经助跑、冲刺、起跳，一气呵成。

然后决明子便觉得背上一沉，两只驴蹄牢牢地扒在了他的脖子上。

他呼吸困难，艰难地说："宋……"

宋南时为难的声音从背后传来："哎呀我忘了，驴兄脾气很差的，它驮你一阵，你就要驮它一阵。"

宋南时笑眯眯地说："决明子兄，加油！"

前方，决明子在驴兄的强迫之下被迫跑起来。后面，宋南时的笑缓缓收起来。

她面无表情："决明子，真是个好名字。"

云止风看了过来："你也察觉……"

宋南时冷笑一声："我是个穷鬼，但不是个傻子。"

欺骗这种事情，骗穷鬼，总比骗其他人难一点的。当一个人三番两次总能出现在你面前，还不图你的钱的话，你就得好好想想，是他有病，还是你有其他值得他图的东西了。

云止风不由自主地问道："那你当初没怀疑过我吗？"

宋南时："没。"

云止风："为什么？"宋南时想了想，认真道："可能是穷鬼的惺惺相惜？"

云止风："……"

他面无表情地骑着驴走远了。

（二十四）

等那位枕头兄扛着驴兄狂奔了一圈，把驴兄给哄高兴了，宋南时这才迈着两条腿慢悠悠地走了过去。

驴兄脾气消了，站在枕头兄身旁慢悠悠地吃草，还纡尊降贵地抬起尾巴，扫了扫他身上的灰尘。枕头兄面无表情地握拳站在原地，腿肚子都在颤抖，也不知道是累得还是气得。

宋南时语气担忧："枕头……决明子兄，你没事吧？我这头驴脾气不太好，让兄台受累了。"

枕头兄抬起头，缓缓道："你管它这叫……脾气不好？"

宋南时腼腆地微笑："一点微不足道的小毛病罢了。"

决明子深吸了一口气，面无表情道："宋仙子的脾气倒是很好。"

宋南时想了想，很认真地道："我的脾气也不好，但是驴兄既然都不嫌弃我穷，我还能嫌弃它脾气差吗？反正就这样了，还能解除契约咋的，凑合过呗。"

决明子："……"

他又想起了自己算出来的这个"变数"的弱点——爱财。

生平第一次，他恨自己怎么就算卦算得这么准！

宋南时还热心道："决明子兄还骑吗？"

决明子深吸了一口气："在下怕是无福消受宋仙子的灵兽，宋仙子还是自己骑吧。"

宋南时不由得感到遗憾。

这时，云止风已经走了上来，不着痕迹地看了宋南时一眼，暗示她别轻举妄动，不要太过了。宋南时若无其事地骑上驴，看了一眼前进的方向，继续往前走。

两个人骑着驴走在前面，忽略那两头不协调的驴的话，那背影恰似一对佳人。

决明子靠着两条腿跟在后面。他们两个的驴甚至都长得差不多，莫名地，决明子觉得自己被孤立了。

但他不甘寂寞，调整了一下心态，又恢复了原本笑容亲切的模样，温和道："宋仙子，我们这是要去哪里？"

宋南时想了想，认真道："自然是去我们该去的地方。"

决明子："……"你但凡说一句有用的话，也不至于一句有用的话都没有。

无法，他只能看向云止风，道："云兄不好奇我们这是要去哪里吗？"

他很确定，自从进了这个秘境之后，宋南时在他的眼皮子底下没有和云止风单独说过一句话，所以按理说，云止风是不该知道宋南时要去哪儿的。

谁知云止风只淡淡地看了他一眼："不好奇，我知道。"不知道是不是决明子的错觉，他似乎从那一眼中看到了一股高高在上的优越感。

决明子："……"是，宋南时不用说你就知道她要去哪儿，你们心意相通，你清高！

但是你和一个财迷心意相通，你骄傲什么？！

决明子都快被这两个脑子似乎不太好使的家伙给气笑了。

这时，宋南时突然回头，意味不明道："决明子兄，你要是信得过我呢，就跟着我，毕竟我的卦，可是从来不会出错的。"

她唇角的笑容意味深长。

决明子猛然一震。

第四章·白梧秘境

137

他看向前方宋南时那讳莫如深的背影，若有所思。

他对自己的卦术很自信。出于这种自信，当算出宋南时这个"变数"的时候，他就几乎笃定，这个宋南时，绝对不会是什么简单的人物。哪怕她如今全然一副一心只有钱的财迷样，决明子以己度人，也觉得宋南时绝不像她表现出来的这么贪财。

在贪财的表象之下，她必然有不为人知的一面！是扮猪吃老虎，还是装疯卖傻？决明子决定先跟着看看，一探究竟。

说不定……这个"变数"就能让他找到自己想要的东西呢。

决明子嘴角扬起了一抹微笑。

"宋仙子，云兄，等等我！"

半个时辰之后。

决明子面无表情地站在了一片灵草茂盛的山谷之中。

他冷静地想，是他错了。宋南时不是装疯卖傻，她是真疯真傻。

不，觉得宋南时深藏不露的自己或许才是最傻的。

耳边，是宋南时冷静又得意的声音："我就说我的卦从来就没算错过！这可都是秘境外面罕见的月见草！把这些都弄出去，咱们就发达了！"

"云止风！"她提声，"我进来之前准备了镰刀，你要不要？"

云止风仍旧是那副处变不惊的模样，唇角却也忍不住露出一丝满意的微笑。

他道："不必，我的剑，比任何东西都好用。"

宋南时："好，那老规矩，出去之后对半分。"云止风："可。"

两个人三言两语，敲定瓜分计划。

然后宋南时就如老农一般，姿态娴熟地弯腰挥舞起了镰刀。

云止风则不愧是剑修，长剑在他手中就像他身体的一部分，在秘境中与外界隔绝，他也不必在意能不能动用灵力，长剑挥舞之下比宋南时收割得更快。

这是何等的一幅大丰收景象……个鬼啊！

决明子深吸一口气，咬牙问道："这就是宋仙子口中的、绝对不会出错的卦象？"

宋南时抬起头，抽空回了他一句："对啊，这片月见草绝对是方圆五十里内最值钱的一片灵草了，我算财运从来不会出错的！"

决明子："……"他张了张嘴，道，"你刚刚算的，是财运？"

宋南时看了他一眼，似笑非笑："不然呢？你以为是什么？"

决明子："……"他闭了闭眼睛，只觉得心中有无尽的怒火翻涌。

你算财运！你居然算财运！说好的深藏不露，说好的扮猪吃老虎呢?！这是白梧秘境，是大能传承之地，有数不尽的机缘，五十年才开这么一次！

外面赚钱的机会这么多，谁会傻到浪费这五十年一次进秘境的机会只是为了赚钱?！你们应该算机缘，找传承啊！

他压下心中的怒火，勉强露出一个微笑，道："宋仙子，这可是五十年才开一次的秘境，进来不寻机缘，只是为了赚钱的话，会不会有些得不偿失了？"

宋南时一口反驳："不会。"决明子笑容一僵："为什么？"

宋南时："因为我是个穷鬼。"

决明子："……"他面无表情地看向云止风。

云止风淡淡地回望过去，提醒道："我也是。"

他恨穷鬼。

这时，宋南时突然转头，冲他露齿一笑，语气真诚中带着羡慕："决明子兄来自苍梧派，据说你们掌门是个豪横的富二代，想必决明子兄是不会看上这么一点儿月见草的吧？"

决明子正冷笑着想讽刺她一句，却突然想起了什么。就在进白梧秘境之前，他的苍梧派已经破产了。于是这个"不"字就这么卡在了喉咙里。

他看着那遍地的月见草，突然觉得，顺手赚那么一些钱也不是不行，正好还能拉近和这个"变数"的关系。

决明子蠢蠢欲动。

宋南时见状，当即加快了速度，嘴里也飞快道："既然如此的话，这点儿东西就不必占用您的储物戒了，我们二人就笑纳了。"

决明子："……好。"他艰难地保持着富二代的人设。

透过遍地的草丛，宋南时看了云止风一眼，云止风正好也看了过来。两人对视一眼，从对方眼中看到同样的信息：这个决明子，果然很有问题。

宋南时想找个机会和云止风单独商谈，但还没等她有所动作，正在收割月见草的云止风却突然起身，皱着眉看向了没收割完的草丛里。

他道："宋南时，过来。"宋南时闻言，二话不说，立刻站到了云止风身边。

刚站定，她耳边就传来了逐渐清晰的"嗡嗡"声。

宋南时回头一看，便是一惊。是蜂群，密密麻麻的蜂。

两人对视一眼。

一旁，决明子的声音有些幸灾乐祸地响起。

第四章·白梧秘境

"这是鬼王蜂，往往都是成百上千地活动，追杀人的时候不死不休，哪怕是金丹期的修士被它们缠住也不能完好无损地脱身。看来，你们动的这片月见草，是它们圈定的食物啊。"

在蜂群的"嗡嗡"声和决明子旁白的背景音中，宋南时朝云止风使了个眼色：能打吗？

云止风淡淡地看了回来：能打，但只能打一点点。

宋南时：巧了，我也只能打一点点。

四目相对，两个人眼中都是凝重之色。看来，只能这样了。

决明子还在喋喋不休："但是既然宋仙子和云兄这么看重这些月见草，那不如我们三个联手，说不定还会有一线生机……"

蜂群的嗡鸣声越来越大，似乎是已经极其愤怒了。

此时，宋南时二人、蜂群、决明子，这三拨人和物在三个不同的方位，连起来恰好是个等边三角形。

宋南时背在身后的手突然举起，比了个"三"的手势。

三。

蜂群之中为首的工蜂尾端已经伸出了尖尖的长刺，这是发起总攻的前兆。

二。

决明子脸上带着自信的笑容："我相信我们三人联手，一定能逃脱，届时……"

一。

宋南时："跑！"

话音落下，云止风一马当先，一只手握剑，另一只手拽起自己的驴，扬手一劈，硬生生在蜂群之中劈出了一条路来。

宋南时紧随其后，跃上驴背跟在云止风身后："驾！"

驴兄这个时候也不掉链子了，嘶鸣一声撒开蹄子就跑。

两人两驴就这么直接穿过蜂群，直挺挺地朝着决明子的方向狂奔而去。喋喋不休的决明子一时间蒙了，居然没有反应过来。蜂群却反应得比他快，愤怒地追在宋南时他们身后，也直冲冲地朝决明子奔了过来。

决明子看着前面的宋南时二人，又看了看他们身后的蜂群，伸手："宋仙子，我们……"

第四章 · 白梧秘境

他伸手的那一刻，两方擦肩而过，宋南时顺势伸出手和他击了个掌，只不过力气过大，直接把他推进了蜂群之中。

宋南时的嘶吼掩盖了决明子的惨叫。

她悲壮道："枕头兄，我们先走，你殿后！你放心！我和云兄会为你报仇的！"

愤怒的蜂群瞬间包围了决明子。

云止风他们趁机飞奔。

宋南时跑得很远了，仍旧能听到蜂群中传来决明子悲愤而不可思议的声音："怎么回事？你们不是爱钱吗?！这儿还有一半月见草没收割，你们怎么会说走就走！"

宋南时忍不住回了一句："你傻啊！钱重要，命更重要啊！"

这一看就是犯了教条主义错误，一见他们喜欢钱，凡事都在他们喜欢钱的基础上揣度。

宋南时摇了摇头，觉得这枕头兄真是缺乏教育，但凡他学点理论知识呢？

宋南时乐颠颠地边跑边唠叨，云止风无语，提醒她："不要太得意忘形了。"

宋南时大惊："很明显？"云止风："你觉得呢？"宋南时"哦"了一声："那就明显吧，反正决明子又看不见。"

云止风："……"他深吸一口气，道，"鬼王蜂是一种很记仇的蜂，它会记得我们的气味，决明子要是挡不住它们，它们就还会追上来。先赶路吧，走远一点最好。"

两个人再次埋头赶路。

半路上，赶路赶得正辛苦的宋南时还被一个陌生男人给拦了下来。

宋南时一抬眼，皱眉问道："你是谁？"

那个长相颇有些英俊潇洒的男人先是不可置信地看了宋南时一眼，随即耐着性子道："我是你二师姐的未婚夫，海州沈家，沈千州。"

宋南时这才想起来，她开火葬场的二师姐要送往火葬场的对象还有这么一个未婚夫。

也就是除了她的师尊，那个因为二师姐和自己的白月光长得太像就要和二师姐订婚的另一个大傻子。

宋南时：这不是巧了嘛。

此刻，这个傻子正一脸焦急地冷声问道："你师姐是不是和你一起进的秘境？你师姐呢？你见到你师姐了吗？"宋南时眯了眯眼："你找我师姐做什么？"

沈千州含糊道："我和她之间有些误会，但这不是你该打听的。你师姐在

141

哪儿？"

宋南时当即就笑了出来。她抛着手里的龟甲，漫不经心道："师姐啊，我还真见到了。"

沈千州急促道："她在哪儿？"

宋南时笑眯眯地指了指身后："往西走，跨过那座山，再过两条河，一个长满月见草的山谷里。"

话音刚落，云止风震惊地看向她。沈千州全然没发现有什么不对，连句道谢都没有，匆匆离去。

宋南时冷笑。

她身旁，云止风欲言又止："宋南时，我知道你怕决明子拦不住那鬼王蜂，但是让你师姐的未婚夫过去未免……"

宋南时回过头，问道："你和我一起见过师姐开的火葬场吧？"云止风点头。

宋南时笑眯眯地说："师姐这个火葬场，其实是为了两个男人开的，第一个暂时不方便说，第二个就是这个人。"

她十分舒心道："等这次出去，师姐说不定就能直接接第一单了。"

云止风："……"他听不懂，但他大受震撼。

宋南时则道："行了，多了个人帮我们拦，我们应该会轻松不少，先休息会儿吧。"

两个人停下驴，宋南时活动了一下筋骨："终于甩开那个'枕头'了。"

云止风这才问她："你一开始算卦的时候，是不是就算准了那边会有鬼王蜂？"

宋南时闻言失笑："算卦哪有这么神奇，我只是在算我自己的财运的时候留了个心眼，特意找了一个福祸相依的卦罢了。"

她若有所思，道："这决明子到底是个什么人？我算不出他的卦，他的修为应该比我高上不少。既然如此的话，他会图我们两个一穷二白的穷鬼什么？"

云止风看了她一眼，却道："不，他不是图我们什么，他是图你什么。"他声音沉沉地道，"他的目标自始至终都是你，最开始那个高薪招聘的招工单，完全就是冲着你的喜好来的。"

宋南时震惊了。

云止风见她的表情实在不好，以为自己吓到了她，正想说也未必是这样，就见宋南时指着自己的鼻子道："我爱钱的特点，居然已经表现得这么明显了吗？"

云止风："……"他面无表情地转过身拴驴。

真会抓重点。

宋南时见他不理人了，笑眯眯道："话说，你真的对付不了蜂群吗？"

第四章 · 白梧秘境

云止风:"我受伤之前……"宋南时划重点:"现在!"

云止风沉默片刻,道:"你我联手,应该能全身而退,但我劝你最好不要再招惹这种东西。"

宋南时莫名其妙:"为何?能全身而退不就是不会死人吗?我还想着等几天看能不能拐回去,趁蜂群不在把剩下的月见草挖走呢。"

云止风:"鬼王蜂蜇人,最喜欢蜇人的脸。"

宋南时:"……"懂了,这可比死可怕多了。

她突然就忧心起了决明子和沈千州。这两个人八成不会死,但……他们的脸还好吗?

祝福他们。

当天晚上,宋南时他们在树林里休息,点燃了篝火。云止风守上半夜,宋南时守下半夜。

宋南时靠在火堆边睡着,做了一个十分可怕的梦,她梦见两个头被蜇得肿成猪头的人来找她复仇了。但这还不是最可怕的,最可怕的是,他们要抢走她的灵石。

宋南时一下子就惊醒了。

睁开眼的一瞬间,梦里那可怕的猪头变成了眼前云止风那张剑眉星目的英俊的脸。

他皱眉道:"宋南时,宋南时……"

宋南时松了口气。半梦半醒中,她伸手就摸了摸云止风的脸,滑滑的。她揉了两下,嘟囔了两句"灵石",倒头又睡下了。

真是个可怕的梦。

宋南时的手从云止风脸颊上滑落。

云止风整个人僵在原地,惊愕得难以言说。看着火堆旁倒头睡下,仿佛什么都没有发生的宋南时,他"腾"的一下起身,往前走远了几步。几步之后他又僵住,面色僵硬地转身,将宋南时往外推了推,免得火烧到她的头发。

火光之下,青年微微垂着头,脸颊在火光下发红。

143

第五章 传承

（二十五）

次日，宋南时醒来，慢吞吞地坐起，看着燃烧得只剩下灰烬的篝火发呆。云止风用宽大的树叶捧回一堆青红相间的野果，见状，脚步不由得顿了顿。

宋南时有气无力地朝他打招呼："早。"她看了看天色，又神情萎靡道，"不是说好了下半夜我守夜的吗？怎么没叫醒我？"

云止风不答，只若无其事地将野果放在宋南时面前，问："没睡好？"

宋南时萎靡道："做了个噩梦。"云止风一顿，不动声色道："哦？梦见了什么？能把你吓成这样。"宋南时回想了一下，狠狠一抖，表情一言难尽："好像是梦见了两个长着猪头的丑妖怪。"

她顿了顿，强调道："特别丑。"一连说了两次丑，那应当是相当丑了。

她回想着，还皱起了眉头，相当严肃道："那两个丑妖怪还要抢我的灵石。"

云止风看着她紧皱的眉头，若无其事地移开视线。他漫不经心地想：长得丑还要抢灵石，看来是相当严重了。他的视线就这么一下又一下地落到宋南时脸上，每一次都像是触电一般飞快地移开，耳边听着宋南时描述那个可怕的梦境，脑子里却不知道在想些什么。

直到宋南时突然道："我好像还被吓醒了。"云止风动作一顿，不动声色道："是吗？那你看到了什么？"

一个人做噩梦惊醒，云止风却问她看到了什么，这样的问法本来就很有问题，但宋南时沉浸在自己的回忆里丝毫没有察觉。

她皱眉回忆道："我好像看到了……"云止风开始浑身紧绷，浑身都不自在起来。

如果她说出来，那他……

云止风深吸了一口气，一句"没关系，你也不是故意的"已经挂在嘴边了。

然后宋南时就大喘气道："看到了一堆灵石。"

云止风："……"

他面无表情地抬起头，一字一句道："你说，看到了什么？"

宋南时回忆了一下，严肃道："一堆灵石，我半梦半醒中看到的。白得很，

第五章·传承

成色应该不错，我还摸了摸，滑滑的。"说完，她特意强调，"好成色！"

说完，她回过神来，就见云止风神情冷冽地看着他，一副时刻都不高兴的酷哥模样，只不过不知道为什么，一张白皙的脸渐渐泛上血色。

宋南时愣了一下，不明所以。怎么了，天气很热吗？还不到三月，不至于吧？

宋南时想说什么，视线下移，又落在他的手上。云止风手里抓着一个青色的野果，用手帕一下一下用力擦着，擦得已经非常干净，果皮都快被他蹭下来了。

宋南时不由得道："云止风，你有洁癖吗？"

云止风深吸一口气，回过神来，看了一眼手里的野果，抬手丢给了她，起身就走。

宋南时在他背后喊："你擦了这么久，不吃了？"云止风冷声："不吃。"

宋南时："那你去哪儿啊？"云止风："巡逻！"

宋南时："……"

她忍不住挠头。她不就说了一句他有洁癖嘛，至于气得饭都不吃吗？

而且……

宋南时抬起头，看着他黑发之下露出的一双通红的耳朵，神情逐渐一言难尽起来。她明明没干什么，但看着云止风有几分气急败坏的背影和那双通红的耳朵，她莫名有了一种自己调戏了人家一把，把人家调戏走了的错觉。

见鬼了！

宋南时表情纠结地咬了一口青果。

"呸！咯咯咯！"她被酸得表情扭曲。

宋南时瞪着手里那个被咬了一口的野果，这野果青得牙酸。云止风是不是故意给她挖坑？！

一刻钟之后，宋南时挑挑拣拣找了几颗稍微红一些的野果填饱了肚子，云止风也回来了。

他这次神情正常了许多。宋南时特意看了看被他盖在黑发下的耳朵，嗯，不红了。

宋南时不由得松了口气。这才对嘛，一个大男人，弄得好像被她一个弱女子调戏了一样，怪怪的。

云止风还问她："看什么？"宋南时立刻摆手："没什么没什么。"

云止风就没再说话，默不作声地处理好仍带着火星的篝火灰烬。

宋南时在一旁问他："鬼王蜂一夜都没追上来，中途我们还过了一条河，它

147

们再追上来的可能性已经不大了吧？"

云止风惜字如金："嗯。"

宋南时蹲在他旁边摸着下巴："那个枕头兄也不知道怎么样了。啧啧，鬼王蜂都追不上来了，他要是想再追上来，除非他还长了个狗鼻子。"

说着，她随手拿了根木棍扒拉了一下篝火灰烬，然后她就看见和她肩并肩半蹲在灰烬旁的云止风"腾"的一下站起来。

宋南时不明所以："怎么了？"

云止风深吸了一口气，平静道："我的意思是，我们该走了。"

他说着又去整理行装。但其实两个人的行装都在储物戒里，他能整理什么呢？但他就是在那里胡乱地忙来忙去，都不看宋南时一眼。

他甚至不惜主动靠近了往日里他恨不得离得远远的驴兄，帮它扒拉了两下毛。

驴兄受宠若惊，宋南时却在背后眯了眯眼睛。这云止风，很不对劲啊。

但既然都说要走了，宋南时就再次起了个卦。

然后八个方位，她占卜出了七个"凶"。

宋南时："……"果然，这修真界第一热门的秘境就是不同凡响，她活了十七年，还没见过这么四面楚歌的卦象。

云止风看了一眼，却道："很多时候，秘境的凶险不在于秘境本身，而在于进入秘境的人。"

宋南时若有所思："你的意思是……"云止风意有所指："已经是进入秘境的第二天了，很多争端也该出现了。"

宋南时想了想就明白了。秘境嘛，在外面谁也不认识谁，进去之后谁也管不了谁，岂不是杀人放火、打家劫舍的好地点？有老老实实探索秘境的，自然也就有不劳而获想着一劳永逸的。宋南时占卜出来的"凶"，天灾有几个尚未可知，但人祸一定不少。

宋南时"啧"了一声，看了看八个方位之中唯一一个漏网之鱼，道："那就只剩这个了。"

东南。

此刻，和宋南时他们前进方向完全相反的西北方。

诸袖拽着郁椒椒从一群心怀鬼胎的修士中脱身，到了一个安全的地方，当即就严厉地问道："郁椒椒！这次若不是我正好找到了你，你就准备让他们抢走你的东西吗？"

郁椒椒张了张嘴，手足无措："师姐，我……我错了。"诸袖看到别的修士欺辱自己小师妹时的满腔怒火，在小师妹那小心翼翼的目光之中犹如被迎面泼了一盆冷水。

她闭了闭眼睛，渐渐冷静了下来。

她最小的这个师妹，沉默寡言，胆小怕生，而且一向没有主见，这点她知道，一直都知道。但她从没想过，小师妹为何会养成这样的性格。为什么呢？诸袖用力去想，电光石火间，一些尘封的记忆突然浮现在她脑海之中。

小师妹被师尊带回无量宗时甚至还不会说话，师尊将人带回来之后万事不管，这个小师妹就在孤幼堂里长大。

同样在孤幼堂里长大的，还有比小师妹大两岁的宋南时。而那时的她则是每日跟在师尊身边服侍，满心满眼都是报答师尊。她觉得，既然三师妹能在孤幼堂里平安长大，那么小师妹也是可以的。她这么想，所有人都这么想。

直到小师妹四五岁时，从小孤僻并不和他们亲近的宋南时突然找到了她，说："二师姐要是有空的话，把小师妹从孤幼堂接出来吧，我找不到大师兄和师尊。"

她不解："为什么要接出来呢？小师妹身体弱，还不到开蒙的时候，兰泽峰没有养奴仆的习惯，也没人养育她……"

年幼的宋南时也不说话，直接带着她去了孤幼堂。

她们悄悄去的，没有惊动任何人。她看见她那比同龄人瘦小一圈的小师妹排在一群小孩子身后盛饭，盛饭的弟子看她瘦小，特意给她多盛了一些。诸袖想，这不挺好嘛。

然后，盛饭的弟子忙完，就这么匆匆离开了。他离开的下一刻，一个胖胖的男孩突然转身撞了小师妹一下，小师妹碗里的饭顿时撒了大半。小师妹却像是早已经习惯了一样，默默地端着剩下的一小半饭，坐在了角落。

其间还有很多孩子，他们平日里活泼可爱、聪明伶俐，这时候却都习以为常一般，神情自然地一个个走过来，夹走小师妹碗里好吃的菜肴。

诸袖看完这一切，张了张嘴，困惑且茫然："为什么呢？孤幼堂不缺他们吃喝……"

年幼的宋南时平静道："是不缺，但是小孩子并不像大人想象得那么天真，或者说，利益和权力是刻在每个人骨子里的东西。没有人引导的话，一群小孩也组成了一个小社会，没有食物时他们会争抢食物，物质充裕了，他们渴望的就是权力，而彰显权力最原始的方式，就是对最弱小的那一个进行压迫。"

诸袖几乎是震惊地看向说出这番话的宋南时。宋南时却笑了笑，道："你们都太忙了，如果师尊有空来看一看她，让其他人知道小师妹是兰泽峰弟子，小师妹就不是最弱小的了。但可惜师尊没来过。"

第五章·传承

149

诸袖沉默片刻，几乎艰涩地问："你小时候，也是这样吗？"
宋南时想了想，道："我不是，因为我不是最弱的。"

那天之后，诸袖就将小师妹接了回去。但是一年又一年，小师妹沉默寡言，胆小怕生，不爱出门。她天赋卓绝，却几乎没显露过自己的才能。宋南时说这叫"社恐"，性格如此而已，不一定就是小时候的经历影响的。

可是那一刻，看到小师妹被一群人威胁的那一刻，诸袖却想起了年幼的小师妹被人欺负后默默忍耐的样子，她突然觉得很后悔。这些年，自己都干了什么？

三师妹年幼孤苦，磕磕绊绊地长大，小师妹养成了这样的性格，大师兄有血海深仇要报，这些事她居然一概不去管，偏偏一心跟随那个什么师尊。

师尊目下无尘，万事不管，她身为师姐不也是这样？那她和师尊又有什么区别？除了师尊和那所谓的情情爱爱，她前半辈子还在意什么？

诸袖深吸了一口气，突然低下头，按住郁椒椒的肩膀，道："师妹，师姐对不起你。"

郁椒椒震惊地抬起头："不，师姐，怎么会……是你救了我啊！"

诸袖却道："不是的，你听我说。"郁椒椒张了张嘴，安静了下来。

诸袖看了一眼师妹怀里警惕地盯着她的黑兔。

她死之前，妖族太子正在追求师妹，她那时候就怀疑那个太子是不是师妹曾经的灵兽。但是无所谓了。不管师妹对那妖族太子有没有心意，她不能让一个这样的师妹去妖族。妖族太子爱她？呵！爱算什么？

她平静道："师妹，我从前没教过你什么，现在你长大了，我没有资格再教导你，但是我想让你知道一个东西。"

郁椒椒："什……什么？"

诸袖："反抗。"

郁椒椒愣住。

而正在此时，旁边传来一阵动静，两人一兔转头，就看到一个头肿得和猪头一样的男人跑了过来。

他一见诸袖，大喜过望："诸袖，你听我说……"

诸袖认出了他，沈千州，她那个未婚夫。别说头变成猪头，化成灰她也认得他。

她便笑了："这不巧了嘛。"她道，"师妹，我让你看看什么叫反抗。"

诸袖大步上前，长剑自袖中滑出，落在了手中。

沈千州的头肿成猪头，可脸上仍旧是茫然不解的，哪怕诸袖拿着剑，他似乎也不觉得诸袖会做什么。

因为前半生，诸袖从未反抗过。她跟随师尊，师尊说这个婚约合适，她便也认下了这个婚约。师尊和未婚夫说她端庄起来才像样，她便端庄。

没有自我，不懂反抗。

沈千州还在说："诸袖，我不知道你听说了什么，但我们的婚约……"

诸袖冷笑："婚约？老娘当年是瞎了眼才看上你这么个人！婚约算什么！你……"

沈千州不可置信地看向诸袖，似乎不相信这种话是从她嘴里说出来的。

诸袖却道："师妹，你看好了。"

利剑毫不留情地斩下，一剑斩断沈千州的右手。

他骗她订立婚约，但曾有恩于她，她废他用剑的右手。

两清了。

以后见面，他们就是生死仇敌。

她道："这就是反抗。

"欺辱你的人，你得让他付出点儿代价。"

她无视沈千州的痛呼，转头，目光意有所指地落在黑兔身上："任谁都是这样。"

妖族太子突然浑身一寒。这熟悉的感觉！他再次感受到了宋南时给郁椒椒《一兔八吃》时的恐惧！

……

宋南时站在一个水潭旁，看着潭中唯一的一朵莲花，算了一卦又一卦。最后，她道："还是祸福相依的卦，赌不赌这一把？"

云止风已经在擦剑了："你不是已经想好了吗？"

他也不看她。

啧，也不知道在矫情什么。

宋南时撇了撇嘴。

她道："那就老规矩？"云止风："老规矩，我动手你放风，事后对半分。"

宋南时当即抽出了自己写了"离"字的黑签，道："搞快点！"

云止风正准备把那朵罕见的七色莲摘下来，却突然顿了顿，然后转身，抬手把一块宋南时很眼熟的玉牌丢了过来："拿着，防身。"是他那块储存了剑意的玉牌。

第五章 · 传承

宋南时扬手接住。

然后云止风便动手了。他动作很快,整个人掠过湖面,剑锋划过,转瞬之间七色莲已经到了手中。随即他飞快地将七色莲塞入储物戒,转身就跑。

但比他更快的是水底突然之间冲出来的一条条水蛇。宋南时站在岸边,心中大急:"云止风!快快快,再快点!"

云止风却直接转身应敌,冷静道:"我跑不过它们,只能打了。"

宋南时见状正准备搭把手,抬头就被吓住了。只见四面八方有密密麻麻的爬行生物围了过来,目标就是宋南时,数量一点都不比云止风那里的少。

宋南时这个恐爬行动物的看得头皮发麻,她提声道:"云止风,你行不行?"云止风:"你撑半刻钟。"宋南时闻言毫不犹豫,用一道火墙就将自己围起来。

可这些蜥蜴、壁虎之类的爬行生物悍不畏死一般,一只只越过火墙,身上仍着着火就往宋南时身上扑。

宋南时一时间恨不得自己和云止风调个位置。她对付那些爬行生物对付得头皮发麻、精疲力竭,好不容易将它们都引进火墙,她在外面又套了一层火墙让它们一时之间出不来。她还没喘口气,转头就看到一个"猪头"朝自己狂奔而来。

看着那身上顶着个猪头的生物,宋南时一瞬间想起了自己昨夜做过的噩梦。

"猪头"发出了枕头兄的声音:"宋仙子!我终于找到你们了!"

宋南时顿时大怒:我对付冷血爬行生物已经够恶心了,你一个"猪头枕头"也来恶心我?

宋南时毫不客气,见他跑过来,迎面就给了他一拳。

这一拳打得"猪头枕头"蒙了一下,但还没倒下,宋南时正想补刀,就见一道剑光从她身后划过,"猪头枕头"躲闪之间,仓促地跌进了火墙。

云止风:"走!"说着,他没等宋南时上驴,当即一只手提起宋南时,另一只手提起驴兄,迅速掠过战场。

身后,顶着猪头的枕头兄已经被暴怒的凶兽们围攻了。

两个人一直狂奔到看不到战场的影子,这才停了下来。云止风放下宋南时,靠着树略微喘着气。宋南时则喜笑颜开道:"云止风,东西呢?"

云止风指了指自己的储物戒。宋南时大喜,当即拍着胸口道:"云止风,你果然够兄弟!你放心,出去之后我请你吃顿大餐!不,我请你吃十顿!"

顿了顿,她补充道:"等我发财了之后。"

云止风抬眼看了她一眼:"你不想请就直说。"

宋南时："什么意思？"

云止风慢吞吞道："没必要加这种不可能实现的前提条件。"

这是在咒自己穷？宋南时大怒，上前就要和他比画比画。

云止风抬手接住了她的拳头，一顿。他觉得这一拳估计是真能打死人的。

云止风沉默，很想问问她为何下此毒手，然后他突然停住，看向了宋南时身后。

宋南时不明所以，转头看过去。

两个人就这么对上了面无表情的江寂。

江寂眼带杀意："云止风，你在干什么？"

身后，柳老头装模作样地捂着眼："还能干什么？打情骂俏呗！噫，没眼看没眼看……"

宋南时："……"

她维持着能打死人的"打情骂俏"姿势，面无表情地看着柳老头。

（二十六）

柳老头装模作样地捂着眼，一边嚷嚷着他老人家年纪大了看不得这个，一边一眼一眼地往这边看。捂了，但没完全捂，就是看热闹不嫌事大。宋南时看得脑门上的青筋突突直跳。

这死老头。

她深吸一口气，一边告诉自己不能着了这老头的道，一边面不改色地收回了拳头。

云止风也顺势收回手，背在身后。那只手一时之间除了微微的疼痛，仿佛没了感觉。

——被震麻了。

云止风若有所思。这力道，宋南时说自己是个卦师，真的合适吗？

此时，宋南时神情如常地冲江寂点了点头："大师兄，好巧。"她态度坦坦荡荡，但江寂完全不吃这套。他不看宋南时，一双眼睛死死地盯着云止风，面无表情地问道："云止风，你在干什么？"

这时，云止风还在思索宋南时刚刚那一拳。他修为虽然废了大半，但是能拖着这副身体躲避整个云家的追杀三个月还安然无恙，足以证明他身体的强悍。宋南时能凭一拳震麻他的手，那么这拳打在其他人身上，一拳捶死个人应该不

会很困难。

真正的体修也不过如此了。

江寂来势汹汹,但云止风却完全不理解江寂的意思。因为他前半辈子除了练剑就只剩下家族的阅历,还不足以支撑他面对这种类似于"大舅子抓包妹婿"的复杂修罗场[①]。

他只觉得今天的江寂似乎对他有些莫名的敌意。

当然,还有最重要的一点。云止风感受了一下自己被震得发麻的手,他觉得,只要是个正常人,在接了这真能打死人的一拳之后,都不会往"打情骂俏"上联想。

打死人的"打情骂俏"吗?

于是,云止风听完江寂的质问之后沉吟了片刻,以正常人的思维和逻辑回想了一下刚刚的场景,然后他简洁有力地总结道:"我在和令师妹比试。"

此话杀伤力过大,在场的众人都不由得沉默了。

云止风不明所以,他不着痕迹地看了宋南时一眼,宋南时面无表情地回望了过去。这一眼不知道让云止风联想到了什么,他顿了顿,开始了自己的"高情商"发言。

他语气平平地称赞:"宋南时的臂力很强,和真正的体修相比也不差什么。"

宋南时:"……"

江寂:"……"

柳老头:"……"

他转头看向江寂,神情困惑不解:"这瓜娃子是不是脑壳笨笨的?"

第一次,宋南时觉得这老头说了句人话。当然,如果他不用叠词的话就更像人话了。

这一次,云止风凭借自己的"高情商"发言将一场正派和反派之战消弭于无形之中。当然,这并不意味着江寂二人就信了云止风的鬼话,他们只不过是觉得最先应该挽救的是宋南时的审美。

这世上有这么多种美,宋南时看上哪种不好,偏偏看上了这种脑干缺失的美,图什么啊?

于是,气氛便在这种诡异的平衡之中平静了下来。

[①] 修罗场:指人际关系错综复杂,在场的人互相之间拥有多重关联或身份认知不对等的场面。常用于形容恋爱关系,也常用于形容职场的人际关系。

宋南时不由得松了口气。几个人就这么原地停下休息，开始交流进来之后的情报。不算柳老头，在场的活人有三个，他们也确实营造了三个人的热闹场面。

只不过不同的是，云止风这个活人在面对外人时比死人还冷酷，宋南时他们说话时，他就闭着眼睛斜倚在树旁。柳老头这个死人就不一样了，他凭借一己之力侃出了三只哈士奇同时在场的热闹感。

于是现场就变成了这样。

宋南时寒暄。

江寂寒暄。

柳老头在一旁单方面拱火："江寂，我可告诉你，男人的嘴，骗人的鬼。你师妹可才十七岁呢！你现在都被这个什么云止风哄住了，你师妹怎么可能不被骗！"

宋南时装作听不见柳老头的话，继续寒暄。

江寂一边听柳老头的话，一边听宋南时寒暄，然后装作旁边没个叨叨的鬼一般，跟着寒暄。

柳老头接着单方面拱火："读书人有句话叫什么来着？发乎情，止乎礼。你看云止风刚刚止乎礼没？什么在比试？我告诉你，这都是臭男人骗小姑娘的鬼话！"

这时，宋南时正在说他们取七色莲的经历，江寂没忍住就错接了柳老头的话："他敢！"

宋南时："……"

说完他就反应了过来，连忙冲宋南时道："不好意思，我不是说你，我想到了其他事情。"

他露出了一个沧桑且疲惫的微笑。

宋南时同样露出疲惫的微笑。

两个互相装模作样的人中间夹了一个被哈士奇附身的柳老头，宋南时只觉得心累。她突然理解了小师妹的社恐，她身边要是有这么一个人的话，她也恨不得当个社恐人士算了。

此时，一直闭目假寐的云止风突然皱眉看了过来。视野里只有宋南时师兄妹二人，两个人有一搭没一搭地说着话，彼此都有些漫不经心，但是不知道为什么，双方似乎都有些心力交瘁。可是，明明他们两个说话声音也不大，偶尔还会突然沉默下来，但是莫名地，云止风却感觉仿佛有几千只蚊子在他耳边"嗡嗡"作响。

好吵啊。

而且，既然遇到的是同门，那么宋南时于情于理都是要和同门一起走的。于是云止风就觉得这蚊子就这么顽强地趴在了他的耳边，喋喋不休地吵了一路。

连做梦，他耳边都似乎有蚊子在吵，真的好吵啊！

云止风还只是隐隐有些感觉，可宋南时被实打实地吵了一天，肉眼可见的精神萎靡。曾经她以为，在龙傲天得机缘的秘境里和龙傲天同行，那么她最大的危险就是随时成为炮灰的可能。但是现在她觉得，在成为炮灰之前，她可能得先被烦死。

到了第二天，她困顿地醒来，还没睁开眼睛，就先听到了柳老头喋喋不休的声音。

"江寂，你打坐不能这样，我告诉了你多少次，你要先……"这一瞬间，宋南时突然打心底里对龙傲天生起了一股由衷的敬佩。

她觉得，这"金手指"果然不是谁都能拿的，这龙傲天也不是谁都能当的。以前她和江寂不经常见面，只知道他是龙傲天，也不知道他过的是什么日子。

但是今天，她悟了。果然世界上没有白吃的午餐，获得什么都要付出代价。要是让她接受这一天天的唠叨，她选择死亡！

宋南时起身，开始琢磨着要不要今天就和江寂分道扬镳。她最开始和江寂同行就是因为同门好不容易相见，直接提出分道扬镳不合常理，但是她是绝不可能陪着江寂一起去找机缘的，更何况现在还有个仿佛是蚊子转世的柳老头。

宋南时正琢磨着要怎么开口，就见昨天一整天都沉默寡言的云止风"腾"的一下站起来。

宋南时顺口问："怎么了？"云止风冷着脸："我去找些驱蚊的药材。"

宋南时："……"

一旁的柳老头听见了，还纳闷："这时节居然都有蚊子了？"

宋南时闭了闭眼，深吸了一口气，起身，走到了江寂身边。

江寂睁开眼，笑了一下："师妹。"宋南时无视了柳老头，问道："师兄，你今天准备去哪儿？"

江寂想了想，道："也没有什么目的地，随便走走吧。"他又看了一眼宋南时，便道，"师妹，你要是有想去的地方，我们就跟着你。"

江寂张口就要跟着她，宋南时还真怕把他的机缘给弄没了。她正想快刀斩乱麻说分头行动，就见江寂突然想起了什么一般，道："我记得你说过，想找一味叫'觉英'的灵草。这秘境里灵草众多，不如我们便找找吧？"

他看向她。

宋南时一顿。

她想找觉英草，是因为在十三岁，也就是江寂上一次出去游历时，他突然找到她，问她要不要让自己带什么。宋南时当他这是在客气，看手中缺了一味药，便说要觉英草。

　　她以为江寂只是随口一问，她也是随口一说，没指望他还记得。但是一旁，柳老头却恍然道："哦，你找的那什么觉英草是这丫头要的啊？我都说了那玩意现在不好找。"

　　可他真的记得。

　　宋南时突然就说不出分道扬镳的话了。

　　她"腾"地起身，匆匆道："现在不用了。"

　　然后匆匆离开。

　　背后，柳老头还在喋喋不休着什么，江寂一直很平和，似乎不觉得吵闹。

　　宋南时突然想起来，在原著里，江寂被灭满门时，他藏在密室里，整整半年都没人发现他。刚被带出来时，他几乎不会说话。所以，他不觉得吵闹，是不是因为曾经安静太久了？

　　她拿他们当纸片人①，但他们都是活生生的人。只不过她自己一直忽视这一点罢了。

　　……然而两个时辰之后，宋南时就恨不得直接把他们都当成纸片人算了。

　　事实证明，做人就不能心软，心软是要吃大亏的！因为龙傲天的剧情，来了！

　　彼时，宋南时他们正在对付一头三人合力才能应对的高阶妖兽。

　　他们出工出力，三个人和妖兽打得几乎吐血，柳老头那个除了一张嘴什么都没带的还在那儿叭儿叭儿的，指点江山。

　　"小丫头，你能不能给力些？火呢？火烧起来！姓云的小子！你除了张骗人的嘴什么都没带吗？"

　　真正除了张嘴什么都没带的人如是说，也不管别人能不能听见。

　　江寂和宋南时顶着妖兽的压力，还顶着柳老头的唠叨，云止风顶着烦人的"嗡嗡"声，三个人被烦得直接爆发，配合逐渐默契之后，居然真的压制住了这头实力堪比元婴期的妖兽！

　　宋南时大喜，正要喊云止风将它一击毙命，远处却毫无预兆地闪过一抹刀光，下一刻，这头妖兽已经身首异处。

　　宋南时脸色一沉，她不觉得他们是碰见见义勇为的了，她心里只有一个念头。

---

① 纸片人：指二次元动画或游戏中的角色。由于二次元的作品都是二维的，像是纸片，所以里面的角色被称为"纸片人"。

第五章·传承

157

有人要抢怪了。

正好，其他两个人也是这么想的。

三个人同时看过去。

一个长相年轻，黑发中却已经夹杂了白发的修士乘着一个一看就很贵的飞行法器飞快地接近他们。宋南时他们已经做好防止他抢怪的心理准备了，但是很奇怪的是，他飞到他们头顶上却停了下来，就这么居高临下地看着他们。

不是抢怪的？那……

宋南时只想到一种可能。

示威。

江寂皱了皱眉头，正想开口问什么，云止风突然道："他腰间挂的，是'死了么'杀手的玉牌。"

此话一出，宋南时这个曾经拿"死了么"杀手做过买卖的当即就惊了。她第一反应是，这人难不成是冲着她和云止风来的？

正好，云止风也这么想。这是云家找来的杀手。

他嘴唇紧抿，当即走上前一步。

他正想说什么，却见那个"死了么"杀手扫视了一眼三个人，"唰"的一下从储物戒里掏出一幅画，对着他们比了比。看一眼画，又看一眼他们；又看一眼画，再看一眼他们。

然后他的视线就掠过云止风，直接落在了江寂身上。他道："你就是江寂？"

云止风和宋南时两人蒙了。不是找他们的？

江寂也蒙了："我不认识阁下。"那人却笑道："认不认识我无所谓，死在我刀下的人都不认识我。你只需要知道，有人花钱买你的命！"

他说话间，那幅画从半空中落了下来。

宋南时眼疾手快，直接抓住，然后她就看见了……嗯，一张画像。应该是大师兄的画像。但为什么说是"应该"呢？因为这画像画得，鼻子是鼻子，眼是眼的。

宋南时看向那杀手的目光就变得复杂起来。能从抽象派的画像中认出真人，果然现在哪一行都不好做。

云止风也看了过来，只不过他看得比较具体。他一字一句道："杀手榜第十七名，元婴期。本单赏金，五万灵石。"

话音落下，云止风和宋南时都很震惊。

158

第五章·传承

宋南时倒吸了一口冷气，抓住重点："五万……"

云止风严肃地说："元婴期……"

他们对视了一眼，都从彼此的目光中看到了蠢蠢欲动。

二师姐的火葬场，可还缺人手……

一个元婴期的打手……值多少钱？

但他们又很快反应了过来，不不不，这是元婴期，要是打不过……

宋南时看向杀手的目光顿时充满了可惜。

宋南时他们直接走向了"财经致富频道"，唯有江寂还在正正经经地走"男频龙傲天线"。

他冷声道："谁要买我的命？"

杀手嗤笑一声："你不需要知道，但那个人让我给你带句话。

"卑贱之人生来就卑贱，不要妄想得到不属于自己的东西！"

他话音落下，江寂还没来得及反应，宋南时就忍不住道："他对付一个卑贱之人还不敢自己出面，请了个元婴期杀手杀个筑基期的。就这点儿胆子，找件事做也比学人家玩暗杀强。"

那个杀手闻言居高临下地看了她一眼："我将你的人头和你的话带给他，想必他也很乐意多给我一笔佣金。"

方才被人说卑贱都没有动作的江寂这时候却突然出手，一剑斩向半空中的杀手。

杀手轻松躲开，冷笑道："有几分胆色。"

江寂却不应声，只平静道："云止风，带着我师妹走。"

宋南时忍不住道："那人特意请了杀手，让其混进秘境再动手，必然是怕在外面动手被查出来什么。如此藏头露尾之人……"

江寂却只道："宋南时，走。"

宋南时却不动。

面对一个元婴期杀手，换作是三个月前，宋南时必然是二话不说就走了。

她爱财，怕死，可是现在……

她突然看了云止风一眼，云止风也看了过来。

她问："有把握吗？"云止风："动底牌的话，有。"

宋南时："不动呢？"云止风："四成。"

宋南时："那事成之后，老规矩？"云止风："老规矩。"

他们这一番对话旁若无人，那杀手气笑了："你们……"

话还没说完，就见那两个人突然同时动手了。

159

身为元婴大能，他杀了这么多人，第一次见到有人遇见他之后主动动手。

"有点儿意思……"

他迎了上去。

这一切发生得太快，江寂还没反应过来。

柳老头急道："你快打啊！"江寂如梦初醒，连忙迎战。

三对一。

但是修真界的实力差距之下，三对一也好，百对一也罢，都只是数字。如果是以前的话，对上个元婴期的，宋南时会建议他们能跑多快就跑多快。但是往秘境里放杀手，显然是准备不死不休了，宋南时决定赌一把。

他们三个人中最能拖住那个杀手的是云止风，不知道为什么，这些天他似乎越来越强了。

"嘭！"

江寂直接被打飞了出去。

宋南时见状留下了一道火墙，迅速跑过去看了一眼："江寂，你行不行？不行的话咱们三个现在跑还来得及，到时候躲……"

"师妹，"他突然道，"我这个卑贱之人，便该生来认命吗？"

宋南时沉默片刻。

她突然道："那我给你起一卦吧。"

江寂不明所以地看了过去。宋南时还真的认认真真地起了一卦。

正拖着杀手的云止风看得吐血："宋南时，你还有工夫算卦！"

宋南时吼回去："你懂什么？我这是给他点儿动力！"

云止风不懂，他转头又迎了上去。

宋南时迅速地算完了一卦，但她却没看卦象。

她只定定地盯着江寂，道："江寂，你听好了，你这一卦……"

"你这一卦叫，'我命由我不由天'！"

江寂愣了片刻。

下一刻，柳老头突然惊呼："他……他领悟了剑意！"

江寂身上突然之间爆发出浓烈的剑意，直冲云霄。

云止风看了一眼这剑意，直接退了出去。江寂和他擦肩而过，提着剑迎了上去。

宋南时没反应过来:"你怎么回来了?"云止风面无表情:"不需要了。"

宋南时还想问不需要什么了,耳边就传来一阵轰鸣声。她转头一看,就见方才被打得和落水狗一样的江寂,此时一剑将杀手轰了出去。

宋南时沉默了。

云止风想到自己那令人忐忑不安的伤势,开始怀疑人生。

良久,云止风冷静地问道:"宋南时,这就是你说的……

"开挂?"

宋南时:"……"她是在开卦,不是在开挂①。

但她也很想问一下,"我命由我不由天"到底是不是什么作弊的密码?

(二十七)

天上,领悟了剑意的龙傲天终于找到了他的"挂"。领悟剑意之前的龙傲天被一个元婴期杀手暴打成了落水狗,而领悟了剑意之后的龙傲天立刻就不一样了。他手里拿着把不知道在哪个村口打的破铁剑,以筑基之身将一个元婴大能暴打成了落水狗。

宋南时:"……"

云止风:"……"

眼前的场景实在是太过魔幻和离谱,以至于宋南时和云止风连惊叹和震惊的心都生不起。两个人一起保持着面无表情,木着脸看着半空中热血沸腾的逆袭反杀场景。

宋南时甚至还抽空想,这要是放在龙傲天的原著里,现在指定得有两个兼职解说的路人甲,一边表达自己的憧憬和不可思议,一边评价一下龙傲天和敌人的招式和战局,向读者们解释龙傲天的厉害之处。

所以宋南时上辈子看这类小说的时候,一向觉得这类小说里真正深藏不露的不是龙傲天,而是那一个个和打卡上班似的准时出现在龙傲天战局里的路人甲。他们不仅能不被战局殃及,能一清二楚地看清大能们的战斗,还能对人家的家传绝活如数家珍。

---

① 开挂:原意是指使用外挂,即使用针对电脑游戏进行作弊的程序。现语义近似于"超常发挥""超水平表现",多应用于惊叹别人的成绩。

这哪里是路人甲啊，这分明叫扫地僧①。

不过可惜的是，如今她和云止风这两个路人甲明显不合格。

然而她刚这么想着，一旁的柳老头就迫不及待地发言了。他表情到位，语气满分："这杀手的招式和路数有当年神刀的影子。神刀当年叱咤一时，从无敌手，可惜一朝陨落，没想到如今他的传人成了杀手。"

先描述了一番对手的厉害之处。

又道："刀修一向霸道，他刚刚用的那招是神刀的破杀招，更是霸道中的霸道。"

然后解释一下对手的家传绝活。

最后语气惊叹："没想到这么霸道的一刀，居然被江寂一剑给破了！"

你再厉害能怎么样，龙傲天更厉害！

宋南时："……"

太经典了，经典得她很想拿小本子记下来，以免下次被迫遇到这种情况时没话讲。

她正在惊叹之时，就听见云止风叫她："宋南时。"

宋南时悚然一惊，差点儿以为云止风也要发表一番言论。然而云止风却道："他手里拿的剑我见过，是仙缘镇一个炼器师打的，五十个灵石一把。"

宋南时点头："嗯，和你的驴一个价。"

云止风："……"能不能别在这个时候提驴？

云止风顿了顿，分析道："你师兄现在的修为是筑基期，隐隐有突破金丹期的影子，剑招之中剑气浓烈，明显是领悟了剑意。一个剑修刚领悟剑意的时候往往不能很好地控制，情绪激烈时会透支灵力激发剑意，想必在这两者的加持之下，他这才能转瞬之间逆转形势。"

他试图将龙傲天的变强合理化。

宋南时点头："嗯，所以你想说什么？"

云止风沉默片刻，然后他郑重道："我想问问，你刚刚给你师兄到底是算出了什么卦？不管是心境突破还是领悟剑意，都该有个契机。"他顿了顿，又道，"当然，若是不能说的话，你就当我没问。"

宋南时想了想，迟疑地说："倒也没什么不能说的……"顿了顿，她认真道，"大概是，鼓励语录？"

云止风："……"没听懂。

———————

① 扫地僧：指大隐隐于市，藏龙卧虎在民间的高手。

162

但宋南时觉得云止风这话提醒了她，她或许该准备一本鼓励语录以备不时之需。毕竟她左看右看，她亲爱的龙傲天大师兄变强都是因为那句鼓励啊！

她若有所思之际，便听见旁边的云止风道："能请你仔细说说吗？"

宋南时："？"仔细说说什么？

云止风："鼓励语录。"

宋南时："……"

她看他的眼神逐渐诡异起来。

云止风不知道宋南时为什么这么看他，但他却直觉不对。他顿了顿，低声解释道："心境的突破可遇不可求，但有时候方法却是相同的。我曾受过伤，修为有损，我想试试这对我有没有用。"

说完，他还郑重道："拜托了。"

宋南时："……"她第一次听说这种要求，一时间大为震撼。而且云止风的态度实在是过于郑重，宋南时压力有点大。

她迟疑道："但是这鼓励语录……"

话没说完，就见云止风凛然道："不管有什么后果，在下一力承担！"

宋南时："……"这人指定把鼓励语录当成什么危险的秘法了。

宋南时的表情一言难尽："那我可就说了。"

云止风神情肃穆："你说。"

然后，两个人便在这龙傲天变强的名场面里交流起了鼓励语录。

宋南时相当认真："我命由我不由天！"

云止风："……"啥玩意？

见云止风神情迷茫，宋南时又换了一句："三十年河东，三十年河西，莫欺少年穷！"

云止风："……"他更茫然了。

宋南时坚持不懈："我要这天，再遮不住我眼！"

"神挡杀神！佛挡杀佛！

"剑来！"

云止风的表情逐渐麻木。

沉默良久，他神情复杂道："原来令师兄……爱好如此奇特。"

宋南时摊了摊手："这，就是龙傲天。"

云止风不明所以。龙傲天？宋南时的师兄不是叫江寂吗？难道是别名？

但他原本也没抱太大希望，此时这个方法对他没用，他也不太失望。他就觉得江寂的爱好挺特别的。

他抬起头，认真地看着仍在交手的江寂和杀手。

宋南时看了他片刻，突然问："你受伤之前，很厉害？"

云止风想了想，道："尚可。"

哦，那就是很厉害了。

宋南时点了点头，又问："那你有像我大师兄这样临阵爆发，筑基期逆袭反杀元婴期过吗？"

云止风实事求是："没有过。"

宋南时刚松了口气，想着修真界到底也没有遍地的龙傲天，便见云止风朴实地说："因为我修炼得比较快。"

宋南时："？"

云止风解释："我比同龄人修炼得快一些，同龄之中无人敌我，再往上就是老一辈了，他们自恃身份，不愿与我斗，所以我尚未遇到过需要临阵反杀才能赢的情况。"

他说得相当委婉，但宋南时听出了一股"那些老一辈怕输给我，所以不和我打"的意味，她的神情顿时就一言难尽起来。刚刚她还觉得这云止风老实，现在他却越说越离谱了。按他说的，龙傲天走的是"莫欺少年穷"路线，那他走的就是"天之骄子"路线？

那他高低不是个主角也得是个反派。哪来的那么多主角和反派？还都让她碰见了啊！

算了，炫耀也不犯法。

这时云止风还在炫耀："逃命的时候我已经身受重伤，那时候是生死比拼，我不算全身而退，他们也好不到哪里去，所以也算不了输赢……"

宋南时鼓掌、赞叹，当了一个优秀的路人甲。

云止风一看就知道她没信。他面无表情地闭上了嘴。

这时，江寂那边的一场逆袭反杀终于结束。

江寂一剑将那杀手从半空中击落，一脚踩在他的胸膛上，随即抬起手，毫不留情地刺穿了他的丹田。杀手惨叫着昏迷了过去。

江寂面无表情，脸上沾染着的鲜血衬得那一张剑眉星目的脸杀气凛然。

说实话，帅得很。

帅得很的大师兄转过头，看向宋南时，声音沙哑道："三师妹，我做到了。"

宋南时大喜，抬脚就朝江寂奔去。江寂下意识地抬起手，想给这个自己一直亏欠的小师妹一个拥抱。

他的脸上满是动容。

第五章 · 传承

柳老头看着这对感人至深的师兄妹，也满是动容。

只有云止风面无表情。他觉得，没这么简单。

两人的距离越来越近，越来越近。

江寂动容道："三师妹……"

然后他三师妹就和他擦肩而过，一下扑到了那杀手身旁。

江寂："？"宋南时还提醒他："脚挪挪。"

还没耍完帅的龙傲天被迫挪脚。

宋南时看了一眼那杀手，露出了一个满意的微笑。

然后她大手一挥，道："分赃！"

江寂和柳老头："……"啊？

云止风不由自主地笑了出来，走了过去。

宋南时已经迅速划分好了赃物。她道："大师兄出力最大，拿六份；我和云止风后来没怎么插手，一人两份。"

说真的，她爱财归爱财，但还真的挺有原则的。

柳老头看他们熟练的样子，不由得怀疑道："他们到底做了多少这种黑吃黑的勾当？"

江寂这时才反应过来，连忙道："不用，我的那份……"

宋南时却回头，笑眯眯道："不行，这是规矩。"

江寂看了一眼云止风，云止风神情自若，丝毫没觉得和同伴黑吃黑有什么不对，他们还在商量。

云止风道："我有一枚御兽师们用来装灵兽的储物戒，可以装有神识的灵兽，自然也可以装人。先把他装进去，回去卖给你师姐。"

江寂："……"二师妹什么时候开始做的人口买卖？

说话间，两个人从那杀手身上搜出来将近一万个灵石。宋南时倒吸了一口冷气。

这这这……

但她不舍地开始分灵石。只不过江寂执意不肯多拿，只愿意和他们平分。

他道："三师妹，这是你应得的。"

宋南时也没有强求。

她只道："回去之后把这个杀手送到二师姐那里，我把卖他的钱给你送来。"

江寂："……"所以有没有人告诉他，他二师妹到底是什么时候开始做的活人买卖？三师妹还是她的下线？

165

江寂在怀疑人生中拿到了平生第一次黑吃黑赚到的钱。

说实在的，江寂并不缺钱。但宋南时笑眯眯的，显然很开心，云止风这个性子冷淡的人这时候都温和了。江寂莫名地也觉得这笔钱很让人开心。

他不由自主地微笑。

"大师兄。"

宋南时突然转头，冲他竖了个大拇指。

江寂愣了愣，然后他突然笑了出来。

云止风挑眉看了他一眼，开口道："你快突破金丹期了。"

江寂迟疑了一下，点头："是。"

云止风："秘境不是个突破的好地方，你最好压制一下修为，等出去之后再突破。"

江寂点头："我明白。"

他看了看宋南时的背影，抬脚走了过去。

这时，宋南时正在算自己手上有多少灵石。江寂走到她身边看着她算，等她心情很好地停下来后，这才问："师妹，你给我算的那个卦象，到底是什么？"

宋南时转头看了他一眼，反问道："你信命吗？"

江寂迟疑。但没等他回答，宋南时便道："你不信。你若是信命，觉得卑贱之人便生来卑贱，那不用等到今天，你早该束手就擒了。"

江寂沉默片刻，缓缓道："对，我不信。"宋南时笑了笑："巧了，我也不信。"

江寂惊讶："你是卦师……"宋南时打断他："正因为是卦师，我接触多了命数，所以才不信。"她轻笑，"我要是信命，还用得着天天想办法破我的穷鬼命格吗？"

江寂也不由自主地笑了出来。

宋南时没看他，悠悠道："所以啊大师兄，我当时算出了什么，一点都不重要。重要的是，你肯信什么。"

江寂怔住。等他回过神来，宋南时已经跟着云止风处理现场了。

柳老头悠悠地飘到他身边。他张口道："你这个师妹啊……"

江寂接道："有点儿东西在身上，是吗？"

柳老头一噎，嘟嘟囔囔地怪他抢自己的话。

江寂但笑不语，只觉得心境从未有过地开阔起来。

黑吃黑了一把的三个人直接在原地停留了两天，让江寂好好打坐稳固自己的修为，别在秘境里突然就度劫了。

第五章·传承

到了第三天，江寂睁开了眼，三人继续赶路。宋南时问江寂"去哪儿"，江寂直接道："我们去找觉英草。"

宋南时一愣。云止风看了她一眼："觉英草？"

江寂点头："我承诺给三师妹带觉英草，但没找到。"云止风："那就找吧。"

宋南时连忙道："我现在已经不需要……"

她没说完，云止风便道："既然是没有找到的东西，那哪怕现在不需要了，以后也总有需要的时候。"

少数服从多数，这件事就这么定了下来。

宋南时向来觉得自己脸皮很厚，可是此刻，她却莫名浑身不自在起来，她说不出为什么。最终，她只能干巴巴地道："既然你们要找，那就找吧。"

之后，三个人就踏上了寻找觉英草的路。

宋南时知道这种灵草很稀缺，当初她和江寂说要觉英草的时候，就是抱着他不会记得的想法才随口说了一种这么难找的东西，所以江寂寻找了这么久都没找到。

宋南时都快以为这次也要空手而归了，她还想着，找两天找不到的话，就劝他们该干什么干什么去。然而不知道是运气到了还是真就这么巧，决定开始找觉英草的第二天，他们便在一处悬崖上看到了觉英草的痕迹。

开着蓝色小花的灵草在悬崖峭壁上摇曳。

宋南时愣了愣。有那么一瞬间，宋南时突然感到了一种脚踏实地的踏实感。她说不出这种感觉究竟从何而来，只觉得，来这个秘境其实也不坏。她就这么带着一股莫名而来的感动，主动上前去摘那棵觉英草。

她的手触上了那蓝色的花，甚至还带着笑，然后她的笑容就凝固在了脸上。

下一刻，脑海之中警铃大作，每一个细胞都叫嚣着"危险"。然而还没等她做出反应，她的整个世界就开始天旋地转，身体悬空下坠。

宋南时耳边听到了云止风的厉声呼喊："宋南时！"

还有江寂的呼喊："三师妹！"

随即有两只手一左一右地抓住了她的肩膀，然而这并没有什么用。

……三个人就这么一起坠了下去。

强烈的失重感传来。

宋南时在一阵眩晕之后迅速回过神来，身体仍旧往下坠，耳边是云止风稳重的声音："宋南时，手给我。"

宋南时不答，沉默良久，只在半空中面无表情地看了一眼自己手上的觉英

草。此时此刻,她那满腔莫名而来的感动都化成了一句骂人的话。

……她真的是脑子被云止风吃了才会相信这两个臭男人的话。

身体仍旧在下坠,不知道这里到底有多高,宋南时面无表情地听着耳边两个除了添乱啥用都没有的男人一本正经地谈论这究竟是什么地方,一时间又想哭又想笑。你们哪怕是留一个在上面想办法呢?现在可好了,两个一起下来,还真是不同生共死都不行了。

然后她就笑了出来:"哈哈。"

两个没用的男人停了下来。

诡异的沉默。

随即,江寂小心翼翼的声音传来:"师妹,你还好吗?"

宋南时:"哈哈哈。"

江寂:"……"

耳边,跟着他们一起往下坠的柳老头咂了咂嘴,道:"完了,你三师妹疯了。"

江寂连忙道:"师妹,你别害怕,虽然不知道下面是什么,但若是有危险,我们一定会保护你的!"

云止风也道:"宋南时,你放心……"

他们的承诺铿锵有力。下面有没有什么危险宋南时不知道,但是她觉得吧,在没有危险的时候,这两个人分明才是最大的危险。

她真是脑子被这两个人一起啃了才会信了他们的鬼话。

男人的嘴,骗人的鬼。俗语诚不我欺。

于是她又笑:"哈哈哈。"

江寂慌里慌张:"师妹,你别笑了,我害怕。"

这一次,云止风对此保持了"高质量"的沉默。

(二十八)

身体的下坠带来了耳边强烈的风声,可下坠中的三个人却保持了一种诡异的沉默。这不合时宜的沉默配合着三个人掉落的状态,莫名让眼前的场景透露出一丝瘆人的意味。

这时候,连一向最聒噪的柳老头都没敢吭声。

强烈的求生欲之下,这二人一鬼都有一种如芒在背的危机感。他们觉得,谁要是敢在这个时候对着宋南时多说一句,那么等他们落地之时,就是被宋南时徒手撕成碎片之际。

两人面面相觑。

然而还没等他们用眉眼交流出什么有用的信息，先前赶路爬山时被宋南时顺手塞进云止风储物戒里的驴兄不合时宜地探出头来。

驴兄本意是想探出个头透透气的，然而一双驴眼左看看，右看看，驴兄后知后觉地意识到了他们现在的处境。

驴眼缓缓地睁大。

下一刻，杀驴似的惨叫声打破了诡异的沉默，一瞬间响彻天地。

"啊啊啊——呃！"

江寂："！"

他一颗心脏被吓得险些跳出来，当即惊恐地看向了自己的三师妹。

宋南时缓缓回过头，面无表情地看着他们。

江寂结结巴巴："师……师妹……"

比起江寂这个被吓得不知所措的，云止风就显得临危不惧了许多。他反应迅速地一把将驴头按进储物戒里，还顺手将储物戒给封了，这才抬起头，对上宋南时的视线。

他冷静地冲她点了点头："没事了，你继续。"

宋南时顿了顿，然后她面无表情地移开视线。

这一切都落在了江寂的眼中，他目瞪口呆。

这一瞬间，将来的龙傲天顿时对他的未来宿敌生起了一股由衷的敬畏之情，看向对方的眼神都不一样了。

宋南时的余光将这一切收进眼底，一时间只觉得想笑，也不知是气得还是乐得。她又往下看了一眼，脚底是一望无际的黑，仿佛没有尽头一般。而抬起头，他们也已经看不到一丝光了。

宋南时沉默片刻。她脑海中突然浮现出了四个字：坠崖定律。

她只知道江寂的别名是"龙傲天"，却忘了龙傲天"遇崖必坠，坠崖必有机缘"这条铁律！当她看到这觉英草长在悬崖边时就应该意识到，龙傲天遇到的悬崖，它怎么可能是普普通通的悬崖！

宋南时回想了一下刚刚的场景，这悬崖其实算不上深，左右也不过二十米，远不到深不见底的程度，而且觉英草离悬崖尚有三四米的距离。

她咂摸了一下，觉得她哪怕再怎么身娇体弱，也不可能摘个草就脚一滑滑过三四米，直接劈叉后坠崖。这不叫脚滑，这叫杂耍。而且退一万步讲，哪怕她真就脚一滑劈叉后坠崖了，那大约二十米的悬崖应该也坠不出眼前这万丈深

169

第五章 · 传承

渊般荡气回肠之感。

而这一切的一切，只发生在自己摘下觉英草的瞬间。那一瞬间，仿佛有什么力量拽着她直直地往下坠。

觉英草。

宋南时沉思了片刻，觉得比起那个什么坠崖定律让自己强行坠崖，问题还是更可能出现在觉英草上。

她知道有一些法修大能，能利用阵法或者空间术法开辟出一片独立的空间来，这种空间往往需要一个进入的契机或者……钥匙。宋南时又看了一眼手里的觉英草。

好的，钥匙。

想通了这一点，接下来她的思维就更顺了。

这种空间很难炼制，但对敌人的作用又不是很大，所以一般都是一些大能才有工夫炼制，通常是用来留下传承的。欸，这不是巧了嘛，她不久前才听赵师姐科普过，这白梧秘境之所以这么热门，就是因为曾经有一个大能在这秘境里留下了自己的传承。

传承、空间、龙傲天。

呵呵。真不愧是坠崖定律，哪怕坠崖是假的，机缘也必须得是真的。

宋南时不由得笑出了声。
然后她听到江寂小心翼翼地问道："师妹，你……你笑什么呢？"
宋南时转过头，看到了始作俑者龙傲天，她温声道："我高兴呢。"
江寂："……"他不敢吭气了。
宋南时又往下看了一眼，开口道："我们掉了多久？"
云止风简短有力地答道："有半盏茶的工夫了。"
她又问江寂："大师兄，你在这里能御剑吗？"
江寂受宠若惊，连忙道："掉下来时我就试过了，不可以。"
不出所料。
宋南时哑摸了一下，觉得这留下传承的老头是不是有点儿毛病，坠崖之后先让人体验一下自由落体？
然而她刚这么想着，却听见江寂突然道："有光！"

第五章 · 传承

三个人顿时低头看了过去。方才还漆黑一片仿佛坠不到尽头的黑暗里出现了一点光芒，并且在飞速地靠近他们。

宋南时立刻反应过来，当即道："是地面，准备一下！"哪怕是修士，从这么高砸下去小命也是会没半条的！

三个人当即开始各显神通。江寂和云止风两个剑修抽出了剑，宋南时的黑签已经握在了手中。三人聚精会神，那光芒越来越近，随之看清楚的还有坚硬的石头地面和石壁。

好像是一个巨大的山洞。

宋南时只来得及想这么多。

眼看着高度已经差不多了，三个人同时出手。

云止风和江寂眼神犀利，眼看着地面近在咫尺，一左一右地砍出了两剑，剑光落在石壁上发出剧烈的轰鸣声，反作用的力道让两个人的下坠速度逐渐放缓。

宋南时就更简单了，她直接祭出离火，离火从地面蒸腾而起，化作一朵巨大的火莲轻柔地接住了半空中的宋南时，将她稳稳地送到了地上。

火莲消散，宋南时落地，嘴角扬起一抹自信的微笑。

……然后她就被那一左一右溅过来的石屑灰尘扑了个满头满脸。

宋南时："……"

而另一边，云止风和江寂几剑下来成功止住了下坠的趋势，一翻身稳稳地落在地上。两个剑修隔着漫天的碎石对视一眼，不由得一笑，颇有些剑修之间的惺惺相惜。

然后他们身后就传来一个平静的声音："挺帅的，是吧？"

江寂下意识道："还可以吧，这是基本操作……"

他带着笑意转过头，然后笑意就这么凝固在了脸上，表情逐渐变得惊恐。

宋南时带着满身的石屑，灰头土脸、面无表情地看着他们。

江寂惊恐："师……师妹……"

云止风沉默片刻，心情沉重地闭上了眼。这一刻，他觉得若是有一天他们在这个秘境里被宋南时下黑手弄死，也不是很奇怪。

柳老头一声长叹，摇头道："兄弟阋墙啊兄弟阋墙。"

……

半刻钟之后。

宋南时打理好了自己，抱着手臂站在墙边，听着面前两个除了添乱啥用没有的男人努力转移话题。

171

江寂:"师妹,你摘那棵觉英草的时候,我和云兄看到你脚下突然出现了一个黑色泥沼一般的东西将你往下拉,我们想将你拉出来,谁知道也到了这里。"

云止风点头表示赞同,补充道:"这应当是秘境里什么大能留下来的独立空间,不知道到底有何作用。"

除了大能传承的事他们没想到,他们和宋南时分析的一般无二。

江寂道:"所以我觉得,出去的关键应该还是师妹手里的这棵觉英草。"

云止风却摇头表示反对:"不,这觉英草或许是进来的钥匙,但是出去要是也能靠觉英草的话,这空间就不免简单了,我想不出有谁会大费周章特意做出这么简单的独立空间来。"

他们在一旁争论,宋南时就四下里打量着这个地方。

和她在半空中看到的差不多,这里是一个巨大的石洞一般的地方,有桌椅,有坐榻,还有遍布灰尘的茶具,仿佛这里曾经生活过一个人一般,很符合宋南时想象中大能会居住的地方。

但她却莫名觉得有几分眼熟。不过仔细想想,修士的洞府大多这样,大同小异罢了,也没什么可眼熟的。

眼看着那两个人还在讨论,宋南时直接开口:"行了,有争论这个的工夫,咱们还不如看看这里能不能找到什么出去的办法。"

这两个人也可能是自知理亏,宋南时一开口,他们乖得很,二话不说就开始四下翻查。

宋南时也跟在他们身后翻查着什么,只不过他们找的是出去的办法,宋南时就专盯着江寂,看看这龙傲天能不能找到什么传承,然后他接了传承他们好赶紧出去。

四下看着,她余光瞥到了桌子上的茶具。那茶具虽然落满了灰尘,但一眼看过去就是被人精心维护且使用过的,想必主人也是个爱茶的人。

宋南时不由得想,教她算卦的师老头也很喜欢喝茶。除了喜欢喝茶,他还爱酒,手里但凡有点儿闲钱,他几乎都花在了茶和酒上。

她这么想着,漫不经心地拉开了一旁的一个木制茶柜,就看到了摆得满满当当的一坛坛酒。

宋南时一愣。

云止风见状,下意识地问道:"怎么了?"他立刻过去看,看到茶柜里是一坛坛的酒,不由得松了口气。一堆酒罢了。

宋南时回过神来,先是皱眉,然后缓缓摇了摇头,道:"没什么,只不过突然想到,师老头……教我算卦的师长老也是个爱茶又爱酒的人。"

云止风神情一动。他若有所思,道:"那倒是巧了。"

宋南时听着他的语气，越发觉得不对劲，可她又说不出哪里不对劲。爱茶又爱酒的人世上这么多，千里之外的师老头能和一个逝世千年的大能有什么联系？

是她多疑了。

宋南时又看了一眼，缓缓地关上了茶柜，扬声问江寂："大师兄，你找到什么没有？"

江寂找得一脑门汗："没有任何线索。"

宋南时不由得皱起了眉头。这地方说大不大，说小也不小，但一眼望去只有这些东西，还有什么是他们没注意到的吗？难不成是这山洞里藏了什么能一下子传承的阵法等着大师兄发现，还是说这山洞只是个障眼法，里面还有个密室之类的？

想到密室，宋南时的目光下意识地落在了一旁的烛台上。按小说或者电视剧里的套路，这时候她只要拧一下那烛台，石壁上就会"噌"的一下出现个密室入口。

宋南时下意识地去拧了一下。

然后……

"嗡——"

宋南时猛然松手，目瞪口呆地看着对面石壁上缓缓向两边打开的石门。

这……真的有密室？怎么会这么巧……

这声动静让江寂和云止风都回过了头，柳老头见状惊呼了一声："这里居然还有密室！"

江寂也有些不可思议，回过头看向宋南时："师妹，你是怎么找到的？"

宋南时还没反应过来，下意识道："巧合？"

江寂便道："那我先进去探探。"

他主动开口，宋南时就不由得想，这或许真的是龙傲天得传承的秘境。

于是她一时之间就没开口反对。

江寂见状，抽出长剑，做出警惕的姿态，就准备进那个密室探路。

宋南时的眉头却越皱越紧，一股越发强烈的直觉告诉她，这很不对劲。

可是这里……

宋南时再次抬起头，环视了这整个石洞。

此时，江寂已经走到了密室门外，抬起了一只脚。

电光石火间，宋南时终于意识到到底哪里不对劲了！

她厉声道："停下！"

与此同时还有云止风的声音:"回来!"

江寂茫然地停下脚步,不解地看向他们。云止风却只看向宋南时。宋南时皱着眉头,缓缓地将这个山洞打量了一遍。

她知道哪里不对劲了。桌上精心维护的茶具,放在茶柜里的酒,这一切都给她一种既视感。

师老头。

师老头爱茶爱酒,并且喜欢将酒坛装进茶柜里。因为有一段时间,宋南时很反对师老头酗酒,他怕麻烦,就把酒坛装进了茶柜里,装作里面装的是茶叶,骗了她不少时日。

宋南时认识的人里,只有师老头会这么做。

而且这个山洞……宋南时终于知道她为什么感觉这个山洞很熟悉了,因为这山洞完全就是师老头的洞府放大美化又做旧之后的版本啊!

片刻之前的宋南时想,师老头远在千里,怎么可能和千年之前的大能有什么联系?此刻她还是这么想的,师老头和一个千年前的大能哪里来的联系?千年前师老头还没出生!

但她却突然意识到了一件事——师老头和千年前的大能没有联系,但是此刻,和已逝的大能产生联系的,是她宋南时。

宋南时突然就明白了,这里不是什么千年之前大能居住的洞府。这是宋南时想象之中,一个大能该住的地方。

宋南时此生接触过的她觉得最仙风道骨、最像个大能的人,不是她的师尊不归剑尊,而是师老头。于是她就觉得,一个千年前的大能,理应像师老头一样,居住得朴素,风趣,爱酒。因此,如今呈现在她面前的,就是一个让她充满了既视感的地方。

——这个地方,是按她的想象来建构的。

她觉得,一个大能的传承很难被找到,这里理应有个密室。于是便有了个密室。

她想象中的密室大多是用烛台之类的东西打开。于是她便用一个烛台打开了密室。

宋南时吐出了一口气,看向了手中的那棵觉英草。在她的注视之中,觉英草缓缓变形,最终变成了一颗发光的石头。与此同时,一起消失的还有这个宋南时想象中的大能居所。密室没有了,洞府没有了,所有人站在了一个纯白的空间之中。

江寂一惊："怎么回事？！"

柳老头也是一惊："难道……"

云止风若有所思："果然……"

他们似乎都意识到了什么，只有江寂还不在状态。

宋南时看了看手里发光的石头，又看了看纯白的空间，挠了挠头。好吧，连这棵觉英草也是她想象出来的。只是不知道现在手里的这颗石头和眼前纯白的空间究竟是这个空间的本来面目，还是说，这仍是她想象中"应当是这样"的样子。

这时，云止风已经开口道："是幻境，一个依靠人的想象随意变化的幻境。我们刚刚看到的，应该就是宋南时想象出来的一切。"

柳老头也不管别人听不听得见，在一旁补充："我们应该是刚上山的时候就着了道，你们要找觉英草，于是那个能把你们拉进幻境的钥匙就变成了觉英草。我说这年头觉英草怎么突然就这么好找了！"

宋南时面无表情。她终于明白他们刚掉进来的时候为什么会掉这么久了。因为那时候她还没想象下面会是什么样的啊！等她推测出这里应该是大能传承的地方，这里就按她的想象建了个"大能居所"，然后他们就突然到底了。

她冷静地问："所以我们现在该怎么办？"

江寂和云止风对视一眼。

柳老头在一旁道："虽然不知道这幻境为什么以你师妹的想象为引，但一般这种情况下，我们只能靠你师妹了。"

于是江寂这个刚搞清楚情况的就不得不硬着头皮装懂："只能靠你了。"

宋南时："我要怎么做？"柳老头："你只要能做到无欲无求，这个幻境就能破！"

江寂当传声筒："你要无欲无求！"

宋南时："……"无欲无求。你在难为我！

宋南时大概也能猜到这个秘境的用意，假设这仍旧是大能传承的考验的话，那大能就是在筛选人品。但是，谁能告诉她为什么会筛选到她身上？不应该是考验龙傲天吗？她一个爱钱的俗人，让她无欲无求？！

她刚这么想着，只见半空之中突然哗啦啦地下起了灵石来。

宋南时："！"

她眼睛都直了，但是一想到这都是她的想象，她又觉得心如刀绞。

一旁，被灵石砸了一脸的云止风："……"他面无表情地抬头，"宋南时，你刚刚在想什么？"

宋南时老老实实地回答："想灵石。"

云止风冷静道："是不是还顺便想了一下我刚刚把石屑溅了你一身，你该怎么报复我？"

宋南时："……"被看穿了。

他们在这里讨论这是不是报复，另一旁的江寂快被灵石埋了，连忙道："师妹！你快想些其他的！"

宋南时一见江寂的惨状，也急了，龙傲天要真被她弄死了就完了！但她越是这么想，往他身上埋的灵石就越多，连云止风都没能幸免。

云止风忍无可忍："不要再想灵石了！"宋南时："……"这何其困难！

她咬牙道："那我该想什么？"云止风："你随便想什么都不要想灵石了！"

眼看着两人快被灵石埋严实了，宋南时连忙平心静气，试图转移注意力。

不要想灵石，不要想灵石！快想些其他的！

下一刻，灵石没了，半空中下起了无数金银财宝、丹药、法器。

三人："……"就是离不开钱呗？

宋南时也觉得有些丢脸，讪讪地笑道："我再试试。"然后她摆出了打坐的姿势，努力平心静气，无欲无求。但是打坐只能让人平心静气，却不能让人无欲无求。

于是，宋南时打坐之时大脑飞速转动，云止风和江寂就随着她的"无欲无求"接连经历了山洪、海啸、火灾、地震。而且随着时间的推移，这些自然灾害渐渐有往人为灾害转换的趋势。

比如一个长得和江寂差不多的男修突然冲出来喊："我命由我不由天！"又比如一个和诸袖长得差不多的女修脑门上顶着"火葬场"三个大字。再比如莫名其妙的仙魔大战，一个不知道是什么的鬼东西大喊："我毁了三界也要得到你！"

江寂和云止风："？"

柳老头开眼了："你这个师妹应该看了不少话本吧？"

然后就越来越离谱。

云止风和江寂，加上一个柳老头，三个修真界人士，在今天经历了来自电影世界的星际大战和丧尸围城。柳老头目瞪口呆地看着那一个个模样恐怖的丧尸，终于怀疑人生："这个年纪的小姑娘，精神世界居然已经被重创成这样了吗？"

他有点儿担心宋南时的精神状态。

云止风最终忍无可忍，是因为他看到了一个方形盒子里爬出来一个一身白衣、头发往前梳的女人。他在不知从何而来的恐怖音乐中上前，将打坐的宋南时叫醒。

宋南时睁眼，茫然地问："怎么了？"

云止风："你还是别'无欲无求'了。"

他平静道："我害怕。"

宋南时："……"

她的神情一言难尽起来。

你们两个人高马大的大男人怎么什么都怕？中看不中用！

（二十九）

宋南时自从开始修炼以来，从没有哪次打坐能比这次更认真投入，然而一点用都没有。

她面无表情地坐在蒲团上，看着眼前那个和他们几个古代人格格不入的电视机。长发白衣的小姐姐伴着不知从何而来的恐怖音乐，手脚并用地从电视机里爬出来。宋南时觉得，她这辈子都再也不会经历比眼前这一幕更离谱的事情了。

真的，不会更离谱了。

小姐姐手脚僵硬且怪异地爬出电视机，在越发恐怖的音乐之中，缓缓地向他们爬来。三个人外加一个不算人的柳老头面无表情地看着这一切。看了半响，柳老头皱眉质疑："这女娃子的腿脚是不是有些毛病，不会站起来走吗？"

宋南时："……"

说实话，由于她对小姐姐爬出电视机的那一幕印象过于深刻，所以她现在也快忘了这个小姐姐的前进方式到底是走路还是爬了。但是她还是觉得让一个女孩子在地上爬良心挺过不去的。

于是下一刻，还在爬的小姐姐"噌"的一声就原地站起来。她用一种飘忽而诡异的前进方式，缓缓地靠近他们，那音乐声也越发恐怖了。

江寂看了半响，评价道："这位姑娘的脚法挺奇特的，战斗之时很容易迷惑敌人，值得一学。"然后他问宋南时，"这位姑娘叫什么名字？"

宋南时："……你可以叫她贞子。"

"哦。"江寂很有礼貌地冲贞子点头，"贞子姑娘。"

柳老头当即嗤笑道："你傻了啊？这是你师妹想象中的人，你要是想找人请教也得先出去。"

江寂就问宋南时："那敢问这位贞子姑娘是哪里人士？"

第五章·传承

宋南时："……你应当问是哪里'鬼士'。"江寂大惊："这位姑娘是鬼?!"

柳老头也大惊："什么？是鬼？不可能！小老头我现在也算得上半个鬼了，我们鬼从来没有这么爬的！"

这么说着，这小老头看向贞子的目光顿时就挑剔起来，从上到下对她一顿批判，大有把她开除鬼籍的意思。

宋南时："……"

你们这群人有毛病吧！看恐怖片不害怕也就算了，还带人身攻击的？

人和人的悲喜并不相通，宋南时只觉得他们吵闹。很显然，觉得吵闹的并不止宋南时一个人，自从把宋南时叫醒之后始终保持"高质量"沉默的云止风终于忍无可忍地开了口："宋南时，你能先把这个音乐停了吗？"

宋南时："……"她顿了顿，在脑海里换了首背景音乐。于是下一刻，响彻整个空间的恐怖音乐换成了《好运来》。

众所周知，恐怖片的气氛一半都是音乐烘托起来的。于是，在《好运来》的烘托之下，宋南时顿时觉得连小姐姐那恐怖诡异的脚步一下子都有节奏感起来，让她很想往小姐姐脑袋上别朵大红花。下一秒，白衣小姐姐的头发上就出现了一朵喜气洋洋的大红花。

宋南时一见那大红花，又不由自主地想，这大红花可真适合扭秧歌。再然后，小姐姐腰间就出现了一条长长的红布。

小姐姐的头发就这么披散在脸前，两手拽着红布，跟随着《好运来》的音乐充满节奏感地扭起来。眼前的画面一瞬间就从恐怖片频道转台到了民生频道，充满了乡土气息。

云止风："……"

宋南时："……"

宋南时沉默片刻，心虚地移开了视线。转头，就看到云止风面无表情地闭上了眼。

宋南时很诚恳地道歉："对不起，我忘了你害怕。"

云止风闻言一下睁开眼："我害怕？"

宋南时理直气壮："不是你自己说的吗？让我别'无欲无求'了，你害怕。"

云止风一下子气笑了。他面无表情道："所以说有没有这种可能，我说自己害怕，其实是在怕你目前的精神状态。"

宋南时："……"不好意思，让您惦念了。

但是吧……

宋南时低头，神情复杂地看向手里那颗发光的石头。说真的，如果不是有这一出,她都不知道自己的精神世界居然如此丰富。

音乐在吵闹,女鬼在吵闹,江寂和柳老头也在吵闹。云止风揉了揉额头,声音疲惫:"你先把现在想象的场景都停了,换一个安静的环境,我们好好商量商量其他办法。"

一通操作猛如虎,最终睁眼一看闹成了这样,宋南时自知理亏,连忙道:"好的好的。"

她闭上眼睛,在心里念叨着:安静的环境,安静的环境。

在她的努力之下,眼前的场景几经变化,最终,所有人都坐在了一堆金银珠宝、灵石、法器旁。身下,是高纯度的灵石打造的椅子。

音乐没了,女鬼没了,秧歌也没了,是一个安静的环境。安静而祥和,满是金钱的气息。

云止风:"……"

他面无表情地闭上了眼睛。耳边,是宋南时那十分不好意思的声音:"我努力了很多次,最终发现了一个道理。"

她认真道:"果然,唯有金钱,才能让我这颗躁动不安的心为之平静。"

她自我剖析了个明明白白。

这一刻,云止风突然开始怀疑人生。让一个如此爱钱的人无欲无求?那他们这辈子真的还能出得去吗?

他睁开眼,沉声道:"打坐不能让你无欲无求,我们得另想办法。"

宋南时闻言,自知这事马虎不得,当即认真道:"那你们都有什么办法?我们都试试。"

江寂和云止风对视了一眼。柳老头也在冥思苦想。

好半响,云止风突然道:"我有一套新的修炼方法,可以让修炼之人凝神静气不为外物烦忧,我现在教给你,你可以试一试。"

宋南时闻言,第一反应是不妥。她委婉道:"修炼方法可都是一个家族或者一个门派的不传之秘,就这么教给我,不合适吧?"

云止风反问:"那让我们都困在这里出不去就很合适?"

宋南时:"……"她妥协了,问,"这套功法能让我无欲无求?"

云止风斩钉截铁:"不能,但它比其他功法更容易让人进入无物无我的状态,说不定就能欺骗这幻境。"

宋南时闻言唉声叹气:"只能先试一试了。"

两个人行动力很强,当即就要开始教学。江寂见状连忙带着柳老头去了另

一边，转过头不看他们，以免误学了人家的功法。

宋南时和云止风身下的玉石椅子换作两个蒲团，两个人相对而坐。宋南时神情认真，集中注意力，准备听他念法诀。谁知云止风却直接道："抬手。"

宋南时不明所以地抬起了手。下一刻，云止风的手贴在了她掌心。

宋南时一愣："没有法诀吗？"

云止风想了想，道："我当初学的时候，是家中一个长辈直接将自己的灵力送到了我体内，带动我全身经脉走了一个大周天。"

他淡淡道："他们说这样比较快。"

宋南时闻言忍不住皱起了眉头。由修为强大之人强行带着小辈运行功法，这确实是一种比较快的教学方法，比背熟法诀之后自己领悟要快得多。但只要是还想让自己的徒弟走得长远一点的师尊，都不会用这种方法。

其一，对一个还没开始修炼，身体里一丝灵力都没有的孩子来说，他人的灵力强行灌入身体他会痛苦非常，稍有不慎甚至会损伤经脉。

其二，这种方法的快，是拿悟性换的，只有运行方法没有法诀，相当于背了一篇晦涩的古文却不解其意，生搬硬套，迟早会出问题。

这是在牺牲以后的前途来换一时的快。若是那孩子悟性好一些，自己能从运行方法中悟出法诀还好；要是孩子悟性再差一些，最多到二十几岁，修行之路就必然会断绝。

哪怕是宋南时，她天天吐槽自己的师尊不好，那个师尊也没这么教过徒弟。

宋南时不由自主地看向了云止风，有心想说些什么，又不知道自己该不该开口。

云止风见状，反而道："你放心，你体内有灵力，只要跟着我的引导走，不会出什么事。至于法诀……"

他沉吟片刻，道："我这些年自己领悟了一些，等出去之后我来教你。"

宋南时见他大有要来给她当师父的意思，连忙道："不用不用，我自己有法诀，这次是事急从权、事急从权而已！"

云止风愣了愣，低头笑了笑，道："正是如此。"

然后，他就开始引导着宋南时适应新的修炼方式。

二人身后，柳老头百无聊赖地回头看了一眼，顿时睁大眼睛，连忙道："江寂江寂！那小子对你师妹动手动脚，简直没眼看！"

江寂闻言立刻回过头，然后他就看到二人只有手心相贴，神情都很正经，不正经的只有柳老头一个。

他无言以对，只能斥责道："这种事情，不要乱说！"

第五章·传承

柳老头百无聊赖："反正除了你，别人又听不见。"

江寂皱着眉，试图扳正柳老头的思维，然而还没等他扳正，云止风就走了过来。

江寂惊讶："你不是在教师妹？"他抬眼看去，就见自己的师妹还在打坐。

云止风淡淡道："教完了，剩下的就看她什么时候能学会了。"想了想，他又道，"我当初学会用了三个时辰，但是普通人学这种功法用上个十天半月甚至半年也是正常的，你们……"他话未说完，就察觉到宋南时周身的气息突然一变。

云止风一愣，回过头。江寂不明所以："嗯？怎么了？"

云止风顿了顿，回过头，道："宋南时学会了。"他神情复杂地说，"你师妹，天赋很好。"

江寂愣了愣，一时之间居然无言以对。师妹天赋很好？

他看向闭目打坐的宋南时，此时此刻，居然觉得自己记忆中那个启蒙四年仍学不会剑术的师妹和眼前的师妹，仿佛不是一个人。

他突然就想起来了，师妹决定不学剑时，他曾去劝过她，问她知不知道自己在做什么。宋南时说："我一直都很清楚自己需要什么。"她，一直都很清楚。

……

宋南时这一入定，就直接入定了一整天。这一整天里，虽然他们仍旧没有一丝一毫能出去的迹象，但是他们现在所处的环境稳定了很多，遍地金钱、满目富贵的那种稳定。再也没有过宋南时入定后他们看贞子的情况了，简直可喜可贺。

柳老头不由得感叹："你师妹对金钱是真爱啊。"

一个人稳定时的心境最能反映她的精神状态，宋南时就纯粹是稳定地想挣钱，令人感动。

好不容易，宋南时睁开了眼睛。她一睁眼就道："这个不行，骗不过去。"

其实不用她说，众人也都看清楚了，再怎么厉害的功法都不可能让人无欲无求。宋南时骗不过这个幻境。

宋南时摸了摸自己的下巴，直接看向江寂："大师兄，你怎么看？"

江寂直接看向柳老头。"金手指"，你怎么看？

柳老头沉思片刻，道："其实，还有一个最终的办法。"他沉声道，"让你师妹现在改入无情道，无心无情，自然无欲无求！"

宋南时："……"

江寂："……"

江寂艰难道："师妹，这个，无情道……"

宋南时当即否认了三遍："没门！不可能！你想都别想！"钱都没赚够呢，

还入无情道？入无情道能让她有钱吗？

她当即道："累了，睡觉！醒了再说！"说完，她身边就多了张床榻，宋南时倒头就睡。

云止风和江寂面面相觑。

云止风也道："睡吧，宋南时忙一整天了。"他随手扯了一把突然出现在他身旁的被子，直接闭上了眼睛。

云止风也没说错。这一整个空间都是依靠宋南时的想象建构的，宋南时为了避免让这三个古代人再目睹什么贞子，一直都在控制自己的思维。但是睡着了之后，她能梦见什么就不是她自己能控制的了。

于是，云止风睡了还没半个时辰，就被一阵熟悉的恐怖音乐吵醒了。他睁开眼睛，面无表情地在被子里躺了片刻，冷着脸起身。他就这么坐在床榻上，神情木然地看着那个叫贞子的女鬼和另一个差不多风格的女鬼打架。

有人叫另一个女鬼"伽椰子"。

他的视线不由自主地落在了宋南时身上，宋南时睡得毫无所觉，甚至还"嘿嘿"笑了两声。

云止风："？"梦见女鬼打架都能笑出来？这是什么奇怪的癖好？

他再去看，却见方才那幅"贞子大战伽椰子"的场景已经消失了，而此刻出现在她面前的……是一个身材比例很奇怪的很像画出来的男人。男人一头白发，佩刀，额头上有个月牙。男人身旁一个矮墩墩的人叫他什么"杀生丸"。

云止风："……"

他沉默片刻，恍然大悟。这或许就是宋南时经常挂在嘴边的什么纸片人吧。这姑娘的精神世界……嗯，很丰富。

这一夜，宋南时和她大师兄一夜好梦，云止风却是一夜无眠。

到了第二天，他顶着两个黑眼圈站在宋南时面前。

他问道："戈薇到底是不是桔梗的转世？"

宋南时一时大惊，险些以为云止风被人夺舍了！然后她就反应了过来，心虚道："昨晚……"

云止风点头，肯定了她的想法："没错，纸片人。"

宋南时："……"

宋南时十分心虚。因为心虚，这一整天，她更加努力地让自己无欲无求，然而进展依旧是零。云止风反而淡定起来，因为他觉得宋南时这丰富的精神世界挺有意思的。

云止风越是这么觉得，宋南时就越是心虚。现在云止风觉得有意思，但宋南时从前看的可不只这些"有意思"的东西。万一自己一下没控制住，弄出了点儿不允许写，也不允许看的玩意出现在他们面前……那可就真是有意思了。

不不不！不能想不能想！宋南时连忙念了段清心咒。

眼看着这一天又白忙了，宋南时面无表情地坐在地上，看着眼前的金银珠宝，怀疑人生。

云止风欣赏完今天的纸片人了，看到宋南时这样，顿了顿，走过去，道："你不要太有心理压力，这不是你的错，换作我们中的任何一个人，也不可能轻易做到无欲无求的。"

宋南时面无表情地看了他一眼。她问："今天看电影看得挺爽吧？"

云止风不知道什么是电影，但他意识到宋南时在说什么了。他矜持道："还可以。"

"呵呵。"宋南时冷笑，"等我哪一天精神变态了，就该换你们有心理压力了。"

云止风："……"他明智地保持沉默。

但一旁明显还有个不明智的。

柳老头惊呼："什么？江寂，你师妹都这样了还算不上精神变态吗？"

宋南时："……"

哼！她总有一天得让这老头见识见识什么叫精神变态！

不过……

宋南时摸着下巴，若有所思。

云止风有句话说得不错，任何人都不能轻易无欲无求。假设这个幻境是什么大能在挑选继承人，那么按照他这个标准，他就是在选圣人。

但是圣人就能做到浑然的无欲无求吗？不可能的。能无欲无求的人，要么是只有神性的仙人，要么就是没有一丝人性的疯子。

正儿八经地挑继承人，会往这方面挑吗？还是说……

宋南时突然起身，对自己身旁的云止风道："我不可能无欲无求的。"

云止风和江寂都看了过来。宋南时像是在和云止风说，又像是在对其他人说。她坦坦荡荡道："我爱钱，想要很多很多钱；我贪图享乐，如果能住舒服的房子，就不会住简陋的洞府；我气量小，从来不会以德报怨，他人欺辱我七分，我会还十分；我性情冷漠，天生怕死，不爱多管闲事，碰到和自己无关的事喜欢高高挂起。"

她一口气数落了自己的缺点。

第五章·传承

183

江寂张了张嘴，道："师妹，你……"

云止风一把拉住了他。

宋南时摊了摊手："我就是这么一个人，没做过大善，没做过大恶，当不了无欲无求的圣人，也不会做损人利己的小人。"她笑了笑，"我不会改，这辈子也改不了了。前辈，您要是觉得我不符合您继承人的标准，现在就放我们出去吧，我们还赶时间呢。"

整个空间里一阵沉默。片刻之后，半空中突然出现一行字。

——个人机缘，只此一次。

宋南时明白这是什么意思，出去了就再也进不来了。是在这个空间里把自己磨成一个合格的圣人，还是出去？

宋南时反而笑了。她道："谢前辈成全。"

话音落下。

下一刻，整个空间重新化成一片纯白，一扇门出现在纯白的尽头。

宋南时回过头，招呼他们两个："走了。"随即她毫不犹豫地大踏步往前走。

云止风见状笑了笑，跟了上去。江寂愣了好半晌才跟上去。

靠近时，他看到自己的师妹和云止风没有任何没抓住机缘的颓然，云止风甚至还道："戈薇果然就是桔梗转世吧……"

另一边。

宋南时他们前脚刚离开，顶着个猪头的决明子后脚就追进了这片空间。此时，那颗代表着钥匙的石头还在宋南时手中。于是，他走进来时，就看到了一块石碑。

石碑上写了三个字：寂静岭。

决明子冷笑："原来他们在这里，看我把他们找出来！"

他自信地抬脚走了进去。

（三十）

那扇门出现之时，江寂心中仍是震撼的。因为虽然彼此未曾明言，但他们几乎所有人都知道，这个幻境是某位大能为挑选继承人设下的考验。设下这么一个几乎没有杀伤力的幻境，除了留下传承，江寂想不出第二个可能。

第五章·传承

传闻之中，白梧秘境中曾有一位千年前的大能留下传承，静待有缘人来探。于是千百年来，无数修士对这个秘境趋之若鹜，只为了那句"有缘人"。

江寂来这里之前并不知道那位大能究竟姓甚名谁，但只看哪怕是过了千百年，白梧秘境每次开启都会让人为之疯狂的盛景，江寂也能想到那位大能当年是何等的威名赫赫。

所以他们进入这个幻境之后，江寂的第一反应就是，他们碰见了那位让人趋之若鹜的大能的传承考验。而且这个幻境中的一切，都是与三师妹绑定的，于是结果似乎已经显而易见了。

——那位大能挑选了宋南时作为有缘人，并且予以考验。

当意识到这一点时，江寂心中不是没有艳羡，但他很快就接受了。这么多天相处下来，没有谁能比他更清楚地意识到，自己从前对这个师妹的了解究竟有多浅薄。以师妹的能力和心性，她值得。

可是……

哪怕他觉得自己如今已经很了解自己的师妹了，也从来没想到，这几乎是近在咫尺的、伸手就能得到的传承，宋南时会说放弃就毫不犹豫地放弃。将自己磨成无欲无求的圣人，很难接受吗？对修真界绝大多数人来说，很难。但是，江寂同样相信，在变强和传承的双重诱惑之下，别说把自己磨成无欲无求的圣人，哪怕让自己磨灭人性，都有人愿意一试。

哪怕是他扪心自问，也做不到如此轻松地说放弃就放弃。再退一万步讲，哪怕这不是那位大能的传承，但是千年之前，能有资格在这种秘境里留下传承的，个个都不容小觑。

大多数人都愿意为了变强去放弃一些东西，江寂也一样。或者说，因为曾经的经历，他对力量的渴望比大多数人更强烈。

可是宋南时就这么放弃了。于是当那扇门出现时，江寂仍回不过神来。

还是柳老头在背后淡淡道："还愣着干什么呢？傻子，你师妹都快跟着那姓云的臭小子跑了。"

江寂这才回过神来，几乎是精神恍惚地追上了他们的步伐。

他下意识地问道："师妹，这个传承，你不要了吗？"

宋南时头也没回，摆了摆手："要不起。"话音落下，两个人毫不犹豫地跨出了大门。

江寂看着她的背影，一时间心神俱震。有那么一瞬间，宋南时几乎称得上娇小的身影在江寂眼中都高大了。

他不由自主地对柳老头道："三师妹，是一个真正的淡泊名利之人。"她口口

185

声声说自己爱财，但若是真的在乎名利，她会就这么放弃唾手可得的传承吗？"

说完，他跟了上去，于是就没看见柳老头脸上一言难尽的神情。

柳老头沉默良久，发出不可置信的声音："江寂是脑壳坏掉了吗？他师妹，淡泊名利？"

他横看竖看，愣是没看出那女娃子和这四个字有半毛钱关系。

但江寂没听见，他几乎是怀着一种肃穆的心情，跟上了宋南时的步伐。

然后他就傻了。

他以为，当他走出这扇门时，看到的会是他们进入幻境之前的那座山崖，他的三师妹会带着不慕名利的淡然笑容在山崖上等着他。他甚至都已经想好了该如何安慰自己这个不慕名利的师妹。

但是睁开眼的那一刻，他直接傻站在原地了。没有山崖，没有清风，没有幻境之外的景象，甚至也没有不慕名利的师妹。

他所看到的，是一个巨大的藏书阁一样的地方，一望无际，广袤无垠。他那不慕名利的三师妹淡然地站在无数书架前，一副早就预料到的神情。

她道："果然如此。"

云止风也道："应是如此。"

姗姗来迟的柳老头看了一眼，点头："居然如此。"

两人一鬼全是一副早就知道的神情。

江寂："？"他好像一转眼就错过了很多事，这是……怎么回事呢？

江寂维持着一副全然傻掉的神情呆愣在原地。偏偏这个时候，宋南时还转头看他，道："师兄，你应该也猜到了吧。"

江寂："……"

"是的，我猜到了。"他冷静道。

柳老头在一旁发出毫不留情的嗤笑声。宋南时假装没听到，拉着云止风左看看、右看看，留那个"金手指"给龙傲天解释。她可真是个体贴的好师妹。

江寂顾不得其他，连忙趁机让柳老头解释。柳老头哈哈大笑，一直到他嘲笑够了，这才道："你现在知道我为什么叫你傻子了吧？"

江寂无奈："柳老！"

柳老头毫不在意："因为咱们这群人里，就你不动脑子啊！"

江寂："……"

柳老头"啧"了一声，这才解释道："你师妹若是没通过考验，自然是能出去的。可是现在，她通过了啊。"

江寂皱眉:"可是师妹方才不是说,她做不成……"话没说完,他突然顿住。

柳老头看着他,笑盈盈道:"对啊,她说自己做不成,所以她通过了。"

看江寂还有些反应不过来的样子,他继续道:"一位大能找传承人,要求那个传承人无欲无求,只有两个可能。

"其一,那位大能是个真正的圣人,或者是个纯粹的疯子。但疯子能疯成这样,和圣人也没什么差别。

"其二,他一开始就没准备找真的无欲无求的继承人。"

柳老头冷笑了一声,道:"但是这两个可能,几乎是完全相悖的。"

江寂缓缓皱起了眉头。

柳老头继续道:"他若是个真正的圣人,就该明白这世上大多数人都是俗人,有人性就会有人欲,没有谁能例外。若是真有那么一个人在这个秘境里把自己磨成了无欲无求的模样,那也不是无欲无求,而是他对力量的欲望压倒了一切。

"能留下来的都是力量的傀儡,对力量的渴望压过了其他欲望。

"要离开的才是有七情六欲的人。

"这个传承的主人,想找一个活生生的人,而不是一个傀儡。"

他颇为感叹地说:"你师妹说自己是个俗人,她也做出了一个俗人会做的选择,于是她通过了。"

江寂闻言,愣了好半响:"就这么简单?"面对他的疑惑,柳老头笑吟吟地反问道:"真的简单吗?"

江寂不说话了。简单吗?他若是易地而处,会这么轻轻松松地做出一个俗人的选择吗?

柳老头看着他迟疑的脸色,笑道:"你看,你也不能。在力量的蛊惑之下,俗人也不是这么好做的。"

江寂挠了挠头。他又问道:"师妹进来时一副早就预料到的模样,她是猜到幻境主人的用意了吗?可是她若是猜错了……"

柳老头打断他:"猜对猜错又不耽误她出去,她毕竟是个俗人,猜对了白赚一个传承,猜错了就继续当俗人。就像她自己说的,她这辈子也不可能无欲无求的。"

江寂苦笑道:"是了,这世上聪明人这么多,哪怕真有人猜到了,又有几个有魄力冒这样的风险。"他深吸了一口气,看向了眼前藏书阁一样的地方,问道,"所以,这是师妹的第二个考验吗?"

谁知道柳老头却皱眉道:"不太像。"

江寂还没反应过来什么叫"不太像",宋南时就走了过来。她一过来就道:

"麻烦了。"

江寂一愣："怎么了？"宋南时伸出手，手中是带他们进幻境的那颗发光的石头。

她道："这颗石头和这个藏书阁没有感应。"

江寂反应过来："你的意思是……"

宋南时接着道："也就是说，咱们现在所在的这个地方，和方才的那个幻境，不是一个主人。"

正在这时，云止风也走了过来。

他手里拿着一张画像。他一张口也道："确实麻烦了。"说着，他就展开了画像。

众人都看了过去。那是一张人像。画像上是一个面容坚毅、身背重剑的魁梧男人。那男人的画像旁，还有一行雷厉风行的大字——

入我洞府，得我传承。

看到这行字，三个人都傻了。传承？又是传承？

宋南时更傻，因为她意识到一件事。江寂一直都觉得方才的幻境可以得到白梧秘境中那位传说中大能的传承，但宋南时自从知道那个幻境绑定了自己之后，就觉得不是。

她觉得，她再怎么厉害，也不可能就这么轻轻松松地把一个龙傲天的传承给拿了吧！她拿了，龙傲天拿什么？

离开那个幻境，进入这个藏书阁一般的地方之后，宋南时就明白了。把她带进幻境的石头在这个藏书阁里，失去了和幻境的联系。

也就是说，藏书阁是藏书阁，幻境是幻境，二者不是一个主人。再换句话说，外面的那个，是选择了宋南时当传承人，而这个藏书阁，有可能才是原著里龙傲天得传承的地方。

宋南时："……"这是什么极限套中套？

宋南时稍微解释了一下，其他人也反应了过来。于是众人都沉默了。

宋南时看向了江寂，其实是看向"金手指"。她问："现在这个情况，大师兄有什么想法吗？"

江寂下意识地看向"金手指"。

而"金手指"也果然不愧"金手指"三个字，他道："老朽活了这么久，也没听说过两个人把传承都叠在一起的，厉害啊！"

江寂："……"他艰难地重复，"厉害。"

宋南时："……"

第五章·传承

幸而，那老头很快补充道："但是这种情况几乎是不可能发生的，哪怕两个人关系再好也不可能。所以我有这样一种猜测。"他道，"这两个传承中，有一个传承的主人在另一个传承的主人不知情的情况下，将自己留下的传承藏进了别人的传承地里。"

他不由得感叹："真是猥琐至极。"

宋南时："……"好的，她已经知道那个猥琐地把自己的传承藏进别人传承地里的是哪个了。龙傲天传承的主人怎么可能猥琐，那猥琐的，果然是那个选择了她的传承主人吧！

这时候，老头还在自言自语："但是把自己的传承藏进别人传承地里有什么用意呢？"接着他笑道，"总不会是没钱吧，哈哈哈！虽然弄一个传承之地确实挺废灵石的，但是又不是人人都是宋南时，哈哈哈……"

宋南时："……"她觉得老头发现真相了。这一刻，她突然就明白了那个传承主人选自己的用意了，果然是因为同为穷鬼，惺惺相惜吗？

她强忍住满心的吐槽欲，好不容易等到江寂结结巴巴地把老头的话重复了一遍，这才迫不及待地问道："那我现在好歹是通过考验了，我的传承呢？总不能是因为对方没钱，所以我得等有人过了现在这个藏书阁的考验，才能顺便去别人的地盘拿自己的传承吧？"

柳老头闻言，当真沉思了一会儿，然后他惊奇道："还真不是不可能！"

宋南时："……"果然，穷鬼连拿到的传承都离不开一个"穷"字吗？

宋南时直接就地一躺，心如死灰道："赶紧来个人把这个传承考验给过了，我去拿我的穷鬼传承。"

众人："……"

此时此刻，就连柳老头心中都生起了那么一丝丝的不忍。

何其残忍，哈哈！

云止风于心不忍，不由得安慰道："你别太气馁了，说不定眼前的这个传承才是那个藏在别人传承地里的，你的传承是本体呢。"

宋南时睁开一双死鱼眼看着他，问："你觉得它像吗？"

云止风："……"他说不出话了。

柳老头："哈哈哈！"

宋南时脸色越来越沉。江寂见状心慌，连忙道："我们现在赶紧过了这个考验才是正经事，莫要生气，莫要生气！"

宋南时深吸了一口气，当即一马当先，径直穿过那一排又一排的书架，来到了唯一一扇门前。理所当然地，门打不开。宋南时左看看，右看看，直接拽着江寂道："你，找一找打开门的方法！"

江寂一脸蒙地被推到了前面。

宋南时靠着书架为自己默哀。

云止风看了她一眼，径直走到了她跟前。他转移话题，道："你手里的石头和幻境断了联系，但我们没出去，幻境应该还在。"

宋南时也想起了这一出，而且她还想起来，她走出那扇门之前，脑子里想的是幸好她在里面的时候，没乱七八糟地想什么恐怖片，比如《寂静岭》什么的。

若是按照那个秘境的逻辑，他们离开之后，那幻境里出现的应该是她最后想象的东西，也就是寂静岭的场景。

噫，想想就好可怕！幸好他们都出去了。

宋南时乱七八糟地想着，又看了一眼不动如山的云止风，不由得问道："你不去试试那扇门吗？万一传承选择了你呢？"

她开玩笑。

云止风淡淡道："我不需要传承。"

宋南时也没反驳他，两个人就这么站着，面无表情地看着龙傲天一脑门汗地和一扇门做斗争。最终，也不知道江寂碰到了什么，某一瞬间，平整的石门上突然出现了密密麻麻的字。

两个人立刻凑上前看。然后，他们就看见了……一道道题目。这些题目有一些宋南时眼熟，但大多数她见都没见过。

她迟疑："所以出去的方法，就是做题吗？"云止风看了看身后密密麻麻的书，又看了看眼前的题目，若有所思："或许是。"

宋南时皱着眉头，顺着题目一道道往下看去，看到最后，看到了一行小字——书阁藏书两万册，读尽藏书，难题可迎刃而解也。

读、尽、藏、书！

两、万、册！

宋南时下意识道："就没有划重点？"

下一刻，那行字消失了，银钩铁画的字大气磅礴地出现——

藏书阁内，全是重点！

宋南时："……"她惨笑道："这传承，我要不起！"

一旁的江寂见状，连忙道："师妹！师妹你不要放弃啊！这题目也没有规定只允许一个人作答，我们三个一起看，一起做，两万册书而已，很快的！"

宋南时闻言，脸色更加灰败了。再见吧，这个世界。

第五章 · 传承

柳老头见状，冷笑一声，抱着手臂凉凉道："其实，我还有一个办法，就看你们听不听。"

江寂闻言连忙道："有办法！有办法！"

宋南时看了过去。

柳老头："你们要是不想要这个传承的话，可以学宋南时直接放弃啊。只不过这个传承的考验和方才的幻境可不一样，不是你想出去就能出去的，你们若是想放弃传承，只有硬闯这一条路可走。但是硬闯的话，只凭你们三个，也是绝对闯不出去的，所以……"

他微笑道："你们可以出二十万灵石，我教你们一个阵法，借这二十万灵石的威力强行突破闯出去，这也是不成问题的。"

江寂这个没缺过钱的龙傲天闻言觉得可行，这两万册书，他看着也头皮发麻。于是他转过头，重复柳老头的话："师妹，我还有一个办法……"

然而话还没说完，就见宋南时迅速收起了脸上悲切的神情。她直起身，神情凛然，仿佛方才要原地放弃的不是她一样。

她义正词严道："不就是两万册书吗？读就读！"她大手一挥，道，"来人！先给我上五斤书开开胃！"

第六章 祸害遗千年

（三十一）

　　江寂眼睁睁地看着一秒钟之前还一副"看两万册书是要我的命"的宋南时，在下一秒就对学习爆发出了极大的热情。他目瞪口呆。

　　眼看着宋南时撸着袖子真的要去搬五斤书开开胃了，他连忙上前拦住她，说完了自己还没来得及说出口的办法。他道："师妹，这两万册书确实强人所难了些，你不必这么勉强自己，我们又不是到了山穷水尽的时候。其实我这里有一个阵法，虽然以我们现在的能力不能激发，但我们只要凑出二十万灵石强行启动阵法，就能直接破了这里！"

　　说着，他露出了自信的笑容："二十万灵石而已，我们三人随便凑凑不就凑出来了？正所谓天生我材必有用，千金散尽还复来，钱财乃身外之物……"

　　他话还没说完，宋南时脸上就挂上了温和而不失礼貌的笑容。她伸手，坚定地将他的手臂推开了，道："师兄，你不懂。"

　　江寂一头雾水，下意识道："我有什么不懂的？你不是很不喜欢看书吗？二师妹说你每次考试之前都三天不睡觉临时抱佛脚的……"

　　他嘴皮子一秃噜就把宋南时的老底给爆出来了。

　　柳老头："哈哈哈！"

　　他大声嘲笑，一边嘲笑还一边对着宋南时指指点点。

　　宋南时："……"她保持住脸上礼貌的微笑，迅速道，"我爱学习，学习使我快乐！"说着，她毅然决然地转身走向书架。

　　柳老头还在哈哈大笑，十分欠揍地说："看着这小丫头学习也使我快乐！快乐快乐！两全其美！这不皆大欢喜嘛！"

　　江寂："……"他只能庆幸自己的师妹听不见这小老头的话。

　　他深吸了一口气，看向了从头到尾没参与过讨论的云止风，想听听他的意见。谁知道云止风张口就问："你说，二十万灵石？"

　　江寂茫然："对啊，二十万灵石，也不是很多，随便凑凑不就出来了？"

　　于是云止风不由得也沉默了。换作是三个月前的那个麒麟子云止风，他也会觉得这个方法不错。这藏书阁只考验他们怎么出去，又不是考验他们用什么

194

第六章·祸害遗千年

具体的方式出去，强闯出去也是一条路，未必就意味着放弃传承。

可那是三个月前的云止风。

现在的云止风，成长了。于是他沉默片刻，面无表情地点头道："你的方法，确实不错。"

闻言，正怀疑人生的江寂不由得松了口气，道："是吧，你也觉得……"他还没说完，云止风就打断了他，道："但是我选宋南时的。"

江寂："？"

云止风："学习，也使我快乐。"

江寂："……"他一头雾水。

正在这时，宋南时那边扬声道："云止风，帮忙！我要在半个时辰内把这五斤书读完！"

她咬牙切齿，面目狰狞。云止风抬腿："一起。"

两个人一起学习使自己快乐去了。

看着江寂茫然的神情，柳老头嘿嘿一笑，道："少数服从多数，你还等什么呢？还不快学习，使自己快乐。"

江寂抬头看了他们一眼，两个人一个面目狰狞，另一个神情冷肃，也不是很快乐的样子。江寂觉得大概是自己对"快乐"的定义出了什么问题。

他茫然地走到一个书架旁，挑了一本书准备先随大溜。但他还没翻到书本的第一页，就听见柳老头冷不丁道："你那师妹能看得见我。"

他这次用的不是疑问的语气，而是无比肯定、斩钉截铁地说。

江寂手一抖，差点儿把这本书直接撕了。他大惊失色，左看看，右看看，不由得压低声音道："你什么时候发现的？有什么证据吗？我为什么没有发现什么？"

柳老头闻言嗤笑一声，道："等你发现，那不得等到猴年马月去！"

江寂这时候也顾不得计较他对自己的人身攻击了，因为他知道柳老头虽然在小事上很不着调，但是在这种大事上从来不会信口胡言。这和自己上次对师妹产生怀疑不一样，他既然能毫不犹豫地将怀疑落实，那就证明他有了什么实质性的发现。

江寂顿了顿，语气之中满是疑惑："可是……这怎么可能？！你不是说你被困在玉佩之中千年也没人能看见你吗？我尚且是意外和你签了血契之后才能看见你，师妹她有何特殊之处……"

柳老头摸着下巴，也道："对啊，我也很疑惑，她有何特殊之处？"

于是两个人都沉默了下来。

江寂冥思苦想了一阵，开始很认真地回忆这些天师妹的一言一行，试图发现什么蛛丝马迹，然后他越想就越觉得不对。最终，他神情古怪地看向柳老头，

195

突然问："你是什么时候发现师妹能看到你的？"

柳老头想了想，道："大概是进了一开始那个幻境之后就有所怀疑了吧。"

江寂："……"他脑海中回忆起进了幻境之后柳老头对师妹的一次次嘲笑、挑衅、看热闹。在不知道这一切的时候，他以为柳老头这是纯粹闲着没事自己找乐子。

可是现在……

师妹能看见柳老头，他自己还知道，但师妹不知道他知道。他这哪里是自己找乐子，他这明明是找师妹的乐子！

江寂眼前一黑。不久之前他还在想，幸好师妹听不见柳老头在说什么。而现在看来，天真的果然只有他一个人。

这时，柳老头还嘿嘿笑，道："你不觉得，你师妹听着我嘲笑，但她为了装听不见还不能嘟嘴的样子很有意思吗？"说着，他直接往宋南时那边去了，嘴里念念叨叨，"不行，我得再去看看这丫头还有什么乐子可看。"

江寂面无表情。他不觉得有意思，他只觉得柳老头没救了。他沉默片刻，开始很认真地考虑有朝一日东窗事发，他该怎么和柳老头撇清关系。

……

宋南时和云止风各找了一把椅子，坐在一起看书。刚开始，在那二十万灵石的威胁之下，宋南时像是被打了鸡血，恨不得一目十行，转眼之间就把两万册书给看完。

然后那小老头就又来了。

他在自己和云止风身边，看看这个，看看那个，没见他帮什么忙，反而开始指手画脚指点江山。宋南时被他烦得一个字都看不进去。

云止风也皱起眉，他虽然看不见柳老头，也听不见他的声音，但还是不由得道："宋南时，这大能的传承之地居然还会有蚊子吗？"

宋南时面无表情道："蚊子这种东西一向是无孔不入的，烦人得紧，谁知道这里会不会有不长眼的蚊子呢。"

云止风皱了皱眉，从储物戒里掏出了他在外面采的驱蚊药材点上。宋南时看着，也恨不得现在就研究一种专门驱赶这小老头的驱人药。

云止风点了驱蚊药材之后，想起自己似乎是在遇见宋南时的这个大师兄之后身边才总会出现蚊子的"嗡嗡"声，不由自主道："你大师兄，似乎挺招蚊子的。"

于是，怕柳老头做得太过引起什么惨案的江寂刚追过来就听到了这句话。

她师妹还点点头应和道："大师兄他一向比较招蚊子喜欢。"

江寂："……"

宋南时还转头看了他一眼，道："是吧，大师兄？"江寂硬着头皮回答：

第六章·祸害遗千年

"可……可能。"

完了,他被株连了。

宋南时牵连了无辜,放下书来让自己冷静一下。过了一会儿,她冷静下来,智商也随之回笼了。她看了看手里的书,又看了看身后密密麻麻的书,突然把书一丢,一个书架一个书架走马观花一般浏览起来。

云止风和江寂见状对视一眼,也跟了上来,然后他们就见宋南时越看眉头皱得越紧。

柳老头戳了戳江寂,故意道:"问问你师妹发现了什么。"

江寂心里吐槽柳老头揣着明白装糊涂,但既然师妹自己装听不见,他也不好拆穿她。他硬着头皮刚想开口,就听见宋南时冷不丁开口了。

她道:"我怀疑这位大能虽然在这里放了很多书要我们看,但他自己可能一本都没看过。"

江寂听得满头问号,不由得道:"嗯?这不是大能的藏书吗?师妹怎么知道他没看过?"

宋南时沉默片刻,冷静道:"因为他但凡看一眼自己往这个藏书阁里放了什么,都不会让这种书出现在后人面前。"说着,她随手从其中一个书架中抽出一本书来。

江寂和云止风凑过去看了一眼。只见那花里胡哨的封面上写了几个大字——

我与道君不可言说的二三事。

二人:"……"

江寂结结巴巴地想为这位未曾谋面的大能挽尊,道:"这……这说不定是记载了前辈和自己友人之间的趣事,你们不能因为它的名字过于……咳,就胡乱猜测!"

宋南时闻言直接翻开书,面无表情地读起来:"我遇见那位道君,是在一个阳春三月,那年我十四岁,天真烂漫,不承想那位道君从此竟成我一生的劫……"

江寂的神情痛苦到扭曲:"师妹,你别念了。"宋南时从善如流地合上书,冷静道:"所以,这应该不会是那位前辈在自己天真烂漫的十四岁和某位友人不得不说的二三事吧。"

江寂:"……"天真烂漫。他想起了云止风找到的那张画像上,那个粗犷英武的男人,无论如何也没法把这四个字和那位前辈联系在一起。

宋南时还在摸着下巴道:"所以,现在就有两个可能,要么那位英武的前辈内心住了一个天真烂漫的少女,热爱看这种情爱话本;要么那位前辈自己都不

197

知道他往藏书阁里放了什么。"

江寂的神情一言难尽。

柳老头故意嘴贱："说不定那个什么前辈真就是人不可貌相，内心住了个天真烂漫的少女呢。"

他话音落下，宋南时还神色如常，江寂恨不得直接把这老头给收回去。可还没等他有所动作，就听见云止风道："宋南时说得没错。"

他手里也拿了一本书，神情复杂。

江寂又凑过去看了一眼。

《母猪的产后护理》。

江寂："……"

云止风的表情一言难尽："那位前辈，总不能在内心住了个少女的同时，还是个兢兢业业的养猪人吧。"

江寂无法理解，他困惑道："若是那位前辈都不知道自己往藏书阁里放了什么，又为什么要拿这些东西考验我们呢？传承之事，岂能儿戏。"

宋南时却冷静道："但事实就是，这个所谓的藏书阁相比于一个大能的私藏，更像是这位前辈直接把一个个书店买空后把书搬了进去，根本没看自己都放进去了什么。"

她翻了一翻这一架的藏书，有这种情爱话本，有农书，有诗册，还有一些修真界随处可见的通用功法典籍，很像是宋南时小时候去书店里帮忙抄书赚灵石时那种小书店会有的摆设。

宋南时刚这么想着，就听云止风道："她说得没错。"

两个人转头看过去。云止风正站在稍远一些的书架旁，示意他们过去看看。宋南时走了过去，当即惊了。

只见这一整个书架密密麻麻摆放的全是些功法典籍，宋南时修为差，但眼力不差，有一些典籍一眼看过去就是大家族或者大门派的私藏孤本，有些甚至明晃晃地写着"家藏"二字，此刻就这么不要钱似的挤在一个书架上。

而且，这些功法从炼器到剑术全都有，明显不是一句"私藏"能解释得了的。一个用重剑的修士，会私藏炼丹的功法专心研究吗？又不是人人都是宋南时，为了赚钱什么都学。

但云止风让他们看的不只这些。他手里拿着一本功法，冷静道："这是锦州明家家传功法的残本，据说一千多年前明家招惹了一位大能，大能打上门来，功法被抢走了一部分。"

如今，被抢到哪儿去了显然不言而喻。

宋南时扫视了一下整个书架，对它们的来历也都有了猜测。她费解道："所以，这些书要么是买来的，要么是抢来的，但那位前辈却多半一本都没看过，这时候却故意从里面抽题让我们全看完，这是为什么？"

江寂闻言想了想，开玩笑道："总不会是像咱们无量宗的先祖一样，因为底下弟子没文化被人嘲笑了，所以故意设了月考，想让弟子有文化一些吧，哈哈哈！"

谁知道话音刚落，宋南时和云止风却迅速对视了一眼。

宋南时："我觉得……"

云止风："也不是不可能。"

两个人若有所思。

江寂无奈："我就是开个玩笑而已，这种理由怎么想都没可能吧！"

柳老头却冷不丁道："我刚刚没说，方才云止风找到的那张画像，上面题的字有两个错字，不知道是不是这留下传承的人写的。"

他惊奇："所以还真让你小子说着了？难不成这留下传承的人还真是个没好好读书的文盲，因为不想自己的弟子也是个文盲，所以特意留下了两万本书，又因为不知道什么书该读什么书不该读，所以见到书就往藏书阁里搬？"

宋南时："……"好有道理。但为什么感觉比选择了她的那个因为没钱，所以蹭别人传承场地的穷鬼的传承考验还离谱？这就是属于龙傲天的传承吗？

宋南时艰难地把自己从这奇怪思维里拔了出来，声音艰涩道："我们这只是猜测，传承怎可儿戏？我觉得，不管这位前辈的用意是什么，有一点我们是可以确定的。"

众人都看了过来。

宋南时郑重道："这位前辈留下的传承，多半和书有关。"她环视了一下藏书阁，淡淡道，"而且很有可能就藏在这些书里。"

众人看着那两万本书，一阵沉默。

云止风淡淡道："所以，这两万本书还是得看。"他看了看手里那本《母猪的产后护理》，一针见血，"那么问题就来了，像这种书，那扇门上也有题吗？"

宋南时一听，也觉得问题大了。她迅速跑过去看了一眼，然后读道："第二百八十三题，《我与道君不可言说的二三事》中，女主角和道君第十八次吵架时，女主角喝了什么茶？"

众人："……"

宋南时："……"

宋南时又迅速跑了回来，把书往大师兄手里一塞。她看着一脸蒙的大师兄，郑重道："女主角吵架时喝了什么茶，这个艰巨的任务，就交给你了。"

江寂："？"

从这之后，三个人就和打了鸡血一样开始热爱学习。因为他们生怕比别人

晚一步拿书就会被迫塞上一本"二三事"，找女主角爱喝什么茶。宋南时觉得她曾经考试前一个星期才开始背书也不过如此了。

三个人学到日月无光。

不知道过了几天，宋南时突然抬起头，两眼无神地问道："秘境这次半个月就关闭了，要看完两万本书，我们来得及出去吗？"

云止风冷静道："藏书阁里的时间流速应该和外面不同，否则两万本书十五天无论如何也看不完，我猜等我们看完，外面也没过多久。"

宋南时两眼无神地想，她经历的第一个幻境既然是被藏在别人的传承之地里的，那时间流速应该是一样的。幸亏她把石头拿走了，没有其他人能进幻境，否则，她在里面看多久的书，误入的人就要经历多久的寂静岭。

想想就好可怕。

宋南时感叹了片刻，又把头埋进了书里。

然而，她之前考试背书的劲头，终究是比不过修真界人士。她通宵了三天，从最开始看到某些孤本功法时心中有一种"我占大便宜"的兴奋，一直看到两眼发黑、心如止水。

她语气虚弱道："你们还好吗？"

同样熬了三个通宵的龙傲天中气十足道："很好啊！我觉得我看出点儿兴趣来了！我还要再来十本！"

云止风云淡风轻，语气都没变化："可。"

宋南时："……"她两眼发直。

她强撑着睁着眼，身为曾经的备考人的倔强让她不允许自己比别人早睡。

终于，她熬到了云止风和江寂决定小憩片刻的时候。宋南时看到他们和衣躺在地上，露出一丝狰狞的微笑。

于是，云止风半梦半醒，也不知道自己睡了多久，蒙蒙眬眬听见有人叫他。

"云止风，云止风。"

云止风迷茫地睁开眼睛，宋南时正站在他身前，她手里拿着一本书，缓缓道："云止风，你已经睡一个时辰了。"

云止风："啊？"

宋南时语气幽幽："你这个年纪，你怎么睡得着的？"

云止风："……"

"你有什么毛病！"他不可置信。

（三十二）

云止风从地上坐起，面无表情地瞪着宋南时。宋南时眼睛瞪得比他还大，她一双眼睛青黑无神，散发着诡异的光芒。云止风见状顿了顿，一时间只觉得，那位名为"贞子"的女鬼将头发掀开之后，约莫也不过如此了。

他沉默良久，声音冷静道："说吧，你想做什么？"

宋南时语气幽幽："起来，学习。"

云止风无言半晌。他的语气逐渐费解，缓缓道："你大半夜叫我起来，就是为了催我学习？"

宋南时惨笑一声："不然呢？"

云止风："……"

他面无表情地转头，踹了江寂一脚。江寂正睡得日月无光，他师妹和他宿敌之间的暗流涌动丝毫没影响到他，然后他就被一脚踹到了墙上。

他也不愧是生死之间厮杀出来的龙傲天，反应不可谓不快，几乎是在被踹出去的同时就猛然睁开了眼睛，一翻身从墙上爬起来，长剑已然在手，脸上尚有睡痕，一双眼睛就已经杀意凛然。

"有敌？！"他冷然道。

云止风缓缓收回了长腿，淡淡道："没有。"

江寂不明所以："那我刚刚……"

他低头，看到了自己衣衫上一个完整的鞋印。那鞋印位置端正，深浅恰好，仅凭一个鞋印就能看出其主人对身体的掌控有多强悍。他顿了顿，视线缓缓地落在了云止风身上。

云止风毫不掩饰："没错，我踹的你。"

江寂不可置信："我睡得好好的，你……"

他话还没说完，云止风就一声冷笑，道："这你该问你师妹。"

江寂莫名其妙地转头，就对上了宋南时那张面无表情的脸。江寂吓了一跳。

身后，云止风冷静地陈述事实："我睡了一个时辰，刚刚，你师妹把我叫醒了。"

江寂："？"他满脑门问号，"我师妹把你弄醒，所以，你就决定把我弄醒？"

云止风冷笑一声："不然呢？"

这时候，柳老头从玉佩里飘了出来，精准评价道："这叫'父债子偿'。"

江寂："……"什么"父债子偿"？什么父什么子！他忍不住道，"你有什么毛病！"

云止风面无表情："不，有毛病的不是我。"说着，他直接往墙上一靠，闭目道，"你师妹，心理方面多多少少有点毛病，你这个当师兄的管管吧。"

说完他也不管其他的，抱着手臂就睡了。

徒留江寂，手足无措地看向了自己的师妹。

宋南时对上他的视线，露出了一个"温柔"的微笑。她轻声细语："大师兄，你有没有听过一句话。"

莫名地，江寂手臂上的鸡皮疙瘩都起来了。

他结结巴巴道："什么……什么话？"

宋南时："生前何必久睡，死后必会长眠。"说着，她将手里的书塞进了自己的大师兄手里，温柔道，"大师兄，共勉。"

她嘴角带笑，施施然坐在了书桌旁，那祥和的表情配上她一双青黑的眼睛，居然显得有些可怕。

江寂："……"

柳老头："……"

柳老头看了片刻，语气沉重道："完了，没救了。"

江寂快吓哭了，连忙走过去，期期艾艾道："师妹，你还是休息一会儿吧，何至于此啊！"

宋南时："天将降大任于是人也，必先苦其心志，劳其筋骨，饿其体肤。"

江寂犹豫了半晌，也不敢再劝。他转头看了看自己身后的书架，又看了看熬得和鬼一样也要学习的师妹，咬了咬牙，重新坐在了书桌前，强撑起一双无神的眼睛。

宋南时见状，嘴角露出一丝冷笑。来啊！学吧！

于是，没等云止风睡多久，他就被这冥冥之中连空气都在拼命的气息惊醒了。他睁开眼睛，两眼无神地看着书架旁那一个赛一个拼命读书的师兄妹，莫名觉得自己被拽进了一个不努力就要以死谢罪的旋涡之中。

沉默半晌，他终究被迫起身，沉默无言地走到书架旁，浑身上下都是低气压。

宋南时见状，嘴角露出一丝不易察觉的微笑，充满了阴谋的气息。

计划成功。试问这天下，谁能摆脱得了拼命学习的命运？都给我拼命学习吧！
……

两万本书，三个人，要多久才能看完呢？假设一个人一天能囫囵看两本，三个人一起也要看上八九年。当然，这是普通人的速度，修士的话是要另当别论的。

第六章 祸害遗千年

修士，但凡修炼出神识，那么无论是看书还是习武，都已经摆脱用眼看、用脑子记的范畴了。神识扫视之下，说上一句"一目十行、过目不忘"也不为过。

宋南时不知道外面的时间过去了多久，但她扳着手指算，发现他们在这个藏书阁里整整看了三个月的书。整整三个月，不仅要把所有书看完，还要保证把书中的每个细节都记清，免得他们再遇见诸如"女主角吵架时喝了什么茶"这种脑干缺失的问题。宋南时一度觉得自己这辈子都不想再看书了。

但是效果也是显而易见的。他们把整个藏书阁的书架分成南、北两侧，没有看完的书全都堆放在北边，看完的书放在南边。

随着南边的书越来越多，北边的书逐渐减少，宋南时察觉到，哪怕这三个月里她为了看书几乎没有打坐修炼，修为也在缓慢地增长着。

而若是这个还不太明显的话，有一点宋南时真真切切能够感受到。她多年来一直毫无突破痕迹的筑基期瓶颈，竟隐隐有些松动。

宋南时若有所思。

在修真界，筑基期是修士和凡人的分水岭，这辈子也筑基不成的修士多的是。宋南时在习剑方面几乎没有天赋，但在其他方面天赋算不上差，理应不会蹉跎到十七岁还毫无筑基的动静。

但谁让她是个卦师。

卦师突破是出了名的难，在元婴之前，其他修士想突破或许还能靠武力堆叠，但是卦师想突破，从头到尾都是靠虚无缥缈的悟性。

而不知道是什么原因，宋南时想突破可以说是难上加难。她悟性并不差，天赋也在，但几次三番都卡在了突破的门槛上，始终觉得差了些什么。

师老头给她算过一次卦，看完卦象之后无言了半晌，只说，"机缘还没到"。

宋南时不知道一个小练气突破筑基还要什么机缘。但此时此刻她却隐隐有一种明悟。

她的机缘来了。

意识到这一点之后，宋南时不再心浮气躁，当真一本书一本书老老实实地看起来。其他两人不知道从书里得到了什么，宋南时却能明显感觉到他们一天比一天认真。

其中看书最多最快的是云止风。

宋南时知道云止风身上有旧伤，实力可能不只表现出来的这样，但他修为有损，神识却没有出问题。他的神识比宋南时师兄妹都要强大，看书的速度和他们相比几乎是一骑绝尘。

神鬼故事、孤本典籍、功法修行，与他们有关的，与他们无关的，他们看

得如饥似渴。

宋南时隐隐觉得，这个传承的主人或许确实没读过多少书，但他一定是意识到了知识，或者说是意识到见识的缺乏让自己修行路上碰了多少壁，所以他才会把所有他觉得有用的书放进藏书阁，用这种几乎是填鸭的方式教导自己的传承人。

宋南时意识到了，其他人也意识到了。

于是看到最后，三人不约而同地，已经不再把通关作为最终目的，用三个人分看两万本书，然后集思广益答题这种讨巧的方式过关，而是主动找出了自己没看过的书。哪怕北边的书架已经空了，也没人开口说要走。

于是，又是三个月。

当宋南时条件反射般去摸手边的书却摸了个空的时候，她甚至还没反应过来。

她抬眼，下意识道："书呢？"

云止风就站在她旁边，语气中忍不住带了一丝笑意，道："没了。"

宋南时下意识地重复："没了？"

云止风："宋南时，我们该走了。"

宋南时这才恍然回过神来。

没了。两万本书，整整六个月。学习结束了。

柳老头就在一旁笑吟吟地看着他们，难得没开口嘲讽什么，只道："走吧，去答题，看看这所谓的传承是什么。"

宋南时如梦初醒。

三个人起身，最后看了一眼这几乎被他们翻烂了的藏书阁，又彼此对视一眼，径直走向了那扇写满了题目的石门。

最开始让他们抓瞎的那些题目在此时竟都成了开卷考试。

江寂只看了一眼，不可置信道："这么简单？"

宋南时："放在六个月前你会说简单吗？"

江寂讪讪地笑了出来。

然后三人就迫不及待地开始答题。不知道是不是在藏书阁里拼命读书读习惯了，答题的时候，他们也在暗暗较劲，往往是上一道题刚答出来，下一道题所有人就准备好了抢答。

"万春丹添加什么会变成毒药？自然是地丹。这么简单的问题江兄居然迟疑，可见读书的时候也没用心。"云止风微微一笑。

"雷兽的弱点？当然是脊椎第三节的雷骨。云兄居然犹豫了片刻，可见看书的时候也是走马观花。"江寂反唇相讥。

宋南时眼看着他们两个大男人当着自己的面刀光剑影，也不禁冷冷一笑。

她看了一眼下一题，傲然道："《母猪的产后护理》中公猪的阉割知识在第几页，你们知道吗？"

江寂和云止风："……"母猪的产后护理为什么会涉及公猪阉割？他们不由得沉默了。

宋南时冷笑一声："在第三百二十一页。"说罢，她睥睨了他们一眼，像是在看两个小孩子。

二人："……"是他们输了。

三个人就这么明争暗斗、刀光剑影地答题，柳老头在一旁看得津津有味。直到他们一路你争我抢地答到最后一题，当那道题的题目显露出来时，三人都不由得愣了。

宋南时顿了顿，念出了题目。

"剑道。"

只有这两个字，笼统而宽泛，可能是任何与剑道相关的书籍内容，也可能不是。

当宋南时看到这个题目的时候，就意识到这不是自己能答的题。她的视线落在了两个剑修身上。

云止风和江寂齐齐皱眉。

两人对视一眼。

江寂最先试探着开始答题，用自己从藏书阁里看到的和剑道相关的书籍内容，或者是自己曾经学过的剑道知识。

然而这一次，题目毫无反应。

一路畅通无阻到了这里，他们才算是遇到了真正的难题，或者说，那位前辈真正想考他们的东西。

江寂败北之后，云止风开始答题。他很谨慎，答题的内容和江寂相比也更加深刻，然而题目还是没有反应。这不是那位前辈想听到的东西。

三人对视，陷入了沉默。

宋南时从刚刚他们答题起就在沉思，这时候突然道："读尽藏书，难题可迎刃而解。"

江寂下意识道："什么？"

宋南时："这是这扇石门上的原话，也就是说，石门上的问题，答案必然在藏书里。"

江寂："可是我们把藏书都看完了啊，并没有单纯写剑道的书。"

205

宋南时摸着下巴，斩钉截铁："肯定有。"

说着，她思索片刻，突然起身，又往书架边去。云止风意识到什么，立刻跟了上去。

江寂还在茫然："我们不是已经看完了……"

他话没说完，柳老头在他身后忍无可忍地踢了一下他的屁股，道："傻子，你还不快跟上去！"江寂反应过来，连忙跟上去。

他追过去的时候，宋南时正在北面空荡荡的书架旁停下脚步。那被他们搬得干干净净的书架上，一本从没见过的书孤零零地躺在上面。江寂霍然睁大了眼睛。

宋南时喃喃道："原来如此。"

她动了动手指，想上前，却又突然顿住，转头对江寂道："大师兄，你把那本书拿下来。"

江寂下意识地上前，把书拿了下来。那是一本只有书封，却没有书名的书。

他直接将书递给了宋南时，道："师妹。"

宋南时："……"她特意让江寂拿书，就是意识到这可能就是传承或者是和传承相关的东西，结果这傻子拿了之后又给她。他这点儿心眼子，是怎么能当上龙傲天的？

她无语，也没接，直接道："拿到书桌旁，我们一起看。"

云止风看了她一眼。江寂却没多想，从善如流地拿到了书桌上。

看着那本没有任何书名的书，宋南时的心紧了紧，终于伸出手，当着其他两个人的面翻开了书。然而书翻开的那一刻，宋南时和云止风却是同时眉头一皱，因为出现在他们眼前的，是一本一个字也没有的"天书"。

两个人对视一眼，云止风摇了摇头，表示自己也看不见。宋南时见状，正想说什么，却看到江寂突然失手打翻了手边的砚台。

他喃喃自语："原来如此。"

宋南时闻言猛然看过去，却见江寂的视线死死地落在那本"天书"上，如痴如醉。

宋南时先是浑身紧绷，随即又缓缓放松下来。她想，果然如此。原著里属于江寂的传承，兜兜转转，又回到了他的手中。

与此同时，石门发出了"轰隆隆"的响声。方才他们还无可奈何的石门，打开了。

何为剑道。

那位前辈不是在问普世意义的剑道，而是在问他自己的剑道。那本"天书"，便是他留下的剑道，能看懂"天书"的人，便是认可他剑道的人，也是他选择的人。

宋南时缓缓吐出了一口气，看了一眼仍旧沉浸在"天书"中的大师兄，转头对云止风道："我们先看看门后面是什么吧。"

云止风点头。

两人起身。

走到石门边时，云止风突然问："你是不是早就知道，你师兄就是前辈选择的传承人？"

宋南时不答，反问："那你失望吗？"她不由得笑道，"大师兄有了传承，我好歹也混了个传承，你这一趟可什么也没有。"

云止风失笑，语气轻描淡写，却十分傲然："我将来，会是留下传承，让人趋之若鹜去寻找的人。"

宋南时闻言，笑眯眯地看着他。

云止风说话的时候没觉得有什么，这时候却被宋南时看得分外不自在。他不由得道："你的传承应该也在里面，先去看看吧。"

宋南时被转移了注意力，不由得兴奋起来。她想，虽然给她传承的前辈特意蹭了别人的传承地，看起来很穷的样子，但是那个年代能有实力在秘境里留下传承的，个个都不容小觑，说不定穷只是他的表象呢。

宋南时不由得期待起来。带着这种期待之情，她抬脚，走出了石门。

石门后是一个藏兵阁一样的地方，摆放着各式兵器。而正中间，是一个二人多高的男人雕塑，那雕塑的样貌和藏书阁里的画像一模一样。

雕塑手中捧着一把重剑。

宋南时猜测这是给大师兄留的。好家伙，这排场！

于是宋南时忍不住搓了搓手，大师兄的传承和武器都在了，那自己的……

念头还没细想，她脸上的笑容突然一僵。

因为她找到疑似是自己的传承了。但这并不是因为她的眼力有多出众，而是因为……

宋南时抬起头，面无表情地看着那个英武男人雕塑的额头上贴着的一张小字条。

四个字飞扬跋扈——

爷爷在此！

这四个字旁还标了一个向上的箭头，直指雕塑头顶。

宋南时僵着脖子，一寸一寸地抬头。她看到了一个朴素的小木盒，被放在

了雕塑的发冠之上。

宋南时："……"

与此同时，云止风欲言又止的声音响起。

"这位前辈……"他沉吟，最终评价道，"颇为不拘小节。"

宋南时："……"突然之间，这传承她不是很想要了。

……

幻境之外，悬崖之上。

诸袖和郁椒椒一路找到这里，心急如焚。

诸袖看了看四周，斩钉截铁道："没错啊，我问过最后一个目睹师兄他们的修士，他们说师兄和师妹就是往这里来了。"

郁椒椒有些无措："还有三个时辰秘境就要关闭了，再找不到师兄师姐……"

诸袖不由得安慰道："没关系，只要还在秘境，秘境关闭之际他们就会被送出来的。"

郁椒椒顿了顿，却问道："可他们，若是在秘境里陷入了什么独立空间呢？"

诸袖不说话了，眉宇间也有些凝重。

两人正一筹莫展之际，却见面前的空间突然扭曲起来，下一刻，一个头肿得和猪头一样的男人突然从里面跑了出来。

他疯疯癫癫道："六个月！六个月！"

郁椒椒吓得后退一步，然后惊呼："这个猪头……"

她话还没说完，猪头兄猛然看了过来，然后猪头兄热泪盈眶："人！人！是活人！活人啊！"他像是看到亲人一般，朝郁椒椒冲了过来。

此时，诸袖因为探查四周的情况，离郁椒椒有一丈远，见状大惊："师妹！"

郁椒椒也大惊失色。但她大惊却不是因为这人突然冲过来，而是因为社恐的本能发作，看着这个冲过来的人，她就像是恐虫人看到了一条毛毛虫一般。

她一个劲后退，眼神惊恐，口不择言："人！人！是活人！你不要过来啊！"

眼看着后退毫无作用，那人依然我行我素，社恐的本能突然之间让她爆发出无限潜力，抬手就是一拳，正中猪头兄面门。

下一刻，这一拳的力道让猪头兄直接倒飞了出去，直直地又飞进了那个旋涡之中。

"啪。"旋涡合拢了。好不容易跑出来的猪头兄被郁椒椒一拳打回最初的起点。

郁椒椒还满脸惊恐："是活人！好可怕！"

诸袖："……"

（三十三）

小师妹眼里含着一汪热泪，在山风中瑟瑟发抖，脸上还带着惊魂未定的神情，无措地看着她。

弱小，可怜，但能打。

诸袖缓缓抬起手，合上了自己掉下来的下巴。她觉得，她对自己这个最小的师妹可能有一些根深蒂固的误解。她下意识地看向了师妹怀里的黑兔。

黑兔在师妹的那一拳之后就噤若寒蝉，此时还下意识地将头往师妹怀里埋了埋，看起来比师妹还弱小可怜。

诸袖："……"

她大概明白了师妹这个胆小寡言的社恐人士，是怎么把一个妖族太子拿捏得死死的了。

此时，师妹默默收回拳，又看了一眼那已经消失的旋涡，脸上浮现出一丝做错事的不安，喃喃道："师姐，我是不是打人了啊？"

诸袖："……"你不仅打人了，还把人揍进什么未知空间里出不来了。

但身为师姐，她自然得先安慰自家人。她道："是他自己先冲出来吓人的，师妹这是自卫！"

郁椒椒闻言，若有所思起来。她喃喃道："所以，这就是师姐教我的……反抗，对吧？"

诸袖虽然觉得自己小师妹对"反抗"这个词的理解似乎有些偏了，但是她有勇气打别人总好过和以前一样任由别人欺负也不敢还手。于是她坚定地点头，道："对！"

郁椒椒松了口气。

但她本性毕竟是善良的，冷静下来之后，发现那位突然冲出来的猪头兄不知道被她打到哪里了，连忙道："师姐，我们先找人吧，先把人救出来再说。"

诸袖是亲眼看着那位猪头兄被小师妹一拳揍进一个旋涡之中的，她心知这种秘境中出现的独立空间多半不同寻常，她们估计连进去的入口都找不到，但她还是应了下来，装模作样地和小师妹四下寻找。

就当是让小师妹安心。

找了一会儿，她想起了郁椒椒方才那一拳，不由得道："师妹的力气很大。"

或者说，是不合常理的大。刚刚那能一拳把人打飞的力气几乎可以匹敌正经的体修了，远远不是一句"社恐的潜力爆发"所能概括的。

因为潜力爆发的前提是你得先有这个潜力。除非她这个多年习剑的小师妹其实是一个千年难得一遇的体修天才。

没想到小师妹却道："因为三师姐的力气也很大。"

诸袖："？"三师妹？

看出了她的疑惑，郁椒椒抿了抿唇，解释道："三师姐曾经和体修的师叔们学过一段时间，她天赋很好的，师叔们都很喜欢她。"她低声道，"我小时候身体很弱，三师姐就拜托体修的师叔们教我一些基础的体修功法以强健体魄，所以，我学过一些体修的本领。"

诸袖一愣。

耳边，小师妹的声音忽高忽低。

"但我小时候很长一段时间，都以为这只是因为师叔们好心，因为三师姐从来没和我提过这件事。若不是这次来秘境之前赵师姐和我聊三师姐时偶然提起，我甚至都不知道三师姐帮过我。"

诸袖愣怔。她不由得想起，来这个秘境之前，小师妹确实特意找过她，想让她陪着一起去找三师妹，说是要向三师妹道谢。谁知道那时候三师妹已经启程去秘境了。

以小师妹的性格，向来不会去秘境这种人多的地方，可这次为了追三师妹，硬是咬着牙和他们一起过来了。

原来是这个原因。但是，小师妹小时候，三师妹多大？她不过比小师妹大两岁而已。那时候自己又在做什么？

诸袖抿了抿唇，再一次觉得上辈子的自己真的是一事无成。年少之时，她将师尊奉若神明，师尊想看到她什么模样，她就把自己活成什么模样。师尊想要和她当师徒，她便一心一意敬他为师尊。后来她果真就成了师尊想看到的模样。

约莫是她和师尊的白月光太像了，他想和她当师徒，又不想只当师徒。

她亲眼看着他挣扎和沦陷，但她却是沦陷得更快的那个，因为她上辈子从生到死心里都只有师尊，师尊不想和她当师徒，她就冒天下之大不韪。

她以为这叫两情相悦，但又亲眼看着师尊一边情不自禁，一边不断挣扎。她以为他所挣扎的是世俗礼法，是师徒之别，于是她自请脱离师门。

修真界有"出师"一说，但是出师只是离开师门自立门户，师尊却仍是师尊，一日为师，终身为父。想要摆脱师徒的名分，唯有彻底脱离师门，比如舍弃师徒名分，也舍弃毕生所学。她觉得这没什么，师尊救她性命，她理应报答，哪怕他想拥有她。

210

第六章·祸害遗千年

她笑着道："本领没了还可以再学，但是从此以后，师尊便能正大光明地牵着我的手了。"

师尊沉默片刻，道："好。"

他同意了。诸袖以为，她走完了九十九步，他便会走那最后一步。

她自请脱离师门，掌门怜惜她，只废了她半数修为，令她不许再用无量宗功法。

她离开无量宗，等着他走那最后一步。然后，她便听闻他风尘仆仆地接回他那假死青梅的消息。她这才知道，她望了一辈子的师尊，从头到尾看的都不是她。

最终，她还是没能等到他来找她，却带着仅剩一半的修为等来了邪修率领暴动的妖兽突袭她暂居的城镇。

邪修的剑刺穿她的心脏之时，她才觉得自己这一辈子很可笑，何其荒诞。

诸袖深吸一口气，再去想上辈子的自己，几乎觉得羞愧。这大概就是三师妹口中的恋爱脑①吧。除了谈情说爱，她还做了什么？

她喃喃道："三师妹，很好。比我好。"

郁椒椒突然拉了一下她的衣袖。她道："师姐，你也很好。"

诸袖闭了闭眼，再睁开，斩钉截铁道："我会很好，我们都会很好。"

她踌躇满志，大踏步向前，却突然踩到了什么。她低头一看，只看到一颗发光的石头。

诸袖下意识道："这是……"郁椒椒看了一眼，道："应该是刚刚那个人掉下来的，最开始我们到这里的时候没有这个东西。"

诸袖闻言，下意识地捡起来。

于是下一刻，黑色的旋涡再次出现，直接将诸袖吸了进去。

郁椒椒大惊，上前拉住诸袖："师姐……"

两个人一起消失在旋涡之中。

再次脚踏实地的时候，两个人便出现在一个雾气朦胧的地方。

诸袖迅速抽出剑，冷声道："这应该是刚刚那个猪头……那位公子被拉进来的地方，我们小心行事。"

看那位猪头兄凄惨的模样，就知道这里绝对不是什么简单的地方，诸袖心

---

① 恋爱脑：指一种爱情至上的思维模式。那些一恋爱就把全部精力和心思放在爱情和恋人身上的人，人们形容他们有一个"恋爱脑"。

211

中充满了警惕。

与此同时，充满了不祥意味的朦胧雾气中突然出现了一个身影。

诸袖顿时浑身紧绷，郁椒椒也很紧张。

在两个人警惕的注视之中，那个身影显露了真面目。那是一个头上戴着三角头盔、体形古怪的怪物。

诸袖大惊："这是什么？"郁椒椒却松了口气："不是活人！太好了！"

她语气中的雀跃过于真情实感，一时间，诸袖蒙了，那三角头也蒙了。

诸袖："……"不是活人的她不怕，是活人的她一拳能把人捶飞，从某一方面来说，诸袖觉得自己这个师妹简直无敌！她突然觉得那三角头没么诡异了。

三角头和这对师姐妹大眼瞪小眼，面面相觑。诸袖正想开口问问这玩意到底是什么东西，整个空间突然震荡起来。

……

宋南时和云止风合力将雕塑发冠之上的木盒拿了下来。

然后两人虔诚地对着前辈的雕塑拜了拜，希望对方不要怪罪。

宋南时回头看了一眼，看到江寂仍旧沉浸在那无字"天书"中无法自拔，便和云止风一起，先研究起了那个木盒子。

看到了疑似装了自己传承的木盒子，第一步自然是得先打开。宋南时下意识地伸手去掰，掰不开。

她四下看看，发现这木盒也没有锁什么的，就是方方正正一个木盒。

宋南时想了想，便对云止风道："帮忙。"云止风满脸无语，但在宋南时的催促下，仍旧伸出手来。于是，两个人一个拽着盒子的这头，另一个拽着盒子的那头，拔河似的拉扯起来。

宋南时吃奶的劲都快使出来了，云止风不由得也加大了力气，结果就是，宋南时直接被云止风拽飞了，云止风收力不及，整个人往后倒。

宋南时便和盒子一起，"嘭"的一声砸在了云止风胸口上。

她被砸得晕头转向，云止风也不好受，正想开口让宋南时赶紧起来，身后就传来江寂不可置信的声音："你……你们在干什么？"

云止风："……"

宋南时："……"

又来！

第六章·祸害遗千年

柳老头连台词都没变:"没眼看没眼看。"

宋南时深吸一口气。她觉得,同一个套路,来一次还行,三番两次地来就不礼貌了!

她直接破口大骂:"我们能干什么?!江寂,倒倒你脑子里的水!"

江寂:"……"他讪讪地笑了出来,连忙上前扶两人起来。柳老头在身后哈哈大笑,无论谁倒霉,他都很开心,纯粹是一个捡乐子的人。

云止风被扶起来的时候脸色不太自然,也不知道是不是被砸的。宋南时看了一眼,决定不去问这种可能事关自己体重的问题。

她看了一眼江寂,直接把盒子递给他,道:"看看你能不能打开?"

江寂和宋南时不愧是师兄妹,第一反应就是用蛮力去掰。无果。

江寂挠了挠头,看了一眼那雕塑,灵光乍现,当即道:"我先将前辈留给我的重剑取下来,说不定能直接斩开这盒子。"

宋南时看了他一眼:"那你试试。"江寂闻言,十分自信地上前去拿那把重剑。

他的手握上剑柄,重剑滑动,发出沉重的声音。

江寂彻底将重剑举起来,正想说什么,整个人却突然一顿。与此同时,整个空间的气息一变,周围的景象突然晃动起来。

两个人一起看过去,云止风脸色便严肃了,冷声道:"你师兄顿悟了。"

宋南时闻言大惊,直接把盒子往自己怀里一揣,也不管打不打得开盒子了,撸着袖子上前就要去拽一动不动的大师兄,还招呼云止风道:"赶紧!帮忙!"

云止风蒙了:"怎么了?"

宋南时斩钉截铁:"等会儿肯定会有人来抢大师兄的剑。"

云止风先是质疑:"这是传承空间,怎么会有其他人进来?"然后他突然想起什么,严肃道,"你算出来的?"

宋南时:"……"这还用算吗?

天书算一半传承,重剑算另一半传承,龙傲天拿到了完整的传承后陷入顿悟,正是乘虚而入的机会,不安排个抢东西的反派简直没天理。

他们这两个路人甲八成就是替龙傲天挡灾的,要是敌人太过强大,等他们被杀了,龙傲天就可以直接开启"队友祭天,法力无边"的模式。

宋南时可太清楚这些套路了。

眼看着因为龙傲天的突破,整个传承空间都有些不稳,宋南时估摸着他们能趁机直接跑出去,让准备抢东西的反派角色扑个空。

时间不等人,她上前就准备拽人。谁知道反派来得就是这么快。

宋南时还没把人拽起来,就见一只凶神恶煞的"猪"状若疯癫地从藏书阁的方向跑了出来。

213

宋南时见状大惊，脱口而出："是猪妖？！"

那"猪妖"抬头，对上宋南时的视线，一瞬间面目狰狞。

他的声音字字啼血："宋、南、时！"

宋南时更震惊："这'猪妖'还认识我？"

"猪妖"看向她的目光几欲喷火。

还是云止风眼力好一点，他冷静道："宋南时，你等等，这'猪妖'有些眼熟。"他皱眉仔细看，随即笃定，"决明子！"

在藏书阁里待了半年的宋南时满脑袋问号："谁是决明子？"

云止风顿了顿，道："枕头。"宋南时恍然大悟：是枕头兄！

然后她看他的神情顿时就不一样了。来抢龙傲天机缘的反派是枕头兄？那么，这位枕头兄从进入秘境起就跟着他们，其真实目的难不成是要抢大师兄的机缘？

宋南时漫无目的地猜测。

而决明子见他们旁若无人地交流，一时间几欲吐血。他看着宋南时，声音中充满了愤恨："六个月！整整六个月！"

宋南时听得一头雾水，什么六个月？

然后便听枕头兄接着道："我在那个叫寂静岭的地方，待了整整六个月！"

宋南时："……"她惊了，目瞪口呆地看着他。

下一刻，她语气里几乎带了点儿敬仰，脱口而出："在寂静岭待了六个月你居然没疯也没傻，兄弟，你厉害啊！"她冲他竖起了大拇指。决明子见状，终于吐了一口血出来。

他不知道自己究竟是造了什么孽！一个小小的炼气期修士，先把他坑进了鬼王蜂群，后把他坑进了寂静岭。鬼知道在寂静岭的那六个月他是怎么过的！

好不容易，他找到了出去的机会，想着自己能守在外面操控秘境守株待兔了，谁知道又被人一拳捶了进去！

他咬牙切齿："宋南时！你……"

宋南时连忙后退了两步，声音警惕："你干什么？你别过来！"

云止风："……"他深吸一口气。此时此刻，他无比庆幸自己和宋南时是一伙的，而不是她的敌人。否则，他觉得自己的死因一定是气死。

决明子胸口剧烈起伏，紧紧闭着眼睛，眼看着离气死只有一步之遥。

然后他突然冷笑了出来："伶牙俐齿，便多让你笑一会儿，我看等一下，你还怎么笑得出来！"

宋南时闻言皱眉，直接道："你是来抢我师兄机缘的？"

第六章·祸害遗千年

决明子的视线落在了陷入顿悟之中的江寂身上。随即他脸上就出现了不屑的神情，冷冷道："这种机缘，也配让我抢？"

宋南时还没来得及思考他话中的意思，就听见一直没说话的柳老头突然道："宋南时，你个瓜娃子！这老货是冲着你来的！你还不快跑！"

下一刻，决明子的声音接着响起：

"把你怀里的东西，交出来。"

他不是冲着龙傲天的机缘来的，他是冲着宋南时的机缘来的。

这……问题就大了。她怀里这个连传承都要蹭别人地盘的机缘到底是个什么东西，能让决明子从秘境外跟到这里？还有……让白梧秘境闻名的是那位剑修大能的传承，决明子是怎么知道这里还有个蹭秘境的传承的？

宋南时心中百转千回，面上却更加冷静。跑是来不及的，毕竟还有个陷入顿悟的大师兄在这里。

云止风挡在她身前，她借着云止风的遮掩掏出木盒。

她道："你要这个？"决明子眸光顿时热切，迫不及待道："把它给我！"

宋南时若有所思："看来它确实很重要？"这么重要的东西，要怎么打开呢？她既然过了考验，那必然是能打开的。但留下这传承的前辈穷成这样了，八成不会再花费灵石搞什么阵法之类的再考她一回。

那么，打开盒子的方法，必然就在她身上。

此时，决明子已经道："你不要敬酒不吃吃罚酒！"

宋南时突然伸出手，从自己衣兜里掏出了那颗把她带进来的发光石头，然后问："云止风，你能挡他多久？"

云止风淡淡道："挡到你打开这个盒子还是可以的。"

宋南时："事后给你灵石。"云止风却道："不要你的灵石。"

话音落下，他在决明子的怒吼之中，直接甩着剑冲了上去。

宋南时不敢再耽搁，直接将手里的发光石头按在了盒子上。

一瞬间，光芒大炽。与此同时，柳老头冷不丁道："还有你的血。"宋南时顿了顿，咬破了手指，直接把血滴了上去。

下一刻，"咔嗒"一声，宋南时察觉到了盒子的松动，她伸手就要打开盒子。

就在这时，决明子突然道："宋南时，我劝你想清楚。"

见宋南时不理会他，他一边应付云止风，一边咬牙又道："我曾在那东西上留下诅咒，除我之外，谁拿起那东西，谁便会失去自己最重要的东西！"

宋南时手一顿。但她并不是怕了，她只是想，这人既然一心要这盒子，显然并没有得到过盒子里的东西。那么他是怎么在里面的东西上留下诅咒的？白

215

梧秘境五十年开放一次，难道他五十年前来过？但既然来过，还留下诅咒，为什么不把它带走？

不，他要是早就来过的话，一开始就会直奔这里，而不是进了秘境之后一直跟着她。他是第一次来这里，那么所谓的诅咒是怎么留下的？

更早之前？有多早？

但现在不是多想的时候，她手上的动作并未停顿，一边把手伸进盒子中，一边缓缓道："很抱歉，我并没有什么最重要的东西，也没有什么非他不可的人。"

话音落下，她的手触碰到什么东西，她猛然把东西抽了出来。

一个罗盘一样的东西出现在她手里，罗盘上是一个八卦图案，此刻，八卦的八个方位，只有离卦是亮着的。这东西的名字一瞬间出现在她脑海中。

命盘。

宋南时手指微微颤抖，下意识地伸手，去触碰那唯一亮着的离卦。而与此同时，宋南时猛然察觉，她储物戒里少了什么东西。

她猛然抬起头。同一时间，决明子手中多出了一个储物袋。

他见状迅速后退，躲过云止风的攻击，看着手里的东西冷笑道："没有什么最重要的东西？让我看看你最重要的东西是什么。你要是还想要它，就拿你手里的东西换……"

他一边说，一边打开储物袋。然后，他僵住了。

下一刻，他的声音骤然提高："灵石！为什么会是灵石？！"

怎么会是灵石这种毫无用处的东西！

但云止风一听见灵石，心里却"咯噔"了一下，觉得今天的事怕是不能善终了。他回过头，竭力冷静道："宋南时，你听我说，你不要冲动……"

宋南时充耳不闻，只死死盯着决明子手里装着灵石的储物袋，脸色冷得骇人。

她已经意识到了如今自己的处境。

今天，她是为灵石而战！成则连决明子的灵石一起抢，败则彻底变成穷光蛋！

她的手缓缓落在命盘之上。

"离为火！"

熊熊火光冲天而起！

灵石祭天，法力无边。

宋南时冲了出去！

一旁，柳老头看得津津有味。他一边看着大显神威的宋南时，一边回头又

216

看了一眼自家没机会"法力无边"的傻子。

他骂骂咧咧地踢了江寂一脚，道："我要你有何用！"

（三十四）

卦师是全修真界最弱的职业，没有之一。这是整个修真界公认的事实。或许几千年前曾经有过传说中那种可一卦定乾坤、一言断生死的卦师，但这样的卦师没有在这个时代出现过。

这个时代的卦师弱到什么程度呢？弱到有能耐点儿的医修都能靠着一手医毒术吊打他们。

每年各大门派举行的宗门比拼，卦师之间的比拼往往是最没看头的，因为比算卦的话外行人看不懂，只能在结果出来时惊叹一句"这个算得比那个准"。

但是要是比武力的话，卦师们的武力在修真界一个比一个能打的修士眼里，约莫能用"重在参与"四个字完美概括。

看医修们玩心眼、比谁心更脏都比他们有看头，看丹师举着炼丹炉互扔都比他们更有暴力美学。

但是此时此刻，宋南时和决明子两个卦师之间的战斗，却几乎颠覆了在场所有人对卦师的刻板印象。

精彩？不，是危险。让人脊背发寒的危险。

在宋南时的熊熊离火冲天而起的时候，云止风就迅速撤出了战场。这不是因为他遵循什么一挑一的战斗规则，也不是因为他挡不住那个枕头兄的攻击了，而是因为他意识到，宋南时的离火怕是要不长眼了。

在秘境里这么多天，他和宋南时一路搭伙，遇到危险时也合作过不少次。

都说"水火无眼"，但是宋南时的离火却往往能精准攻击敌人而不伤到他。宋南时曾经说过，离火是她的手脚，她只需要分出些许神识去控制离火，自己的手脚还能去攻击她不想攻击的人吗？

云止风便问她，什么情况下她会任由离火无差别攻击。

宋南时："你问这个做什么？"云止风："未雨绸缪。"

宋南时："？"

云止风便道："若是有一天你在阵前连我都打，我也好知道你到底是无意为之还是蓄意报复。"

宋南时便似笑非笑地看着他，然后道："你打架的时候会不控制自己的剑吗？"顿了顿，她约莫是觉得不严谨，又补充道，"除非是我气疯了。"

此时此刻，强烈的直觉告诉他，现在的宋南时，大概就是气疯了。

气疯了的宋南时，她的离火是不长眼的。

云止风实在不想在面对枕头兄攻击的时候，还要面临来自队友的无差别攻击。于是他在宋南时冲过来的时候就毫不留恋地退出了战场，只在旁边准备找机会给那"枕头"致命一击。

离火便在此时铺天盖地，张扬肆意。云止风下意识地紧紧握住了自己的剑。

柳老头凑到他身旁，摇头感叹道："我就说那傻子的师妹不简单啊，不简单。"

云止风看不见他，也听不见他说话，自然不会给他回应。他只是皱了皱眉，下意识地抬手挥了挥，像是在赶蚊子，手掌径直穿过了柳老头的身体。

柳老头愣了一下。

他终于意识到，这不是能听见他说话、看见他的江寂，也不是看见了也装没看见的宋南时。他已经死了，本不应存于人间，他甚至不是人。他死在自己的挚友手中。

他神情复杂了一瞬。下一刻，他转头，骂骂咧咧地回到了江寂身边。看着那个好不容易顿悟都悟得这么"恰到好处"的江寂，他气不过，又一脚踢了过去。

……

此时的宋南时，和云止风猜测的差不多，她气疯了。

她从不怕被人威胁，因为从前的她一无亲族，二无资产，唯一在意的师老头待在无量宗不出去，身边三个同门全是主角，没有什么能威胁到她，除非有人用她的性命威胁她。但都到用性命威胁的时候了，那还讲什么啊，大家直接搏命吧。

但是此时此刻，宋南时突然觉得这"枕头"还不如用她的性命来威胁她。她盯着决明子手里的灵石袋子，心里的怒火一层层高涨。那是自己一个子一个子攒下来的，在她这里，每颗灵石都有名字。

如今，她的小宝贝们被挟持在别人手中，决明子还在不可置信地叫嚣着她最重要的东西怎么可能是无用的灵石。

无、用、的、灵、石。

每个字似乎都在宋南时的底线上蹦迪，蹦得宋南时额间青筋直跳。

手触上命盘，熊熊火光冲天而起。

"离为火！"

仍不可置信的决明子一下子卡壳了。他看着那几乎是不顾忌灵力损耗的漫天火光，语气逐渐崩溃："就一袋子破灵石！宋南时！你是不是有毛病?！"

嘴上这么说着，但他的动作却毫不含糊，长袖一挥，漫天水色凭空出现，转瞬之间浇灭了这来势汹汹的大半离火。

离为火，坎为水。

宋南时明了，这决明子的本命卦为坎卦。她的本命卦为离卦，御火，偏偏就遇到了一个御水的坎卦，决明子仿佛是专程来克她的一样。

但宋南时却连眉毛都没动一下，只垂眸看了一眼面前的命盘。命盘的八个卦象，唯有一个能被自己驱使的离卦是亮着的。

手指轻点爻图，下一瞬，火光再次大炽，四面八方层层叠叠地包围了过来，居然硬生生把围绕着决明子的水蒸腾出了白气，层层逼退。

决明子面上不动声色，眉心却忍不住跳了跳。水本就克火，直接用火硬生生把水烤干要多少灵力？她一个还没筑基的修士，丹田里又能储存多少灵力？这么不计代价地挥霍灵力，她就不怕他还没怎么样，自己直接先被抽干，从此以后断绝道途吗？

而且……该死的！这一个小小的炼气期，这般挥霍下去早该抽干自己的灵力了，可眼前的火焰却源源不断，没有半点熄灭的迹象。这到底是不是炼气期？炼气期会有这么厚的灵力储备？

他几乎要忍不住问宋南时一句她是不是作弊了。

不行，他殚精竭虑，眼看着走到了这一步，怎么能让自己在一个炼气期身上阴沟翻船！

决明子眸色渐渐深了下来。

于是，下一刻，宋南时耳边响起了一个阴沉的声音。

"艮为山。"

方才还面无表情的宋南时震惊地抬头。一座石山随着决明子的话语，缓缓自宋南时面前升起，径直挡住了漫天大火。然后便是接二连三的石山在宋南时四周升起，石山隔绝了宋南时对石山之外离火的控制，也将宋南时彻底围起来。

决明子的声音冷气逼人："你以为，我就这么点儿伎俩？"

但宋南时却没心思理会决明子的挑衅，她甚至没心思在意自己是不是被决明子困住了。

她满心只有一个念头：决明子，是不是作弊了？

第六章·祸害遗千年

219

修真界的卦师唯一的自保手段是驱使卦象，这是常识。没有天赋的卦师毕生也找不到和自己亲和、能为自己驱使的卦象，有天赋的卦师能驱使其中一个卦象为自己所用。

其、中、一、个。

因为八卦之中的八个卦象互相排斥，这也是常识。你驱使得了其中一个，就不可能再驱使得了另外一个。

她宋南时活了整整十七年，也没听说有哪个天才卦师能驱使两个卦象为自己所用。就像她没说过这世上有哪个剑修能同时拥有两把本命剑。

但是此时此刻，宋南时却是眼睁睁地看着决明子驱使了两个卦象。

坎为水，艮为山。

她觉得自己十七年来坚持的世界观仿佛在此刻崩塌了。

两个卦象，两个卦象……

这四个字在宋南时脑海之中不断转动。

山外，决明子冷冷的声音传来："宋南时，交出命盘。"

宋南时充耳不闻，脸上的神情却迅速从震惊转化成了若有所思。

两个卦象。

她低下头，看向了手里的命盘。离卦微微泛着光，其他的七个卦象依旧暗淡无光。她不由得想，命盘之上的八个卦象，真的只是为了让自己算卦方便的吗？

还有……

她若有所思地抬起了头。

以前她不知道一个卦师能驱使两个卦象，但现在她知道有人能这么做。

那么……

既然决明子都能做到，那么她为什么不能？

她的手缓缓落在命盘上，这一次，放在了暗淡的一方。

此时，石山外。

云止风神情冷肃。他凝眉片刻，斩钉截铁道："决明子的修为突然提升了。"

不是突破，而是突然提升。云止风眼睁睁地看着他在说出"艮为山"这三个字之后，原本隐约透露出金丹气息的修为，突然之间变成了元婴的。但这不是正常的提升。反而好像是一个本就修为高深的人出于某些原因刻意压制修为，此时却在宋南时的逼迫下被迫恢复一些修为一样。

他直接抽出了剑。这人不是现在的宋南时能对付得了的。

柳老头见状大惊，哪怕知道云止风听不见他说话，也不由得道："你等等！

这决明子明显是在扮猪吃老虎啊！"

云止风没听见，就算听见了他也不会理会，他提剑冲向了决明子。

决明子阴沉的视线转过来。

一见到云止风，他突然冷笑："你也来送死？"

云止风没说话，面容冷肃。

两个人战在一处。

柳老头能看得出云止风重伤在身，所以他才火急火燎。他不知道云止风能顶多久，但是现在他既帮不了云止风，也忙不了宋南时。他不由得迁怒这边都打成这样了还在顿悟的江寂。

"我要你有何用！"

正当他想再踢他一脚的时候，那石山之中却突然传来了宋南时的声音。

不高不低，不紧不慢，却清清楚楚地传进了每一个人的耳朵。

"巽为风。"

话音落下，整个空间的气息猛然为之变化。

柳老头愕然，他喃喃道："这是……

"临阵突破？"

宋南时，一个天赋很好却一直到十七岁也没筑基的修士，在如此生死存亡的危急关头，临阵筑基了。而且不知道她是不是之前憋得狠了，一朝筑基修为便直接节节攀升，一直从刚刚筑基的状态一口气攀升到了筑基六阶，这才不情不愿地停了下来。

但让人震惊的还不是她突然筑基。临阵突破，不常见，但也不是没有过。

最让人震惊的是那句"巽为风"。

巽为风。

命盘之上的巽卦缓缓亮起。

下一刻，巽风带着离火，火借风势，一瞬间高涨，以破竹之势一口气越过了高高的石山。这一刻，石山仍在，却已然不再是阻碍，离火借着风势在石山之外如燎原之势，畅通无阻。

第六章 · 祸害遗千年

决明子在听到那句"巽为风"的时候整个人就蒙了。

他蒙了,云止风可没蒙。他看对方一眼,仿佛丝毫不知道什么叫乘人之危一般,一剑将对方击飞,随即头也不回地奔到石山前,看了一眼,道:"宋南时,躲开。"

宋南时了然,立刻驱使巽风围在了自己周身。

云止风凝聚灵力。

下一刻,"轰"的一声,面前那座坚不可摧的石山直接被一剑暴力破开。

巽风温柔而不容置疑地挡开了宋南时周身所有的碎石。

云止风抬起头,就看到宋南时毫发无损地站在碎石之中,笑眯眯地冲他竖了个大拇指。

"云兄,干得漂亮!"她夸赞。仿佛刚刚生死一线的不是她自己。

云止风有心想疾言厉色地教训她一顿,但在她笑眯眯的视线之下,却什么话都说不出来了。他不由得也笑了出来。

宋南时和云止风对着笑,但决明子却笑不出来了。

巽风带着离火,吹散了碎石,吹得他心头冰冷。

第二个卦象。

这个刚刚筑基的丫头,驱使了第二个卦象。是因为有命盘吗?还是其他什么?

他起身,声音嘶哑:"你是怎么做到的?"

宋南时看过去,不明所以:"你不是也做到了?问我做什么?"

决明子怒发冲冠:"我那是作弊!"宋南时却点头:"我懂,我就没听说过哪个卦师能驱使两个卦象,能做到的肯定有点儿东西在身上,在别人眼里多半是作弊。你也不要在意,正所谓不遭人妒是庸才……"

她话还没说完,决明子险些一口血吐出来。他悲愤道:"你懂?你懂个头!你能做到,是因为你开了挂!但我是作弊啊你懂不懂?!"

宋南时不懂。明明他们两个人都做到了,怎么她是开挂,他就是作弊了?作弊,意思是他原本做不到?

宋南时若有所思。

但此时的决明子显然是意识到自己悲愤之下说多了。他闭了嘴,只阴鸷地看向宋南时手里的命盘。他道:"是因为这个命盘,对吧?"

他明显是还没死了抢命盘的心,云止风见状神情一凛,就准备出手。

谁知道宋南时却在身后不动声色地抓住了他的手。她面上丝毫不显,只侃侃而谈:"我也不是不讲道理的人,你若是告诉我你怎么知道这命盘的,又是怎么在命盘上下的诅咒,我把它给你也无妨。"

决明子冷笑:"伶牙俐齿,你以为我会信你?"

宋南时笑了笑:"好奇嘛,你试试又不吃亏。"

决明子也笑:"你知道骗我的下场吗?"

宋南时却睁大眼睛,真诚道:"我怎么会骗你?你看,你明显是隐藏了实力,现在呈现的元婴期也不知道是不是你最终的实力,万一你是个化神期的大能,那我们几个加在一起也打不过你。正所谓识时务者为俊杰,我惜命啊,只要你把我的灵石还给我,再答应饶我们一命,我为什么不把命盘给你?"

她说得言辞恳切,条理清晰,很符合她爱财怕死的人设。

决明子反而有些将信将疑了,他不由得狐疑道:"那你问那些多余的做什么?"

宋南时微笑:"好奇而已。我好歹也算和命盘有些缘分,送走它之前了解一下它,不过分吧?"

谁知道这句"有缘分"一出,决明子当场就炸毛了。他怒道:"胡说!这命盘本该是我的!若不是……"他顿了一下,"若不是"后什么都没有说。

宋南时却激道:"真的吗?我不信!"决明子冷笑:"不信?我若是和它毫无关系,怎么会在上面留下诅咒?"

宋南时沉思了片刻,然后她缓缓道:"你道自己能驱使其他卦象是作弊,又道这命盘本该是你的,所以我可不可以做一个假设,你本来并不能驱使两个卦象,但出于某些原因暂时得到了这个能力却不能很好地运用。而今你要这个命盘,是因为你觉得靠它,你可以真正掌握这种能力。"

决明子面色微变。

宋南时微笑:"我猜到了。"

"但我要告诉你一件事。"她笑眯眯地说,"我掌握两种卦象,和命盘没有关系。"

决明子神情一变。但他很快道:"你以为我会信?"

宋南时面色不变:"信不信,你都是要杀我的,不是吗?"

决明子一愣,随即道:"你倒是聪明,所以我劝你主动把东西交给我,我还能给你留个全尸。"

宋南时却道:"你和我东拉西扯这么久,是因为命盘已经认我为主,我不主动放弃,你很难办是吧?"

决明子:"你……"

宋南时直接打断他:"所以你猜猜,我和你东拉西扯这么久是为了什么?"

决明子突然意识到什么,立刻往宋南时身后看去。

云止风和江寂不知道什么时候都不见了。宋南时直接后退一步:"我在等我的外挂,你在等什么?"

"云止风!"
云止风突然从决明子身后出现,一剑劈向他。

宋南时:"大师兄!三十年河东,三十年河西,莫欺少年穷!"
她喊出了开挂密码。
从另一侧冲出来的江寂一个趔趄,险些原地翻船。

一个刚突破金丹期的龙傲天。
一个虽然重伤,但是如今的实力也不容小觑的云止风。
还有她。

宋南时又退后了两步。
"离为火。
"巽为风。"

她放下命盘,冷冷地看着战场。让她看看,这个所谓的决明子,究竟有几分能耐。他们最终,能逼出他怎样的实力呢?

她刚这么想着,谁知道下一刻就来了意外之喜。
诸袖和郁椒椒携手从藏书阁的方向冲了出来。
宋南时见状一愣。她忍不住想,这决明子到底是什么背景的反派,还得让三个主角来对付他一个?
两人一见宋南时,诸袖当即道:"师妹!秘境快关闭了!你们怎么还在这里?!"
然后才看到面前的战场,一愣。
宋南时正准备和诸袖解释一下眼前的场景,谁知道这位二师姐一下子就怒发冲冠了。
她冷冷道:"真是哪里来的阿猫阿狗都敢欺负我师兄师妹了!"
这位二师姐表现出了前所未有的攻击性,什么都没问,提剑就冲了出去。
郁椒椒左看看,右看看,有心想帮忙,但又怕人多,急得不行。宋南时正想安慰她不差一两个人,就见她突然想起什么一般,掏出灵石就往怀中的黑兔子嘴里喂。

宋南时："！"

随着灵石被喂进去，兔子的身形逐渐发生变化。它的体形变得修长而高大，耳边尖利，尾巴变长，额间还有一个红色的菱形图案。

郁椒椒："去帮我师姐他们。"

兔子低叫一声，一跃进入战场。

宋南时看着兔子的背影，半晌，终于没忍住，道："一只兔子居然都能拿灵石当伙食，我有点不想当人了。"

兔子的背影一个踉跄。郁椒椒惊恐地看着她：不至于，真的不至于！

（三十五）

话一出口，宋南时就知道自己"不想当人了"这个朴素而简单的愿望这辈子八成是实现不了的。于是她看向那位妖族太子的视线之中不免又添了两分忌妒。

甜宠文男主角，是一个多好的职业啊。有身份，有钱，还有格调。哪怕如今虎落平阳变成了一只不能说话的兔子，也有女主角养着，平日里有灵石吃着，闲着无聊了还能躺在她小师妹那香香软软的怀抱里睡觉，被人哄着。

真是越想越忌妒。

要不是宋南时心里多少还有那么点儿可有可无的操守在，指不定就要问问小师妹还缺不缺宠物。比她高一头，还比她大两岁，啥都不会干还贼能吃的那种。她只要男主角的一半待遇就成。

宋南时心里乱七八糟的，她艰难地收回了渴望的视线，就对上小师妹那惊恐的眼神。

她顿了顿。

想到自己这个小师妹还挺胆小的，她便艰难地扯出了一个笑容来，温声道："小师妹，你别害怕，三师姐说着玩的。当人挺好的，真的挺好的，我怎么会不愿意当人呢，你说是吧？哈哈哈……"

郁椒椒听到三师姐那一连串的"哈哈哈"，险些被吓哭了。她也艰难地扯出一个笑容来，结结巴巴道："是……是吧？"

要不是三师姐接连重复了几遍"挺好的"，她就真信了。

宋南时满意地转过头，忽略这一茬，认真地看向战场。

刚开始的时候，他们三个对上一个如今是元婴期的决明子，刚好可以打个平手。但是要知道，光龙傲天一个人可是曾经以筑基之身揍过元婴大佬的，虽

然那个时候的他被输入了开挂密码。

如今他们三个加在一起才和决明子打了个平手，可见这决明子元婴期的实力是真的一丁点儿水分都没掺。

但是二师姐和一个战损状态的妖族太子加入之后，局面就不一样了。几大主角围攻决明子，开始压着他打。

宋南时一见这几人占据了优势之后，就立刻控制住自己的离火和巽风，主动让出了战场，从前锋主攻变成了辅助，只趁其不备给决明子一下。

其他的不好说，但那决明子有一点说得不错。她一个刚筑基的修士，所储备的灵力根本支持不了这铺天盖地的离火和巽风多久。

只不过一开始没办法，大师兄还在顿悟，轻易动不得，只有她和云止风两个人。决明子把自己的阵仗弄得铺天盖地，她若是不跟着铺出大排场，根本就压不住对方的攻势。

要不是师老头说她的丹田经脉天生就比别人粗些，她还真撑不住这样的挥霍。

但此时的宋南时没怎么和人比拼过，还没意识到师老头口中的"粗些"意味着什么，也不知道一个正常的筑基期修士，该是什么水准。

若是换一个"正常"的筑基期修士来，别说抽干灵力，这会儿性命也该抽干了。

可是虽然他们如今占了优势，但宋南时的心却一点都没放下，反而更警惕了。就像她说的，她不信元婴期就是决明子最终的实力。

这人是压制着实力进来的，虽然宋南时不知道他压制实力的原因，但这决明子明显所图不小，不可能被她激一激就这么把最后的底牌给亮出来了。他能轻易地把自己的实力升到元婴期，就证明元婴期不是他的上限，甚至有可能远远不是。

化神期？还是说……更高的度劫期？

但是别说离飞升只剩一步之遥的度劫期了，化神期大能在修真界都是稀缺资源。一个这般前途无量的大能，要什么东西不能正大光明地进秘境里拿，为何非要压制修为遮遮掩掩地进来？

除非是，要么他找不到，要么他拿不了。但是这也解释不了为何他非要把修为压制成这样。

于是她只能猜测，有那么一个原因，让决明子不能显露全部修为，甚至修为越低越好。否则的话，早在他被他们坑进鬼王蜂群的时候，他就该恢复修为自保了。可结果呢？他宁愿头被叮成猪头也不愿意恢复修为，咬牙撑到了这个时候。

第六章·祸害遗千年

想到这里，宋南时心中就对这位仁兄生起了一丝不合时宜的敬仰。果然，这反派也不是谁都能做的啊。

但是既然如此的话……他们若是逼得他不得不恢复更高实力的话，会发生什么呢？他宁愿头被叮成猪头也不愿恢复实力，明显是恢复实力的代价更让他承受不了。

宋南时看得很清，决明子的真正实力若真是到了化神期或者到了度劫期，除非是他们那个师尊过来和他打，否则三个主角也没办法。但是他们可以逼他恢复实力，让他自己去承受那个承受不了的代价。

宋南时这么想着，趁其不备攻击的时候就更加不留情，完全不讲什么江湖道义，怎么阴损怎么来。她这边一个人骚扰得决明子比被其他几个人围攻还火大，在宋南时再次趁其不备攻击的时候，他终于忍无可忍了。

决明子咆哮道："姓宋的！你给我适可而止！你拿风刃戳我的脸、戳我的眼睛我也就忍了，但你居然……你居然……"

他咬牙切齿，却半晌也没说出来"居然"什么。其他人也一头雾水，不知道宋南时究竟做了什么，只有云止风借着角度，面无表情地看了一眼决明子缓缓流血的……臀部。

云止风："……"他再次坚定了自己此生不能和宋南时为敌的决心。

眼看着他们逐渐把决明子压制住，云止风抽空看了一眼决明子腰间，随即剑尖一挑，一个储物袋就落到了他手中。他头也没回，抬手把储物袋甩出战场，道："宋南时，接着。"

宋南时下意识地接住，定睛一看，大喜过望。是她那些被当成"人质"威胁她的宝贝灵石！

宋南时当即迫不及待地把储物袋打开，仔仔细细看了两遍，见那些灵石一个没少，忍不住松了口气。还好还好，有惊无险。

她立刻珍惜地把储物袋放进自己的储物戒里。

她放灵石向来有双重保险，先把灵石放进储物袋，再把储物袋放进储物戒。本以为是双重保险，谁知道这样还能被人给偷了，看来下次得继续想办法。

打开储物戒时，一颗红色的石头在她眼前一闪而过，宋南时细想了一下，想起这玩意是被驴兄误食之后又吐出来的。

挺漂亮。她决定等出去之后就把这东西送给云止风，谢谢他救了自己的灵石。

刚这么想着，云止风就又道："宋南时。"

宋南时茫然抬起头，便又接住了一个储物袋。云止风言简意赅："这是决明

227

子的,你看看里面有什么你想要的没?没有的话就扔了吧。"

宋南时闻言,真的觉得云止风成长了,现在都学会打家劫舍了,不错不错。

她在决明子怒急的呼喝声中,喜滋滋地打开了储物袋,然后她脸上的表情就垮了下来。这储物袋比她的脸都干净。

她看了半晌,确定偌大一个储物袋确实一个子都没有,面无表情地抬起了头。

她语气平平:"决明子,据说你是个富二代。"

决明子:"……"

宋南时像看一个妄想症患者一样看着他,语气中带着些怜悯:"你老实告诉我,你这种症状有多久了?"

决明子恼羞成怒:"姓宋的!你不要太过分!你以为我的钱都花在哪儿了?!"

宋南时莫名其妙。他的钱花在哪儿了和她有什么关系?反正又没花给她。

她鄙夷:"没钱就没钱,大大方方承认多好。你看看我,我也没钱,我就能光明正大承认自己是个穷鬼。做人,要真诚。"

众人:"……"

决明子:"……"

穷鬼就穷鬼,你骄傲什么!

想到了自己为了把她引到自己假造出来的黑梧秘境,前前后后花了多少灵石,最后却落到这个下场,决明子险些一口老血吐出来。

你是穷鬼!你是穷鬼!但你是穷鬼,就要拉着所有人和你一样也当穷鬼吗?

想到这里,决明子突然有了一丝明悟。没靠近宋南时之前,他活得好好的,当着他的尊者,在帷幕之下搅弄风云。但遇到宋南时之后,一切都变了。

格调没了,钱也没了。

他算卦,算出宋南时是个变数。难道这个变数的意思,就是所有靠近宋南时的人都会变成穷鬼?而且,还是他主动靠近的宋南时,去当了这个穷鬼。

连番打击之下,决明子心态快要崩了。而就在此时,宋南时还暗暗地控制巽风化作风刃,跃跃欲试地要往他屁股上戳。

决明子勃然大怒。

你拿到了命盘!你掌握了第二种卦象!你清高!

但是他可望而不可即的东西,这人居然……居然就这么用来……扎别人屁股?!

这一刻,决明子心态直接崩了。

他本来就被压着打,出于某些原因,硬是压抑着本性不让自己恢复实力。可是如今惊怒交加之下,决明子一下没控制住,在云止风的剑再次袭来的时候,周身的气势暴涨,竟是直接从元婴期提升到了化神期。

化神期,已经不是现在的他们能对付的了。
几个人直接被他一招击飞出去。

可他明明占了上风,脸色却比被击飞的几人还要难看。

宋南时见状轻笑一声,直接上前两步,"啧啧"两声,道:"化神期的大能啊,这是你最终的实力吗?"

江寂和诸袖还不清楚现在的情况,看到敌人突然实力大增,面色大变,就想上前把宋南时拉回来。云止风却抬剑挡住了他们,示意他们继续看。

决明子面色难看,看着几人的动作,冷笑一声,道:"你们一招招一套套的,就是故意激我,让我恢复实力?"
宋南时想了想,道:"我是真挺眼馋你的灵石的,可惜你没有。"
决明子面色扭曲。他道:"好!你很好,宋南时,我记住你了!"
话音刚落,宋南时眼尖地看到他的身体开始变淡,并且从指尖开始崩裂。
宋南时还没反应过来这意味着什么,柳老头和云止风的话就交叠在了一起。
"是化身!"
"你是化身!"
宋南时皱了皱眉。
一旁,小师妹茫然道:"什么是化身?"云止风面色冷肃:"这个人,是实力更强者的体外化身。"
一个化身,就已经这么强了吗?

可是化身决明子却不看其他人,只死死盯着宋南时。
他冷冷道:"宋南时,我们还会再见面的。"
这一刻,宋南时不知道究竟是化身决明子在说话,还是给了这个化身生命的本体在说话。
但她看了片刻,却突然一笑。她柔声道:"那我就带着我的命盘等着你。"

第六章 · 祸害遗千年

我的，命盘。

决明子冷肃的面容瞬间扭曲，他厉声道："你别太得意！"

宋南时："哪能呢？我拿着命盘呢，不敢得意。"

决明子："我看你还能蹦跶多久！"

宋南时沉吟片刻："所谓祸害遗千年，应该能蹦跶挺久的。"她顿了顿，补充道，"和我的命盘一起。"

决明子："……"

命盘、命盘、命盘。

杀人诛心！

此时，化身决明子的身体已经崩裂到胸膛以下。他深吸一口气，却突然笑了一下，道："还有，我告诉你们一个消息。"

他道："这个秘境马上就要塌了，以你们的本事，自然是能跑得掉，但是这个秘境的其他人，可就不一定了。"

宋南时面色一变。但随即她就笑了，可嬉皮笑脸却没了，只笑着道："那你就看看，这个秘境能困住谁。"

话音落下，决明子的身体却在这一刻，瞬间消失。

一切归于平静，只留下满地的战斗痕迹。

其他人还在发愣，宋南时突然转身就跑。云止风回过神来，迅速跟上。

江寂下意识道："怎……怎么？"

柳老头看了眼二话不说就跟上的其他人，当即破口大骂："秘境要塌！还不快跑啊傻子！"

江寂回过神来，立刻跟上。

宋南时迅速奔跑，脸上的神情却消失得干干净净。她穿过藏书阁，又闯入了他们最初进入的那个幻境。此时幻境重新成为一片空白，她左右看了看，直接将手中早就握着的发光石头高高抛起。

幻境静默一瞬，转瞬消失。下一刻，所有人都出现在了悬崖之上。

此时，山风凛冽，夕阳西下。

宋南时冷静道："离秘境关闭还有多长时间？"诸袖看了一眼时间，倒吸了一口冷气，声音忧虑起来："还有不到半个时辰。"

半个时辰，一个小时。

宋南时不说话，直接将手中的命盘往空中一抛。命盘变大，悬浮在半空中。

第六章·祸害遗千年

宋南时一马当先跳上去，道："上车。"其他人对视一眼，也跟了上去。

但上去之后云止风就觉得不对，他冷静地问道："宋南时，你刚筑基，学过御剑吗？"

宋南时理直气壮："没！"

云止风闻言正想说那不如坐他的剑，就听见宋南时道："但我让你看看，什么叫高端操作。"

"巽为风。"她道。

云止风还没反应过来，下一刻，强烈的推背感传来。整个命盘犹如脱了缰的野马，直接蹿了出去。

云止风意识到什么，连忙去看命盘。他这才发现，命盘八个方位，巽卦在尾部，此时巽卦亮起，巽风喷涌而出，直接将命盘推了出去。命盘就这么带着一溜烟的尾气一骑绝尘。

耳边，诸袖慌忙道："师妹！方向反了！"

命盘猛然一顿，下一刻，直接一个大摆尾，转头又蹿了出去。

云止风被甩得面色铁青，胃里翻涌。

他错了。他为什么觉得没学过御剑就控制不了命盘？她没学过御剑，但她能控制巽风啊！

果然是，高端操作。

在命盘的帮助下，还不到半刻钟，他们就到了秘境出口处。此刻那里已经聚集了很多人。只要时间一到，这个出口就会打开，放所有人出去。

但是宋南时他们却知道，怕是等不到出口打开了。或者说，都等不到下一刻了。

他们刚到这里，还没落地，整个秘境就陡然晃动起来。

突逢大变，有人大惊失色，有人不知所措。

宋南时一看来不及让他们慢慢磨了，当即从储物戒掏出一块玉牌。这是进秘境不久云止风给她防身的，储存了一道剑意的玉牌。

她问："这里面这道剑意，有多大威力？"

云止风："直接撕裂这个秘境不成问题。"

宋南时："妥了。"说着，她直接起身，大声道，"起开！"

有人抬起头，有人还没反应过来，茫然地看着她。

宋南时却来不及多说什么，直接捏碎了玉牌。

一道威势凛然的剑意凭空出现，一剑斩在了秘境出口，出口硬生生被斩开

231

了一道缝隙。但与此同时，整个秘境晃荡得更加剧烈了，有些地方甚至已经开始坍塌。

宋南时破口大骂："还看什么啊！跑都不会吗?！"

终于有人反应过来，二话不说，转身便往出口跑。

宋南时也不例外，她驱使着命盘迅速掠过，在出口处停了下来，所有人都下来了。在混乱的人群中，宋南时道："你们出去。"

柳老头也道："对对对！还不知道什么时候塌，赶紧出去。"

但没一个人动。

江寂问："那你呢？"宋南时不说话，只拿出了命盘。

"巽为风。"

一道风墙突然出现，强撑开了这个暴力打开之后有缓缓合拢迹象的出口。

她道："我得让那个决明子看看，他的算盘落得有多空。"

其他人对视一眼。云止风什么话都没说，上前两步，抬剑挥散正坍塌的巨石，对着两个吓得不敢动的修士道："跑！"

江寂一言不发地跟上。

诸袖直接跑到了人群最密集的地方，简单粗暴地暴力疏散人群。

小师妹怕得牙齿咯咯响，却绝口不提什么社恐，只一言不发地迅速给兔子喂灵石。狐兔灵活地跑在人群中，带回了一个又一个人。

柳老头目瞪口呆："你们……你们……"他愣了半晌，突然恼羞成怒地一甩袖子，"你们找死！小老头不管了！"

话虽这么说，他抬眼却脱口而出："丫头，你头顶。"

一块石头落下，宋南时迅速伸展风墙挡住。但她就是不往柳老头的方向看，装看不见。

柳老头嗤笑一声。

一整个师门合力，秘境里的人越来越少，秘境却坍塌得越来越快，宋南时能清晰地感觉到自己的灵力正飞速消耗。幸而，反应过来之后，不少人加入了救援队伍。甚至有个小姑娘站在她身边，一脸严肃地一把接着一把地喂她吃一百灵石一颗的补灵丹。

宋南时吃上一口就是大一千灵石，吃上一口就是大一千灵石，吃得她肝颤。眼看着这姑娘大有要用补灵丹把她噎死的意思，宋南时连忙道："行了，人都走得差不多了，等救援的人都撤退了就行，你赶紧走吧。"

小姑娘："那你……"宋南时："这点时间我还是撑得住的。"

小姑娘咬咬牙，又塞给她一瓶补灵丹。

救援的人陆陆续续回来，宋南时松了口气。最后回来的是她的同门和云止风。

江寂火急火燎："三师妹！赶紧走。"宋南时骂他："想让我赶紧走你们就赶紧出去，我还要撑着出口！"

江寂闻言顿时跑得更快了。他们接二连三从她面前跑出去，江寂跑出去的时候还在催她。

最后一个出去的是云止风。他看了她一眼，眉头紧皱。

宋南时冲他道："救你一命，你看着给。"云止风的神情顿时无奈起来，他从她撑起的出口跑出去，出去的瞬间转过头，正想说你赶紧出来再找我要灵石，转身的那一瞬间，坍塌的轰鸣声响起。

云止风脑子一蒙。

耳边是其他人惊恐的声音："彻底塌了！"

他大脑一片空白，甚至听不见江寂的嘶吼。

明明刚才还……

空白之中，他看到了坍塌的秘境里，那即将消失的一丝缝隙。

云止风想都没想，纵身跳了下去。

刚跑出来的众人愣在原地。

……

云止风伴着风声，掉进了一个彻底塌成废墟的地方。他脑海中仍旧一片空白，只本能地顺着麒麟血玉的气息，跌跌撞撞地往前走。气息越来越浓烈，最终，他停在了一处残骸最多的地方。

没有宋南时。

"宋南时。"他叫出声，嗓音沙哑。

没人回应。

"宋南时！宋南时！"

一声又一声。

一片死寂。

最终，云止风停了下来，也冷静了下来。他冷静地想，宋南时不可能这么轻易地死了。

毕竟祸害遗千年。她自己说的。

他看了看四周。下一刻，他突然冷声道："宋南时，你要是再不出来，我就

卖了你的驴，继承你的灵石！"

没有任何动静。

云止风握紧双拳，指节"咯咯"作响。

然而下一刻，他脚边不远处的石头却突然动了动。云止风立刻看了过去，石头又动了动，然后突然从里面伸出一只手。

云止风的脚像是被钉在原地，动也不能动。

宋南时便在这时，灰头土脸地从里面爬了出来，看他一眼，有气无力道："那我下次一定要先把灵石花完，让你要继承也只能继承我的债务。"

云止风没说话，也没动。

宋南时："喂，我说……"

下一刻，急促的脚步声响起，她突然被人抱了个结结实实。

宋南时顿时倒吸一口冷气："疼疼疼！肋骨！肋骨！"

云止风大笑："哈哈哈！"

（三十六）

宋南时疼成这样还听他"哈哈哈"地笑，一时间连脾气都发不出来。她一边抽气一边拍他的手臂，有气无力道："我说大哥，你要是实在激动的话不如先等我死，到时候你随便抱我我也管不着。但现在你能不能先尊重一下我这个活人？"

云止风闻言，顿时笑声更大了。

但他终究还算是有点儿良心在，在宋南时的抽气声中轻手轻脚地松开了她，然后……就把她"端"起来了。

宋南时："……"

这兄弟两手平举，让宋南时稳稳地躺在他的臂弯之间。本该是个"公主抱"的动作，但是请原谅宋南时，她实在不好意思管这玩意叫"公主抱"。

毕竟没有哪个被"公主抱"的人是直挺挺地和尸体一样躺在对方怀里，云止风抱她犹如抱着个易燃易爆炸的煤气罐。

如今，宋南时就这么生无可恋地在他怀里躺着，好好的"公主抱"场景仿佛变成了抛尸现场。

但是抛开姿势不说，云止风抱得……还挺稳。

宋南时估摸着自己的肋骨应该断了两根不止，胸口一抽一抽地疼，但愣是没感受到颠簸。

第六章 · 祸害遗千年

宋南时对他抱人的技术很满意，唯一不满意的就是他抱她的时候还没忘记笑，眉目舒展，心情很好的样子。

他把她放在一块略平整的大石头上平躺着，宋南时便气若游丝地问他："你笑什么啊？"

抬眼就是云止风俊美的脸庞，他眉目舒展，低声道："笑你祸害遗千年。"

宋南时躺在巨石上哼哼唧唧，有些不满道："祸害遗千年怎么了？我告诉你，想要老娘命的人物还没出生……"

"宋南时。"他突然停住了笑，低声叫了她的名字。宋南时不明所以地看过去，就见他抬起手，有些笨拙地摸了摸她的头发。

他道："你没事，太好了。"

宋南时一愣，一时语塞。

看着云止风那几乎有些庆幸的神情，她一时间居然有些手足无措。

她下意识道："是啊，我说了祸害遗千年的……"是她常说的那种自嘲调侃的话，却全没了往常的从容，语气硬撅撅的，反而像是在表达不满似的。

话没说完，宋南时眉宇间就闪过一丝后悔。

说错话了。她想，她可能是天生就不太会回应别人的善意。别人嘲讽她，她说出的话能比别人更显嘲讽；别人忽略她，她乐得自在；别人对她充满恶意，她能予以最锋利的反击。

她铜皮铁骨，铁石心肠，但她唯独不知道怎么去回应别人直白的善意。

心中的懊恼一闪而过，宋南时张了张嘴："我的意思是……"她还没酝酿好解释的话语，云止风就笑了，他低声道："你说得没错，能伤害你的人还没出生。"

他又道："所以我很高兴。"

宋南时微怔，下意识地想抬手捏住他的手，然后……

"咝——"

宋南时胸口剧痛，表情扭曲。

方才那让她有些手足无措的氛围立时消散。

宋南时边吸气边小声道："痛痛痛！"

云止风也有点儿慌了，手足无措道："很严重吗？"他想仔细看看伤势，但宋南时伤的是肋骨，他又不好下手。

宋南时忍过一阵痛，有气无力道："你试试就知道了。"

云止风神情严肃："你能判断断了几根吗？"

宋南时不可置信地看向他："你让一个病人自己判断伤势？你还有没有人性？"

235

云止风闻言，无言以对片刻，最终握了握拳，道："那我……"

宋南时两手一摊，气若游丝："你搞快点。"

女孩子都这么坦坦荡荡，云止风再纠结下去就迂腐了，更何况伤势不等人。云止风不再犹豫，伸出手小心翼翼地按在了宋南时肋骨上方。

宋南时倒吸一口冷气："嘶——"

幸而云止风久病成医，对内伤的判断很拿手，不多时便收回了手，道："断了三根肋骨，一根骨裂，不是很严重。"

宋南时："……"断了三根肋骨在他眼里就是"不是很严重"的程度，是个狠人。

她呵呵笑，道："其中一根说不定就是你刚刚抱的那一下的功劳。"

云止风心虚片刻，明智地没有回答她的问题，只道："我身上还有治断骨的药，你先吃下去。"他从储物戒里摸出两颗丹药，宋南时认了一下，发现是续骨丹，可谓十分"专业对口"了。

她毫不犹豫地吃了下去，默默忍受骨头迅速生长的疼痛。修真界的丹药一大优点就是见效快。

等待的过程中，她随口问道："你还随身带着这个？"

云止风也随口答："这不是必备药吗？经常吃。"

宋南时："……"续骨丹，必备药，经常吃。这人是全身骨头都断过一遍吗？这下她真觉得他是个狠人了。

等胸口不再疼了，宋南时这才从石头上爬起来，看他一眼，突然问道："你是没来得及出去，还是出去了之后又拐回来了？"

云止风顿了顿，这才道："没来得及出去。"宋南时立时嗤笑一声，道："说谎。"

云止风便不再说话了。

宋南时站起身，深吸一口气，只道："云止风，我们会一起出去的。"

云止风眉眼柔和了下来："嗯。"

宋南时便开始打量四下的景色。秘境彻底坍塌之前，宋南时没来得及出去，云止风这个傻子出去了之后又自己跑了进来，此时他们就在坍塌的秘境内，四下没有一处完整的景色，除了废墟还是废墟，出口自然也坍塌没了。

云止风在她身后，道："我们现在若是想出去，只有像最开始那样。"

第六章·祸害遗千年

宋南时转头："怎么样？"云止风言简意赅："硬闯。"

宋南时闻言正想说什么，就听他大喘气道："但是以我们现在的实力，硬闯也闯不出去。"

宋南时："……"

她便道："刚开始秘境门还没打开的时候，我们硬闯用的是你的那块储存了剑意的玉牌，你还有第二块玉牌吗？"

云止风干脆利落地摇头："无，说了是底牌。"

宋南时便又问："那块玉牌相当于什么？"

云止风："相当于度劫大能的全力一击。"

宋南时："……"差不多是把他们掌门拉来砍上一剑。她便带着点儿期望道："那你的实力……"

云止风便冲她露出了一个礼貌的微笑。

好的，明白了。

宋南时坐在巨石上，开始发愣。

云止风便道："其实也不是没有办法……"

等宋南时看过去的时候，他面不改色道："这秘境虽说塌了，以后大概也没有打开的机会，但是既然空间没有彻底坍塌，尚有我们的容身之地，那我们大可以在这里闭关修炼到其中一方成为度劫期大能。"

宋南时不可置信地看了过去：你认真的？

他一副十分认真的神情，让宋南时一时搞不清他这是在活跃气氛，还是真就这么想的。

宋南时无言以对了片刻，然后突然意识到了什么。

闭关修炼……

她突然打坐入定，试图修炼。

云止风不由得傻眼："宋南时，我这是在开玩笑……"

他话没说完，宋南时又睁开了眼，双眼亮晶晶道："我知道。但是云止风，这里能修炼。"

云止风："能修炼……"他一顿，意识到了什么。

宋南时语速飞快，难掩兴奋："独立的秘境是不可能自主产生灵力的，秘境终究是依托外界而生，和外界有千丝万缕的关系，这才能从外界摄取灵力。云止风，秘境虽然坍塌了，但里面尚有灵力，这是不是意味着……"两个人对视一眼，云止风沉声道："这个坍塌的秘境和外界，还有联系。"

宋南时当即就兴奋起来，道："灵力能进来的地方就是秘境和外界联系的地

方，那地方肯定薄弱得多，说不定突破的难度会降低很多！"

云止风当即道："那我们去找。"

宋南时却道："先等等。"云止风还不明白要等什么，就见宋南时从衣袖里掏出一只乌龟来。云止风的神情当即一凛，这是那只栖身了影鬼的乌龟。

那乌龟被宋南时从衣袖里拎出来，一动不动，就和死了一样。宋南时拎着它的腿抖了抖，道："喂！别装死，再装死我就把你炖成王八汤。"

龟龟不情不愿地睁开了眼睛。

宋南时便笑了笑，道："你对灵石这么敏感，那么对灵力的强弱一定也很敏感吧。"

龟龟左顾右盼，装傻。

宋南时也不理它，只笑眯眯道："你带我们去找灵力最浓重的地方。"

龟龟还是装傻。

宋南时就这么看着它，和它那双绿豆大的眼睛对视半晌，突然道："你和那决明子是什么关系？"龟龟闻言，立时浑身一震，从那张龟脸上都能看出惊恐来。

宋南时却不急，只慢条斯理道："决明子骗我们去黑梧秘境，我们走错了路，但直到到达目的地之前，我都不知道自己走错了路，可决明子却能及时追到这里。所以我一直很疑惑，他是怎么知道我们来了白梧秘境的？

"当时一行只有我们四个，我、云止风、驴兄，还有你。"

见龟龟神情狰狞，宋南时了然："你想问为什么不是驴兄？"

龟龟挣扎片刻，点头。宋南时面无表情道："因为它满脑子只有灵石，大概没有当间谍的智商。"

龟龟："……"怪我太聪明。

宋南时继续说："而且进了秘境之后他直接就出现在我身边，就算他有千般手段能确定我的位置，也总得有个媒介吧。"她还摸着下巴若有所思，道，"而且我总感觉，你有点儿让我熟悉的气息……"

谁知她话还没说完，也没逼问出龟龟和决明子之间的关系，就听云止风先自曝了。他用一种了然的语气道："你果然知道了。"

宋南时："？"我知道什么了？

云止风自顾自地说："我早该想到了，你怎么可能看不出这乌龟的身体里是一只影鬼……"

宋南时震惊，直接打断了他："什么？这乌龟的身体里是只影鬼？"

云止风："……"他意识到有些不对。

沉默片刻，他冷静地问道："你不是看出了它是只影鬼？"

宋南时想起师老头和她科普过影鬼的可怕，跳脚："我知道什么啊！"想到自己手里抓的还是只影鬼，她甚至有些毛骨悚然，仿佛抓了一只蟑螂一般，恨不得当场把这只乌龟甩出去。

云止风也蒙了："我当初不卖这只乌龟，就是因为这只乌龟身体里栖身了一只影鬼。我见你能压制住影鬼不让它逃出来，我以为你是知道的，只是故意装作不知戏耍影鬼，扮猪吃老虎……"

宋南时瞪着死鱼眼："我要真是只老虎，我舍得把自己扮成猪？还有什么压制影鬼，我压制得了影鬼吗？"

云止风："……"那只影鬼从乌龟身体里钻出来一次就被你拍回去一次，我都觉得你深藏不露了，你告诉我你什么都不知道？

两个人这次直接略过了龟龟，坐在一起，把彼此知道的信息交流了一下。于是宋南时知道了以下消息：

第一，这只乌龟的身体里只有只影鬼。

第二，云止风早就知道，并且以为她知道。

第三，她在数次不知情的情况下，一巴掌把想逃跑的影鬼拍回了壳子里。

宋南时听完，震惊地盯着自己的手："我居然这么厉害？难不成我是什么天命之女？"

云止风："……"好的，他确定这个宋南时没有任何扮猪吃老虎的企图了。她不是装傻，她是真的傻。

云止风扶额，道："我把这只影鬼拉出来让你看看。"

他伸手在影鬼头顶抓了一把。宋南时顺势打开不常用的天目。

天目之下，宋南时看到影鬼的真面目，浑身一震。

她当即跳起来，道："是你！那天寄居在我二师姐的命火里，试图窃取我二师姐寿数的影鬼是你！"

二师姐觉悟，就是因为当初突然晕倒，宋南时把她送进医堂之后打开天目，却从她的命火里看到一只影鬼。

想到了自己猜测的影鬼和决明子的关系，再想到影鬼的所作所为，宋南时还有什么不明白的！

她冷笑一声，道："好啊，看来这个决明子确实所图不小，不只盯着我，还从那么早之前就盯着我们师门了！"可笑，她还以为二师姐的命火里突然出现的影鬼是外面树的什么敌给她使的绊子。

这时候，她也顾不上探究自己为什么能压制影鬼了，直接抬手又将那只影鬼拍回乌龟体内，将乌龟提起来，冷冷道："我给你个机会，现在你表现得好，我让你活。否则的话，我一定让你比我们死得早！"

龟龟浑身颤抖。

……

半个时辰之后。

宋南时他们翻山越岭地爬过一重又一重废墟，来到了唯一一处没有坍塌的石壁前。宋南时看了看龟龟，又看了看石壁，闭目感受了一下，道："这次倒没耍花招，这里就是灵力最浓重的地方。这个秘境的灵力，应该就是从石壁外进来的。"

说罢，她看也不看龟龟欲言又止的神情，伸手又把乌龟塞进了衣袖。现在还不是处置它的时候。

她问云止风："从这里突破出去，几分把握？"云止风闭目感受了一下，直言不讳："比方才简单一些，若是换作我没受伤之前，应该可以。"

宋南时："……"你没受伤之前。那现在可真是太绝望了。

她只能道："你先试试，试试再说。"

云止风也不说其他，提剑全力一击。石壁之上碎石崩裂，但很快又恢复如初。

宋南时沉默半晌，直接往地上一坐，麻木地说："我们还是考虑考虑在这里修炼到度劫期吧。"

云止风见状沉默片刻，纠结了一会儿，终于说出了自己的想法。

他道："其实，还有一个办法。"宋南时面无表情："讲。"

云止风委婉道："当初在仙缘镇时，你可知我为什么要去掰驴兄的嘴？"

宋南时沉默片刻，想到他们说不定就要在这里修炼到度劫期了，还是要顾全彼此的面子的。

于是她道："是为了看看驴兄的牙口。"

云止风黑脸。宋南时见状当即住嘴，想了想，想到他当初的说辞，犹豫道："是因为驴兄误食了什么东西？"

云止风神情稍缓和，却道："其实不是驴兄误食了什么东西，而是我有一个很重要的东西，可能就在驴兄的肚子里。"

宋南时茫然："什么？"

云止风："麒麟血玉。"

宋南时："……"这是什么奇怪的名称？但云止风的后一句话却让宋南时精神一振。

他道："有了麒麟血玉之后，我的伤恢复的速度会比以前快上百倍。"

宋南时："！"那还等什么！

她当即大手一挥，道："把驴兄从你储物戒里拿出来！"她一副若需要驴兄

240

就送给他的模样。

云止风连忙拦住她，道："现在麒麟血玉应该在你身上。"

云止风看得很清楚，宋南时的那头驴如今在他的储物戒里，但是他进这个坍塌的秘境之时，却是靠着和麒麟血玉之间的感应找到宋南时的。也就是说，麒麟血玉早就不在那头驴身上了，而是在宋南时身上。

看着宋南时迷茫的神情，他提醒道："你有没有从驴兄身上得到过什么东西？"

从驴兄身上得到的东西……

宋南时突然精神一振，在储物戒里翻翻，翻到了一块红色的破石头。

云止风精神一振："麒麟血玉！"

宋南时不可置信："这就是麒麟血玉？我以为就是一块普通的石头来着。"说着她还挠了挠头，道，"我还想着等出去之后拿它当谢礼，感谢你救我的灵石。"

云止风闻言先是感动，然后回过味来，察觉不对劲。他缓缓道："你以为这是一块普通石头。"

宋南时点头。

云止风："然后你准备拿它给我当谢礼？"

宋南时："……"说漏嘴了。她连忙找补，"这不重要！这不重要！现在最重要的是恢复实力！"

她立刻问道："想恢复伤势的话，这玩意你要怎么用？"

云止风面无表情："最快的就是，我直接吃下去，这样我会在短时间内得到麒麟血玉内储存的灵力，先解决眼前之急，以后再慢慢消化。"

他说完，正准备伸手拿麒麟血玉，就见她突然缩回手，抽出一块手帕在麒麟血玉上使劲擦。

云止风不明所以："你在干什么？"宋南时下意识地说："哦，我突然想起来这玩意到底是驴吐出来的，直接吃下去有点儿不干净，我帮你擦擦。"

云止风："……"他缓缓收回手，脸色铁青。她没说的时候，他甚至没想到这一茬。

但是现在……

云止风突然道："我突然觉得，在这里修炼下去挺好的，我不是很急。"

宋南时震惊地抬头。

她慌忙道："云止风！你清醒一点啊！"

第七章 人心不古

（三十七）

　　宋南时："云兄，天将降大任于是人也，必先苦其心志，劳其筋骨，饿其体肤。"
　　宋南时："云兄，正所谓能力越大，责任越大。"
　　宋南时："云兄，凡所有相，皆是虚妄。"
　　宋南时："云兄……"

　　宋南时绞尽脑汁，一口鸡汤一口鸡汤地给他灌下去，说得自己嗓子冒烟。云止风面无表情地抿着唇，一副"非暴力不合作"的态度。
　　宋南时："……"她第一次恨自己这张嘴怎么就跑得这么快。嘴在前面跑，脑子在后面追都追不上。
　　欲哭无泪。
　　她的脸已经像黄连那般苦了，可是"非暴力不合作"的当事人却一副比宋南时还苦大仇深的表情，死死地盯着那个被放在他们中间的麒麟血玉，满脸抗拒。无论宋南时说什么，此时此刻的云止风脑海中只循环着一句话——
　　驴吐出来的。

　　他脸色铁青。今天之前，他都想不到有朝一日，自己会对摆在面前的麒麟血玉这般抗拒。
　　吃，还是不吃？云止风深吸一口气，陷入了此生未有过的挣扎。
　　他越挣扎脸色就越难看，看得宋南时险些直接给他跪下了。她干脆给他进行脱敏治疗："其实对于丹师来说，妖兽的口水都能入药，你平时吃的丹药中这样的肯定不少。"
　　云止风："驴吐出来的。"
　　宋南时："算上在藏书阁里的时间，这血玉在我身上也待了六个多月，就算有点儿什么也早该没了。"
　　云止风："驴吐出来的。"

第七章·人心不古

宋南时发狠："你要是不吃，咱们就要一直在这里困着，你自己选！"

这一次，云止风终于没再说什么驴了。他沉默了片刻，问："你要听实话吗？"

宋南时："你说！"

云止风诚实地说："你说的都很有道理，但是如果有选择的话，我选择被困。"

宋南时："……"

宋南时："啊啊啊！"

她崩溃地发出了驴叫。

云止风："……"他闭了嘴，默默地看着她。那张面无表情的脸上居然能看出一丝茫然和委屈来。

宋南时："……"

她抹了一把脸，冷静下来，平静地问道："所以你还准不准备吃了？"

云止风沉默片刻，终于下定决心一般："你让我做做心理准备。"

宋南时闻言冷笑："你当初掰驴兄的嘴的时候怎么没想到这是驴吐出来的？"

云止风平静道："我当时确实没想到。"

"但是这不是你想到了嘛。"

宋南时："……"她的嘴怎么就这么欠呢？

她深吸一口气，由着云止风安抚着他那脆弱的心灵。发了一会儿呆之后，她突然开始翻储物戒。

云止风看了一眼："你做什么？"宋南时麻利地拿出了一口大铁锅，道："我帮你处理一下这玩意。"

还没等云止风反应过来，她已经一把离火烧起来，在锅里放进了储物戒里备着的干净水。她十分"聪明"地说："既然你能接受丹药里有妖兽的口水，但接受不了这石头被驴兄吃过，那我就把它当成丹药给你处理一下，你就当成丹药吃！"

云止风沉默片刻，实在不好意思说自从听她说有些丹药里有妖兽的口水之后，他已经决定以后只要没死就少碰丹药了。有些东西，不知道成分的时候怎么吃都行，但是知道了之后……

不能细想。

云止风深吸了一口气，压制住翻涌的胃，和看生死仇敌一样死死地盯着几乎是自己半身的麒麟血玉。他逃亡的那段时间，最艰难的时候甚至生啖过妖兽的血肉，而今好不容易有了恢复伤势的机会，不过区区……

"嘭！"

一声巨响突然打断了云止风的思绪。他抬头看去，就见宋南时正扒着他那个能装进活物的储物戒，拼命地把一个人形物体往里塞。

云止风："？"

他迷惑了一会儿，终于想起了这个活人是那个准备在秘境里杀江寂的"死了么"杀手，他们准备把他卖给宋南时师姐来着，居然把他忘在储物戒里六个月。

宋南时解释："我准备找点儿炼丹的配料来着，谁知道把这杀手扒出来了。"

那杀手被装进去之前也是挺丰润的一个人，如今饿了六个月，没被饿死，但也就剩下一把骨头了。他被这一下砸得晕头转向，刚费力地睁开眼睛，就看到了一锅正沸腾着的水。

杀手："……"他想起了在储物戒里没吃没喝的六个月。

如今，他们是终于到了山穷水尽的地步，准备对他下手了吗?!

他扯着嗓子就号："吃人了啊！"

宋南时从储物戒里拿出一个平底锅，一锅拍晕了他，抬脚把他往储物戒里一踹，一气呵成。

她还转头冲他点了点头，道："你继续。"说着还以手撑额摆了个沉思者的造型示意他。

云止风："……"他不知道什么是沉思者，但他觉得自己思考不下去了。

他转头看了一眼，就见不过一错眼的工夫，他的麒麟血玉已然躺在沸腾的水里上下翻腾。云止风突然有点儿想笑，他怎么觉得，无论什么事，只要遇见了宋南时，都这么没个正形儿呢？

明明都被困在坍塌的秘境里了，这秘境会不会再次坍塌谁也不知，如此危急时刻，他居然还有心情纠结麒麟血玉是不是驴吐出来的。还真不是他逃亡中生啖血肉之际了。

宋南时从储物戒里不知道扒出了什么东西，跃跃欲试地准备往锅里加。

云止风突然开口道："把东西给我吧。"宋南时还没反应过来："什么？"

云止风："麒麟血玉。"

宋南时的眼睛霎时间就是一亮，忙不迭地就把血玉捞进手里，也不嫌烫手，一边"嗞嗞"地抽着气，一边递给他。云止风接过来，仍旧是苦大仇深地看着它，看得宋南时心惊胆战。

然后他抬起手，缓缓将血玉送到了唇边。

宋南时突然叫："云止风。"

"嗯？"云止风下意识地应声，因为回答她的话轻轻启唇。

迟则生变，宋南时当即眼神一凛，抬手握住云止风的手把血玉往他嘴里一推，然后飞快地捂住他的唇。

第七章 · 人心不古

少女的掌心贴在青年略微干涩的嘴唇上，并不柔软，他甚至能感受到她指腹上的茧子和坚硬的指节。

云止风的脑子却"嗡"的一声。他甚至分不清这是因为他毫无预兆地吞下了麒麟血玉，还是因为……其他。

少女理不直气却壮："云止风，你现在吃都吃了，木已成舟，你就认命吧！"

云止风大脑一片空白地伸出手，握着她的手腕拉下了她的手，手用力到握得有些紧。

宋南时"嘬"了一声，犹豫道："你真生气了啊？"云止风像被烫到一般松开手，面色冷硬。

宋南时看了他两眼，正想说些什么，就看到了他发红的耳尖。宋南时迷惑了片刻，了然道："是麒麟血玉起作用了吧，你的耳朵都红了，快打坐吸收一下灵力，别浪费了。"

云止风"嗯"了一声，什么都没说，就地打坐，紧紧闭上了眼睛。

宋南时只是以为他已经开始吸收麒麟血玉里的灵力了，还特意离远了一些，不打扰他。不一会儿，他耳尖的红色就消散了，宋南时这才松了口气。看来灵力吸收得很顺利，幸好幸好。

她看了他一会儿，因为不知道他吸收灵力的这个过程究竟有多久，便不再关注他，拿出了自己的命盘低头看着。命盘八个方位，只有离卦和巽卦的方向亮着，其他的都是一片昏暗。

宋南时却冥冥之中有种感觉，掌握两个卦象，远远不是结束，而是开始。总有一天，她可以把这命盘上的八个卦象一一点亮。在卦师只能掌握一个卦象的修真界，这样的想法说是天方夜谭也不为过。

但宋南时却不觉得。她能掌握两个，为什么不能掌握更多呢？

那个决明子以为她掌握第二个卦象是因为命盘，但其实是也不是。决明子把命盘看作一把钥匙，但在宋南时看来，这更像是……一个机会。

当她手握命盘，心中闪过"决明子可以，我为什么不可以"这个念头时，命盘之上突然传来一种冥冥之中的引导。她领悟了这种引导。

正是因为如此，她对命盘的态度不由得更加谨慎。这并不仅仅是个好用的武器而已。

宋南时总觉得，除了命盘，本应有一个什么系统的方法去实现她的念想，而不仅仅是让她把希望放在命盘里这镜中花一般的引导上。

但现在不是想这些的时候。宋南时深吸了一口气，收回命盘，一边关注云止风，一边警惕着四周。

这么一等就是一天一夜。

247

其实她也看不出什么时候是白天，什么时候是黑夜，但终归算着时间应该是差不多的。

云止风那边仍旧没什么动静。但是某一刻，宋南时却突然敏锐地察觉到这整个空间几不可察地晃了晃。

宋南时眼神一厉，丝毫不敢耽搁，当即拿出命盘，在二人周围撑起了一道风墙。

而她的敏锐也果然没有辜负她，风墙刚撑起来，整个空间突然又剧烈晃动起来。

若是晃动也就罢了，这整个废墟而今已然是塌无可塌了。可是下一刻，整个空间突然缓缓转动，转瞬之间，天地上下颠倒。

他们从地面之上坠落，宋南时眼疾手快，直接把风墙变成一个风球紧紧包裹住他们，无数碎石草木转瞬之间迎头落下。

宋南时好不容易扛过这一波，再睁开眼时就见天变成了地，而地变成了天。抬头是压迫性极强的大地，山石草木轰鸣落下；低头，原本的天空成了万丈深渊。他们就这么悬浮在天与地之间，无处可依。

宋南时从未见过这般天地颠倒宛如末世的景象。她深吸一口气，勉强让风球稳稳地飘浮着，但声音却已经不稳了。她下意识道："云止风……"

她知道云止风正在入定吸收灵力，她本不期望能听到他的回应。

谁知……

"在。"

云止风的声音突然在她耳边响起。

宋南时猛然转头，就见云止风站在她身后，正缓缓从腰间抽出长剑。

宋南时先是一喜，随即就是一惊："你的实力……"云止风："恢复了大半，但够用了。"

宋南时："那现在动手吗？"

他道："再耽搁一会儿，等这里再塌一遍，我们怕是更难出去了。"

宋南时便迅速道："那你现在约莫是什么实力？"云止风算了算："大约刚到化神期。"

宋南时"嗞"了一声。恢复大半，化神期，这兄弟果真是深藏不露啊。

宋南时扳着手指算了算。从其他地方硬闯出去需要有掌门那种实力，但他们找的这里是相对薄弱的地方，化神期说不定也够用。

宋南时惊喜之下正想说什么，就见云止风又道："但你别高兴太早。"

宋南时："？"

云止风："我吃下麒麟血玉之后，能短时间吸收大量灵力解决眼前之急，可是我的伤势不会一瞬间恢复，只能事后慢慢消化灵力恢复伤势。我现在靠的是麒麟血玉，不是我自己。"

宋南时了然。麒麟血玉就是作弊器，但是有冷却期，冷却期间只能自己升级。好处是这个升级速度能加速百倍。

宋南时："那你的意思是……"

云止风："我怕秘境被破开的那一刻，我的灵力泄露出去被仇家察觉。我的伤势未彻底恢复之前，还不适合对上他们。"他看向了宋南时，道，"所以，我需要你帮我，在我动手期间，用你的风墙彻底隔绝我的灵力波动。"

宋南时闻言便笑了，她道："这不就专业对口了吗？"

下一刻，包裹住他们的风球迅速膨胀，变大百倍、千倍。她的声音有些狂妄："你尽管动手，要是有一丝灵力能从我的风墙泄露到外界，我宋南时跟你姓。"

"我罩着你。"

云止风忍不住笑了出来。

下一刻，上下颠倒的空间之中，凌厉的剑光闪过。

……

秘境之外。

原本的秘境入口彻底坍塌成了一片废墟。从秘境里逃出来的人，除了受伤或者另有急事的，大半徘徊在这里，都没有走。

这个秘境在万剑山的领地之内，出了这么大的事情，万剑山不出半个时辰就派人来了解情况。听闻还有人困在秘境里，万剑山直接出动了上百个修士帮忙找人。

但其实所有人都知道，他们能找到人的希望渺茫。入口已经塌了，他们想硬闯也得找到能和秘境连通的新入口。更何况，里面还不一定坍塌成了什么样，即便运气好……他们也说不定只能找到两具完整些的尸体。

所有人都心知肚明，他们说是找人，其实很可能是找遗体。但也没有任何一个人说一句"既然人多半死了，那我们就不找了"。他们看得分明，当初若不是那个女修撑起了入口，现在被困的是他们所有人。因此，哪怕所有人都知道希望渺茫，但没人放弃。

但是这个"所有人"却不包括无量宗的众人。

江寂嘴唇紧抿，在宋南时面前显得有些憨态的脸上如今一片冷意，在废墟之上一刻不停地挖掘着。柳老头难得地没说什么风凉话，只道："现在入口没了，想找新入口只能用笨办法，一个地方一个地方地挖……这里不是，换下一

第七章·人心不古

249

个地方。"

江寂一言不发，拿着剑在柳老头的指点下换地方，仿佛不知疲倦。他已经这么挖了一天，所有人都觉得他悲痛太过已然疯了。

同样疯了的还有诸袖和郁椒椒。

诸袖法衣之上全是灰尘，和自己那个社恐的师妹一左一右地挖掘着。她的通讯符响起来，她看也没看，直接把身上的通讯符全都扔了。通讯符上的名字是"师尊"。

身旁有看热闹的人窃窃私语："……已经死了吧？"还有不知是谁拿了白烛要来点上。诸袖还没什么反应，向来软性子的郁椒椒突然把长剑一扔，一剑把那白烛削成了两半，又直直地扎入说闲话的人脚边。

她握紧拳头："你再说一句！"

那人讪讪地往后退了两步。

郁椒椒嘴唇颤抖，心中似有一把火。

可诸袖却连头也没回，只道："师妹，我们继续。"

郁椒椒深吸一口气，转身埋头进了废墟里。她要找三师姐！

然而此时此刻，宋南时正和云止风一起，灰头土脸地站在一面城墙下。

两人浑身衣衫破烂，头上身上满是灰泥，连面容都看不出。云止风看着墙上的告示，抹了一把脸，对身旁面无表情蹲着的宋南时道："这里是万剑山辖下的明康镇，离白梧秘境有几十里的样子，我们出来的地方有点儿偏，可能是因为出口不一样。"

宋南时依旧面无表情："那也不能解释我们出了秘境之后，为什么落地的地点是在地下。"

云止风强闯秘境，宋南时用风墙隔绝灵力，何其配合默契，何其意气风发，然后出了秘境就发现自己破开的出口是在地下，差点儿当场被活埋。

偏偏他们出来的时候灵力都用得差不多了，于是两个人一个用剑，另一个手刨，硬生生从地底下挖了条路出来。

宋南时出来之后往下看，看到了一个足有二十几米的深坑。

云止风抹了把脸，心中无限沧桑。他语气疲惫道："算了，先进城把我们身上的行头换一下吧。"于是，两个人互相搀扶着，活像是逃难的难民，在别人的惊异的目光中步履蹒跚地走进了城。

两人一路直奔成衣店。

进店，掌柜和小二都惊了。最终还是掌柜的职业素养高一些，勉强地笑道："二位想要点儿什么？"

两人异口同声："衣服。"
掌柜："……那二位要什么样的衣服？"
云止风："合身的。"宋南时："便宜的。"
掌柜："……"他小声问，"要不你们再商量一下？"

二人对视一眼。
宋南时面无表情。
云止风："……"他顿了顿，道，"便宜的。"

（三十八）

　　明康镇唯一一家挂着"百年老店"牌子的成衣铺今日开张的第一单，接待了两个穷鬼。小二带着职业性的僵硬微笑，给这一男一女送上了两件款式极其基础、面料相当简陋的成衣。
　　二人分别进了更衣室，小二这才一言难尽地对自家掌柜道："这两人看起来气度不凡，还都是修士，居然如此……如此……"他哼哼唧唧地想不出合适的形容词。
　　掌柜压低声音，一针见血："抠门，是吧？"
　　小二顿了顿，他将"抠门"两个字和那两位风华绝代、不似凡人的修士联系了一下，最终重重地点了点头。
　　掌门便嗤笑一声："你以为修士都吃香喝辣不为钱发愁啊？修炼不要灵石？武器不要灵石？受伤的丹药不要灵石？"
　　他怜悯道："这说来说去可都是钱啊，修真界的穷修士可一点不比咱们凡间的穷人少，大部分修士也就是表面光鲜，内里怎么样，谁知道呢。"
　　他说着，左右看了看，压低声音道："就这半个月弄得热热闹闹的白梧秘境，你听说没？昨天那些修士就都该出来的，谁知道秘境还能说塌就塌了啊！"
　　小二一愣："不是说都出来了？"
　　掌柜闻言便道："是被人救了，但救人的人陷进去了，一天一夜了那边还在找人。明面上没人敢说，但私下里都说这两人肯定是没了，咱们镇里都有修士为那救人的两个修士弄上供奉了。这年纪轻轻的，可怜哪。"
　　小二也不由得跟着感叹。
　　两个人正津津有味地八卦着，那一男一女已经迅速换好了衣服，分别从男、女更衣室走了出来。
　　两个人抬头一看，不由得先赞了一声"仪表出色"。那衣服料子简陋，款式

更是寻常，穿在两人身上甚至都不甚合身。那仙子的衣服明显偏大，衣袖空荡荡地垂在身侧，却偏偏有种细骨伶仃的弱不禁风感。那道君就不一样了，衣服似是偏小了一些，胸口撑得衣服前襟鼓鼓的。就……胸是胸、腰是腰、腿是腿的。

掌柜和小二看得一愣一愣的，不知道怎么形容，就觉得这最便宜的料子穿在这两人身上似乎都贵了不少。

这两人正头凑在一起低声说着什么，看上去真像是一对神仙眷侣。

掌柜不由得走近了些，就听到了这神仙眷侣的对话。

男子神情有些挣扎："这件衣服……"

女子若有所思："这种成衣店旧衣都可以抵灵石的，我们的旧衣……"

掌柜："……"他咬牙道，"这位客人，旧衣要八成新，才可以抵灵石。"

两人齐齐转头看她。

女子看向他们换下来的破破烂烂的衣衫，神情中充满了遗憾，然后她麻利地把烂成碎布条的衣服收进了储物戒。

掌柜："……"不至于贪你那点儿碎布，真的不至于。

一手交钱，一手交货，掌柜和小二一样一言难尽，目送二人离开。

看着他们的背影，掌柜不由得感叹：抠成这样，真是白长了一张这般出色的脸。感叹着，他转头又和小二八卦起了白梧秘境里"英勇牺牲"的两个修士，丝毫不知道身后刚被他盖章成"抠门穷修士"的二人就是"牺牲"的当事人。

被人"英勇牺牲"了的宋南时和云止风走出成衣店，云止风沉默片刻，这才把方才没来得及说的话说了出来。

他问："宋南时，我们为什么不选既便宜又合身的呢？"

他说着，略有些不自在地拉了拉衣襟，那鼓鼓胀胀的胸膛顿时更显得饱满。

宋南时不由自主地看了一眼，又看了一眼。在云止风看过来的时候，她若无其事地移开了视线，义正词严道："我们怎么能给店家添麻烦！"

云止风面无表情："实话怎么说？"

宋南时语速飞快："这些衣服断码处理谢绝挑选。"

云止风："我看有让挑选的……"宋南时："贵两倍。"

云止风："……"这个理由实在太过现实，他屈服了。

宋南时又不由自主地看了一眼他的……衣襟，她真心实意道："这衣服挺合身的，真的。"云止风深吸了一口气，道："明康镇离白梧秘境也没多远，我们还是先去看看吧。"

宋南时最后看了一眼云止风的衣襟，心里念了两声"无量天尊"，可惜地移开视线，然后她道："我们被困，大师兄他们肯定没走，还在想办法救人。我们先去报个平安。"

两个人准备先出城门，再御剑去白梧秘境原本的入口。可是方才进来的时候步履匆匆没有察觉什么，但是出去的一路上，他们却明显察觉不对劲。

明康镇来往的许多步履匆匆的修士，神情都不怎么好，几队穿着万剑山弟子服的修士更加匆忙，停下来的时间都没有。而每当有这样的修士经过，街道两旁的摊贩或者路过的行人便都会议论些什么。

宋南时从他们的议论声中抓到了几个关键词，诸如"秘境坍塌""死"之类的。

宋南时不由得倒吸了一口冷气，道："难不成秘境坍塌还牵连到了秘境外，还是有人死了？"云止风想到秘境坍塌时的动静，神情也有点儿严肃："不是不可能。"

于是这下更耽误不得了。

宋南时他们连问都没来得及问清楚，匆匆就往城外赶。刚到城外，他们就见有二三修士正在城外的大路旁摆放祭坛和祭品，听围观的人说，是在祭奠白梧秘境里死去的人。

宋南时和云止风对视了一眼，神情都很严肃，他们上前看了一下。然而这一看，两个人却不由得都蒙了。

宋南时喃喃地念出祭牌上的字："义士宋南时、云止风之位？"她顿了顿，转过头，茫然地看向云止风。她费解道："难不成这遇难的人里还有和我们同名的？"

云止风："……"他面无表情道，"所以说有没有一种可能，这祭坛上祭奠的就是我们俩？"

宋南时站在原地，傻了。

两个人就这么傻傻地站在人群之外，看着一群修士"祭奠"他们。有一两个修士甚至声泪俱下地和围观的人解释他们为了救人英勇"牺牲"的光辉事迹，那修士痛哭流涕道："这一日一夜，我时时回想，只觉得这二位义士……"

"音容宛在。"

音容宛在。
宋南时："……"
云止风："……"
可不音容宛在嘛，你抬头往外面看看就能看得到。

第七章·人心不古

另一个修士还悲痛道:"他们虽然死了,但永远活在我们心中!"

二人:"……"不,我们虽然活着,但在你们心里已经死透了。

两人一阵窒息,不敢想自己究竟在多少人心里死了几回。在这窒息的寂静之中,宋南时幽默了一下:"气氛都烘托到这儿了,我们不死很难对得起广大道友。云止风,你说对吧?"

云止风深吸了一口气,他第一次知道什么叫有口难言。

他不理会宋南时的幽默,拎起她就道:"走!"

宋南时"欸"了一声,道:"别急嘛,你让我再看看,我这辈子还没参加过自己的祭奠呢。"

云止风:"再不着急,你还想死几回?"

宋南时还在思量:"既然都是祭奠我们的,那我抓个苹果填填肚子不过分吧?"

她的眼睛盯着红艳艳的苹果,本以为这般离谱的要求云止风必然会一口拒绝,谁知道他虽一言不发,但在两人掠过祭坛上空的时候,却突然伸手抓了个苹果,然后扔出飞剑,一把将宋南时甩到剑上,御剑一骑绝尘。

祭坛下的人目瞪口呆,宋南时也目瞪口呆。

云止风将苹果扔到她手上:"吃吧。"

宋南时看了看苹果,又看了看底下的人,突然眉开眼笑。她挥了挥手,道:"苹果不错,我收了!"

台下,有人愣愣地看着他们,认出了宋南时的脸。

那人喃喃道:"诈……诈尸。"他的脑袋立刻被人拍了一巴掌:"诈你个头的尸!那俩义士没死啊,哈哈哈!果然好人有好报!"

……

云止风驱使灵力御剑飞行,宋南时在二人周围弄出了一道风墙,隔绝灵力。这还是他们闯出秘境时想出的办法,有宋南时隔绝灵力,云止风就能自由使用灵力,避免自己在尚未做好准备的时候招来仇家。

人命关天的事,事关他们究竟是死是活,云止风一路飙飞剑,几十里的路不过一盏茶的工夫就到了。两人迅速飞到原秘境入口的上方,低头往下一看,心里就不由得"咯噔"了一下。

人人人。

这么多人,宋南时不知道她在谁心里是死的,在谁心里是活的。而且那人群中,似乎还有争执声传来。

宋南时连忙道:"下去下去。"

云止风迅速把飞剑降在人群外,人山人海,两个人从中挤了过去。

第七章·人心不古

宋南时:"让一让,让一让。"

有人不满:"赶着投胎吗你们?"

宋南时:"差不多吧。"

那人:"?"

云止风护在她身侧,不一会儿就挤到了最前面,然后宋南时就惊了。

最前方是江寂他们和一群穿万剑山弟子服的修士。

两方对峙着。

此时,江寂的脸上是宋南时从未见过的冷然,他单手提起重剑指向万剑山众人,威胁之意不言而喻。诸袖和郁椒椒站在他身后,无声地表达着支持。柳老头飘在半空中,那"乐子人"一般的神情已然消失。

他们态度强势,而万剑山的弟子们表情却分外为难。

为首之人放柔了语气道:"我知道这很难让人接受,但是……"他顿了顿,沉声道,"我们长老半个时辰之前检测到了里面的情况,那坍塌的秘境刚刚经历了二次坍塌,而且……里面已经没有活物的灵力波动了。"他闭了闭眼,"一丝一毫都没有。"

江寂绷紧了下巴,举着重剑的手却一动不动,他只冷声道:"所以你们万剑山准备如何?"

为首之人深吸了一口气,道:"那秘境经历了二次坍塌,难免不会有第三次坍塌,进而影响外界。此地离明康镇不过五十里,明康镇里有几千百姓……"他声音艰涩道,"所以我们准备,从外界把这里彻底平了。"

江寂冷笑一声:"我若是说不同意呢?"

那人:"可是……"

江寂直接打断了他:"我师妹还在里面,我们要把她带出来。"

那人:"可是里面已经没有灵力波动……"

江寂再次打断:"我知道。"他声音里带着几不可察的颤抖,却格外坚定道,"但我不信她会死,我得带她出来。"

"就算是死了,"他缓缓道,"我也得带她出来。"

万剑山的弟子们脸上闪过一丝不忍。

为首之人声音艰涩道:"可是明康镇数千百姓……"

江寂:"后果我江某一力承担……"

他话没说完,在人群里几乎听愣了的宋南时就深吸了一口气,突然提声道:"承担什么承担!江寂,你脑子被驴兄踢了吗?!"

江寂三人霍然转头,愣愣地看着突然拨开人群走出来的宋南时,然后他们齐齐呆住,似乎这一天一夜过去,已经不认识眼前的人了。

255

反而是万剑山的人，他们疑惑道："你……"

宋南时："他们的师妹，活的，没死。"

云止风从她身后走出来："云止风，活的。"

万剑山的人费解道："可是师叔明明说里面没有灵力波动了啊。"

云止风就笑了，他道："我们出来了，你们还去哪里找灵力波动？"

云止风和他们说话之际，宋南时已经大步流星走到了呆愣的三人面前，然后她劈头盖脸道："你是大师兄，你能不能用用脑子！你承担？你用什么承担？用铁头吗？你是龙傲天又不是霸道总裁！我才走一天你就连脑子都不会用了吗？那我要是真死了……"

她话还没说完，诸袖突然冲出来，紧紧地抱住了她。宋南时那不知道究竟在掩饰什么的满是斥责的话立时卡壳。

她道："你……"

话尚未说出口，郁椒椒如梦初醒，小小地欢呼一声，径直扑了过来。

然后宋南时两人就被小巧的小师妹给"嘭"地撞在了石壁上，宋南时被两个人的重量压得一口血险些吐出来。

力大无穷的小师妹细声细气道："师姐！我就知道你没死！"

宋南时："……"她虚弱道，"快了。"

江寂这次没柳老头提醒，自己清醒了过来。他看着小动物一般挨挨挤挤抱在一起的三个师妹，先是笑，然后大笑出声。他大踏步上前，想去拥抱自己失而复得的师妹。

……然后云止风就出现在他前进的路上。

他面无表情道："你要干什么？"

江寂："……"他看了看三个女修，又看了看自己，觉得可能有点儿不合适。

于是他又看了看云止风。

恍然大悟。

下一刻，龙傲天直接上前抱住了未来的反派。

云止风："？"

从自己的二师妹口中听了几次三师妹和眼前之人"他好爱她"的爱情故事的江寂大力拍了拍他的后背，动容道："兄弟，我懂！"

云止风满脑门问号：我都不懂，你懂什么？

宋南时和云止风就这么一个被抱得差点儿当场去世，另一个被抱得莫名其妙，晕头转向地又被一群人簇拥着回到了明康镇。

秘境救人的义士没死，秘境救人的义士回来了。

这两个消息如风一般传遍了整个明康镇。一群修士欢天喜地地簇拥着宋南时他们进城的时候，街边围满了看热闹的人。

成衣店小二和掌柜也在其中，一边嗑瓜子，一边想看看义士的真容。

然后他们就看到了宋南时和云止风。掌柜瓜子掉了，小二下巴掉了。

一直等人走过去，小二才结结巴巴地说："掌柜，他他他……他们……"

掌柜被他的结巴弄得如梦初醒，突然一扔瓜子，冲回了店里。

等小二跟着跑回来的时候，就见掌柜拿出了一堆断码滞销的成衣，扯着嗓子在门口大喊："救人义士同款成衣，走过路过不要错过……"

……

江寂他们直接包下了一整个院子，让宋南时二人休息。宋南时觉得挺没必要的，不由得道："我觉得我不需要……"

诸袖直接按住了她的肩膀，道："不要你觉得，我要我觉得。"

宋南时："……"这是什么来自富婆的霸道且强制的爱。

师兄妹三人走出院子，商量着要不要给他们做点儿什么补汤，独留宋南时和云止风在院子里。

宋南时还在感叹着富婆拥有的泼天富贵，云止风不由得道："我从前出任务之时，为了清静，也会单独包下一个院子。"

宋南时看了他一眼："你确定要穿着断码清仓的衣服和我说这话？"

云止风沉默了。

他冷静地点头道："我先去打坐片刻。"

宋南时看着他腰臀比例一流的背影，又念了两声"无量天尊"，然后她决定先解决饱暖，看看江寂他们准备了什么补汤。

刚打开院门，宋南时就见二师姐和小师妹正围着一堆蔬菜争论菜叶好吃还是菜梗好吃，而原著里从无敌手的龙傲天正拿着一把菜刀，和一只气势汹汹的鸡对峙着，满头大汗。

宋南时不由得笑了出来。她忍不住想，原来他们也是会哭会笑、充满烟火气的人，而不是书里仅代表着一个符号的纸片人。

就像江寂，在原著里，这个龙傲天仿佛每时每刻都在被人挑衅，不是被别人打脸[1]，就是走在打别人脸的路上。但人的一生这么长，写进书里的才有多少，怎么可能会有人时时刻刻被人挑衅，然后被迫反击打脸别人呢？他也不过是普通人罢了。

---

[1] 打脸：指被当面证明错误，使其丢脸。比如在各种事件中，当事人用来辟谣的话被辟谣了。

第七章·人心不古

宋南时这么想着，推开门，道："师兄，你……"

江寂转过头。

而正在此时，整个院子突然狂风大作，半空之中传来一个嚣张的声音。

"江寂！便是你这个黄口小儿在半年前伤了我徒儿？可敢与我一战？"

江寂："……"

宋南时："……"

怎么会有人时时刻刻被人挑衅，然后被迫反击打脸别人呢？

怎么不会呢？现在，她的脸就被打得"啪啪"作响。

宋南时麻木了。

江寂不知道看出了什么，连忙道："三师妹，你听我……"

宋南时微笑："抱歉，打扰了。"

她"嘭"的一声把门关上。

江寂："说。"

（三十九）

院门"嘭"的一声被关上。

门外争吵声此起彼伏，然后就是激烈的打斗声。宋南时不用看就知道，这必然又是一个龙傲天的经典名场面。

她沉默了一会儿，冷静地打开自己的神棍"金手指"，想看看自己这跌宕起伏的一天到底应了个什么卦。系统面板被拉出来，一个黑签慢悠悠地转了出来。

宋南时定睛去看。

养财蓄财。

上上签。

正在此时，"嘭"的一声巨响，一道剑气狠狠地从天上落了下来，大有直接把这个院子给打塌的架势。

宋南时："……"

她立时将巽风凝聚成护卫自己的风墙，面无表情地看着泥土青石噼里啪啦地往风墙上拍。

原来这就是她的上上签，她面无表情地想。这个系统还真是从来不让她失望，好卦从来没准过。

她深吸了一口气，准备把那神棍系统的面板收回去。视线再次掠过面板，

第七章·人心不古

宋南时不由得一顿，原来的卦象之下，不知道何时又浮现出了一行小字。

应卦者：诸袖。

宋南时盯着那行字看了两秒，眉头不由得皱起来。

应卦者？

之前，神棍系统给出的每日一卦上可从来没出现过这个词。神棍系统还背着她偷偷更新了一下？

但还没等她想明白二师姐的名字怎么出现在了自己的系统卦象上，身后的门就被敲了两下。她谨慎地把院门拉开一条缝，方才出现在自己卦象上的二师姐灵巧地从那条缝里钻了进来。

宋南时透过缝隙往外看了一眼，就见郁椒椒仍旧愣愣地抬头看着龙傲天的打斗名场面，立志要做一个合格的路人甲。

宋南时下意识地问："师姐，你不当路人……不是，你不看大师兄打架了？"

二师姐随口道："看够了。"

她这辈子在这次进秘境之前没和其他同门有太多的接触，自然没怎么看过这几乎是日常发生在自己大师兄身上的名场面。但她是知道自己上辈子经历的，知道上辈子经历的二师姐去回忆自己的大师兄，只觉得那个大师兄人缘不怎么好。

似乎每一个出现在他身边的人都是他的仇人，就算原本不是他仇人的，也要千方百计地和他结仇。好不容易没仇的也要为别人报仇，就算是擦肩而过的路人甲，都会忍不住对着大师兄骂几句。

她大师兄那张正直的脸上好像是带了什么吸引仇恨的法器，以至于每一个看到他脸的人都会抑制不住一颗对着他的脸痛骂的心。

诸袖上辈子和大师兄同行过一段时间，这样的场面几乎是两天一小场，三天一大场，她已然是看腻了。

此时的诸袖只不过随口一说，没意识到此前本来没和同门有过许多接触的自己是怎么"看够了"的。

宋南时沉默片刻，明智地没有追问。

二师姐进来之后就摆出一副过来人的模样，熟门熟路道："那个要为自己徒弟报仇的修士实力约莫在元婴期，大师兄应该会打上一段时间，我们先等着吧。"

说着她就坐在院子里唯一一干净的石桌旁，还从储物戒里掏出了茶点。

宋南时："……"这就是格局吗？失敬了。

宋南时在要不要给大师兄送上两句什么类似"莫欺少年穷"的龙傲天语录

259

这件事上纠结了几秒，最终选择坐下吃茶。

她们一边吃茶，甚至还能一边点评一下大师兄这次的对手。

于是等云止风听到动静跑来时，见到的就是这样的场面。

江寂打得难舍难分，热血激昂。两个女修身边茶香萦绕，语笑嫣然。

云止风："……"他忍不住露出了一个有点儿怀疑人生的表情。

宋南时看到他之后却突然想到了什么似的，连忙道："云兄云兄，快过来。"

云止风被她热切的态度弄得有点儿警惕，他不动声色地靠近："怎么了？"

随着他走近，那一身个人风格十分鲜明的装束就越发显眼，宋南时不由得又多看了两眼。

云止风又问："怎么了？"

阿弥陀佛，无量天尊，罪过罪过。

宋南时咳了一声，一脸正直道："是正事。"然后她就看向了自己的二师姐，问："二师姐的火葬场如今还缺人手吗？"

二师姐放下了茶盏，道："当然是多多益善。"

宋南时闻言就笑了，这不是巧了嘛。她立刻对云止风道："快！人！"

云止风反应了两秒才意识到她口中的"人"指的是谁。

他沉默片刻，从储物戒里倒出了那个被他们废了灵力的"死了么"杀手。

宋南时："老规矩，管吃管住，不需要工资，不需要假期，价格照旧！"

富婆就笑了，她未必不知道自己这个三师妹两次送到她这里的都是些什么人，但她接得起。

诸袖大手一挥："收了！"

一手交人，一手交钱。

于是，等龙傲天搞完今天的"打脸日常"之后，一转头就看到了自己的两个师妹在做一个一本万利的活人买卖。

江寂："！"

江寂："？"

他结结巴巴："师……师妹！"

两个师妹都看了过来。

江寂满脸惊恐："你们在干什么？"

诸袖想了想："招工？"宋南时若有所思："当中介？"

江寂："可是……可是……"还没等他"可是"完，宋南时的视线落到他身上，突然若有所思起来。

她冷不丁道："既然大师兄身边三天两头就有人挑衅，二师姐还正好缺人，

第七章·人心不古

那大师兄何不和二师姐合作？大师兄供人，二师姐收人，正好可化劣势为优势，变废为宝！"

她出了个十分"聪明"的主意。

话音落下，柳老头第一个给予了热切的反应，他拊掌道："妙啊！"江寂一脸惊恐地看向了自己的"金手指"。

但二师姐显然想得更多。

她若有所思，道："也不是所有人都适合我那边的工作，但既然大师兄身边总有人挑衅，那考不考虑在我这里开一个'火葬一条龙'业务？你杀人，我烧人。"

她目光灼灼。

宋南时："！"她想起了原著里龙傲天身边的人和"死神小学生"身边的人差不多的死亡率，她觉得，二师姐的这火葬场肯定是不会亏本了。

于是她当即拊掌道："妙啊！"

两人两双眼，热切地落在江寂身上。江寂被自己这两个师妹看得一脑门的汗。

柳老头那个"乐子人"靠不住，江寂下意识地就看向了云止风，硬着头皮道："云兄，这个，你怎么看？"

云止风面无表情："我站着看。"

江寂："……"

他硬着头皮看向自己的两个师妹，满脸拒绝。

宋南时和诸袖对视了一眼，突然就笑了出来。两人起身，也不看江寂，若无其事地转身回了自己的房间。云止风脸上也不由得带上了一丝笑，摇了摇头，转身走了。

江寂站在原地，一脸茫然，他费解道："所以，这究竟是要不要我……"

柳老头看不下去了，"啧"了一声打断他："傻子，你的两个师妹逗你玩呢！"

他满脸嫌弃，一边摇头一边钻回玉佩："你真是什么时候被你那几个师妹卖了还得乐呵呵地给她们数钱。"

江寂愣了片刻，突然也笑了。

柳老头在玉佩里看着，忍不住摇头：真是没救了。

……

宋南时白天又是打架又是挖土的，累了一整天，回到自己的房间之后就撑不住了，倒头就睡。这一觉睡得天昏地暗，但是天色将亮之际，宋南时却猛地一激灵，"噌"地从床上坐起来。

她想起一件事。

应卦者诸袖。

养财蓄财，应卦者诸袖。
白日里她的那笔飞来横财，不正是二师姐给的吗？原来是这个"应卦者"。
宋南时不由得笑了。
看了看天色，她直接又拉出神棍系统，去看今天的卦。

向死而生。
上上签。
应卦者：云止风。

看到新的卦象，宋南时也睡不下去了，直接起身，穿上鞋就跑到了院子里。
天还未亮，江寂和云止风已经在院子里一左一右地开始练剑了，也不知道是起得早还是就压根儿一夜未睡。
宋南时目的明确，掠过笑着冲她打招呼的大师兄，直奔云止风。她开门见山："来，我给你算一卦。"
云止风被她的风风火火弄得人都蒙了，此时还听她说要算卦，下意识地问："多少灵石？"
宋南时："……"她不敢置信，"我在你眼里就是给自己人算卦都要钱的人吗？"
云止风沉吟："怎么不是呢？"
宋南时无言以对，直接大手一挥："今天免费，我不收你钱。"谁知听闻喜讯的云止风却没有一丝喜意，他看了她好半晌，终于道："你还是要钱吧。"
宋南时："？"
云止风："不然我怕这一卦算完，我就不知道还有没有明天了。"
宋南时："……"她咬牙，"你爱给就给！"
云止风立刻松了口气，毫不犹豫地掏出十个灵石。还是她的市价。
他大马金刀地往石凳上一坐，颇有些赴死的意味："你算吧。"
宋南时忍住满心的吐槽欲，拿出命盘。

起卦。

宋南时上次为他算卦是他们刚认识的时候，她一连算了三个废卦，最终给

第七章 · 人心不古

他算出了一个死卦。这次起卦之时，宋南时心中莫名不安。

死卦啊。

宋南时谨慎地看着命盘。而不知是命盘的原因还是她的修为进步了，这一次，她的命盘好歹没有坏。

但依旧是废卦。

一个废卦，两个废卦。

八个废卦，十个废卦。

宋南时却像没看到一样。

十一个，十二个。

一直到宋南时算卦算到灵力都有点儿不够用了，第十六个卦出来了。

她看着命盘之上的卦象，看了好半晌。

向死而生。

和系统上给出的卦象一模一样，向死而生。应卦者：云止风。

宋南时明白了。这个神棍系统没更新之前，它给宋南时的卦，只与一天的运势有关，时灵时不灵。但是更新之后，它给出来的，是宋南时想看到的。她想看到的人，或者她想知道的事。

昨天是师姐，今天是云止风。向死而生，这很好。

宋南时不知道这个十七年来都没怎么变过的系统突然更新究竟是因为自己到筑基期了，还是因为那个命盘。但她觉得这样很好。

宋南时收回命盘，在云止风略显关心的视线之中，突然道："云止风，这次你可得好好谢谢我。"

云止风愣了一下，恍然大悟。他觉得自己大概是明白了宋南时的意思，于是他将手伸进了储物戒，犹豫了片刻之后，问："再加十五个？"

宋南时："……"她冷静地伸手，"成交。"

云止风松了口气，一副"这钱不给她，他还不安心"的模样。有点儿毛病。

宋南时确定了神棍系统的变化，直接离开了疑似发病的云止风，回头又补了一觉。这一觉一直睡到天亮，宋南时被人叫起来。

万剑山长老来访。

宋南时赶到正厅的时候，江寂已经和那位看起来年纪也不是很大的长老寒暄了好一会儿。宋南时正惊奇大师兄这个性子居然也会和人寒暄，就见柳老头

263

正飘浮在他身旁，柳老头说一句，他就跟着说一句。

柳老头见她进来，还冲她眨了眨眼，眨得宋南时有些反胃。她移开视线，装没看到。

硬着头皮和人寒暄的江寂一见宋南时过来了，松了口气。他道："前辈，我师妹他们都到了，您若是有什么要交代的，不妨开门见山吧。"

话音落下，就见那位长老道："昨日，我万剑山弟子和诸位起了冲突。"

宋南时一听，心里一紧：来砸场子的？然而下一刻，她便听对方道："我代弟子们向诸位道歉。"

他冲他们行礼。

原本严阵以待的众人蒙了片刻，还是云止风最先反应过来，立刻上前托了长老一把，也不知道他是如何用的力，那位长老硬是没行下去这个礼。

宋南时不由得松了口气，她道："各司其职而已，令宗弟子为了救百姓，师兄为了救我们，没什么对错。"

那位长老看了看他们，笑道："如此，我也好说第二件事了。"他在众人莫名其妙的视线之中，突然道，"这位江小公子，就是白梧秘境剑圣前辈的传承之人吧？"

江寂闻言先是浑身一紧，随即缓缓地放松下来。他坦坦荡荡道："我是得到了白梧秘境的传承没错，但我不知那位前辈是剑圣。"

这位长老神情复杂地打量他良久。他艰涩道："我万剑山当年受剑圣恩惠而生，千百年来守着白梧秘境只为剑圣守护传承，谁承想，终究和这传承有缘无分。"

他张了张嘴，道："你，很好。"

江寂不卑不亢："多谢。"

长老叹了口气，道："当年剑圣飞升之前，将自己的传承留在了白梧秘境，我万剑山自愿为他守秘境，他便言说'若是日后有人取了传承，便将这些东西一起给他'。"

他说着，拿出了一个黑色的匣子，道："从我师祖守到我守，这东西，万剑山从未动过。如今，便交由江小友。"

江寂接过，试着打开。匣子纹丝未动。

柳老头便在一旁道："你修为还不够，这个匣子约莫得是化神期才能打开，应该是留给你以后用的。"

江寂便也不再强求。

宋南时在一旁看得津津有味。原本以为今天这一遭就是给龙傲天再送点儿福利的，谁知道那长老突然道："秘境中第二个传承的继承人，在你们之中吗？"

顿时所有人都看向了她，宋南时一蒙。那长老自然而然也看向了她。

第七章 · 人心不古

随即他语气复杂道："我万剑山搬到这里的第十五年，曾有一位高人在剑圣留下木匣的地方留下了一封信，言说要借剑圣传承之地一用，再顺便让我们帮忙跑个腿。"

宋南时："……"

她深吸了一口气。用人家传承地还不够，还让人家跑腿，那前辈活这么大没被人打死，一定是因为命大吧？

她结结巴巴道："跑……跑什么腿？"

前辈递过来一张纸："他留下了这个，让我们交给他的继承人。"

宋南时："！"她的眼睛缓缓地亮了。

她看了看龙傲天大师兄的木匣，又看了看长老手上的纸。龙傲天得到了传承，对方还给他留下了化神期后能用到的东西。所以她的那位前辈，也有其他东西给她继承？

宋南时当即就把刚刚那个"没被人打死是因为命大"的结论推翻。这分明是活菩萨啊！

宋南时怀着虔诚的心，双手接过了那张薄薄的纸，然后迫不及待地看过去。

二师姐忍不住瞟了一眼。正在她反应过来不该看人家的继承之物准备移开视线时，却突然顿住了。她缓缓地睁大了眼睛，随即喃喃地念道："今欠中州沈家灵石五千……"

她顿了顿，声音艰涩道："这是……"

宋南时面无表情地抬起了头："欠条。"

一张迟了一千多年的欠条。

别人传承的主人，连化神期之后的事都帮忙想到了。自己传承的主人，让自己继承了一千多年前的债务。

宋南时突然想起了自己还没来秘境之前，师老头对她的评价：你现在不破财，未来肯定得破个大财。师老头诚不我欺。

其他人终于反应过来，意识到事情的严重性。诸袖连忙道："五千灵石而已，而且已经过去一千多年了，说不定这个沈家都没了。"郁椒椒连忙附和："对对对！"

云止风也道："哪怕沈家还在，五千灵石，现在的你也绝对承担得起，就当这是必要的投资吧。"

众人安慰了一番，立刻看向还没说话的江寂。江寂迟疑片刻，弱弱道："要

265

是沈家还在，这五千灵石还有了一千多年的利息呢……"

宋南时眼前一黑。

（四十）

江寂这句未雨绸缪的大实话一出口，众人就知道糟了。于是霎时之间，他们也不知道哪里来的默契，纷纷堵他的嘴。

诸袖眼疾手快，精准地拿起桌子上一块最大的茶点就往他嘴里塞，堵住了他还待再说的"理智分析"，咬牙切齿道："大师兄，你一定饿了！"

正好，郁椒椒也是这么想的。于是两块超大号点心不分先后地喂进龙傲天嘴里，把他噎得翻白眼。

云止风迅速跟上，倒了杯昨夜的冷茶就送进了他嘴里，恨不得把茶杯一起送进去。

他体贴道："快顺顺。"

江寂："啊唔唔唔……哕！"

柳老头在一旁笑得惊天动地，大声宣布："这茶点可不是新鲜的，看成色放了得有小半个月了。江寂，你吃得开不开心？哈哈哈！"

江寂脸色发绿。

而另一边，宋南时双手捧着这张跨越了千年只等着让自己接手的欠条，嘴皮子都在抖。她不由自主地开始算起按照修真界的钱庄常用的借贷利息算的话，五千灵石的债一千年能有多少利息，越算她就越觉得前途无"亮"。

但是她好歹知道这里还有个万剑山的长老在。她抬起头，对上了万剑山长老那张迷茫中带着三分同情的脸。

宋南时勉强扯出一个笑容，带着点儿希望问："那位前辈，还曾留下其他东西吗？"

万剑山长老："……"

听师祖说，那位前辈来的时候还留下了两个被毁坏的阵法和几扇报废的大门。这些林林总总的加在一起的话……

万剑山长老看了看眼前这个还没学出点儿名堂就先背了一身债的年轻后生，怜悯地没有把这些说出口。

于是他道："没了没了，那位前辈来的时候什么都没损毁。"

宋南时的笑脸一僵。

反应过来自己"此地无银三百两"的长老："……"

二人面面相觑，长老当机立断，迅速道："宗门还有要事，既然两位前辈的嘱托都已带到，那在下就先回去了。"

长老迅速跑路。宋南时僵硬着笑脸目送他离去。

等他走远了，其他人对视一眼，想安慰安慰多灾多难的宋南时。

云止风斟酌着开口："宋南时……"话还没说出口，就见宋南时迅速抓起那张千年之前的欠条，面容前所未有的严肃，一字一句地看起来。

其他人被她的气势镇住，一时间都不敢说话了。

过了好一会儿，江寂脑洞大开，压低声音道："难不成这看似是张欠条，实际上大有深意？"云止风闻言，表情一言难尽："我觉得……"

诸袖斩钉截铁："不可能！"

两人话音刚落，就见宋南时终于从那欠条里抬起了头，她面色似是轻松了些。江寂还是觉得她肯定发现了些什么，毕竟这么多天下来，他越发觉得这个师妹真不是个简单人物。

于是他严肃道："师妹，你发现了什么？"

宋南时："没有利息。"江寂："啊？"宋南时拍了拍胸口，重新活过来了一般道："我把这张欠条一字一句研究了一遍，发现两方并没有规定利息。也就是说我只用管本金，不用管一千多年能有多少利息。"

江寂："……哦。"

宋南时："哈哈哈！"

她手甩着欠条，欢天喜地地走了。

众人："……"

沉默良久，诸袖弱弱道："我怎么觉得师妹笑得有点儿吓人？"

柳老头摇头叹息："你师妹的精神状况指定有点儿问题。"

云止风一声长叹，抬脚跟了上去。

他追上宋南时的时候，就见宋南时正把那张欠条放进一个小木匣里，大有要好好保管的意思。

他看了半晌，终究没忍住，道："若是换成其他人的话，多半不会管这一千多年前的欠条。一千多年，人都换了三代，沧海桑田，当年的债主和欠钱的人都已然不在，你也不是必须要管这一千多年前的债务。"

宋南时反问："要是你的话，你会管吗？"云止风沉默片刻，道："会的。"

宋南时："所以啊，有人不还，就有人会还。"说着，她忍不住咬牙切齿道，

"我总觉得这老头子一定是故意的,我要是那种只拿东西不还债务的人,当初估计连第一关都过不去,更别说让命盘认主了!他该不会是就想找个冤大头替他还钱吧?!"

云止风忍不住笑了出来,倒是不担心宋南时的精神状况了。

宋南时把匣子放好,转头看他还没走,问:"云兄,你知道中州有个沈家吗?"

云止风了然,她一叫"云兄",那就是有求于他了。于是他淡淡一笑,道:"我就是在中州长大的。"

宋南时的眼睛当时就亮了,道:"说说。"

云兄就道:"中州有名有姓的沈家有五个,分散在四个城中,不为人知的沈家更是不知道有多少。你要只靠一个'沈家'的名字找的话,不知道要找到什么时候。"

不知道要找到什么时候。宋南时听闻此言嘴角疯狂上翘,却还强压着,做出一个沉痛的表情,抑扬顿挫道:"那可真是太遗憾了!"

云止风:"但是……"

宋南时听见转折,表情一变。

云止风慢悠悠道:"那位前辈既然在欠条上直接提中州沈家,那就证明他口中的沈家有名到但凡提出来,在整个中州便只能想到这一个沈家。最起码在当时是这样的。"

宋南时脸一垮。

云止风见状又道:"现在我所知道的五个沈家都只是普通小家族,没有一个有这样的成就。"

宋南时悄悄松了口气,了然:"那就是在这一千多年中没落了。"她又问道,"那你知道一千多年前有什么有名的沈家吗?"

云止风摇头:"我还没有那个时间去了解已经没落的家族一千多年前是什么样的。"

他想了想,又补充道:"当然,也有可能不只是没落,这个沈家在这一千多年间已经消失了也有可能。"

宋南时闻言,神情再次缓和。

云止风慢悠悠地说:"但是……"

宋南时:"……"她面无表情地看过去,"云兄,你耍我玩?"

云止风:"哪里哪里。"

宋南时深吸一口气:"行了行了,你有话就一次性说完吧!"

云止风嘴角露出一个不易察觉的笑,道:"我虽然不知道一千多年前的事情,但是你们无量宗建宗也就在一千多年前,必然会有中州的记载,那么一千多年前那个有名的沈家便也会在其中，你若是实在想找一千多年前的沈家的话，不妨直接回宗门翻翻宗门志。"

得，来来去去，办法总比困难多。宋南时有气无力地挥着手："知道了，知道了。"

……

无独有偶，宋南时问云止风沈家的事的时候，江寂也在找他的"金手指"问东问西。

他道："柳老，您知道剑圣前辈是何人吗？"

柳老头闻言，神情有一瞬间的恍然。他沉默片刻，语气有些复杂道："果真是一千多年过去了，如今，连剑圣都不为人知了。"

江寂闻言就看了过去，斟酌着猜测道："一千多年前……您难不成和剑圣有旧？"

柳老头也是一千多年前被困进玉佩里的。

谁知道柳老头闻言却笑了一声，道："我哪有那个资格认识剑圣。嗯……我认识他但他不认识我的话，那也算是认识的。"

他笑完，神情中就不由得带了一丝追忆，道："我还是个你这么大的毛头小子的时候，剑圣都已经成名多年了，我哪里来的资格认识人家啊。"

他缓缓道："剑圣飞升之际我才有幸远观剑圣的飞升仪式。他飞升后，修真界传言他在凡间留下了自己的传承，当时还引起了一番震荡。谁知道这传承居然就在白梧秘境，还正好让你小子碰上了。"

他叹气："你倒是有几分运气。"他看了眼江寂认真专注的脸，道，"傻人有傻福。"

江寂有些不好意思地笑了笑。

"不过……"柳老头飘到半空中摸了摸下巴，若有所思起来。

江寂看过去，疑惑道："怎么了吗？"

柳老头沉思："我只是在想，'剑圣从无敌手'在那个年代根本不是什么大话，那么你师妹得到的那个传承的主人，是怎么精准地找到了剑圣的传承，还能在不触动传承的情况下蹭了人家的传承秘境呢？"

他摸了摸下巴："他甚至过去了趟万剑山，又全身而退了，而且逼得万剑山这群人不得不帮他保存着欠条等他的传承人。万剑山帮剑圣看管传承是因为恩情，可既然也肯帮他保管，那必然是忌惮他的实力了。"

他喃喃道："这样的人，还是个卦师，没理由会在修真界寂寂无闻啊！可我当时却从未听说过实力强到这种程度的卦师。"

江寂闻言也下意识道："对，卦师实力弱……"

谁知道他还没说完，柳老头就嗤笑一声打断了他，道："卦师实力弱？那只是现在的卦师。而且现在的卦师里还有你师妹这样的。你师妹弱吗？更何况一千多年前。我那个年代的卦师，那可是和弱一点关系都沾不上的，若是真招惹了一个实力强劲的卦师，恐怕连怎么死的都不知道。"

江寂挠了挠头："那看来是我孤陋寡闻了。"

柳老头听了却难得没有抓住机会嘲笑江寂，他不知道想到了什么，脸色有些不好看，然后他突然道："我和你说过我是怎么死的吧。"

江寂犹豫片刻，低声道："您说，您是被挚友背后捅刀。"

柳老头冷笑一声："我那个挚友，也是个卦师，我就是死在卦师手上的。"

江寂一愣，手足无措起来。

半晌，他只喃喃道："三师妹也是个卦师，您对三师妹这么好，我还以为……"

柳老头挥了挥手道："我要恨也该恨杀我的那个人，而不是恨所有卦师。你要是被剑修杀了，你还能从今以后恨所有剑修不成？"

"更何况……"他喃喃道，"你师妹和那个人一点都不一样。反倒是那个叫决明子的，明明都是卦师，我是怎么看他怎么不顺眼……"

……

宋南时想了半天，还是觉得他们得先回宗门一趟。这主要不是因为沈家，而是因为她突然想起来，这眼看着又到了发月俸的时间了，但他们四个人的月俸可一份都没领。

更何况宋南时现在是筑基期了，除了每个月的亲传弟子月俸，她应该还会多领一份宗门给筑基期弟子的额外资源。

蚊子再小也是肉，宗门的羊毛，当然该薅就得薅。

他们这群人里，虽然江寂是大师兄，但是管事的一直都是二师姐，所以宋南时毫不犹豫地去找了诸袖。

她找到二师姐的时候，二师姐正和小师妹聊得火热，也不知道在说什么。

宋南时靠近的时候，就见小师妹正收起通讯符，一脸严肃道："二师姐说得果然没错，三九峰的那个师兄回来了。"

宋南时一蒙。三九峰？三九峰怎么了？然后她便恍然大悟。是了，她想起来了，三九峰有个师弟年初的时候和一个妖族姑娘跑了，把他的师尊气了个半死。她还给二师姐讲过这个八卦，投其所好来着。

如今就见诸袖眉飞色舞道："我说得没错吧，那个妖族姑娘所在之族都是一妻多夫的，妖族姑娘还有正房，他跑去给人家当小妾，如今待不下去了。"

郁椒椒也感叹，细声细气道："赵师姐说，三九峰的师叔都气坏了。"

诸袖仗着自己了解，剧透："还没完呢，那师叔肯定会打断那位师弟的腿。"

宋南时原本只以为二师姐又在习惯性地聊八卦，听到这里却一顿。她忍不住想，要是到时候瞅准时机在山下守着卖续骨丹的话……大有可为！

她目的不单纯，谁知道二师姐目的也不单纯。她聊完那位和妖族姑娘私奔的师弟的选择和下场，看了一眼被小师妹抱在怀里的兔子，意有所指道："可见只顾情爱也是吃不饱饭的。当初那位师弟私奔得轰轰烈烈，但如今只不过是两族观念不同，这所谓的情爱就如镜花水月了。"

那兔子被她看得一僵。

诸袖心中冷笑。她不知道上辈子这妖族太子是什么时候开始勾搭小师妹的，所以她抓紧时间赶紧提醒下师妹。

妖族太子一百多岁了，她小师妹可才十五岁。呸！厚颜无耻！

她语重心长："所以小师妹以后不能找妖族的道侣，观念不合过不下去！"

小师妹一无所知地拍着胸口保证："我是不会找妖族道侣的！"

宋南时听着忍不住笑出了声。

自己这个二师姐还真是……

她一笑，两个人就看了过来。宋南时神情自若地走过去打招呼。

诸袖一边回应，一边若有所思。她突然想起来，三师妹今年也才十七岁，但云止风那个大魔王……也一百来岁了吧。

啊……

刚说过妖族太子不要脸的二师姐神情顿时纠结起来。

虽然云止风那魔头哄骗她十七岁的三师妹看起来也挺不要脸的，但是……她又想起了云止风毫不犹豫跳进坍塌秘境的身影。

二师姐：他好爱她。

诸袖一时间感叹起来。

君生我未生，我生……算了，修真界一百来岁也算不上老。但他真的好爱她。

"师姐？师姐？"

诸袖回过神来，看向自己的三师妹："怎么了？"

宋南时："我问我们什么时候回去？"诸袖一顿："师妹想回去了？"宋南时若无其事地点头："主要是该发月俸了。"

诸袖一愣，不由得笑了出来。她正想说什么，自己的通讯符突然响了。

她下意识地看了一眼。

第七章·人心不古

师尊。

诸袖一顿，立刻准备挂断。

但对方却没有给她这个时间，她的通讯符被自动接通了。

对面传来师尊清冷的声音："诸袖，你在哪儿？"

诸袖沉默片刻，淡淡道："万剑山。"

师尊的语气听不出喜怒："回来。"

诸袖深吸一口气："我……"话还没出口，一旁的宋南时却突然笑了，淡淡道："不好意思啊师尊，我们还没玩够呢，没准备回去。"说完她径直伸出手，把诸袖的通讯符撕了。

诸袖惊愕地抬头："你……"

宋南时笑眯眯地说："你放心，我不靠他发的钱吃饭。"

诸袖沉默片刻，道："可是你刚刚不是还想回去吗？"

宋南时："不想了，咱们再玩个一年半载也不错。"

诸袖看了她半晌，突然笑了出来。她低声道："回去吧，时间也差不多了。"

正好，她也该做个了断了。

诸袖起身离开。

宋南时看着她的背影，突然烦闷得慌。从前，她看自己身边任何主角的生活，都像是看和自己毫不相关的故事，她知道他们的苦难，知道他们的结局，但她毫不在意。他们可是主角。

但是现在……

宋南时起身。

身后郁椒椒喃喃道："师姐……"宋南时立刻回头，严肃道："我给你的那本训宠物的书，你好好看！"

郁椒椒茫然："哦。"

黑兔："……"他感觉这里的每一个人好像都在针对他。

宋南时回到自己的房间。

她有一个习惯，那就是当自己不痛快的时候，她一定也要让别人不痛快，这叫情绪转移。但是她现在也没能力让自己的师尊不痛快。

既然如此的话……

宋南时突然从储物戒里拿出了自己随身带着的一本《万宗录》，翻到了仙盟的通讯符号码，毫不犹豫地撕了一张通讯符。

那边居然很快接通了，是一个年轻小哥哥的声音。

272

第七章·人心不古

小哥哥："请问这位修士……"

宋南时故意压低声音："我要匿名举报一个宗门。"她的声音太有感染力，小哥哥严肃起来，不自觉低声道："您要举报什么？"

宋南时声音更低了，神情却很悠然。她道："我要举报苍梧派，他们趁着白梧秘境开启伪造了一个黑梧秘境，但我被骗过去之后发现这秘境根本不存在，原本说好的薪水也不给发，那个宗门直接假造了一个秘境，疑似诈骗团伙，在下历经千辛万苦才逃了出来……"

宋南时涕泪俱下。

对方顿时义愤填膺起来，立刻道："我们今夜就派人去查苍梧派，如果仙子所说属实，仙盟必然给仙子一个交代！"

宋南时的声音如泣如诉："我相信，仙盟一定会给小女子主持公道！"

然后直接就把通讯符给撕了。

随手举报了一个诈骗团伙之后，宋南时的神情顿时轻松起来，哼着歌睡了。痛苦不会消失，只会从我身上转移到你身上。你说对吧，决明子？

于是当夜，仙盟就带人闯进了苍梧派这个成立几十年的空壳组织。为首的人查了一遍，大手一挥："全部带走！"

第二天，等宋南时他们商量着准备启程的时候，受到了重创的决明子也终于跌跌撞撞地回到了苍梧派。出来迎接他的只有一个修士，脸色苍白，一见到他就哭了："尊者……"

决明子没工夫听他哭，只道："把所有人都叫来，这里不能待了，我们去找我的本体！"他咳了一声，又补充道，"能带上的财物也都带上，虽说这个宗门的灵石空了，但这么多年下来攒的好东西也不少。"

他说完，却见那下属还没动。

决明子皱眉："让你把人都叫齐。"下属干巴巴地说："都叫齐了。"

决明子："哪儿呢？"下属："这不就在这儿嘛。"

他惨笑："就剩我一个人了。"

决明子一愣："其他人呢？"

下属："被仙盟带走了。"

决明子眼神一厉："没想到居然先在仙盟暴露了。趁他们还没反应过来，你迅速把宗门所有东西折算成灵石，我们去找本体！"

下属还是不动。

决明子逐渐暴躁："又怎么了？！"

273

下属："我们的房子和地契都被仙盟收回了。"

决明子："那仓库……"

下属："仓库里的东西都被带走了，说是赃物。"

决明子吐血："仙盟有什么权利收我们的东西?!"

下属："因为有人举报我们。"他顿了顿，"说我们诈骗。"

决明子："……"他突然在原地发疯，"宋南时！宋南时！我和你势不两立！"

下属等他发完疯。

决明子深吸一口气，颤抖道："你就说我们还剩什么吧？"

下属颤巍巍地从怀里捧出两块玉砖："这是尊者垫脚用的，他们嫌有脚气，就没带走。"

决明子："……"

他一下子老了十岁："当了吧。"

当铺。

一团和气的掌柜笑眯眯地说："垫脚玉砖两块，三百灵石。"

他笑眯眯地送客："欢迎下次光临。"

（四十一）

隔日一早，诸袖趁着自家三师妹还没起来，迅速找到江寂和郁椒椒，商量今日回宗门的事情。

郁椒椒被叫起来的时候还迷迷瞪瞪的，江寂作为龙傲天小说男主角，自是勤勉非常，别人闻鸡起舞，他是鸡都得听着他的动静才起床打鸣，曾一度造成了无量宗的鸡都比别人的早起一个时辰的局面。

他被找过来的时候已经打坐了一个时辰、挥了五千下剑，此时精神头好得很。听闻二师妹要商量回宗门之事，他困惑："回就回呗，二师妹什么时候想回去叫师兄一声就是。"

说完他才发现少了一个人："三师妹呢？"

诸袖："就是要避着三师妹我才在这个时候找你们的。"

这句话一出来，困的、不困的都来精神了。睡得正香的柳老头都从玉佩里探出头来，精神地说："什么？你们要背着那小丫头做什么？"

诸袖也不卖关子，直接问："你们准备怎么回去？"

274

第七章·人心不古

怎么回去？江寂和郁椒椒对视一眼，都有些摸不准这有什么好问的。

不差钱的龙傲天犹豫了片刻，道："用阵法回去自然是最方便的。"

同样不差钱的甜宠文女主角也点头。

一般各大宗门都有传送阵法，大小不一，但都互相连通，使用起来十分方便，除了贵。

小型阵法开启一次都得耗费一千灵石，大型阵法开启一次怕是大几千灵石也不止。

阵法开启一次能维持半个月左右，其间能传送的人数是固定的，阵法开启的花费便会平摊到每个人身上，平均下来其实也没那么贵。所以除了那种开启一次阵法就为了传送一个人的特殊情况，总的来说，传送阵法虽然贵，但一般修士还是用得起的。

诸袖便一针见血道："那三师妹呢？"

江寂不明所以："三师妹……"话没说完，他当即就卡壳了，和郁椒椒对视一眼，都觉不妙。

一般修士用得起，但宋南时何时一般过？她是"特困修士"啊！

况且她如今还背着来自一千多年前的债务，虽说欠条上没有什么利息，但保不准那个沈家落魄了之后就讨要利息了呢。

两人想到这里，表情都不由得有些凝重。

江寂想了半天，道："那这个钱我替师妹出了！"谁知道他刚说完，诸袖就反驳道："不可！"

这位师姐也不知道哪来的滤镜，沉声道："师妹虽然贫穷，但也是个贫贱不能移的性格，你主动替师妹出钱，本是好意，但只怕会伤了师妹的自尊。"

江寂一愣，觉得有道理。柳老头也一愣，随即哈哈大笑，他道："贫贱不能移，贫贱不能移！哈哈哈！江寂，你师妹说得没错啊！你三师妹贫贱不能移，你可千万别给她出钱！"

江寂被这老头笑得莫名其妙，就听见一旁的郁椒椒道："那我们……"

诸袖语重心长："我们要体谅三师妹，她不食嗟来之食，我们就要想办法适应她！"

柳老头："啊对对对！可太对了！"

与此同时，宋南时也正偷偷找云止风商量回去的事。

云止风被强行叫起来，穿着中衣面无表情地坐在自己的床上，对面是丝毫不觉得和一个只穿中衣的男人待在一个房间有什么不妥的宋南时。

云止风提醒："宋南时，现在才寅时。"宋南时："我知道，我就是挑寅时

275

来的。"

云止风深吸一口气，咬牙切齿道："那你最好有事。"

宋南时理直气壮："我当然有事！"

随即她压低声音，道："明日师姐他们回去，肯定会用阵法。"

云止风一顿，意识到事情的严重性。沉默片刻，他斟酌道："这次秘境所获颇丰，我们不妨也……"

宋南时面无表情地看着他，道："是，我还收获了一张一千多年前的欠条呢。"

云止风深吸一口气："那你想怎么办？"

宋南时有条有理地分析道："大家都知道咱们的情况，以我同门的性格，肯定会说替我们出钱，这个最先开口的人还多半是大师兄，他性子急。"

云止风："所以你准备让他出钱？"宋南时义正词严："怎么会！我贫贱不能移！"

云止风："……"我怎么就这么不信呢？

他揉了揉额头："那你准备怎么办？"

宋南时语速飞快："我想和大师兄商量商量，咱们三个挤一个传送通道好了，传送的钱咱们三个平分，那我还能接受。"

云止风："……"她真的能把每一句话都说得这么离谱！他深吸一口气："三个人挤一起？你就不怕从传送阵出来你就真被挤成了纸片人？！"

走传送阵和走一个狭窄的通道差不多，一个人正好，但三个人挤在一个通道里……

也不是不行，但曾经有修士为了贪便宜三四个人走一个通道，出来之后被空间术法压缩得整个人都薄了一半，大半年才恢复。

字面意义上的"薄"。没什么生命危险，但是丢脸。

宋南时当然知道。但她还知道大师兄的那个"金手指"在空间方面的造诣还是颇深的，那么她让老头帮个忙的话……不过分吧？

于是她义正词严："你信我！绝对不会把你挤成纸片人的！"

云止风咬牙切齿："你怎么不说咱们五个人挤一个通道呢？那不更便宜？"

宋南时一顿，若有所思。

片刻之后，她喃喃道："要是师姐和师妹都同意的话……

"那也不是不行。"

云止风："……"他闭了闭眼。

第七章·人心不古

两个时辰之后，天色大亮，两拨背地里说悄悄话的人终于在明面上会合了。

宋南时心情相当不错。

她冲诸袖笑了笑："师姐。"又冲江寂点头："大师兄。"

两人对视一眼，神情都不由得有些凝重。

最终，大师兄开口道："既然人到齐了，我们便启程吧。"

宋南时神情之中有些期待，准备着等他们到了阵法旁时自己再开口说蹭阵法的事。

然后她就看到三人齐刷刷掏出了飞剑。

宋南时："？"她不可置信，"等等！你们不用阵法吗？"

诸袖见此，便冲她露出了一个温柔的笑。她体贴道："师妹，我们还是觉得御剑回去别有一番风味。"

二师姐的笑容中带着三分怜惜、两分包容。

宋南时："……"她觉得自己大概是明白这群人在想什么了。什么别有一番风味！

她欲言又止。

这时，大师兄也走到了她身侧。他犹豫了片刻，神情郑重地拍了拍她的肩膀，严肃道："师妹放心，我们同甘共苦！"

宋南时："……"这一刻，她十分想抓住江寂的衣领问问他，同甘共苦归同甘共苦，但他们为什么非得和她共苦呢？就不能选择同甘吗？

她伸手："大师兄……"

大师兄顺势把一件披风塞进她手里："半空风大，师妹穿厚些。"

她挣扎："大师兄，其实我都明白，你们不必……"咱们一起挤传送阵我愿意啊！

大师兄直接打断了她的话："师妹，我懂！"他神情中带着感动，"我们一起走！"说着，他坚定地转身，和二师姐一起做准备工作。

宋南时："……"

柳老头不知道什么时候飘到她身边，道："你知道他们为什么非要御剑吗？"

"因为你贫贱不能移啊，哈哈！"他笑得猖狂，"这个笑话我能笑一辈子，哈哈哈！"

宋南时深吸一口气，缓缓转过身，就看到暗暗松了口气、唇角露出微笑的云止风。

她面无表情："你笑什么？"

云止风沉默片刻，从容道："我想起高兴的事罢了。"

……

宋南时他们披星戴月地飞了整整三天，落地的时候，宋南时只觉得自己脚底下的地都是飘的。她灰头土脸，两眼无神，深一脚浅一脚地跟跄了两步。

云止风迅速扶住她："你没事吧？"宋南时虚弱地拉住云止风的袖子。

云止风神情担忧："宋南时，已经到仙缘镇了，你……"

宋南时虚弱地说："……驴。"

云止风："什么？"宋南时有气无力："驴兄。"云止风反应过来，连忙从储物戒里把驴兄放了出来。

驴兄还没来得及表达自己被关了这么多天的不满，宋南时倒头就栽在了它身上。

仙缘镇内不允许御剑，他们落在镇外，宋南时骑着驴晃晃荡荡地跟着众人走进仙缘镇，终于觉得活了过来。云止风看着，不由得松了口气。

进了仙缘镇，走了片刻之后，宋南时突然抬头："云止风。"

云止风抬头，神情有些茫然："嗯？"

宋南时仍旧趴在驴兄身上，冲他招手，道："前面我们就要走另一条路回无量宗了。"

云止风顿了顿："嗯。"

宋南时："你还要住在仙缘镇吗？"云止风道："要的。"宋南时便笑了两声，道："我还以为你是因为……"她避开一旁的同门，压低了声音，"是因为我身上有你的那什么麒麟血玉，你才一直跟着我的，等拿到麒麟血玉你就该走了。"

云止风沉默。一开始确实是因为这个，但是后来……

他抬起头，想说什么。宋南时却又叫他的名字："云止风。"

他一顿，发现他们已经走到了路口，再往前就是去无量宗的路了。宋南时盘腿坐在驴背上，笑眯眯地冲他摆手："我们几天后再见。"

云止风笑了一下："几天后。"

宋南时便俯身拍了拍驴兄的脖子："驴兄，走了。"

驴兄叫了一声，没精打采地驮着宋南时转身，走向了那条早已经走熟了的路。

……

兰泽峰是无量宗十大主峰之一，也是最高的一座山峰，远远看去，气势恢宏。

宋南时他们从回宗开始就径直往兰泽峰去，然而到了近前，却都不由得停

第七章·人心不古

了下来。不归剑尊正站在山下，似是在等着谁。

宋南时"啧"了一声，压低声音道："师尊他老人家除了闭关、和掌门议事，向来是不下山的，而今太阳是打西边出来了。"

话音落下，不归剑尊顿时看了过来，也不知道听没听见。宋南时见状顿时肃容，声情并茂道："可见师尊对弟子们的爱护、看重。师尊一片拳拳之心……"

不归剑尊狠狠皱了皱眉。

诸袖立刻拉住她："你可闭嘴吧！"随即她便上前两步，挡在了宋南时面前，肃容行礼道："师尊，三师妹不懂事，您别和她计较。"

她神情恭敬，态度尊重，一言一行挑不出半分错处来，就像从前她跟在他身边时应付外人一样，端重有礼、识大体。每一个和她交谈过的人，都只会说这个弟子不坠无量宗名声。

从前他觉得这样很好，她是他殷不归的弟子，一言一行都要谨慎稳重。可是如今，她将这份稳重用到了他身上，护着别人。

他不由得又想起了那一夜，他的通讯符第一次被那样挂断。那一刻他的心里似乎有火在烧，烧尽理智。他觉得有什么事情正在脱离他的掌控。

等他回过神来，他便已经站在了这兰泽峰下，一直到现在。

如今诸袖就站在他面前，他一时间居然不想看她。于是他的视线便直直地落在了宋南时身上。

片刻之后，他道："你筑基了。"宋南时笑眯眯地说："托师尊的福。"

殷不归："筑基六层。"宋南时还是笑："运气还不错。"

殷不归便道："既然回来了，你们便先回各自的洞府。宋南时，你跟我来。"

他在这里等了三天，却丝毫没有看诸袖的意思，仿佛毫不在意。但是他也不知道自己叫这个三徒弟是要干什么，她的修炼，自己分明从未插手过。

他刚这么想着，一旁就传来一个声音："这就不必了。"

众人顿时都看了过去。一个身形佝偻的小老头慢悠悠地走了过来。

宋南时眼前一亮："师老头！"

师老头顿时吹胡子瞪眼："在外面该叫我什么？"

宋南时笑眯眯地说："师长老。"

师老头斥责了她一声："没大没小。"

随即他看向了殷不归。殷不归顿了顿，道："师伯。"按照辈分，他尚且要叫师老头一声"师伯"。

师老头点了点头，不咸不淡道："南时筑基了，但她年纪轻，不稳重，一筑基便到了筑基六层，冲得太快了。我怕她根基不稳，先把她带走了，等我看过

279

她的修为，再让她找你这个师尊请安。"

"你这个师尊"他特意加了重音，语气中的不满毫不掩饰。

殷不归表情冷淡起来："那我该多谢师伯了。"师老头："谢什么，你要是想谢我的话，我帮你管徒弟的这十几年你怕是谢不完了。"说完他也不看殷不归，转头看了一眼笑得牙花子都出来了的宋南时，吹胡子瞪眼："还不走！"

宋南时连忙跟上。

宋南时走了，众人顿时都松了口气。

然后诸袖便开口道："大师兄，你也带着小师妹先走吧。"

江寂看了她一眼，诸袖点了点头。江寂深吸一口气："我们先告辞了。"

于是便只剩下诸袖和殷不归。殷不归面色冷硬，像是被宋南时的不敬气到了。

诸袖却知道不是。

她平静道："师尊，我们师徒二人谈谈吧。"

他一顿，一时之间居然想逃避。她坦坦荡荡，目光清明，他却不愿看她。

生平第一次，两个人之间，诸袖成了主导的那一方。

……

宋南时被师老头一路拎回了玄通峰。

她期期艾艾："您闲来无事向来是不下玄通峰的，今天居然亲自跑了一趟啊。"

师老头阴阳怪气："你也知道啊。"宋南时就"嘿嘿"地笑。

师老头被她笑得脾气都发不出来，也不想骂她对师尊不敬。说真的，他一向不太看得上殷不归，所以他看得还挺爽的。

不过……

他疑惑："从前也没见你对殷不归意见这么大，今天怎么突然阴阳怪气的？"

宋南时："大概是量变引起质变？"她不说实话，但师老头也猜得出。

这个他教了这么多年的丫头，他太了解了。

她不上心的，哪怕在一个屋檐下她也视若无睹，爱恨生死都与她无关，冷淡到极致；她上心的，哪怕在天涯海角，人家叫她一声，她也会把山海都平了。

这极端的爱恨，他也不知道是好还是不好。

而今她突然对殷不归有意见了，不大可能是她自己对他有意见，多半是她对谁上心了。她的那几个师兄妹……

师老头叹了口气，不去想了。她自己乐意就好。

他转而问道："终于筑基了？"宋南时便道："托您的福。"

和方才对殷不归说的话一样，这次却格外真诚。

师老头嗤笑一声："少给我戴高帽子。说说吧，碰见了什么机缘。"

宋南时便笑眯眯道："您瞧好吧。"

说着她拿出了一个命盘，师老头这时候还没觉得那命盘有什么特别的。

直到宋南时道："离为火。"

一簇离火出现在她指尖。师老头还评价："你现在的离火凝实了许多。"

宋南时耐心地听完，继续道："巽为风。"

她的另一根手指上卷起了小小的旋涡。

师老头这次直接失态地跳起来，他以和自己佝偻的身躯完全不相符的速度蹿了过来："什么?!"

他扳着宋南时的手指看。宋南时任他看。

半响，他喃喃道："居然是第二种卦象，你居然有这样的造化！"

宋南时闻言，心中一动：居然？

她直接道："您听说过有卦师能驱使两种卦象？"

师老头神情复杂地看了她一眼，苦笑："两种？我还听说过有的卦师能驱使八种卦象的。"他喃喃道，"千百年来，我就只听说过那一个人。"

他看向她："你是得了他的传承吧。"

宋南时道："我确实是得到了一位前辈的传承，但前辈未曾留下姓名，我不知道那是谁。"

师老头沉默良久，脸上的神情是宋南时从未见过的复杂。最终他却直接摆手道："你不用知道他是谁。你既然有这样的造化，好好学就是了，别辜负了那位前辈留下的东西。"

说着，他直接赶人，道："回去吧回去吧，别在老头面前晃荡了，碍眼。"

宋南时还没坐多一会儿，直接被他赶了出去。

宋南时站在山下，看着山顶，眯起了眼。这师老头，不对劲，他指定和这位前辈有点儿关系。他曾经认识那位前辈？不，以师老头的年纪，他出生的时候，那前辈都作古多年了。

还是说他的师长和那位前辈有什么联系？但他还有师长吗？宋南时只听说过当年师老头是孤身一人投身无量宗的，一住就是几百年，以一己之力建起了玄通峰。

宋南时百思不得其解，但师老头明显是不想多说的样子。师老头不是爱说一半藏一半的人，他不说，要么是他不能说，要么……是她现在不能知道。

281

宋南时若有所思地离开了。

她也不想现在回兰泽峰，便直接下了山。好巧不巧，山下开了一个铺子，正摆摊抽奖，相当于修真界版的刮刮乐。

宋南时年少轻狂，还做着一夜暴富的美梦的时候玩过几次，次次刮出"谢谢惠顾"之后，便对这修真界版刮刮乐深恶痛绝。但是今天既然被师老头说了几次"有造化"，宋南时便不由得想再试试自己的手气。

她谨慎地买了个最便宜的。

这玩意为了防止修士窥探，都是有特殊涂层的，得老板亲自刮。

宋南时便选了一个递给老板。老板刮开后看了一眼，看她的眼神充满了惊喜。宋南时心中一动。

然后她就听见老板道："恭喜这位仙子，您抽到了仙缘镇内一套房产……"

宋南时："！"这一瞬，她获奖感言都想好了。

然后老板继续说："……的五十灵石代金券。"

宋南时："……"一套房产的五十灵石代金券，这和豪华马车的十元代金券有什么区别？

人心不古，修真界也玩这一套！

（四十二）

宋南时盯着那五十灵石的代金券半响，委婉地问老板这玩意能不能折成现金，折半也行。老板也很委婉地表示不行，但他可以帮忙推荐合适的房产，报他的名字打九九折。

宋南时："……"

她觉得今天的自己有好运气，但不多，还是趁早回去，别在外面晃荡了。

她转身又回了宗门。

兰泽峰上，明明所有人都在，但整座山峰却静得连鸟叫声都没有。

因为她的那个师尊向来喜静，整座山峰被他画下了驱逐阵法，鸟雀山兽皆无法靠近。这原本都是她习惯了的，但此刻她站在山脚下，却突然觉得现在还不如被那群主角闹得不得安宁的时候。

她摇了摇头，抬脚上山，半路上，却看到本应回自己洞府的江寂此时正蹲在师尊洞府不远处，一双眼死死地盯着洞府的方向，一会儿神情严肃，一会儿咬牙切齿，表情十分丰富，一看就是在犯蠢。宋南时却不由得露出一个自己都

第七章·人心不古

没察觉的笑容，却很快又消失了。

她走过去，道："你蹲在这里干什么？"

江寂被吓得险些当场抽出剑来，看到是宋南时他又松了口气，支支吾吾道："等二师妹出来。"

诸袖进了师尊的洞府，在他看来却像是进了龙潭虎穴一般。

宋南时一眼看过去就知道他在想什么。

她挥了挥手，语气笃定："师姐不会有事的，你若是不放心，便等着吧。"

她脚步不停，径直回了自己的洞府，一副一点都没有同门之爱的绝情模样。

江寂却不由自主地松了口气，道："太好了，二师妹没事。"

一旁的柳老头不由得问道："宋南时说没事就没事？在外面的时候你也没这么好说话啊，什么时候变成个傻白甜①了。"

"傻白甜"还是他听宋南时说的词。

江寂却理所当然地说："那些人是那些人，三师妹是三师妹。"

柳老头一针见血："因为宋南时那丫头的脑子比你的好使一些，对吧？"

江寂尴尬地笑了笑。

宋南时直接一觉睡到了第二天中午，等她起来的时候，整个兰泽峰是正儿八经的一个人都没有，也不知道都去做什么了。宋南时瞅了一圈没看到人，就径直下山去了仙缘镇。

她得给这张见鬼的代金券找一个合适的冤大头……不是，合适的主人。

可不是赶巧了嘛，她刚一进镇子，冤大头就出现在了她面前。

熙熙攘攘的集市上，云止风抱臂坐在自己的摊位旁，面前摆的全是他们在秘境里找到的零零碎碎的灵药灵植和妖兽血肉。

他仍旧是那张无表情的酷哥脸，闭着眼睛假寐，一副"你爱买不买"的高贵冷艳模样。但这次他带来的东西可不是往常的那些普通野兽可比拟的，他的高贵冷艳脸也没挡住众人的热情，摊位旁人来人往，顾客就没断过。

而相比于从前做生意时那种"你不买就走"的态度，如今的云止风也可谓飞速成长了。

他直接把每个商品都标注了价格，又立了个"谢绝还价"的牌子，可以说是相当有自知之明，知道自己那张嘴和人讲起价来会造成什么样的后果，索性

---

① 傻白甜：指在爱情故事里没有心机甚至有些呆，但很可爱不做作，让人觉得容易亲近的角色。

直接从源头解决问题。

他的那头驴居然还没被他扔掉，站在他身旁甩着尾巴，正暗暗地想趁主人不注意的时候偷吃一棵灵草。但它头还没低下来，一直没怎么睁眼的云止风就抬起了手，把长剑挡在了驴子嘴边。

驴子悻悻地转过了头。

宋南时在一旁看得津津有味，等云止风摊子前的人走得差不多了，这才走过去，热情地打招呼："云兄！"

云止风一听见"云兄"两个字动作就一顿，不由得暗暗提高了警惕。他不动声色地抬起头，视线落在了毫不客气地坐在他身旁的宋南时身上。

他开门见山："找我何事？"

此时宋南时正不着痕迹地看着他身上的衣服，见他已然把那身两人一起买的打折的"合身"衣服换下来了，心里还不由得有些可惜。

听他这么问，宋南时当即义正词严道："当然是一日不见云兄，分外想念啊。"

云止风不由得想，宋南时肯定没发现，她心里在打什么坏主意或者有求于他的时候，叫的都是"云兄"，其他时候就是"云止风"。

他直接就道："你不说的话，我就收摊走了。"

宋南时闻言，"啪"的一声就把那张五十灵石代金券拍在了云止风面前。

云止风看过去，一顿。

他不动声色："你是想……"

宋南时一副"你占大便宜了"的表情："折半卖给你。"

云止风："……我不买房。"宋南时："现在不买，以后总会买的。"

云止风："我以后也不会买。"宋南时："那也可以留着给子孙后代用。"

眼看着她连子孙后代都给他安排好了，云止风深吸一口气，觉得不说实话不行了。

他语速飞快道："仙缘镇的房价你知道是多少吗？"宋南时："？"

云止风微笑："你在无量宗待上两百年不吃不喝，月俸应该够买一个一进的院子。"

宋南时："……"她整个人都麻了。为何都修真了，她还是要考虑房价，还是买不起房？

她脸色灰败地转身离开了。

云止风原以为宋南时就此放弃了，谁知道一错眼就看到她正抓着一个路过的无辜路人，拿着她那张代金券忽悠，然后他眼睁睁地看着她还真就把那张代金券以三十灵石的价格忽悠给了那路人。

路人拿着代金券欢天喜地地走了，一副真觉得自己占了大便宜的样子。宋南时捧着三十灵石，也非常开心。大家都有光明的未来。

云止风："……"离谱。

宋南时挑眉冲云止风笑，矜持道："那我就先回去了。"

云止风看着她连背影都透着几分得意的样子，愣了片刻，突然一笑，收拾摊子也准备走。

旁边的人问他："欸？你不卖了？"

云止风："不卖了，等明天。"

……

宋南时回去之后就先得知了一个消息。

他们的师尊殷不归毫无预兆地闭关了，出关日期不定，整个兰泽峰的事务暂时交由二师姐诸袖打理。

宋南时当时的第一反应就是二师姐是不是昨夜和殷不归谈崩了之后，当场把人给灭口了，而今找了这么个掩人耳目的借口。

然后她连忙制止了自己的可怕想法。不不不，二师姐是追妻火葬场文女主角，又不是什么法制频道的嫌疑人张三。

料想自己那个师尊应该还活蹦乱跳，宋南时就没再多管。打听到师姐现在正被掌门叫过去询问之后，她转头就扎进了宗门的藏书阁里。

她开始找宗门关于中州沈家的记载。

云止风有句话说得没错，她那张欠条上的沈家是在一千多年前兴盛的，他们宗门也是在一千多年前建立的，沈家若真是兴盛到提到"沈家"整个中州就只能想到一个沈家，那么当年刚刚建立，势力尚且弱小的无量宗不可能不谨慎待之。

她直接翻出了历代的宗门志，从头开始查起。翻了整整一天，她终于在一本一千三百年前的宗门志上看到了沈家的影子。

宋南时手指落在那行字上，喃喃道："当年三月，中州沈家少主至无量宗，掌门亲见，与之通商。"

和那张欠条上的称呼一样，也是"中州沈家"。

宋南时几乎可以确定了，这个一千三百年前的中州沈家就是欠条上那个被前辈借了钱的冤大头。

有了具体的目标，接下来就好查得多了。宋南时专门翻阅记录一千三百年前的事的书籍和宗门志，林林总总把当年那个沈家的情况拼凑出了个大概。

一千多年前，沈家在中州一家独大，风头无两。而且沈家用刀，满门刀修，

285

其中天才多如繁星，甚至在当时一度把如今修真界主流的剑修都压制得低了一头。

然后……就没有然后了。

宗门的记载里沈家从一千三百年前初见身影，但在一千年前记录的笔墨却逐渐减少，一直到九百多年前，宗门的记载里关于沈家的事一丝踪迹都没了。

无量宗的宗门志自然不会着意去记沈家到底是如何发展的，宋南时只能从中窥探到，从一千三百年前到九百多年前这四百年间，沈家迅速就衰落了。

四百年，对于一个家族或者宗门来说，着实算得上迅速了。

宋南时有些搞不懂。四五百岁对于修为高一点的修士来说都是正年富力强的时候，宗门开始记载的时候沈家还天才多如繁星，四百年下来他们远不到青黄不接的时候，怎么就迅速没落了？难不成在这四百年里那些天才都死绝了不成？

算了，反正她就是一个帮前辈还钱的冤大头，也不关她的事。

宋南时就抓住了一个重点：沈家用刀。

她又查了查如今还在中州的那几个沈家有没有用刀的，然后她就发现，一个和刀有关的沈家都没有。

宋南时沉默片刻，放下宗门志就走。这可不是她不想还钱，她是真的尽力查了，但都查到这种地步了，那沈家八成是真的没落了。

嗯，随缘吧。

宋南时脚步轻快。

临出藏书阁前，她顿了顿，转身回来，看左右无人，又偷偷摸摸查了查和师老头有关的信息。

然而她所查到的，几乎就是众所周知的信息。

师我，六百年前进入无量宗，一手创立玄通峰，其间收了十三个徒弟，一一死绝。

宋南时放下记载了师老头信息的宗门志，暗叹一声，转身离开藏书阁。

她在藏书阁里待了整整两天两夜，出来之后，却觉得天似乎都变了。

整个宗门无端变得繁忙了许多，执法堂的人更是加大了巡逻力度，宋南时每走出一段就能看到一群执法堂弟子，像是出了什么大事似的。

而且宗门里还多了许多生面孔，也不知道是新进的外门弟子，还是有其他宗门的人又来友好交流了。

等宋南时回到兰泽峰，她这才发现，还真是出大事了。

诸袖把一个类似报名表的东西放在她面前，问道："三师妹，你要参加吗？"

宋南时低头一看——宗门大比筑基期以上弟子的报名册。

第七章 人心不古

宋南时算算时间，了然。宗门大比三年一次，这是又到了宗门大比的时间了。

上次宗门大比的时候宋南时才十四岁，是一个炼气期修士，还是以弱著称的卦师。她倒是有点儿上进心，想着参加一下试试水，谁知道报名表刚交上去就被负责此事的一个师叔给劝回来了。他说得十分冠冕堂皇，宋南时总结了一下，发现人家是觉得兰泽峰的师尊、师兄都不在，他怕宋南时在擂台上被人打死了，自己担不起这个责任。

往事真是历历在目。宋南时感叹了一会儿，再看向面前的报名册，果断地拒绝。

三年前的自己还有点儿上进的心思，但是现在……她只想趁机多赚点儿钱。

诸袖见她拒绝得干脆，有些失望。她一边收起报名册，一边道："我还想着这次宗门大比，筑基期的得冠军好歹有奖励能拿呢，但既然师妹对这事没有兴趣……"

宋南时眼疾手快，一把按住了报名册。

诸袖："？"宋南时眼神灼灼："细说。"

诸袖："啊？"宋南时："奖励。"

她从前参加宗门大比，为的就是个名头，可没听说过还有什么奖励。

诸袖茫然片刻，道："哦，这是今年新试点的改革，说是要激起大家学习的兴趣，所以每一阶段都设置了奖励。筑基期的得冠军的奖励是一千灵石，每往上一大境界就加一千灵石……"

宋南时迅速做起了加减法。能参加大比的修士从炼气期到化神期，筑基期的一千，那化神期的就是四千，离她欠条上的还款数额就差一千。

宋南时深吸一口气。

这时候，诸袖还道："……奖励不算多，但起到一个激励作用。掌门说这些年来在无量宗的盛名之下许多弟子都被名声所累，于修炼上反而懈怠了，这才想的这个办法。"

奖励不算多……

宋南时再次深呼吸，然后微笑，缓缓地将那报名册往她自己这边拉。她道："师姐，我突然对这宗门大比分外有兴趣。掌门既然想改革，身为兰泽峰亲传弟子，我辈自然责无旁贷！"

"我参加！"

她当场拿起笔，"唰唰唰"地开始填报名表。

诸袖："……"她总觉得对师妹来说，这个激励点似乎是灵石。

她想了想，忍不住劝道："但是师妹，掌门为了让宗门弟子有危机感，这

287

次宗门大比可不只是无量宗的人能参加，其他宗门和仙缘镇的散修也尽可报名，竞争压力很大。掌门都发话了，要是哪一个境界让外人夺了冠军，有大家好看的……"

宋南时大笔一挥："这样的话我不更应该参加嘛！"

她飞快地填完报名册，郑重地放在诸袖手中，道："这次，就拜托师姐了。"

诸袖下意识地拿起报名册看了看。

姓名：宋南时。
职业：卦师。
所属峰：兰泽峰。
修为：筑基。
目标：一夜暴富。
特长：特别穷。

诸袖："……"她虚弱道，"师妹，是比赛目标和战斗特长。"

宋南时有理有据："那也没填错啊！"比赛目标就是一夜暴富，而特别穷，就是她一夜暴富的不竭动力。

……

仙缘镇。

云止风也听说了无量宗这次宗门大比允许外人参加的消息，整个仙缘镇讨论得沸沸扬扬，所有人都想去碰碰运气。但云止风却没有这个心思，因为他现在有更重要的事情要做。

他现在的修为勉强能恢复到化神期，但伤势还在，属于能靠着血玉短时间爆发但续航不足的情况，所以他依旧得避着云家。

云家能依靠他的灵力波动追踪他，他如今可以靠宋南时的风墙隔绝灵力，但不能一直靠她。

他刚逃亡至仙缘镇起，就一直在寻找能隔绝灵力的法器。而今，他终于得到了一个有这种法器的炼器师的消息。

云止风当天就去拜访了这个暂居仙缘镇的炼器师，炼器师很好说话，当场就说可以卖给他。云止风觉得这次稳了，正想说谢谢，就听那炼器师接着道："也不是很贵，你合我的眼缘，给三千灵石意思意思就行。"

云止风："……"他沉默片刻，冷静道，"能便宜一点儿吗？"

第一次被人砍价的炼器师都迷惑了。

第七章·人心不古

他下意识道:"你……你这是……"

云止风:"砍价。"

炼器师:"……"

下一刻,他就被人轰了出去。炼器师直言自己的东西概不砍价,让他凑够了钱再来。

云止风站在炼器师家门口,沉默了很久,然后他便听到了路过的两个人说起无量宗大比的消息。云止风不是很感兴趣。

直到他听到其中一人道:"据说筑基期的得冠军都有一千灵石的奖金,而且每往上一个境界,奖金便加一千。"

云止风迅速做加减法。筑基期的一千,化神期的四千,隔绝灵力的法器减三千,他还能剩下一千。

云止风:"!"他觉得自己有兴趣了。

他立时就想去报名,但没走两步,又想到了一个问题。

他参加这个大比是为了买法器,他买法器是为了隔绝灵力。但是他现在手里没法器,参加大比就会暴露灵力,引来云家。但他不参加大比就买不起法器,他买不起法器就没法隔绝灵力。

云止风:"……"死循环。

他就这么站在炼器师家门口,面无表情地想了良久,转身又敲开了炼器师的门。

炼器师打开门:"怎么,那么快就凑到钱了?"

云止风当然没有,但他道:"大师可否先将法器借我一用,等我参加无量宗宗门大比赢得四千灵石再还给大……"

"嘭!"

大门险些拍在了云止风脸上。

炼器师在门里破口大骂:"想空手套白狼?你以为我是好骗的?!"

云止风:"……"

回来的路上,他明明见过江寂用同样的方法借过东西,但为什么轮到他就不行了?

云止风满脸迷茫。

289

第八章 莫欺少年穷

（四十三）

云止风看着面前紧闭的门，沉默。

为什么江寂可以，他就不行呢？麒麟子第一次对自己产生了怀疑。

但这位大师明显是不接受先提货后付款的，云止风只能另想办法。

他一路脚步沉重地走回自己暂居的地方，路过集市时，却不由得一顿。他看到了那个让他对自己产生了深刻怀疑的始作俑者，此刻正蹲在一个卖灵草的摊位旁，一边翻看灵草一边喃喃自语。

云止风早就发现了，宋南时的这位大师兄似乎有什么怪癖，独自一人的时候十分喜欢自言自语，仿佛是在和他们都看不到的什么人交流一般。

云止风有一次就自己的疑惑询问了一下宋南时，结果被宋南时以一种分外复杂的目光看了好半晌，看得他都快以为自己触及了什么不该问的禁忌。

然后宋南时便道："你是第一次发现这个问题的路人甲。"

云止风："嗯？"结果宋南时只语气格外沧桑道："你可以当他有些话痨。"

于是云止风只能当他是一个当着别人的面沉默寡言，背地里爱和他自己说话的神经病。

总之，宋南时师兄妹四个，似乎就没有一个正常的，时时刻刻都让人怀疑他们的精神状态。

现在，那个神经病又在和自己说话。云止风对他的迷惑行为已经熟视无睹，只顺着他在摊子上挑拣的手看过去，然后云止风目光一凝。

江寂手上拿着一株像是无忧草的灵植。

无忧草可以充当各种丹药的缓和剂，在炼丹时经常使用，可以降低炼制丹药的失败率，而且价格便宜，一株就可以缓释三大丹炉的丹药，便宜好用。

可云止风却知道这不是无忧草，这是一种和无忧草长得像却有本质区别的雾草，一株就可以卖到上千灵石，而且有市无价。

真正的采药人绝不会将两者错认的，这仙缘镇一个普普通通的小贩手里居然也有这种好东西？仙缘镇果真藏龙卧虎。

云止风当即就走了过去，看在两人好歹认识的分儿上，想帮江寂品鉴一下。

第八章·莫欺少年穷

刚走到离他们不远处，他就听见二人的对话。

江寂："老板，这株灵草多少钱？"

老板看了一眼，开口道："四个灵石。"

云止风："！"

江寂："！"

二人瞳孔地震。

这采药人明显是把它当成无忧草卖了。

云止风沉默，江寂也沉默，唯独老板不沉默，他还十分不满江寂买无忧草还一株一株地买，直接捆绑销售："十个灵石，我卖你三株。"

江寂沉默良久，然后他语气真诚道："我出二十灵石，买你这一株吧。"

他顿了顿："要不然我良心不安。"

老板："？"他像看傻子一样看着江寂，然后他大喜过望，"拿走拿走！"一副占了大便宜的模样。

一旁，云止风像看傻子一样看着那老板。他觉得整个世界似乎都不对劲了。

一个专门卖草药的采药人认不出无忧草和雾草还可以说这人学艺不精，但是这里可是无量宗辖下，来往的无量宗弟子不少，那雾草看起来有些蔫了，明显被放了挺长时间，居然没有被一个无量宗弟子发现。

就像是专门等着江寂来捡漏一样，离谱。

云止风又看了江寂一眼。

他正美滋滋地付钱。那老板美滋滋地收钱。

离谱。

云止风只觉得自己所在的这个世界似乎都有些魔幻了，沉默良久，莫名有点儿不想看见江寂，趁他还没发现自己，面无表情地走了。

走到了集市另一头，他脚步顿了顿，突然停下。他看到一旁的摊位上有一个不怎么起眼的破旧法器，看似极为便宜，但云止风知道它品阶绝对不低。

和江寂刚刚买的那株草有异曲同工之妙。

云止风沉默片刻，走了过去。老板笑容满面地起身迎接。

云止风不动声色："这个法器，三十灵石卖不卖？"他指着那破旧的法器。此时，他眼眸中闪过方才江寂买灵草的一幕。

然后他就看到老板的脸色当场就变了，对他破口大骂："这点儿钱你还想买

这个法器，当我是冤大头啊！"

云止风："……"

又来了，江寂能做到的，他云止风为何不行？这神经病难不成还是什么被天道眷顾的气运之子不成？

云止风面无表情地站在原地，难得觉得有些气闷。

请求那位大师让自己先提货再付款不行，捡漏买个法器再高价卖出赚钱也不行。两条路都被堵死，那么怎么才能把那法器买回来呢？

云止风一顿，立刻想到了宋南时。宋南时也穷，这不假，但是她再穷也比自己有钱点儿。

云止风当即决定，找宋南时借钱。

他毫不犹豫地往无量宗去。

走到一半，他不由得想到，既然是有求于人，那要不要给宋南时送个礼呢？

他的目光不由得落在了街旁的一家首饰店上，犹豫了一下。

他下意识地走了进去。店里满是女子的珠宝首饰，云止风第一次来这种地方，不由得有些拘谨。但他的目光却不由自主地落在了多宝阁上一串金丝镶嵌绿猫眼宝石的璎珞上。

这璎珞一定很配宋南时，而且是金子做的，她一定很喜欢。云止风不由想。

这时候店里人正多，根本没人过来招呼他，云止风下意识地走到多宝阁前，看着那璎珞发起了呆。他还从没见过宋南时佩戴首饰，她甚至连头发都是用发带束起的。她戴这个一定很好看。

身旁有人见他盯着一串璎珞发呆，不由得自来熟道："兄弟，你这是买给谁的？"

云止风回过神来，抿了抿唇，道："朋友。"

那人意有所指地"哦"了一声。

云止风知道他误会了，想要解释，又住了口。没必要和一个陌生人解释什么。

那陌生人却和他攀谈起来，诉苦道："给女子买首饰是真的难啊！我给我家那位买了四趟，次次都被打出来，说我不懂她，都愁死我了。"

他问："兄弟，你那个朋友喜欢什么？"

云止风想了想，道："灵石。"

那人："……"他看着云止风，难掩羡慕之情。他道，"我要是给我家那位直接送灵石，她指定会直接把我打出去，说我拿钱侮辱她，不要我的臭钱。"

云止风不由得想了想自己如果给宋南时送灵石的话，她会怎么样。那她估计巴不得自己多"侮辱侮辱"她。

第八章·莫欺少年穷

云止风："……"

这一刻，他明白了一个道理：想要给宋南时送礼的话，最好的礼物就是灵石。那他还在这儿转悠什么？云止风不理会那喋喋不休的修士，转身就走。

可没走两步，他突然又顿住，转身，终究是把那串璎珞拿起来。

"掌柜，结账。"

……

"你是说，你想找我借灵石？"宋南时不可置信。

云止风点头。

宋南时便一言难尽地看着他。

半晌，她语气担忧道："云止风，你脑子没病吧？"

云止风："……"他深吸一口气，道，"我会很快还给你的。"

宋南时毫不犹豫地说："真的吗？我不信！"

云止风："……我会参加你们无量宗的宗门大比，你应该也知道，化神期的冠军可以拿到四千灵石的奖金，我只找你借三千灵石，能还得上的。"

宋南时心中一动。她对云止风的实力也有些了解，要是云止风参加化神期的宗门大比的话……

她直接问道："你借那三千灵石是要干什么？"

云止风也不瞒她，一五一十地说了。

宋南时若有所思。回来的时候她就知道，云止风为了躲避仇家，一直在靠她的风墙遮掩灵力。但到了上台比试的时候，他自然是不能再靠她的风墙了。

她确实能拿出三千灵石不假，但那可是算上了灵兽阁凶兽暴动之后御兽峰的师叔给自己的补偿的，说是用命换来的钱也不为过。

她觉得可以借，但是三千灵石，真的是她有生以来借出去的最大一笔灵石了。

宋南时不由得思索起来。

她在思索、纠结，云止风就在一旁看着她。

片刻之后，他突然道："化神期冠军的奖励有四千灵石，我买那个法器只要三千灵石，你若是肯借我的话，等我拿到了奖金，剩下的一千灵石便作为利息给你。"

宋南时当即毫不犹豫地说："成交！"

云止风："……"他扶额。自己还真是了解她，送她什么都不如送灵石有效果。算了，她这么抠门的一个人，肯借他灵石已经……

这个念头还没细想，就见宋南时利索地从储物戒里拿出纸笔，开始写写画画。

295

云止风觉得不对劲："你在干什么？"

宋南时："我在写欠条，加上你承诺的一千灵石的利息。"

宋南时微笑："这还是那位欠钱的前辈给我的灵感，利息什么的，一定要写清楚。"

云止风不可置信："我们之间有过命的交情，你居然还信不过我？"

宋南时冷静道："对，因为灵石比我的命还重要！"

云止风："……"他什么都不说了，甘拜下风。

宋南时说要借就利索地借，欠条一式两份，她还非常正式地要求在上面按双方的手印。云止风面无表情地按手印，把属于自己的那份欠条收进了储物戒。

宋南时这才恋恋不舍地取出三千个灵石，装在一个储物袋里放在他手上。

云止风松了口气，正想收起，就听宋南时郑重道："你要好好对小夏它们。"

云止风蒙了："谁是小夏？"宋南时指了指储物袋："你手里一个灵石的名字，它叫小夏。"

云止风："……"他表情一言难尽道，"难不成，你还给每个灵石取了名字？"

宋南时："嗯。"

云止风突然感受到了沉甸甸的压力，他在宋南时恋恋不舍的目光之中把灵石收回了储物戒。

宋南时还嘱咐："你可一定要赢得比赛，我会替你加油的！"

云止风万万没想到自己参加大比的第一个支持者是这么来的，他无奈地说："我会的。"

宋南时就催他："那你快去报名，师姐说还有五天就截止报名了。"

还有五天截止报名，被她说得仿佛还有五个时辰就要截止一般。

宋南时："快去快去。"

云止风无奈地转身，刚迈出一步，他突然顿了顿。他摸了摸被他放在怀中的璎珞，转头："宋南时……"

宋南时抬头："嗯？什么？"她神情迷茫。

云止风："……没什么。"算了，这次不太合适，下次再找机会给她吧。

他放下了手。

宋南时还在催他："快去快去。"云止风不由得笑了笑。

……

宋南时这几天仔细研究了一下大比的规则，这才发现，这次大比不是突然开始的，而是在他们去白梧秘境的时候就紧锣密鼓地准备起来了。只不过宋南时回来之后就一头钻进了藏书阁，出来之后才发现。

大比分为五组，从炼气期到化神期各组同时进行比试，五组各评出一个冠军。

炼气期小打小闹，也没什么奖励，所以从筑基期到化神期的比试其实才是重点。而且有意思的是，大比规定，各组决出冠军之后，低境界的冠军可以自下向上挑战相邻境界的高境界冠军，若是挑战成功的话，可以将对方的奖金与自己的互换。

也就是说，如果宋南时拿到了筑基期的冠军，她要是觉得自己可以，就能对金丹期的冠军发起挑战。一旦挑战成功，她就能拿金丹期冠军的奖金，金丹期冠军拿她的奖金。而金丹期冠军要真是被她挑战成功了，哪怕是为了一雪前耻也会继续向上挑战。

这倒是每次宗门大比的惯例。

所以每次宗门大比决出五个冠军还不是最热闹的，最热闹的是决出冠军之后，冠军之间的混战。但是历来也没有几个能挑战成功的，毕竟境界之间的差距是实打实存在的，除了龙傲天这种筑基期打元婴期的特例，哪有那么多能无视境界修为说反杀别人就反杀的啊。

为期五天的报名结束之后，大比开始前一天，所有人都要抽签决定比试顺序和组次。

抽签的时候江寂他们都去了，宋南时这才知道，这次兰泽峰弟子一个不落，全都参加了大比。宋南时是筑基期，江寂和诸袖都是金丹期。宋南时原本以为郁椒椒会是炼气期，谁知道去抽签了，这个小师妹才腼腆地对其他人说，昨天她一不小心筑基了，现在是筑基二层，已经被调到筑基组了。

宋南时："……"一不小心筑基了，这就是主角的实力吗？

郁椒椒要还是炼气期的话，在炼气期组里还能大杀四方，但是筑基二层在筑基期组里就不太够看了。

抽签的时候，筑基期的人是最多的，境界越往上人就越少。所以等江寂他们抽完签的时候，宋南时她们还在排队。

排到跟前时，两人一起抽签。

郁椒椒抽到了第三十二组，不靠前也不靠后，相当完美。

宋南时打开了自己的签。

第一百五十一组，最后一组。

宋南时："……"她这个运气，抽到这组还真是一点都不意外呢。

她们又费劲地挤出来。宋南时眼尖地看到了云止风，连忙招手："云止风，

你是第几组?"

云止风就给她看了看自己的签。

化神期,第一组。

宋南时:"……"这是什么南北极端!

云止风还道:"第一组,你呢?"

宋南时面无表情:"我最后一组。"

两人都沉默了。

诸袖却在一旁目光灼灼地看着他们。一个第一组,另一个最后一组,他们居然连抽个签都如此相配!他们真的好般配,我哭死!

诸袖陷入了脑补之中,江寂挠了挠头,问道:"二师妹又怎么了?"柳老头看了一眼,呵呵笑,道:"犯病了吧,你别管她。"

……

到了第二天,倒数第一组的宋南时就先去看了化神期第一组的云止风比赛。

她刚到,云止风还在擂台上等着听规则,宋南时便见擂台下居然有开赌局的。

云止风的对手是一个内门非亲传弟子的剑修师兄。说是师兄,其实比宋南时大了快二百岁,但在修真界,还能说一句"青年才俊"。他在无量宗人气非常高,所以也很热门,赔率很低。但云止风就不一样了,谁都不认识他,他的赔率也比那位师兄高出了三倍有余。

但是没几个人押他。

宋南时斟酌片刻,为了让云止风的下注人数不那么难看,也为了试试能不能小赚一笔,咬了咬牙,给云止风押了一百灵石。

押完她的心都在抽抽。说真的,她也不确定云止风能不能赢,这一百灵石真是把自己和云止风生死之交的战友情表现得淋漓尽致了啊!

她甚至跑到擂台旁,小声道:"云止风!"她以为他听不到,谁知道他真的转过了头。

他腰间多了一块玉佩,这八成就是他说的法器了。

他问:"怎么?"宋南时压低声音:"我给你押了一百灵石,你可一定不能输。"

云止风似乎笑了一下,然后他道:"等我赢了,就按老规矩来。"

他们的老规矩就是分一半。

宋南时震惊,这也能按老规矩!她正想反驳,就见云止风已经起身,走过去听规则了。

宋南时面无表情地走了回去,再去看赌局的下注人数,她就发现押云止风赢的又多了一个。

第八章·莫欺少年穷

然后耳边就有人道:"你押了他?"

宋南时转头,看到了一个剑眉星目、长相相当俊秀,但气质十分彪悍的修士。宋南时觉得他彪悍的气质有可能来自他腰间的那把长刀。

刀修很少见,宋南时下意识就想到了中州用刀的沈家。

她下意识就道:"你是?"

刀修道:"叶黎州。"

姓叶,不姓沈。

宋南时问:"你押云止风赢?"

叶黎州言简意赅:"嗯。"宋南时被他影响得不由得话也少了:"为何?"

叶黎州认真地想了想:"一种感觉。"他神情严肃,"他很强。"

两个人便一起看着擂台上的云止风。

宋南时:"你也是参加大比的?"叶黎州:"对。"

宋南时:"你不是无量宗修士?"叶黎州:"对。"

宋南时:"你是哪一组的?"叶黎州:"金丹。"

宋南时:"……"

她觉得和这人说话真费劲,一个字一个字地往外蹦,气都快断了。她不由得道:"你们玩刀玩剑的话都这么少吗?这是什么群体性格吗?"

叶黎州:"不。"他顿了顿,说了一句长话,"你们无量宗的水太贵了,我怕说多了口渴。"

宋南时:"……"她突然觉得眼前这位叶兄分外亲切。

(四十四)

宋南时今天来的路上,确实看到无量宗突然多了很多卖食物和水的小摊子,她一看就知道这绝不是卖给无量宗的弟子们的。因为那些东西的价格也太过离谱了,比如一碗水要两个灵石,虽然可以续。

宋南时自诩奸商,但仍旧是第一次看到买水还得用灵石的。灵石在修真界是硬通货,但也是必备资源,灵草丹药这种面向修士卖的东西可以拿灵石换资源,其他的诸如食物之类对修炼无益的东西,大家还是多用金银交易。

两个铜板买一碗糖水,她见过。两个灵石买一碗白水,最好的奸商都要甘拜下风。

据说这些摊子还是掌门让人开的。掌门就是掌门,不愧是多吃了几百年饭的。

要知道,无量宗亲传弟子的月俸才每月八十灵石,这一碗水两个灵石,简

直比景区里二十块钱一瓶的矿泉水还离谱。

宋南时莫名觉得掌门是想趁着这个机会，把自家宗门往那种宰客的无良景区发展，专门宰外来的修士。毕竟无量宗弟子的家就在这里，真渴了或饿了回趟洞府就行，谁会当这个冤大头。

宋南时刚这么想完，就见一个靓女拿着精致的白玉瓶路过，白玉瓶上是无量宗的标志。这不只是掌门卖的坑冤大头的白水，还是进阶豪华版的。这靓女正是退婚宋南时的龙傲天大师兄的最强女配角赵妍。

赵师姐还慢悠悠地对自己身旁跟班似的小女修道："还好今天宗门各处都有卖水的地方，不然可要渴死我了。五个灵石一瓶，价格也便宜，还是宗门想得周到。"她身旁的小女修立刻应"是"，手里也拿着同款玉瓶，一看就是赵师姐顺手一起买的。

宋南时："……"是她浅薄了，可能对于真正的富婆来说，五个灵石和五个铜板也没什么区别。她才是那个冤大头。

她神情复杂地移开了视线，正想和这位与她惺惺相惜的同道中人说点儿什么转移注意力，就见这位同道中人眼睛眨也不眨地看着赵师姐，难掩羡慕之情。

是在羡慕赵师姐的富贵吗？宋南时疑惑。

然后她就听见他道："你看她身边的那个小女修。"

宋南时下意识地看过去，跟在赵师姐身边的小女修从神情到长相都是一副标准的恶女跟班模样。不愧是能退婚龙傲天的狠人，恶女的排场那是一点都不能少。

不过她现在总算是明白小说里恶毒女配角身边为何总有小跟班了，她的视线落在小女修手里的水上。要是有这福利，她也想应聘这样的岗位啊！陪着别人吃喝玩乐还有钱拿，这是什么惬意的生活！

宋南时咂了咂嘴。

然后她就听见那位叶黎州兄弟也咂了咂嘴，他道："这位仙子，身边还缺跟班打手吗？金丹期，特别能打的那种。"

宋南时："……"好的，这是个想和她竞争上岗的。

宋南时就假笑了一下，道："叶兄，你我一见如故，你既然渴了的话……"

叶黎州顿时看了过来，还以为她要免费请他喝水。

然后宋南时就道："那不如我一个灵石卖你一碗水，无限续！"

叶黎州："……"他言简意赅道，"不必。"

宋南时咂了咂嘴。果然，穷人的钱是最不好赚的。

正在这时，擂台上突然响起了悠长的钟声，代表着第一场比赛要开始了。

第八章·莫欺少年穷

两个刚玩完八百个心眼子的穷鬼立刻回过头，目光灼灼地关注着刚被他们下了一笔不小赌注的擂台。

钟声落下，两个剑修对阵，最先出手的是无量宗的那位剑修师兄。那位师兄动作快得几乎让人抓不住形迹，而云止风与他完全相反。

云止风站在原地一动也不动，就像是完全没反应过来，甚至连视线都刚从台下收回，也不知道方才在看什么，一副"完全没把注意力放在擂台上，就等着输了被人抬下去"的不想打的样子。

但宋南时却知道不是这样的，她是除云止风自己之外最了解他的人，当然也知道他的优势和缺点。这人的爆发力相当恐怖，但是相应的，他伤势未愈，一旦被人拖长战斗时间的话，那几乎就等于败了一半。

那么，如果她是云止风的话，在自己的战斗能力这么不乐观的情况下，她会选择……

剑修师兄很快攻到了近前，刚刚还毫无反应的云止风突然动了，而且一出手就毫无保留。于是，剑修师兄这试探实力的一剑落在他身上，就仿佛是专门送上门来给人家打的一般。

剑修师兄收势不及，只能勉强躲开这一剑，他意识到不好，想拉开距离，云止风的剑却如附骨之疽一般，丝毫不给人喘息的机会。

叶黎州在她身旁，冷不丁地道："他要速战速决。"

宋南时嘴角露出一丝微笑。

从开始到现在，还不到半盏茶的工夫，对手已露败势。台下甚至还有观众尚且没反应过来，因为他们早已经习惯了化神期的擂台有时候一打就是一整天甚至几天的节奏。往往，化神期的修士虽然是最少的，但每次大比却都是最晚结束的。

他们尚且还呆愣着回不过神来，宋南时却已经趁机走到了那开赌局的弟子身边，道："云止风赢定了，给钱吧。"

叶黎州不知道什么时候也跟了过来，可惜道："只不过这位云兄赢了这么一次，还赢得这么利落，以后再下注的人可就多了，多了就赚不到什么钱。"

宋南时倒淡定："下赌注这玩意玩大了，就不知道是你玩别人还是别人玩你了。玩玩就算了，真想靠这个赚钱还不如做白日梦来得快。"

他们两个在这里说得痛快，庄家反应了过来，看了一眼台上，下意识道："这不是还没……"

一个"赢"字还没说出来，擂台上的云止风就毫无预兆地将对手挑下了擂台，一身青衫的青年面色平淡。

"你输了。"他道。

开赌局的庄家缓缓地张大了嘴巴，台下还没反应过来的众人和他一起张大嘴巴。

只有宋南时，她笑得牙花子都露了出来。云止风，你、是、我、的、神！

于是，等打了个闪电战的云止风下台的时候，就看到了正在数着灵石笑得合不拢嘴的宋南时。他刚不由自主地笑出来，一旁就传来一阵嚣张的笑声。

云止风皱了皱眉，转头，看到了和宋南时同款笑容、同款数钱动作的叶黎州。他拍着胸口道："在下的判断力，牛！"

云止风："……"

不知道为什么，差不多的神情和动作，宋南时做起来，云止风就觉得顺眼，但这个人……这是哪里来的神经病？他立刻走过去，想提醒宋南时离那个神经病远一点。

然后他就看到那个神经病上前，用力地拍了下宋南时的肩膀，把宋南时拍得往前一个踉跄。

云止风："！"他的脸色当即就沉了下来，飞快上前，还没等对方第二掌拍下来，便死死扣住了对方的手腕。

他的一双眼睛像是雪原上狼的眼一般，冷冷地看着他，眼眸之中是冷如冰雪的杀意。他沉声道："你在干什么？"

突然被人制止的叶黎州愣了一下，转过头来的宋南时也愣了。

换作别人的话，在明显是被人误会的情况下，八成会先解释解释。但是叶黎州不一样。这个刀修看着云止风充满攻击性的眼神，想到方才擂台上对方表现出来的实力，当即就兴奋了。

他也不顾说话会不会口渴了，大声道："好！"说着他另一只手一翻就抽出了刀，大有见猎心喜，要当场和他比画比画的意思。

宋南时心中顿时警铃大作，她连忙手忙脚乱地制止道："停停停！都是误会啊！"

但两个人都没有住手的意思。

叶黎州明显是个武痴级别的刀修，一有架打什么都不顾了。云止风，她就太了解了，他可不是什么会退缩的人。眼看着他们什么都不知道就要比画比画了，宋南时急得一个头两个大。

而与此同时，仿佛嫌现在还不够热闹一般，金丹组里还没轮到自己比试的江寂和诸袖正好想找自家三师妹，一路找到了这里，正好看到云止风和一个陌生男修对峙，而宋南时急得满头大汗。

第八章·莫欺少年穷

江寂和诸袖都是一惊。

江寂："这是要打群架吗？"

诸袖："坏了，那人该不会是话本里男配角一样的角色吧？"

两人当即对视了一眼，看到对方和自己同样严肃的神情，都觉得对方应当也是这么想的。

江寂立刻道："这里就那个拿刀的我们不认识，等下我拿下他，你直接往他脸上揍！"

诸袖震惊："这年头男配角都是这个待遇吗？"

江寂："？"他茫然，"男配角？什么男配角？"

诸袖："啊，你不是要打那个拿刀的吗？"江寂："可我没说要打男配角啊！"

诸袖："就话本里的男配角啊！完了，这是情感危机！"

江寂："啊？"

走剧情戏的龙傲天小说男主角和走感情戏的追妻火葬场文女主角之间的代沟比索马里海沟都深，柳老头在一旁乐得肚子疼。

而宋南时眼看着两人马上就要打起来，赶过来的师兄师姐不帮忙不说还只会添乱，深吸一口气，拿出了撒手锏。她面无表情："在这里打坏东西要十倍赔偿。"

立竿见影。

两个似乎今天就要决一死战的人同时停住了，叶黎州甚至小心翼翼地将自己的脚从一块石头上挪了下来。一旁拿着小本子准备记损毁的弟子遗憾地放下了笔。

宋南时都被气笑了，她问："现在冷静了吗？"

两个人冷静了，他们也知道自己八成捅娄子了，对视一眼，又飞快移开视线，不吭气。

宋南时便道："既然冷静了，那我给你们彼此介绍一下。"她指着云止风，"这是我生死之交的好朋友。"

云止风眉眼缓和了下来。

她又指着叶黎州，顿了顿，郑重道："他，是我刚认识的异父异母的兄弟！"穷人都是兄弟姐妹！

云止风："……"他下意识地脱口而出，"为何我是朋友，他是兄弟？"

宋南时："？"

云止风："……"他低声道，"没什么。"

一场争端消弭，正和诸袖讨论什么是男配角的龙傲天见状也松了口气。

江寂想，还好没打起来。诸袖若有所思，师妹一开口他们就停下来了，难不成师妹还有"万人迷"的潜质？

脑回路天差地别的二人对视一眼，走了过去。

宋南时语气疲惫："师姐，师兄，你们来是要做什么？"二人对视一眼，小心翼翼道："小师妹马上就要比试了，我们去看看？"

宋南时不想当调解员了，当即一口答应。

刚闯了祸的两人对视一眼，立刻跟上。

叶黎州表现得仿佛刚刚的事情没发生过一般，悄悄对云止风道："兄弟，等之后咱们再比画比画。"云止风莫名烦这个人，面无表情："我没钱，打不起。"

……

一行人走到筑基期的赛场时，小师妹正好上台。

其实筑基期的比试本没什么看头，大部分筑基期修士打来打去都是那么一招半式，自己都没怎么学明白，自然也没其他组的比赛精彩。于是比试的时候，筑基期这一组的观看人数就少了很多，大部分也都是参加比赛的弟子在看，以知己知彼。

但小师妹的比赛，宋南时却觉得……嗯，有点儿看头。

但是这个看头却不是打得有多精彩，而是小师妹刚上台的时候报自己是剑修，结果从头到尾，那把剑最大的用处就是被她当大锤抡。

剑修和非剑修都沉默了。

最后，小师妹胜利了，她一剑把人抡了下去。

宋南时："……"

其他人："……"

他们看着细声细气、身形瘦弱的郁椒椒，怀疑人生。

被她抡下去的那五大三粗的汉子更是怀疑人生。他气急败坏，当场举报郁椒椒作弊，说她谎报职业。结果裁判眼都没抬，道："她就是剑修。"

那汉子闻言都快被气哭了。

宋南时全程旁观，良久，不由得道："师姐，你说我要不要建议小师妹改体修？"

诸袖："……我也觉得。"

比赛就这么有条不紊地进行下去，几组同时进行。到了中午的时候，金丹组的大师兄和二师姐同时进行了比赛，在擂台之上大杀四方。

第八章·莫欺少年穷

而那叶黎州在金丹组居然也是狠角色。

一个金丹组就厉害成这样,也不知道最后谁是冠军。

所有人都比完之后,却没有一个人回去休息,应对明天的比赛。他们全都在等宋南时上场,宋南时是筑基期最后一组。

随着时间的推移,其他组都比完了,便也都来到了人数最多的筑基组场地观看。这平淡无奇的筑基组一时间居然成了观众最多的地方。

人声鼎沸,而就在这种氛围之中,倒数第二组出场了。

擂台旁悬挂的纸牌上,便随之出现了最后一组选手的信息。

宋南时,卦师。

李子明,法修。

这个组合一出现,一时间仿佛连台上正进行的比试都不重要了,众人纷纷讨论起来,讨论的对象是那本不该出现在信息上的两个字。

卦师。

宋南时亲耳听到有人惊诧道:"卦师也能打架?"

还有人笃定道:"这个法修稳赢了。"卦师弱到连医修都不如,输是天经地义的事。

乐呵呵来看宋南时比试的众人脸色当即就变了。云止风当场就想站起来,被宋南时按住了。她淡淡道:"急什么。"

而好巧不巧,他们前面坐的似乎就是宋南时的那个对手。他旁边的人语气羡慕地说:"子明,你这次可是相当于直接晋级了啊。"

叫李子明的法修也这么觉得,得意地笑起来:"今天运气真不错。"

身旁的人便问:"咱们无量宗还有卦师?"李子明明显是提前打听过的,便道:"是有一个,听说还是兰泽峰的弟子,但不知道脑子有什么毛病,不跟着不归剑尊学剑,跑到玄通峰学算卦去了。玄通峰,你知道吧,就那个死了十三个徒弟……"

霎时间,方才还说"急什么"的宋南时毫无预兆地一脚踹了过去,直接将那滔滔不绝的修士从第三排踹到了擂台边。

这一下太过突然,现场霎时间一静。李子明怒极回头,宋南时正好不紧不慢地收回脚。

他横眉怒目:"你……"

宋南时淡淡地笑了笑:"阁下不想修口德,有的是人教训你。"

他顿时明白自己说的话被人听见了,先是心虚,但想到自己当着这么多人的面丢了这么大脸,当即恼羞成怒道:"关你何事!"

305

宋南时就笑了，她道："这不是巧了嘛。我就是那个脑子有病跑去学算卦的宋南时。"

李子明没承想会这么巧，脸色顿时一阵红，一阵白。

"你……你……"他"你"了半天，什么都没说出来。

这时候，裁判长老已经走了下来，厉声道："台上还没比完，你们是准备私下里先比一场吗?！"宋南时笑眯眯地说："哪里哪里，他没站稳。"

裁判长老耳聪目明，怎么会没听见争执的起因。不修口德的人，他也不太待见，只装没看见，道："还不坐好！要比去台上比！"

李子明灰头土脸地站起来，咬牙切齿道："擂台上你等着瞧！"

宋南时这次没笑："那就等着瞧。"

台上还没比完，似乎什么事都没发生，他们四周却一片安静。

这时候，云止风冷不丁道："宋南时，你砸坏了一把椅子，十倍赔偿。"

装模作样的宋南时："……"贫穷影响我耍帅。

云止风却一笑，道："但是你说得不错，所以，我帮你赔了。"

"宋南时，干得漂亮。"

（四十五）

台上打得火热，台下，以宋南时为中心的方圆十五丈之内暗流涌动。

当然，都是别人躁动。

宋南时一边竖着耳朵，有一搭没一搭地听着那个李子明和别人咬牙切齿地嘀嘀咕咕，一边认真地看着擂台上的比拼。

如今擂台上的两个修士都是符师。符师是一种相当能赚钱的职业，战斗手段也是五花八门，往往一个符师会画多少符，就代表他的对手要应付多少种攻击，十分棘手。

一个符师战斗持续时间的长短也取决于这个符师的符箓储存程度，一个家底厚的符师，能把你生生磨死。但是大比的时候总不能让符师带上全部家底，把一场比赛从白天磨到黑夜。

符师上台能带的符箓数量都是有所限制的，单看你怎么选了。

所以符师们一般会走三条路线：全带防御符箓磨死对方，全带攻击符箓砸死对方，两者结合考验自己的搭配能力。反正最终的目的就是用有限的符箓把别人打下去，或者磨到别人不得不下去。

而很显然，台上的两个人选的全是防御路线，宋南时看一眼就知道他们怕是有的磨了。

这就正好了。

宋南时看了一会儿之后就收回了视线，看向一旁的叶黎州，道："叶兄，你知道管筑基组的比赛下注的人在哪儿吗？"叶黎州回过神来，便压低声音指了指一个角落里盘腿坐在地上的一个毫不起眼的修士，道："就是他。怎么，你要去下注？但是这一场已经开始了，不允许再下注。"

宋南时便道："那下一场总能下注吧？"

叶黎州一愣，下一场……那不就是她自己的吗？

宋南时起身道："我去押我自己。"她一动，正暗地里关注着这里的情况的众人顿时也都看了过来。

李子明刚才被讽刺得没脸，此时见状就忍不住嘲讽道："方才不是还让在下等着瞧吗？在下可是正等着呢，你这是准备去哪儿？不战而降吗？"说完他还觉得自己十分幽默一般，"哈哈"笑了两声，笑完就看到宋南时像看傻子一样看着他。

她怜悯道："你这是急得都活不过下一刻吗？"

说完她摇了摇头，转身走了。

李子明忍不住起身："你！"

刚站起来，他的两条腿突然被什么绊了一下，不受控制地往前跌去，直接脸朝地趴在了地上。

"嘭！"

等他愤怒地爬起身，便见云止风面无表情地收回脚，道："记得看路，眼睛不用的话可以捐给有需要的人。"说罢他便起身，跟了上去。

李子明："你……"他上前两步想追上去，然而下一刻他就被人挤到了一边，一只脚暗暗地伸过来，直接梅开二度让他再次摔倒。

他甚至被人明里暗里踩了几脚，其中一脚险些踩得他吐出一口血来。

等他被人手忙脚乱地扶起，便见一群人乌泱乌泱地走过去，正是宋南时那群师兄妹，他们旁若无人地说说笑笑。

一个女修关切道："师妹，脚没踩疼吧？"

一个细细的声音腼腆道："就是有点儿硌得慌。"

李子明气得手都在抖："他们这是赶着投胎吗？"他本是一句叱骂，谁知身旁的人看了看，还真认真地回答道："不是，他们好像是要去下注。"

李子明闻言，犹豫了片刻，道："走！我们也去！"

第八章·莫欺少年穷

307

宋南时走到这平淡无奇的赌桌前时，这里已经围了不少人。毕竟方才动静闹得挺大，这又是今天的最后一场，有不少"乐子人"想凑这个热闹。

那摆赌局的庄家也乖觉，见状顺势调整了两者的赔率。

宋南时看了一眼，发现她自己的赔率已经从最开始的一赔一点五一路飙升到了一赔三。这可是相当高的赔率了，赢了之后本金直接翻三倍，只要狠狠心多押点，赌对那就能一夜暴富。

宋南时看了这么多赌局，除了云止风那场因为对手是无量宗人气很高的师兄，现在赔率最高的就是她自己了。

宋南时不由得就觉得，参加这个宗门大比最赚钱的其实不是得奖金，而是赢赌局。不过这个不确定性也着实大了一些，而且只在第一局谁也不了解谁时有用。等下一局，大家对各人的实力有所了解，怕是也不可能出现这么高的赔率了。

但是赔率高成这样，押她赢的人还是少得可怜，大部分还都是出小金额押一下，碰碰运气，这也侧面说明了她到底多不被看好。没有人觉得一个卦师能打赢一个法修，特别是在他们修为相近的情况下。

宋南时面上不显，心中暗喜，正想上前为自己下一注，就见人群外一阵骚动。

她转头看过去，只见恶毒女配角赵妍抬着下巴，在两个跟班的开道下，高贵冷艳地走了过来。

她先看到了宋南时。

宋南时以为她会打个招呼，谁知道她却冷哼了一声，径直走到了赌桌旁，石破天惊道："我押宋南时五千灵石！"

众人霎时间一片哗然。

宋南时先是震动，然后心中感动，赵妍师姐这是有多信任她啊！

那庄家也惊了，不可置信道："您确定？您要不再想想？"

赵妍不耐烦："我花五千灵石还需要想？"

五千灵石扔下去，旁边的人看她就像在看一个冤大头。赵妍却丝毫不以为意，抬着下巴高贵冷艳地走了出来。

宋南时见状，感动地说："没想到赵师姐如此信任我！"

赵妍却一口否决："你想多了。"宋南时："嗯？"赵妍："你好歹也算是我认识的人，哪怕不能赢，排场也得撑起来，不然我替你丢脸！"

宋南时："……"也就是说，人家不在乎她输赢，人家纯粹是拿这五千灵石打水漂的。这一瞬间，宋南时很想问问赵师姐还缺不缺跟班。

随即，其他人也跟了上来，见宋南时的赔率高成这样，一时间都觉得自己的同门被人看轻了，当场大几千大几千地扔了下去。

第八章·莫欺少年穷

庄家笑得合不拢嘴，宋南时看得整个人都麻了。她终于第一次思考，她一个穷鬼，为什么会认识这么多有钱人？

不，也不全是。她看向了站在自己身旁的两个人，然后她提议："要不然我们几个一起凑几千灵石押上去？"

云止风："……好。"

叶黎州："好好好！"

三个穷鬼当场凑钱。

然后宋南时就发现自己居然还算是三个人里面最富有的，她除了借给云止风的那三千灵石，林林总总居然还凑出了两千灵石。

叶黎州拿出了一千灵石，郑重道："这是我全部家当了。"

碰巧，云止风也拿出了自己全部的家当。

七百三十一个灵石，有零有整的。

宋南时盯着那七百多个灵石看了半晌，委婉道："云止风，你能不能努努力，凑个整？"

云止风面无表情地看着她。

宋南时："好好好。"

她就这么把三个人凑出来的三千七百三十一个灵石交了上去。

庄家要记下注人的名字，宋南时想了想，给他们三个人起了个组合名。

庄家一低头就看到了她写的名字。

仇富者联盟。

庄家："……"

宋南时拍了拍手走出来，一点也没有把全部家当投进去的负担，然后她悄悄地问云止风："喂，你把全部家当放进去了，那我的赔偿要不……"

云止风："我还。"

宋南时笑道："你就不怕我把钱都输了？"

云止风笃定："不会。"

宋南时就笑眯眯地说："那你就等着翻三倍吧！"说着，他们就看到那李子明也跑了过来，听闻此言，嗤笑一声，当即也要去押他自己。

宋南时看着他押。

他押之前还特意问了一句："你押了自己多少？"宋南时想了想，道："全部家当。"

李子明闻言咬了咬牙，道："我也押全部家当！"说着他就要下注。

309

宋南时闻言，忍不住道："那你就多看你的全部家当一眼吧。"

李子明："？"宋南时诚实道："我怕这就是你们见的最后一面了。"

李子明顿时更加确定自己要押了，他还对自己的那个朋友道："是朋友就一起押我！"

朋友想了想，也诚恳道："那咱们先绝交吧。"

李子明："？"宋南时："哈哈哈！"

在她的笑声之中，擂台上钟声响起。

"法修李子明，卦师宋南时，准备上台。"

宋南时的笑声停了下来，到她上台了。

……

宋南时和李子明一起上台。

她手里拿着自己的命盘，李子明见状便嗤笑一声，道："怎么？你是准备直接在擂台上给我算一卦，让我不战而降吗？"

宋南时温声道："等咱们打完，我倒可以送你一卦。"李子明："送我一卦？想求和？"

宋南时："啊对对对。"

正在这时，钟声响起，裁判长老冷漠的声音响起："比赛开始。"

李子明顿时双手结印，先给自己套了一层薄薄的防护罩，随即沉闷的爆炸声便在宋南时的周围响起，数支灵力凝成的箭矢四面八方地朝宋南时袭来。他这一套动作行云流水，普通的筑基期修士很难做到他这样，可见他敢把自己的全部身家押上，也是有所倚仗的。

宋南时一边在心里这么评价着，一边轻抚命盘。

"离为火。"

话音落下，数支离火凝成的箭矢顿时出现在宋南时周身。

李子明见状，心中一喜，忍不住笑了出来。这个卦师，果真是什么都不懂，她若是凝出一道火盾说不定还能阻挡一二，但是凝出箭矢想攻击他，打算围魏救赵，也得先想想她能不能快得过自己。

果然，有不归剑尊这般师尊还跑去学卦的，当真是个蠢……

这个念头尚未细想，李子明却霍然睁大了眼睛。

宋南时并没有搞什么围魏救赵。

她只道："去。"

下一刻，离火凝成的箭矢划破空气，居然每一箭都朝着李子明用法印凝成的箭矢而去。

第八章·莫欺少年穷

"砰、砰、砰！"

接二连三的响声传来，那是两色箭矢相撞的声音。蓝色的灵箭和红色的火箭在半空中撞出一朵朵火花，像是烟火，飘飘荡荡地散在宋南时周身，没有一箭能近得了宋南时的身。

无一例外。

烟火落下，众人这才发现，宋南时凝出的离火箭矢不多也不少，正好能将李子明的灵箭一一撞散。

众人都不由得有些心惊。哪怕不提这离火的威力，能一眼就看出灵箭的多少并凝聚出相同数量的离火箭把那些四面八方而来的灵箭一一撞散，这得有多恐怖的控制力。

有这么强的控制力，你告诉我这人是卦师？成为卦师的门槛现在都这么高了吗？

李子明也心惊。他只是嚣张，但不是个蠢人，不会看不出来宋南时这一手意味着什么。他甚至能看得出，宋南时有千万种办法化解他的攻击，却偏偏选了这最精细的一种，就是在向他炫技。

他的表情凝重起来，连他自己都没发现，他眼里的轻视正在缓缓消失。

宋南时见他一动不动，便道："现在该我了吧。"

李子明当即撑起屏障，眼眸中满是凝重。

宋南时轻轻摩挲着命盘。

"离为火。"

铺天盖地的火龙霎时间包裹住了整个擂台，火焰燃烧的爆裂声遮掩了李子明的惊呼。

台下众人都没料到她一出手就是这么大阵仗，纷纷站起了身。

但在宋南时看来，既然有人看轻自己，也看轻师老头，那么她也就不用给这人留什么情面了。你不是觉得卦师无用吗？那就让你看看，你是怎么在无用的卦师手上败得毫无还手之力的。

宋南时一向觉得自己脾气还不错，这种不错不是天生软性子，而是来自她多一事不如少一事的"躺平哲学"。她可以接受躺平，却不能接受有人在她躺平的时候往她身上踩一脚，这一脚还牵连了师老头。

她可以叫师我"师老头"，可以说他刻薄，可以说他阴阳怪气，但别人不能。

在包裹了整个擂台的离火之中，李子明最开始还试图抵抗，可当第一簇离火爬到他身上的时候，他就知道自己无力回天了。离火犹如附骨之疽，无论怎

样都无法熄灭。

全身火烧火燎地疼，他刚开始还硬气地想着，大不了咱们鱼死网破。可到了后来，他疼得想投降都开不了口，这才觉得恐惧。这个卦师该不会是想趁机把他烧死在擂台上吧？

他会死吗？他真实地闻到了死亡的味道。

与此同时，他听到了裁判长老的声音："李子明，败。"

"宋南时，收了你的火。"

这一刻，李子明觉得宣布自己落败的声音居然如此悦耳。

宋南时"啧"了一声，可惜地收回了离火。浑身焦黑的李子明躺在擂台上，要不是他还在喘气，众人都以为看到了一块焦炭。从比试开始到结束，有些人甚至连一口茶都没咽下去。

宋南时甚至都没有动用第二个卦象的意思。

台上台下一片寂静。

唯有云止风，像是什么都没看到一样，径直跳上擂台，上下打量了她一番，皱眉道："你的鬓发被削掉了一些。"宋南时低头一看，道："一时不慎。"

与此同时，医修们上台救人，看着焦黑的李子明，一时之间居然无从下手。

宋南时便道："你去搭把手把人先弄下去，他要是真死了我还得赔钱。"

云止风看了她一眼，面无表情地走了过去。他上前想拎起李子明，想了想，决定还是要尊重伤员，于是选择了用两只手拎。

刚把人拎起的时候，他听到对方喃喃自语："她一定是作弊……作弊……"

云止风："……"他又松了手。

"嘭！"

李子明白眼一翻，晕了过去。云止风淡淡道："抱歉，有点儿沉。"

……

藏书阁上。

掌门和师老头站在一起，看着擂台的方向。掌门不由得感叹："我还记得她小时候东一榔头、西一棒槌都要学的样子呢，谁知道十年过去，这丫头居然也有了师叔当年的风范。"

师老头嘴角的笑压都压不住，却嫌弃道："差远了，这才哪儿到哪儿。"

掌门看着他嘴角的笑容，心中一时酸涩。自从师叔的十三个徒弟接连身亡后，他就没怎么再下过玄通峰了，几乎成了个"活死人"。谁还记得玄通峰也是

第八章 · 莫欺少年穷

无量宗十大主峰之一,谁还记得"师我"这个名字在当年代表着什么?

他叹了口气,却听师老头问:"殷不归那小子现在在干什么?"

掌门一顿,苦笑道:"闭关呢。"

师我嗤笑一声,不再说什么。掌门唯有苦笑。

……

"第一百五十一组,胜者,卦师宋南时。"裁判长老宣布结果。

台下众人先是沉默,随即掌声雷动。一个卦师,居然真的赢了。

宋南时便在这掌声中下了台。

台下,医修们正在救助李子明。

宋南时想了想,停了下来,自顾自起了一卦,随即半蹲下来,不紧不慢道:"李子明,你这一卦,叫自食恶果。"

打完之后送他一卦,宋南时说到做到。

说完,宋南时起身离开。

身后,医修们连忙道:"快快快!快抢救!他又晕过去了!"

江寂他们兴奋地迎接宋南时,高兴得就像自己得了冠军。小师妹激动之下把她怀里的妖族太子勒得直翻白眼。

江寂激动半天,还忍不住道:"要不然咱们庆祝一下?我请客!"刚赢了的宋南时立刻道:"请什么客?现在最重要的事情是拿钱啊!"

江寂:"啊?"他还没反应过来。

宋南时抬起头,就见不远处,方才还笑得合不拢嘴的庄家而今欲哭无泪。

宋南时就笑了,三倍,六千灵石。嘿嘿。

连云止风都有些激动,但很快他就激动不起来了。

庄家走过来,肉痛道:"我做生意的,说到做到,这是你们赢的钱。"他开始念名字,"江寂、诸袖、郁椒椒、赵妍,还有……"

他顿了顿,看向宋南时三人。

"仇富者联盟。"

云止风:"……"有那么一瞬间,他差点儿不想要这个钱。他深吸了一口气,看向宋南时,想缓解尴尬,却见宋南时丝毫没有觉得尴尬。

她甚至在和叶黎州讨论这钱该怎么花。宋南时指着自己身上的衣服:"你看到我的衣服没?"

叶黎州:"怎么?"宋南时得意道:"这是我在万剑山买的,特便宜,我准备拿到钱批发它几百件,往后余生都够我穿的了。"叶黎州一愣,随即竖起大拇

313

指："厉害！"

云止风："……"他总是因为太过正常而和他们格格不入。

（四十六）

宋南时下注的两千灵石翻上三倍就是六千灵石，云止风的七百三十一个灵石翻三倍那就是……

"两千一百九十三个！"宋南时抢答。

云止风面无表情："你算学真好。"宋南时谦虚："基本操作。"

她而今终于体会到了一夜暴富是一种什么感觉，非常不想和云止风这种小肚鸡肠的男人计较。

那庄家终于把他们的灵石发完，赶紧在"仇富者联盟"的名字上画了个叉。太好了，他这辈子都不想再见到这个名字了！

正好，云止风也是这么想的。两个人同时松了口气。

此时正是申时，也就是下午四点左右。

今日被淘汰的人自然已经没什么事了，但是他们一行都是今天的胜利者，明天还有一场比赛等着他们。而且明天只会比今天更难，还会越来越难。

众人都准备回去休息休息，好应对明天的比赛，云止风也是这么想的。

因为叶黎州和他一样，也不是无量宗的人，两个人毕竟要一起下山，云止风便礼貌性地问了叶黎州一句："叶兄住在仙缘镇何处？"

叶黎州也礼貌地回答："桥洞里。"

云止风一时之间没反应过来，下意识地又问道："桥洞？这是哪家客栈？"

叶黎州便详细道："不是客栈。三姑娘桥你知道吧？我就住在第二个桥洞里。"

云止风："……"原来是这个桥洞。

他不由得万分费解。他自己被人追杀，情况特殊，但叶黎州好歹是一个金丹期的，为何会穷成这样？而且今日之后他身上多少还是有三千灵石的，还继续住桥洞？这是何其俭朴的作风？

但他还没来得及开口，便听宋南时道："那怎么成！"

云止风转头看过去，还以为她要发表什么真知灼见，便听宋南时道："住桥洞也不能露天席地，我这还有一床不用的被子，你先拿去凑合一下？"

云止风："……"不愧是你！

叶黎州却大喜过望："多谢！"

云止风："……"也不愧是你。

他如今才真正地觉得,"仇富者联盟"这几个字,真没有一个笔画是虚假的,是宋南时实打实的心里话。

　　他扶额,闭了闭眼,道:"不必,你若是不嫌弃,在仙缘镇的这段时间便先跟着我住吧。"

　　叶黎州立时惊喜。

　　眼看着他们商量好了,宋南时便和二人告别,和自己的同门一起回了兰泽峰。

　　云止风便以为他们再见面就是明日了,谁知道他回去一个时辰后,和叶黎州一起出来买些日用的东西时,便见宋南时的那个算卦摊子又开起来了。

　　而且这一次,她摊子旁人声鼎沸。宋南时坐在人群中,一副老神在在的得道高人样。

　　云止风站在外面看了没一会儿,便见宋南时直接起了身,一脸不慕红尘,淡然道:"今日这五卦已经算完了,诸位明日再来吧。"

　　云止风大为震撼,虽然不知道为什么宋南时的生意居然这么好,但是她居然舍得算五卦就收摊?

　　他就这么等着,见宋南时居然真的走了,便在她走远一点之后拍她的肩膀:"宋南时。"

　　宋南时险些直接给他来了簇离火!

　　见拍自己的是云止风,她这才松了口气,抱怨道:"人吓人能吓死人的,知道吗?!"

　　云止风皱眉看她半响,这才道:"明日还有比试,你怎么又出来了?"

　　宋南时闻言悠哉道:"我来把今天的名气变为现金啊。"

　　她一说名气,云止风就反应了过来。今日的宋南时可谓一鸣惊人,一个筑基期的卦师打得一个法修毫无还手之力。云止风觉得若是换了他自己,听到这稀奇事之后,也会愿意花些银子去看看这卦师究竟是何许人也。

　　他不由得笑道:"那你还只算了五卦?"

　　宋南时慢悠悠道:"这叫策略,我现在算一卦收二十个灵石,走的是高端路线。"

　　云止风:"……"只赢了一场比试,她就敢直接把价格提了一倍。果真,在赚钱这件事上,没人能比得上宋南时。

　　她还道:"其实你现在的名气也不小啊,你不但赢了我们宗门那位师兄,而且你长得还这么俊美……"

　　"俊美"两个字落在云止风耳中,让他的心莫名狠狠一跳。原来宋南时觉得

第八章·莫欺少年穷

315

他俊……

宋南时出谋划策："你现在哪怕是专门卖票让人来看你这张脸，也肯定会有富婆买单！云止风，你完全可以靠脸吃饭啊！"她满脸羡慕。

云止风："……"

他深吸一口气："宋南时！"

宋南时："欸！"

云止风："不会说话就闭嘴。"

宋南时："好嘞！"

于是当天晚上，宋南时为了庆祝自己发财，决定请孤苦伶仃地住在仙缘镇的两个难兄难弟吃饭。然后她就带着二人去了夜市旁的小摊子，给每人点了一碗馄饨，相当地大方。

云止风两条长腿塞在逼仄的桌子下，面无表情地吃馄饨。

宋南时和叶黎州两个志趣相投的人开始交流感情。宋南时道："叶兄和我颇为投缘，不知道叶兄家乡在何处？"

叶黎州："中州。"

"中州"这两个字一出口，宋南时和云止风同时一顿。

中州，刀修，这让他们不由得想起了那张欠条上的沈家。但是沈家人姓沈，叶黎州可是姓叶啊。

宋南时便不由得道："叶兄，中州的刀修世家很多吗？"叶黎州茫然了一下，道："啊？刀修虽不算是很冷门，但是刀修的世家我也没怎么听说过啊。哪怕是我也不算是世家出身，我练的虽然是家传刀法，但我家现在就只有我和兄长两个人了，着实算不上什么世家。"

宋南时便又道："那叶兄有什么姓沈的亲族吗？"

叶黎州皱眉想了半天，斩钉截铁地说："我这辈子都没认识过什么姓沈的。"

宋南时便打消了心中那个若有若无的念头。俗话说"瘦死的骆驼比马大"，沈家当年好歹是赫赫有名的世家，若是还有后人留存，不说怎么会过得困苦成叶黎州这般住桥洞的样子，但最起码也不会轻易改姓。改姓在修真界可不是一件小事。

她还真是想得魔怔了。算了，有缘就替那前辈还了钱，没缘就作罢吧。

宋南时只以为是自己多疑了，问过之后就继续低头吃馄饨，可是本就出身中州的云止风却若有所思地看了叶黎州好一会儿。

……

第二日，胜利者们重新抽签决定组次。

宋南时还是最后一组。巧的是，云止风依旧是第一组。

江寂看到这个组次就不由得道："居然这么巧？"诸袖在他身旁，神情复杂道："是啊，他们果真是命中注定。"

一个是第一组，另一个是最后一组，就像这命运一般，遥遥相望，有缘无分。诸袖险些被自己的脑补感动哭。

江寂只能茫然地看着她：不就是分组次吗？怎么还说哭了？

柳老头在一旁，见惯不怪道："行了，就当她脑壳有问题吧。"

诸袖在那儿幻想虐恋情深，当事人宋南时却只有一个感觉，她还真就是手黑到底了。于是仿佛昨日重现一般，她只能看完了别人的比赛之后，慢慢等着自己比赛。

其他人的比赛也十分有意思，不知道是宗门的那些长老暗箱操作，还是真就天意如此，她看了那么多场比赛，主角们从来没排到一起过。

连叶黎州都没和主角们碰面，仿佛王不见王一般。

是的，王不见王。除了筑基期的自己和小师妹，金丹期的组里塞了两个主角还有一个叶黎州，他们各自在自己的擂台上大杀特杀，明眼人一看就知道金丹期最后的冠军肯定出自他们三个。

从实力上来看，叶黎州其实是最强的，他约莫有金丹七层的实力，还是个霸道的刀修；次强是二师姐；最弱的反而是走"莫欺少年穷"路线的龙傲天。

所以从实力上来说，龙傲天能和他们一起并列成为夺冠热门，不愧是龙傲天。

但是从身份上来看，叶黎州这么个穷鬼能和两个主角一起争冠军，顿时就让宋南时刮目相看起来。这个人，有点儿东西在身上啊！

宋南时这么分析了一番，终于等到了她的第二场比试。她这次的对手是个剑修。

宋南时一看见剑修就笑了。她不是剑修，但是她那个师尊好歹是修真界最负盛名的一个剑修，她的整个师门都是剑修。

或许别人会觉得遇上剑修这种纯攻击的职业棘手，但宋南时只想说一句，没有人比她更懂剑修。于是她这一场，打得几乎比上一场还不费力。

"胜者，宋南时。"

随着这句话说出来，原本还心存侥幸，以为宋南时能赢第一局不过是因为对手大意的修士们这次彻底服了。这个卦师，她还真就强得不像个卦师。

而与此同时，宋南时也锁定了筑基组唯二有可能会对她造成威胁的人。

第一个是郁椒椒。她说是剑修，但现在比试时走的完全是体修的路子。宋南

时觉得她能给自己造成威胁，不是因为她是女主角，而是因为这个小师妹社恐。

是的，郁椒椒的社恐好像是什么奇怪的加成能力，每次上台之前，宋南时都能看到她给自己做好久的心理建设，上台也是战战兢兢的，柔弱得仿佛不用别人动手，她自己都能吓晕过去。

但一旦上台，两个人面对面，郁椒椒社恐的能力起效，实力直接乘以三。

简直离谱。

而第二个威胁，则是个剑修。

江明。

一个外门弟子，宋南时在此之前从未听说过他的名字。他的修为虽说是筑基期，但离金丹期只有一步之遥，剑法没什么花里胡哨之处，功底十分扎实。

这样的人也代表着难缠。

宋南时几乎可以笃定，这次无论成败，内门必然会有这位江师兄的一席之地了。

然而几天的比赛下来，一轮又一轮，宋南时却始终没和这两人碰过面。

就像金丹组的大师兄他们一样，王不见王。所以宋南时几乎就笃定了，宗门的长老们肯定是故意的，故意把最有潜力的人放到最后比。

宋南时也就耐心地等着。

终于，到了第五天，每一组就只剩下了三个人，接下来所举行的，就是三进一的决赛，决出冠军。

决赛按组次进行，由低到高。

开始比的第一组是炼气期，宋南时完全没怎么关注。

第二组就是筑基期。

第二组第一场，卦师宋南时对战剑修郁椒椒。

两个师姐妹上台时，这次挂着剑修名头的郁椒椒直接连剑都没带。不装了，摊牌了，她就是用拳头比用剑舒服。

宋南时是见过这个师妹是怎么在一场场比赛中从装模作样地用剑到装模作样地用剑抡人，到最后直接进化成"一拳超人"的——真正的一拳超人。宋南时看着师妹一拳拳地把人抡下去，自己都觉得疼。

这一次，她正准备严阵以待，谁知道一上台郁椒椒就为难道："师姐，你等下手下留情。"

宋南时义正词严："师妹实力如此强，我这个当师姐的当然也要全力以赴！"

郁椒椒都快哭了："不是啊，我和师姐打肯定没这么强实力。"

318

第八章·莫欺少年穷

宋南时皱眉："师妹难不成要放水？"

郁椒椒更想哭了。放水？她现在想放水也没的放啊。她道："不是，只不过……我这次没什么感觉。"

宋南时满脑袋问号。打架不是靠实力吗？靠什么感觉？

然后就听郁椒椒带着哭腔道："我和师姐太熟了……"

宋南时沉默片刻，突然就懂了。郁椒椒打架靠社恐能力，但是宋南时是熟人，她社恐不起来，于是战斗力减半。

宋南时一言难尽："啊这……"

郁椒椒哭了。

于是，这一场，郁椒椒惜败，因为她和宋南时太熟了。

郁椒椒被打败的时候，台下一个被郁椒椒捶下去过的修士当场就怒了，大声道："这是作弊！你在放水！我要抗议！"

被人质疑放水的郁椒椒下了台十分伤心，哭唧唧地把人捶出了观众席。

宋南时就看到，郁椒椒怀中发呆的黑兔子刚露出个头，又沉默地把头缩了回去。宋南时十分忧心师妹是主角的这本甜宠文它到底还能不能甜得起来。

但到了第二场，就没人质疑宋南时被放水了。第二场的对手，是那位十分难缠的江明。他比宋南时更渴望一场能证明自己的胜利。

擂台之上，宋南时能看得到他那双战意汹汹的眼睛。

"剑修，江明。"

下一刻，他举剑攻了上来。

宋南时立刻两步后退。

"离为火。"

离火席卷而来，一圈一圈缠绕住那把长剑，进而要包裹江明。但是江明明显研究过宋南时的套路，也知道被离火缠上之后是什么后果。

而且他足够果决，离火爬向他的手背时，他当机立断松了剑，宋南时的离火还烧不毁本命灵剑。宋南时也弃剑，离火直追江明。江明闪身躲避，借着躲避的动作，顺势又接住下落的长剑。

这是第一次，宋南时的离火被躲了个干干净净。江明的剑术未必多巧妙，甚至不如绝大多数剑修，但是他的实战能力，绝对胜得过筑基期百分之九十的修士。

宋南时眼眸中闪过一抹赞赏。

果真难缠。筑基期的比赛她一路打来，这是她遇到的最难缠的修士。

319

殊不知，江明的心境几乎和她一样。

果真难缠。

两人就这般你来我往地磨着，一场筑基期的比赛，打得甚至比元婴期的都要精彩。

但熟悉宋南时的人却都很疑惑。江寂忍不住问："师妹为何不用巽风？"云止风沉默片刻，道："许是她觉得，还没到用的时候。"

确实，宋南时觉得还没到用的时候。筑基期的比赛，她没动用过一次巽风。

宋南时前十七年闭门造车，几乎没怎么和同修为的人打斗过，所以这次比赛之前，她对自己没有清醒的认知，对其他人的实力也没什么数。

别人都说卦师弱，宋南时觉得自己应该是不弱的，但也不知道自己有多强。那时候她对自己最好的猜测是，她最起码比筑基期修士的平均实力强。

现在看来她的猜测还是保守了，她强得不像个筑基期修士。宋南时不知道这是因为命盘，还是因为师老头那句含糊的"你的丹田经脉比别人粗些"，所以她想看看，不动用巽风，只像个普通卦师一样，她能在筑基组走多远。

于是这一场足足打了有一炷半香的时间。最终，宋南时把江明的灵力耗了个一干二净，她却仍没有急着出手，而是等着江明继续出手。江明却没有再动剑。

他看了宋南时好半响，毫无预兆道："我输了。"

筑基组，江明认输。

裁判毫无波澜的声音响起。

"筑基组，冠军，宋南时。"

台下沉默片刻，转瞬之间，犹如烧开的油一般沸腾起来。

宋南时在沸腾声中微微一笑，道："承让。"

接下来还有其他组的比赛，决出所有冠军后还有一场"你挑战我，我挑战你"的冠军混战，那才是重头戏，宋南时决定先准备起来。然而她刚准备下去，便听见江明道："你还没有用全力，是吗？"

宋南时停了一下，道："是。"江明不解："那你的底牌是什么呢？"宋南时笑了笑："你会看到的。"江明了然："你要挑战金丹期的冠军。"

宋南时什么都没说，跳下了擂台。

然后就是金丹期决赛，第一场便是江寂对阵叶黎州。

于是，宋南时刚下去，还没等她听到迎接她的欢呼声，江寂便神神秘秘地把她拉到了一旁，道："师妹，师兄能不能拜托你一件事？"宋南时不解："什么？"江寂压低声音："等师兄比试的时候，你就冲台上喊那句话。"

宋南时更摸不着头脑："什么话？"

第八章·莫欺少年穷

江寂冲她使眼色："那句！"

宋南时茫然了片刻，某一刻，突然跟上了江寂的脑回路。她沉默良久，神情诡异道："你是说，那句？"江寂用力点头："对！就是那句！"

宋南时又沉默良久，道："你想好了？"江寂："想好了！"

宋南时深吸一口气："那行！"她舍命陪君子！

于是，等江寂上台之际，宋南时突然冲台上大喊："师兄！三十年河东，三十年河西！莫欺少年穷！"她给大师兄鼓励。但今天的鼓励效果却有点儿不对劲。

她话音落下，就见江寂和叶黎州都看了过来，神情一模一样，热血沸腾，脸上只写了几个字——

激动起来了！

然后就气势汹汹地打起来了，大有今天要打出人命的架势。

宋南时："？"关你叶黎州什么事啊！你激动什么?!

宋南时茫然了片刻，突然反应了过来。

大师兄听到的是"莫欺少年穷"，叶黎州听到的是"穷"。

宋南时："……"今天该不会打出人命吧？

（四十七）

好像是她的一句话，给了这两个人群体鼓励。意识到这一点之后，宋南时脑门突突地疼。

那两个人就像是打了鸡血一样，在台上决一死战，大有今天就要把整个无量宗都掀翻了的架势。

宋南时在台下面无表情地看着，开始考虑若是他们都能活着下来的话，自己要不要联系一下二师姐，直接把这两个有害人士送到火葬场给人道毁灭了。

而且托自己刚刚高声喊的那一句"莫欺少年穷"的福，如今四面八方的视线全都火辣辣地落在了她身上。

宋南时表面高贵冷艳，内心非常羞耻。她还是低估了龙傲天，真的。就凭那大庭广众之下热血的台词随口就来的气魄，这龙傲天活该他当，换个人来宋南时都和他急。

她甚至听到身后有人在窃窃私语。

甲："那个卦师刚刚说的什么啊？好像很厉害的样子，台上两个人一下子就打得这么凶。"

321

乙："好像是什么河东河西，什么少年穷，激励人的话吧。你看他们现在，打得多好。"

甲茫然："啊？那为什么要当众喊出来？也不是说这话不好，就有点儿……"

他一时间不知道该怎么形容这有点儿激动又有点儿尴尬的奇妙感受，沉默了。

如果不是时间和地点都不合适，宋南时很想教他一下，这种奇妙的感觉叫"热血"。

宋南时说不出口，乙兄沉默了片刻，却冷不丁道："卦师嘛，有点儿稀奇古怪的癖好不奇怪，我们要有一颗包容的心，不要歧视他人的癖好。"

甲兄："我悟了。"

宋南时："……"你们有毛病啊！

她顿时更加尴尬了，脚指头止不住地蹍地，然后她就听见沉默半响的云止风突然冷静道："宋南时。"

宋南时霎时间抬头看去，眼神之中满是冰冷的杀气。

云止风："……"

他冷静道："你先抬一下脚。"

宋南时："？"她不明所以地低头看去，然后就见自己的脚正蹍在云止风的脚背上，旋转。

宋南时："……"她默默收回脚，只恨现在地上怎么没有个地缝，好让她钻进去。

她干巴巴地问道："疼吗？"

云止风感受了一下，道："大概也就骨裂的程度而已，区区小伤，无事。"

骨裂，区区小伤。宋南时默默地低下了头，把脸埋进了手里。

偏偏这个时候，台上打架的两个人还是读不懂气氛，两个人都快把擂台给打塌了。江寂还拼尽全力抽空对宋南时撕心裂肺地喊道："师妹！再来一句！"

叶黎州不甘示弱，也扯着嗓子道："对！还说那句！"

两人异口同声："我就靠你了！"

直接把她当成工具人。

宋南时："？"你们有毛病啊！你们是不是有毛病？！

宋南时忍不住咆哮："滚！"

台上决一死战的两个人居然齐齐抖了一下，然后他们默契地回过头，一时之间打得更凶了。

这是一场龙傲天之力与穷鬼之力的巅峰对决，宋南时看得叹为观止。而且更让她叹为观止的是，她原本以为龙傲天凭借他那筑基期就能反杀元婴期的开挂实力，叶黎州有可能不会是他的对手。

第八章·莫欺少年穷

但是此刻的叶黎州在"穷"这个可怕的字的刺激之下,就像当初初次接触励志语录开挂密码的龙傲天一样,他直接就开挂了,一时间和江寂打得不相上下。

所以现在不是两个金丹期修士在打架,而是两个开挂的人在打架。要不是叶黎州他实在是穷得太过彻底,宋南时都险些以为这人是哪本她不知道小说里的第二个龙傲天了。

但是……

宋南时摸着下巴,神情逐渐若有所思起来。因为江寂当初筑基期反杀元婴期的壮举太过骇人,所以她向来都爱说江寂开挂。但其实她比谁都清楚,修真界就是修真界,能打过就是能打过,打不过就是打不过,不是简单的一句"开挂"就能解释的。

大师兄是古早龙傲天小说里的标准五灵根①。在小说里,五灵根的他一路逆袭,很爽。但在真正的修真界,五灵根的人,基本这辈子都只能碌碌无为了。

可江寂就是从五灵根的源头开始修炼的,五灵根想要达到和别人同样的高度,就要付出比别人多五倍的努力。但同样的,当他起势之时,那所付出的五倍的努力,就会变成自己五倍的资本。

所谓的开挂,前提都是本身有实力。若是连基础的实力都没有,你开哪门子的挂?

所以,现在的叶黎州能和龙傲天硬拼,他开挂的资本又在哪里?

他们两个人的战斗眼看着已经脱离金丹期的范畴了,一个只练家传刀法的散修一样的修士,资本这么雄厚的吗?宋南时突然对叶黎州产生了好奇。

她正若有所思,不知道什么时候,柳老头突然飘到了她身边,然后他冷不丁道:"江寂这次怕是要栽跟头了。"

宋南时吓了一跳,险些跳起来。随即她咳了一声,强装镇定,假装什么都没听见。

柳老头都快气笑了:"咱们两个都心知肚明了,你还给我装什么装。"

宋南时就是不说话。

她想,心知肚明归心知肚明,但她定要把这层窗户纸给焊成防弹玻璃。她实在是不想和江寂一样,走到哪儿都有人在他耳边唠唠叨叨,时不时还要自言

---

① 五灵根:修仙小说里的设定,主角修仙需要吸收灵气。灵气分"金、木、水、火、土"五行属性,以及"神圣、黑暗、雷电"等异种属性。人有和这些属性相对应的灵根,就能吸收灵气。五灵根就是五行俱全,单灵根就是只有一种。一般设定为单灵根吸收灵气效率最高,修炼最快。灵根越多,速度越慢。

自语，像个傻瓜。

但是他说……大师兄要栽跟头了？

柳老头见她在看看台上，继续道："这刀修的功法着实霸道得紧，小老儿这辈子也没见过这么霸道的功法。我就奇怪了，练这么霸道的功法长大，这叶黎州居然还能活到这么大？"

宋南时心中一惊。

她听他说功法霸道，原本只以为是普通的比较刚劲的功法，可听柳老头的意思……这功法霸道得有损寿命？可叶黎州分明健壮得像头牛！

此时，柳老头已然摇头道："这次你大师兄输定了，这功法，人家是拿命练的，他怎么和人家斗！"

柳老头话音刚落下，江寂手中的剑便被人挑了下来。叶黎州大笑道："江兄弟，你输了！"豪迈洒脱得像他手里的刀。

江寂也不恼，耸了耸肩道："我输了，江某甘拜下风。"

叶黎州反而认真地反驳道："你甘拜下风什么？我长你这么多岁，你若是到我这个年纪，修为肯定比我高出许多来，到时候咱们再比一场！"

江寂笑道："好！"

柳老头便在宋南时身旁摇头："按他这个练法，江寂活到他这个年纪的时候他在不在世还不知道呢！这也不对啊，他练这样的功法都能活到这么大？这也不合理啊，啧啧……"

宋南时看着叶黎州，缓缓皱起了眉。

而这时，江寂已经下来了。他走到宋南时身边，宋南时见状正想问一下他和叶黎州打斗的时候有没有觉得有什么不对的地方，便见他看着宋南时，欲言又止。

宋南时顿时警惕："怎么？"

江寂便压低声音小声道："师妹，你下次再说那种话的时候，能不能换一句？"

宋南时："……"她错了。江寂这蠢脑子，能不能活到叶黎州这么大还不一定呢。

她面无表情："你想让我说哪一句？"江寂腼腆地说："不带'穷'字的那一句。"

宋南时冷笑一声："滚！"

叶黎州打败了江寂，中场休息一刻钟，接下来就是叶黎州对战诸袖。宋南时这期间一直若有似无地观察着大马金刀坐在擂台边的叶黎州。

324

第八章·莫欺少年穷

怎么看都不像要没命的样子。

宋南时甚至暗暗给他起了一卦，然后算出了一个硬得她生平仅此一见的命格。

宋南时盯着叶黎州发愁，云止风便不由得皱了皱眉。她怎么一直看着叶黎州？是觉得他赢得很漂亮？但是他云止风分明每一场都赢得很漂亮。

云止风想说什么，但沉默片刻，又闭了嘴。她想盯着谁看，何须他来置喙。只是不知道为什么，这个认知让他心中异常不适起来。

两个人各怀心思的时候，第二场也开始了。

诸袖起身走向擂台，走到宋南时身边的时候，突然顿了顿，看向了宋南时。宋南时心中突然有了一种极为不妙的预感。

然后就听诸袖压低声音，十分不好意思道："师妹，我上台的时候，你能不能也来一句那个，就是那个。"

宋南时："……"她面无表情，"不行！没门！想都别想！"

诸袖分外遗憾。

然后，她果然落败了。金丹期冠军是叶黎州。

在宋南时看来，这是再正常不过的事情，两个落败的当事人也这么觉得，但是外人不这么觉得。不知道从什么时候起，观众席上开始传起了一个极其离谱的谣言，说宋南时这个卦师说不定会点儿箴言的本事，她说什么，什么就能成真，否则第一场怎么就打得这么热烈？

不信的话你们看，第二场宋南时没说话，打得就快多了，这个宋南时，指定有点儿东西在身上。

许多人都信了。

于是乎，到了下午元婴组的场次，宋南时便看到有一个元婴组三进一的修士神神秘秘地找到了她，压低声音道："宋大师。"

宋南时一听"大师"这两个字，当即就觉得不妙。然后她就见那修士要和她做什么不可言说的交易一般，偷偷摸摸道："大师，你能不能也给我来一下那个，就那个。"

他暗示。

柳老头："哈哈哈！"

宋南时："……"她暴躁地说，"我不会这个，也不会那个！我是卦师，不是神棍！"

那人疑惑："有区别吗？"

宋南时："……"她面无表情，"不提供这项业务，谢谢。"

那人可惜地离开了，然后就是第二个想让她来一个"那个"的人。到了最后，甚至连裁判长老都过来了一次，问她到底会不会"那个"。

宋南时彻底暴躁："到底哪个？"裁判长老："就是你说一句话就能让对方战斗力大增的那个啊！大家都说你会，我来问一下是不是真的，这还挺影响比赛公平性的。"

宋南时面无表情："不会！不懂！不知道！"

裁判长老十分可惜地离开了。宋南时不知道他到底在可惜个什么劲。

于是元婴组的决赛就在宋南时满脑子"那个""这个"中结束了，宋南时没上场比试，但她身心俱疲。

然后就是最后一组，化神期决赛。

云止风起身上台，走到宋南时面前时，突然一顿。他张嘴："宋南时……"

宋南时今天险些对自己的名字有了心理阴影，闻言满脸警惕，直接道："不会！没有！你走！"

云止风眼中闪过一抹笑意，然后他慢悠悠道："我只是想说，你往旁边让一让，挡住我的路了。"

宋南时："……"她面无表情地挪开，"你故意的。"

云止风："你真聪明。"

宋南时想一脚把他踹上擂台。

云止风走过去，突然又回头："对了。"宋南时暴躁地问："还有什么？"

云止风笑道："我不要你给我来一下'那个'，但是，看在朋友的分儿上，我要一句祝福不过分吧？"

宋南时顿了顿，随即嘟嘟囔囔："你肯定赢定了啊，有我的祝福没我的祝福不都一样……"

云止风便满意地笑了笑："我就当你祝福我了。"他抬脚上了台。

宋南时抱怨过后绞尽脑汁想出的祝福就卡在了喉咙里。她不由得想，我有那么不近人情吗？连句祝福都不给你。

但是这一场，云止风便如宋南时所说的那般，赢得毫无悬念。

至此，五组冠军新鲜出炉。但这还不是最终的冠军，最终的重头戏，在明天。

……

宋南时一行人中出了三个冠军。但他们却像往常一样，一起默默地离开赛场，到了兰泽峰下再分道扬镳。可是这一次，云止风却突然道："宋南时，你过来一下。"

众人顿时都看了过来。宋南时指了指自己："我？"云止风点头："有话要单独和你说。"

宋南时还没说话，江寂便下意识道："有什么话不能一起……唔唔唔！"诸袖直接将一把干粮塞进他嘴里，道："大师兄饿了，我先带他去吃饭。"然后和郁椒椒一起直接把他拉走。

叶黎州还乐呵呵地看着，被云止风面无表情地看了一眼。

叶黎州："……我走，我走。"

终于只剩下了他们两个。云止风不由得想，想和她单独说说话可真不容易。

此时夜幕已经落下，宋南时还不明白发生了什么，疑惑道："你找我做什么啊？"

云止风便道："你今日给我送了祝福，我拿到了冠军，所以，我来回礼。"

宋南时："这也算祝福……"然而话音刚落下，一串金灿灿的璎珞就挂在了她的脖子上。

云止风的手放在她肩膀两侧，轻柔道："宋南时，祝贺你夺冠，这是你应得的。"

宋南时下意识地低头，看到了璎珞上的猫眼石，圆润得真的像只猫眼。她突然手足无措起来，不知道是因为礼物，还是因为祝福。

然后她就做了一件蠢事。她下意识抬起璎珞，放在嘴边咬了一下，还严谨地问道："这是纯金的吗？"

云止风："……"

宋南时："……"

她默默地放下了手，终于意识到，自己似乎蠢得没边了。

有一种若有似无的甜蜜气氛"噗"的一声，破灭了。

云止风似乎也蒙了。就在宋南时尴尬得恨不得把自己埋起来的时候，便听到云止风笑了出来。

"哈哈哈！"他笑得险些直不起腰。

宋南时被他笑得又好气又好笑。

然后其他人便只能看到郁郁苍苍的山脚下，两个人对着傻笑。

笑了好半天，宋南时没好气道："好了，你送我礼物，就是为了嘲笑我吗？"云止风终于止住笑，咳了一声，道："怎么会呢？"

他顿了顿，低声道："祝你旗开得胜。"

327

宋南时看着云止风,终于把白日里自己没来得及说出口的话说了出来。
她道:"祝君常胜不败。"

"怦怦怦。"
云止风听到了自己心跳的声音。

平行世界番外

那一天，我突然成了团宠

——假如他们来到平行世界，发现宋南时拜师师老头。

这是很平常的一天，宋南时像平常一样翻了翻自己和师老头的钱箱子，冷静地发现，不出意外的话，她和师老头下个月就要饿死了。她抓着自己算命用的龟甲就出了门，扬声道："老头，我出去一趟。"

师老头扬声问："干什么去？"宋南时："赚钱。"

师老头就明白了，看来他们又没钱吃饭了。他很冷静地说："行，那今晚亥时之前回来，我给你炖鱼汤喝。"

宋南时诧异："哪儿来的鱼？"

师老头的声音就得意扬扬起来："从你那个前师尊那里拿的。行了，小孩子家别问这么多，赶紧出去吧。"

宋南时："……"她深吸一口气，"那行，我出去了，师尊。"

"师尊"那两个字被她咬得格外重。

师老头是她第二个师尊。她的第一个师尊，也就是师老头口中的"前师尊"，是名满天下的不归剑尊，剑道第一人。她还是个小娃娃的时候就被不归剑尊捡了回来，但是很可惜，在孤幼堂里养到了三岁，到了学剑的年纪，她这才发现，自己的剑术天赋奇差。

这就很尴尬了。

为了自己，也为了自己的那个师尊，宋南时觉得这段师徒缘分还是到此为止的好。

于是她就盯上了师老头。这老头辈分大，不归剑尊都得叫他一声"师伯"，他要是开口要徒弟的话，很稳妥。

而且他穷，宋南时很满意。

她瞅准了时机，在师老头穷得快吃不起饭的时候，带上了这些年自己所有的月俸，一举拜师成功。师老头向掌门开口要徒弟，掌门就出面找了不归剑尊。身为长辈，讨要一个徒弟，不归剑尊自然就无可无不可地同意了。

就是掌门在知道师老头是因为什么才收的这个徒弟的时候，心情复杂地看了师老头很久。

拜师成功之后，他们师徒二人齐心协力……成功地把日子越过越穷了。但是没关系，还有不归剑尊这个冤大头在。每当他们师徒二人穷得快吃不起饭时，师老头就会面不改色地去她前师尊那里走一趟，回来时多多少少都会带些东西，美其名曰"抚养费"。

宋南时很是羞愧，一度发誓从今以后一定要自食其力。但人都是会成长的，就比如现在的宋南时，在听到自家现任师尊又从前任师尊那里顺了几条鱼回来之后，她沉默片刻，临走之前面不改色道："还是红烧吧，上个月喝鱼汤都喝腻了。"

看吧，人都是会成长的，特别是在被生活毒打了一顿之后。现在的宋南时，已经成长到能面不改色地吃软饭了。

她心里想着红烧鱼，急匆匆地就下了山。

今天，又是为生活奔波的一天。

与此同时，另一边。

兰泽峰中，江寂、诸袖、郁椒椒三人聚在一起，气氛很是凝重。三人对视一眼，齐刷刷地看向了不远处的一个小剑童。

那是不归剑尊的剑童，但是自从他们师兄妹几个和不归剑尊不合闹到明面上之后，就已经很少见他了。可是如今，他们居然又回到了兰泽峰。

而且……

江寂心情沉重地开口："你的意思是，我的三师妹，拜了师前辈为师？"小剑童左看看，右看看，小心翼翼道："是，师长老是剑尊的师伯，按照辈分的话，你们该叫宋……宋仙子一声'小师叔'。"

众人："……"一觉醒来，同辈的宋南时变成了他们的小师叔。

众人对视一眼，最终，诸袖小心翼翼地问道："那师妹……就是我小……小师叔，她这些年过得怎么样？"

此话一出，小剑童顿时就想起了玄通峰上那频繁打秋风的师徒俩，他的神情就一言难尽起来。

半响，在众人的视线中，他斟酌道："可能……不太好吧。"

诸袖当场就急了："怎么个不好法？"小剑童："大概是……穷？"

众人："……"怎么那么不让人意外呢？

但小剑童看到他们的表情，还以为他们不信，当即就举例道："宋……宋仙

子现在估计是连肉都吃不上呢。昨天她师尊师长老刚来哭诉了一通，说他徒弟因为吃不上肉长期营养不良，长得又瘦又小……"

还骗走了剑尊池子里的几条鱼。

但他这话还没说出来，就见面前的这几个人的脸色都一个个难看起来，郁椒椒更是看起来快哭了。

宋南时在这里居然过得这么惨！和他们同门时，她好歹能吃饱饭啊！现在居然……

郁椒椒抱紧了怀里的黑色兔子，难过道："师姐这么喜欢吃肉……她当初见池述安第一面时想的都是麻辣兔头。"

怀里的兔子："……"来了，又来了。

宋南时在这个世界可能吃不上肉这件事，彻底让江寂他们坐不住了。

郁椒椒哭道："师姐在这个世界，怎么能这么惨！"

江寂皱眉："师妹不知道有没有和我们一起过来，但无论如何，我们不能坐视不理。"

几人开始商量怎么帮宋南时渡过难关，然后他们一致决定给她送钱。

跟过来的柳老头在一旁添油加醋："送钱算什么，你们不如把全部身家都送给她！"

几人一听，眼睛大亮：这……可行啊！

柳老头一听，魂都快飞了，他跳脚："你们是因为意外才来到这个世界的啊！你们指不定什么时候就回去了！那万一这个世界原本的'你们'回来之后，发现自己全部的身家都没了……"

三人："……"江寂坚强道："没关系，我相信自己，我是个不慕富贵的人！"

他直接就不搭理柳老头了，收拾了东西就要去找宋南时。诸袖他们连忙跟上。

一见诸袖也要走，小剑童连忙道："诸袖师姐，剑尊说了，明日让你跟他出一趟远门！"

诸袖不耐烦："谁管那老东西啊，就说我没空！"

小剑童直接呆在了原地，他喃喃道："老……老东西？"而诸袖他们已经走远了。

不归剑尊不知道什么时候走了出来，闻言，皱眉道："什么老东西？"

剑童下意识地回答："你！"

不归剑尊："……"

而此时，宋南时已经如往常一般，坐在了自己的摊位旁。她刚摆好东西，一个青年很快坐在了她面前。宋南时抬头一看，哟，还挺帅。

她随口问："您贵姓？要算点儿什么？"

青年闻言，沉默片刻，开口只道："我姓云。"宋南时没抬头："那要算什么呢？"

又是良久的沉默，沉默得宋南时都要不耐烦了，却见那青年突然伸出手，将一袋灵石放在了她面前，道："这些都给你，你随便帮我算点儿什么吧。"

宋南时一顿，这才眯着眼睛认真看面前的人。青年容貌俊美，但形容多少有些狼狈，像是刚亡命天涯回来一般。她轻笑："这么多灵石，那您要算的东西可就大了啊。"

青年随口道："那就算算命数吧。"宋南时看他一眼，老老实实地给他起了一卦。

然后她就沉默了。

这是一个死卦。

她想了想，抬头真诚地问道："在生死观方面，您有没有什么独到的见解呢？"

青年见状，像是想起了什么一般，突然就笑了。

宋南时："……"

他像是没看到宋南时满脸无语一般，笑着说："你第一次见我时，差不多也是这么和我说的。"

宋南时："……"这，难道不是第一次吗？

她狐疑地看着面前的青年，开始觉得有些不对劲了。这人，一副和她很熟悉的样子。但她确定自己不认识他。

那……

但还没等她想出一个答案来，就见江寂三人已经飞快地从远处跑了过来。他们看到宋南时，一喜；看到宋南时身前的青年，又一惊。

江寂咬牙道："你小子居然比我们快一步！"

那青年没说什么，只笑了笑。

江寂他们便连忙凑过去，三个人像围观猴子一样双眼炯炯有神地看着宋南时。

宋南时："……"不对劲，真的不对劲。她差点儿就要开口问他们到底要干什么了，就听诸袖小心翼翼道："师妹，你……也来了？"

宋南时："……"来什么了？而且，诸袖叫她"师妹"？

宋南时委婉地提醒："几位师侄怎么到我这里来了？"

三人听她叫他们"师侄"，顿时犹如遭遇晴天霹雳。那青年顺势上前，平静道："她没有过来。"几人顿时一脸失望。

333

宋南时却眯起了眼。她？

他们凑在一起，开始小声讨论着什么，宋南时没太听清。

她的视线便落在了那兔子身上。她当初之所以执意要换个师尊，还有一个原因，就是她原来的那个师门里除她之外全是主角，连兔子也不例外。这兔子，应当是那抱着它的小姑娘所在的甜宠文里的男主角。

她正这么想着，郁椒椒察觉到了她的视线，看了看她，又看了看被她注视着的兔子，恍然大悟。她小心翼翼地开口：“你……你喜欢吃肉吗？”

宋南时毫不犹豫地回答：“谁不喜欢吃肉。”

小姑娘顿时表情纠结。

但是纠结了片刻，她一咬牙，道：“不是我小气啊，但是，你真的不能吃它。”

宋南时：“……”她的眼神逐渐诡异起来。吃男主角？她哪来的胆子？

可是郁椒椒显然理解错了，顿时急了，直接把兔子往她手里一塞，道："你别难过啊，我去帮你找肉吃，这只兔子就留给你，你……你'望兔止渴'。"

她风风火火地就走了。宋南时在原地和兔子大眼瞪小眼，兔子一副心如死灰的样子。

瞪得眼睛疼，她又抬起头，和江寂他们大眼瞪小眼。瞪了片刻，江寂清了清嗓子，小心翼翼道："那个……师妹，你缺钱吗？"

宋南时不动声色："你有钱？"江寂毫不犹豫地将自己的储物戒拿了出来："这里面，是我们师兄妹三人的全部身家，就都留给你了！"

宋南时："……"她开始想着跑路的事了。一个陌生人花大价钱让她给他算个命，几个只在幼时有过几面之缘的前师兄师姐，突然就说把全部身家都给她……

总不能她一觉醒来，突然就成了团宠吧！所以她果然是招惹什么人了吧?!

她毫不犹豫，当即把兔子往诸袖怀里一丢，收拾东西就要回玄通峰拉师老头跑路。

江寂大急："师妹！师妹，你怎么了？你不喜欢灵石吗？"

宋南时顿时更想跑了。

青年平静地看着，在一旁淡定道："你们给得太多了，她不敢拿。"

江寂恨铁不成钢："宋南时从前胆子这么大，这怎么……"青年平静："从前，她没有牵挂，自然没有畏惧。但是后来她心中有了挂念，你看她有哪一次是真的肆无忌惮？"

而这个宋南时，她心中已经有了牵挂——那个和她相依为命的，又真的成了她师尊的师老头。

他想着，突然指着桌子上自己放下的那袋灵石道："这袋灵石，你不拿走吗？""这是你凭自己的本事赚的。"

宋南时也不客气，闻言拿过灵石就走。只不过在临走之前，她突然转头问道："你叫什么名字？你认识我？"

青年一愣，然后笑道："云止风，我叫云止风。"

"我们，大概在另一个世界认识。"

宋南时听着，平淡地点头，毫不犹豫地离开。

风声隐隐带来身后众人的声音。

"师妹不收我们的钱怎么办？"

"没关系，我们走之前，可以悄悄地放在她门外。"

"师姐走了？我买的烤全羊还没送出去。"

"云止风，你就没什么话要说？"

沉默片刻后，青年声音带笑："祝她，一生好运。"

宋南时迎着风走着，突然就笑了。她想，若是有另一个世界的话，那另一个世界的宋南时，一定很幸福。

第二天，宋南时在自己的洞府门外找到了熟悉的储物戒。她转头问师老头："昨晚有人来过？"师老头喝着茶："是兰泽峰那几个，已经走了。"

已经……走了。

她莫名有些怅然若失。

而与此同时，这个世界的江寂等人看着自己空荡荡的洞府，陷入了沉思。

图书在版编目（CIP）数据

除我之外，全员主角 / 从温著. — 成都：四川文艺出版社，2024.8. — ISBN 978-7-5411-6944-1

Ⅰ. I247.5

中国国家版本馆 CIP 数据核字第 2024X00K40 号

CHU WO ZHI WAI, QUANYUAN ZHUJUE

除我之外，全员主角

从温　著

出 品 人　冯　静
特约监制　王传先　无　话
责任编辑　谢雨环　王梓画
责任校对　段　敏

出版发行　四川文艺出版社（成都市锦江区三色路 238 号）
网　　址　www.scwys.com
电　　话　028-86361781（编辑部）

印　　刷　河北鹏润印刷有限公司
成品尺寸　160mm×230mm　　开　本　16 开
印　　张　21　插页 4　　字　数　400 千
版　　次　2024 年 8 月第一版　印　次　2024 年 8 月第一次印刷
书　　号　ISBN 978-7-5411-6944-1
定　　价　52.80 元

版权所有·侵权必究。如有质量问题，请与本公司图书销售中心联系调换。电话：010-82069336